OS DETETIVES DA LINHA PÚRPURA

DEEPA ANAPPARA

Os detetives da Linha Púrpura

Tradução
Odorico Leal

Copyright © 2020 by Deepa Anappara

Grafia atualizada segundo o Acordo Ortográfico da Língua Portuguesa de 1990, que entrou em vigor no Brasil em 2009.

Título original
Djinn Patrol on the Purple Line

Capa
Guilherme Xavier

Foto de capa
Snehal Jeevan Pailkar/ Shutterstock

Preparação
Antonio Castro

Revisão
Natália Mori
Eduardo Santos

Dados Internacionais de Catalogação na Publicação (CIP)
(Câmara Brasileira do Livro, SP, Brasil)

Anappara, Deepa
    Os detetives da Linha Púrpura / Deepa Anappara ;
    tradução Odorico Leal. — 1ª ed. — São Paulo :
    Companhia das Letras, 2023.
    Título original: Djinn Patrol on the Purple Line.
    ISBN 978-65-5921-499-0
    1. Ficção indiana I. Título.

22-139960   CDD-In820.9

Índice para catálogo sistemático:
1. Ficção : Literatura indiana In820.9

Aline Graziele Benitez – Bibliotecária – CRB-1/3129

Todos os direitos desta edição reservados à
EDITORA SCHWARCZ S.A.
Rua Bandeira Paulista, 702, cj. 32
04532-002 — São Paulo — SP
Telefone: (11) 3707-3500
www.companhiadasletras.com.br
www.blogdacompanhia.com.br
facebook.com/companhiadasletras
instagram.com/companhiadasletras
twitter.com/cialetras

Para Divya Anappara e Param

Sumário

UM

ESTA HISTÓRIA VAI SALVAR SUA VIDA, 11
Olho pra nossa casa..., 19
Nossa escola é protegida..., 37
Perambulo pelo Bhoot Bazaar, imaginando minha vida..., 49
BAHADUR, 61
Esta noite é nossa última noite..., 68
Nossa primeira missão como detetives..., 81
Temos tempo suficiente antes..., 93
OMVIR, 106
Pari e eu não o confessamos em voz alta..., 112
A multidão na estação parece maior..., 125

DOIS

ESTA HISTÓRIA VAI SALVAR SUA VIDA, 137
Três semanas atrás eu era apenas um menino na escola,
mas..., 147

Runu-Didi e eu estamos fazendo nosso dever de casa…, 162
No dia seguinte, quando saímos da escola…, 178
AANCHAL, 189
Estou esperando numa fila torta…, 198
Os dias passam rápidos como as horas e…, 205
Como uma leoa numa jaula, Runu-Didi…, 214
CHANDNI, 222
A Manifestação do Hindu Samaj acabou faz tempo…, 226
O dia de Natal é também o dia…, 235
É o último dia do ano…, 246
Papai e Shanti-Chachi correm em direção aos gritos…, 256
Shanti-Chachi é quem manda neste domingo, mas…, 264
KABIR E KHADIFA, 272

TRÊS

ESTA HISTÓRIA VAI SALVAR SUA VIDA, 283
A escola do Ano-Novo é…, 287
Pela manhã vamos à delegacia…, 297
RUNU, 305
Papai diz que sairemos em patrulha…, 314
O lixão é um mar escuro…, 334
Por todo o inverno a fumaça tem roubado…, 347
Hoje faz exatamente um mês desde que Runu-Didi…, 356

Posfácio, 369
Agradecimentos, 373

UM

ESTA HISTÓRIA VAI SALVAR SUA VIDA

Quando Mental estava vivo, foi o chefão no comando de dezoito ou vinte meninos. Quase nunca levantava a mão contra nenhum deles, e toda semana os presenteava com barras de chocolate ou saquinhos de jujuba, que dividiam entre si. Era ele quem os tornava invisíveis aos olhos da polícia, dos pregadores que desejavam resgatá-los das ruas e dos homens que os encaravam com olhos ávidos no momento em que se lançavam sobre os trilhos da ferrovia, recolhendo garrafas de plástico antes que um trem os atropelasse.

Mental não se importava se seus trapeirinhos lhe entregavam cinco ou cinquenta garrafas de água Bisleri, ou se os flagrava no horário de trabalho em frente ao cinema, vestidos com suas melhores roupas, enfrentando fila para uma sessão de estreia cujo ingresso nem sequer podiam pagar. Mas se revoltava nos dias em que apareciam com o nariz vermelho, as palavras se misturando como água e sangue, os olhos inchados como grandes luas cheias de tanto cheirar cola. Nesse caso Mental apagava os Gold Flake

Kings nos ombros ou nos pulsos dos garotos e dizia que aquilo era um tremendo desperdício de cigarro.

Os fumos pungentes deixavam um rastro de carne queimada nos meninos e faziam os doces e breves prazeres da Dentrite ou da Eraz-ex se dissipar. Mental com certeza enfiava um pouco de bom senso naquelas cabeças ocas.

Nunca o encontramos, pois ele viveu nessa vizinhança muito antes de nós. Mas quem o conheceu, como o barbeiro do bairro que há décadas raspa bochechas peludas e o louco que borra o peito de cinzas e se diz santo, ainda falam sobre ele. Dizem que os meninos de Mental nunca brigavam para decidir quem saltaria primeiro no trem em movimento ou a quem pertencia um boneco de pelúcia ou um carrinho de brinquedo espremido por trás de um leito num vagão. Mental ensinava os garotos a serem diferentes. E é por isso que, de todas as crianças que trabalhavam nas estações ferroviárias do país, foram eles os que viveram por mais tempo.

Mas, um dia, foi o próprio Mental quem morreu. Os meninos sabiam que aquilo não estava nos planos dele. Era jovem e saudável e tinha prometido alugar um carro e levá-los ao Taj antes de as monções cobrirem a cidade. Passaram dias chorando, e o mato cresceu na terra seca regada por suas lágrimas.

Agora os meninos se viram obrigados a trabalhar para homens muito diferentes. Na nova vida deles já não havia barras de chocolate, nem filmes, apenas mãos queimadas pelos trilhos que cintilavam como ouro sob o sol do verão, a temperatura beirando os quarenta e cinco graus às onze da manhã. No inverno, despencava para um ou dois graus, e, às vezes, quando a névoa branca parecia poeira de tão granulada, os trilhos, agora gélidos e cortantes como navalhas, esfolavam seus dedos empolados.

Todos os dias, depois de esgravatarem as linhas de trem, os garotos lavavam o rosto com a água que vazava de um cano na estação e enviavam uma prece coletiva para Mental pedindo que os resgatasse antes que as rodas de um trem moessem seus braços e pernas, reduzindo tudo à farinha de osso, ou antes que uma correia, singrando o ar, partisse pela metade suas colunas arqueadas, e eles nunca mais voltassem a andar.

Nos meses seguintes à morte de Mental, dois garotos sucumbiram na correria atrás dos trens. Milhanos sobrevoavam os corpos despedaçados, e moscas lambuzavam os lábios azuis, mas os empregadores consideraram desperdício de dinheiro recolher os cadáveres e cremá-los. Os trens não pararam, e os motores continuaram silvando noite adentro.

Certo fim de tarde pouco depois daquelas mortes, três dos meninos de Mental cruzaram a rodovia que separava a estação ferroviária da confusão de mercados e hotéis em cujas lajes se apinhavam antenas de celular vermelhas e brancas ou cisternas pretas Sintex. Cartazes em néon anunciavam ALIMENTOS VEGETARIANOS *PUROS* e *VISTA* DA ESTAÇÃO e !NDIA *INCRÍVEL* e CONFORTO PARA TODA A *FAMÍLIA*. Os garotos visitariam um lugar não muito distante, um muro de tijolos com gradil de ferro em que Mental costumava pendurar as roupas para secar. Dormia ali à noite com todos os pertences enfiados dentro de um saco, ao qual se abraçava como se fosse uma esposa.

À luz amarelo-rosa do letreiro em que se lia HOTEL *ROYAL* PINK, eles viram os pequenos deuses de barro que Mental dispusera numa entrância na parede: o poderoso Ganesha com a tromba enrolada no peito, Hanuman erguendo uma montanha com uma única mão e Krishna tocando a flauta; aos pés de todos eles, uma mistura moída de cascalho e calêndulas ressecadas ao sol.

Os meninos bateram cabeça contra o muro perguntando a Mental por que ele precisava morrer. Um deles sussurrou ao vento o verdadeiro nome do falecido protetor, um segredo que só eles conheciam, e uma sombra se mexeu na via. Julgaram que era um gato ou uma raposa-voadora, embora houvesse certa carga no ar, um gosto metálico de eletricidade na língua, o brilho de um raio de luz da cor do arco-íris que desapareceu tão rápido que eles só podiam ter imaginado. Estavam exauridos de tanto caçar garrafas vazias e desorientados de fome. Mas, no dia seguinte, vasculhando o lixo caído no piso de um dos trens, cada um deles encontrou uma nota de cinquenta rupias sob diferentes leitos.

Eles sabiam que o dinheiro era um presente do fantasma de Mental, pois o ar ao redor ondulava com o hálito quente, cheirando a Gold Flake Kings, o odor que Mental exalava. Ele viera ao encontro deles, porque o haviam chamado por seu verdadeiro nome.

Os meninos então passaram a deixar cigarros no velho muro de Mental — cigarros e recipientes de papel-alumínio com grão-de-bico picante marinado no suco de limão, guarnecido com folhas de coentro e lascas de cebola-roxa. Racharam de rir contando piadas toscas sobre os odores e os ruídos que Mental produzira na tarde em que comeu meio quilo de grão-de-bico numa só sentada. O fantasma não viu graça nas piadas, e mais tarde eles se depararam com furos de ponta de cigarro nas camisas.

Hoje em dia os meninos de Mental estão dispersos pela cidade, e dizem que alguns cresceram e casaram e têm os próprios filhos. Mas até hoje o menino esfomeado que adormece com o verdadeiro nome de Mental nos lábios rachados se depara ao acordar com um turista branco comprando sorvete para ele ou com uma senhora com ar de vovozinha depositando um paratha em suas mãos. Não é muito, mas Mental não era um homem rico, logo também não haveria de ser um fantasma rico.

O que é engraçado no caso de Mental é que foram os próprios pivetes que lhe deram esse nome. Quando o conheceram, viram que, apesar de o homem ser casca dura, seus olhos amoleciam se lhe mostravam um dedo faltando no pé ou uma ferida na parte de trás de suas coxas latejando feito um peixe agonizante, onde foram açoitados com corrente de ferro quente. Concluíram que só uma pessoa com algum problema *mental* poderia ser mais ou menos boa neste mundo torto. Mas primeiro o chamavam de *Irmão* e os mais novos de *Tio*, e só mais tarde começaram a dizer coisas tipo *Mental, olha só quantas garrafas encontrei hoje,* e ele não se incomodou, pois sabia por que haviam optado por aquele nome.

Meses depois de receber o novo apelido, numa noite de primavera em que entornara vários copos de bhang, Mental trouxe phirni cremoso em copos de barro para os meninos e num sussurro baixinho contou a eles o nome que seus pais haviam lhe dado. Contou que fugira de casa aos sete anos quando a mãe o estapeou por cabular aula para perambular pela vila com os Romeus da Beira da Estrada, que se entregavam a uma cantoria estridente sempre que uma menina bonita passava.

Nas primeiras semanas na cidade grande, Mental acampou na estação ferroviária, farejando restos das porções de comida que os passageiros jogavam pelas janelas dos trens e se escondendo da polícia nas alcovas sob as passarelas. Cada pisada era como uma pancada na cabeça. Por algum tempo acreditou que seus pais chegariam de trem, procurando por ele. Reclamariam do susto que pregara neles, mas o levariam de volta pra casa. À noite seu sono era intermitente; ouvia a voz da mãe chamando pelo seu nome, mas era apenas o vento, o chacoalhar de um trem, ou uma voz vítrea anunciando que o expresso vindo de Shillong estava quatro horas atrasado. Mental pensou em voltar pra casa, mas não voltou, porque tinha vergonha, e porque a cidade transformava meninos em homens, e ele agora estava farto de ser criança e queria ser homem.

Agora que se tornou um fantasma, Mental deseja ter sete anos de novo. Achamos que é por isso que ele gosta de ouvir seu antigo nome, o nome que o recorda dos pais e do garoto que era antes de fugir escondido num vagão de trem.

Esse nome é um segredo. Seus garotos não contam pra ninguém. A gente acha que deve ser um nome muito bom, tão bom que, se Mental tivesse ido pra Mumbai e não pra cá, alguma estrela de cinema o teria surrupiado.

Há muitos Mentais na cidade. Não devemos ter medo deles. Nossos deuses estão ocupados demais para ouvir nossas preces, mas os fantasmas... esses não têm nada pra fazer além de esperar e vagar, e vagar e esperar, e estão sempre escutando nossas conversas, porque estão entediados e essa é uma forma de eles matarem o tempo.

Mas, lembrem-se, eles não trabalham de graça. Só nos ajudam se oferecemos algo em troca. Para Mental, é uma voz pronunciando seu verdadeiro nome; para outros, um bom copo de bebida, um cordão de jasmim ou um kebab de Ustad. Não é diferente do que os deuses demandam das pessoas, exceto que a maioria dos fantasmas não espera que a gente faça jejum ou acenda velas ou redija seus nomes infinitas vezes num caderno.

A parte mais difícil é encontrar o fantasma certo. Mental só atende meninos, uma vez que nunca contratava meninas, mas também existem mulheres fantasmas e velhas fantasmas e até mesmo bebês fantasmas que ajudam meninas. Nós provavelmente precisamos de fantasmas mais do que as outras pessoas, pois somos os meninos dos trilhos de trem, sem pai, nem mãe, nem casa. Se ainda estamos aqui, é só porque sabemos conjurar fantasmas.

Há quem ache que acreditamos no sobrenatural porque cheiramos cola e heroína e bebemos um desi daru forte o suficiente pra fazer brotar um bigode num bebê. Mas essa gente, com seus pisos de mármore e aquecedores elétricos, essa gente não estava lá com os meninos de Mental na noite de inverno em que os policiais os expulsaram da estação.

Naquela noite, um vento gélido soprava pela cidade, entalhando sulcos nas pedras. Os garotos não tinham vinte rupias para alugar uma manta por oito horas, e o vendedor mandou todo mundo pastar quando lhe perguntaram se emprestaria a crédito. Trêmulos, tiveram de se sentar debaixo de um poste de luz apagado numa rua escura, do lado de fora de um abrigo sem leitos disponíveis. Raios de dor irradiavam por suas mãos e pernas. Quando já não podiam suportar, chamaram Mental.

A gente não queria te incomodar de novo, disseram. *Mas achamos que vamos morrer.*

O poste quebrado crepitou e voltou a brilhar. Os meninos olharam pra cima. Raios de luz pastosos e amarelos, cheios de calor, tombavam lá do alto.

"Esperem", disse o fantasma de Mental, "deixem-me ver o que mais posso fazer."

Olho pra nossa casa...

... de cabeça pra baixo e conto cinco buracos no telhado de zinco. Pode haver mais, mas não consigo vê-los, porque a mistura de fumaça e nevoeiro do lado de fora apagou as estrelas no céu. Imagino um djinn* se agachando no telhado, o olho girando como uma chave na fechadura enquanto nos observa por um daqueles buracos, esperando mamãe e papai e Runu-Didi** dormirem para então extrair minha alma. Djinns não existem, mas, se existissem, só roubariam crianças, pois nossas almas são as mais deliciosas.

Meus cotovelos oscilam sobre o colchão, então encosto as

---

* "Djinns" — ou, por vezes, gênios — são criaturas sobrenaturais que remontam ao mundo árabe pré-islâmico, apropriados mais tarde pela mitologia islâmica, segundo a qual os djinns foram criados por Alá a partir de uma mistura de ar e fogo sem fumaça. Não são necessariamente bons, nem maus. Podem socorrer humanos, e a prática de buscar seus favores é comum na Índia até os dias de hoje. [Esta e as demais notas chamadas por asterisco são do tradutor.]
** "Didi" é uma forma respeitosa de tratamento para irmãs mais velhas, mas também para certas mulheres em posição de autoridade.

pernas na parede. Runu-Didi para de contar os segundos em que estive de pernas para o ar e diz: "Arrey, Jai, estou bem aqui do lado e mesmo assim você trapaceia. Você não tem vergonha, não?". A voz dela sai aguda e agitada; está muito contente porque não consigo ficar de cabeça pra baixo por tanto tempo quanto ela.

Nossa competição não é justa. Na escola as aulas de yoga são para crianças a partir do quinto ano, e Runu-Didi está no sexto, então ela estuda com um professor de verdade. Eu estou no quarto ano, então dependo do programa de TV de Baba Devanand. O baba* diz que, ficando de cabeça pra baixo, crianças como eu terão os seguintes benefícios:

- Nunca terão de usar óculos na vida;
- Nunca terão cabelos brancos, nem dentes pretos;
- Nunca sofrerão com poças no cérebro ou lerdeza nos braços e nas pernas;
- Ficarão sempre em primeiro lugar na escola, na faculdade, no trabalho e em casa.

Gosto muito mais de ficar de cabeça pra baixo do que dos exercícios de respiração que Baba Devanand faz com as pernas cruzadas, na posição de lótus. O problema é que, neste momento, se continuar de pernas para cima, vou acabar quebrando meu pescoço, então me deixo cair nessa cama que cheira a coentro e cebolas cruas e mãe e tijolos e cimento e pai.

"Baba Jai se mostrou um grande falsário!", me acusa Runu-Didi, gritando como os âncoras de jornal cujas faces ficam vermelhas todas as noites por conta das notícias terríveis que precisam falar na TV. "Nossa nação assistirá a tudo isso parada?"

---

* Termo aplicado, em geral, para líderes espirituais, pessoas santas ou dignas de grande respeito. Também pode designar "pai".

"Ai, Runu, você vai me deixar com dor de cabeça com essa gritaria!", diz nossa mãe, no canto da casa que faz as vezes de cozinha. Está preparando seus rotis de círculos perfeitos. Usa o mesmo rolo de massa com que me acerta nas costas quando xingo Runu--Didi enquanto Didi conversa com Nana-Nani* pelo celular. "Ganhei, ganhei, ganhei!", cantarola Didi, mais alto do que a TV na casa vizinha e do que o bebê chorão da casa vizinha à casa vizinha e do que os vizinhos que todo dia discutem sobre quem roubou água do barril de quem.

Tapo os ouvidos com os dedos. Os lábios de Runu-Didi se movem, mas é como se falasse o idioma de bolhas dos peixes de aquário. Não escuto uma palavra do chik-chik** dela. Se eu morasse numa casa bem grande, correria com meus ouvidos tapados escada acima saltando de dois em dois degraus e me esconderia no armário. Mas vivemos num basti,*** então nossa casa só tem um cômodo. Papai gosta de dizer que esse cômodo tem tudo de que precisamos para que nossa felicidade cresça. Com isso ele se refere à Didi, à mamãe e a mim, não à nossa TV, que é a melhor coisa que a gente tem.

De onde estou deitado na cama, consigo ver a TV claramente. Ela me olha por cima de uma prateleira onde também há pratos de aço e bandejas de alumínio. Letras arredondadas na tela da TV dizem: *Dilli: Localizado o gato desaparecido do comissário de polícia*. Às vezes as notícias em híndi são escritas em letras que parecem jorrar sangue, sobretudo quando os repórteres nos fazem perguntas difíceis, que não sabemos responder, tipo:

---

* Termos que designam, respectivamente, avô e avó maternos.
** Expressão híndi para querela, arenga, provocação.
*** Terreno ocupado por moradias irregulares, semelhante às favelas brasileiras.

Há um fantasma vivendo na Suprema Corte?

ou

Os pombos são terroristas treinados pelo Paquistão?

ou

O melhor freguês desta loja de saris de Varanasi é um touro?

ou

Foi uma porção de rasgullas que destruiu o casamento da atriz Veena?

Mamãe gosta dessas histórias, pois ela e papai podem discuti-las por horas a fio.

Meus programas favoritos são aqueles que mamãe diz que não tenho idade para assistir, como *Patrulha Policial* e *Crime ao Vivo*. Às vezes mamãe desliga a TV bem no meio de um assassinato, dizendo que aquilo dá náuseas. Mas outras vezes ela não desliga, pois gosta de adivinhar quem são os bandidos, sempre repetindo que os policiais são uns tontos filhos da mãe, porque não descobrem quem são os criminosos mais rápido do que ela.

Runu-Didi fechou o bico para alongar os braços por trás das costas. Ela acha que é o Usain Bolt, mas só está no time de corrida de revezamento da escola. Isso não é esporte de verdade. É por isso que papai e mamãe deixam que ela participe, embora alguns chachas e chachis* do nosso basti digam que correr é motivo de desonra para uma menina. Didi diz que vai calar a boca dessa gente do basti quando a equipe dela vencer o torneio interdistrital e o campeonato estadual.

Os dedos nos meus ouvidos começam a ficar dormentes, então os retiro e limpo na minha calça cargo, já muito salpicada de tinta, lama e graxa. Todas as minhas roupas estão tão sujas quanto esta calça, e meu uniforme também.

---

* Termos híndi para tios e tias, tanto em termos sanguíneos quanto informais.

Faz tempo que peço à mamãe para usar o uniforme novo que recebi de graça da escola no inverno, mas ela o guarda no topo de uma prateleira, fora do meu alcance. Diz que só gente rica joga roupa fora quando ainda há um restinho de vida nelas. Se mostro como minhas calças marrons terminam bem antes dos meus tornozelos, ela responde que até estrelas de cinema usam roupas curtas porque é a última moda.

Ela continua inventando esse tipo de lorota pra me enganar, exatamente como fazia quando eu ainda era menor do que sou agora. Mal sabe ela que toda manhã Pari e Faiz riem quando me veem e dizem que pareço um palitinho de incenso, só que com cheiro de peido.

"Mãe, escuta, meu uniforme", digo, mas paro, pois ouço um grito vindo do lado de fora, tão alto que parece que vai destruir a parede da nossa casa. Runu-Didi se engasga e a mão da minha mãe roça na panela quente, o rosto se enrugando e se contorcendo como a pele de um melãozinho.

Acho que é papai tentando dar um susto na gente. Ele vive cantando antigas canções híndi numa voz cavernosa que rola pelos becos do nosso basti como um botijão de gás vazio, acordando os vira-latas e os bebês, que começam a berrar. Mas então o grito golpeia nossa parede de novo, e mamãe desliga o fogão, e corremos todos pra fora de casa.

O frio sobe pelos meus pés descalços. Sombras e vozes trepidam pelos becos. A mistura de névoa e fumaça penteia meus cabelos com dedos úmidos e, ao mesmo tempo, defumados, e as pessoas se agitam: "O que está acontecendo? Aconteceu alguma coisa? Quem gritou? Alguém gritou?". Cabras cujos proprietários as vestiram com camisas e suéteres velhos para não pegarem um resfriado se escondem debaixo dos charpais* em ambos os

---

* Camas feitas de cordas trançadas.

lados do beco. As luzes nos prédios hi-fi* perto do nosso basti piscam como vaga-lumes e, em seguida, desaparecem. Acabou a energia.

Não sei onde mamãe e Runu-Didi estão. Pulseiras de vidro tilintam nos braços de mulheres erguendo celulares e lanternas de querosene, mas as luzes vacilam no meio da fumaça.

Todo mundo ao meu redor é mais alto do que eu, e, enquanto se perguntam sobre os gritos, seus quadris e cotovelos preocupados me acertam na cara. A essa altura já sabemos que os gritos vêm da casa do Bebum Laloo.

"Alguma coisa ruim está acontecendo ali", diz um chacha que mora no nosso beco. "A esposa de Laloo andou correndo pelo basti, perguntando se alguém tinha visto o filho dela. Até no lixão ela foi gritando o nome dele."

"Esse Laloo não presta, sempre batendo na mulher, nos filhos", diz uma mulher. "Espere só pra ver, qualquer dia desses a mulher vai desaparecer também. Daí o que é que esse inútil vai fazer pra conseguir dinheiro? Onde vai arranjar essa bebida dele?"

Eu me pergunto qual dos filhos do Bebum Laloo está desaparecido. O mais velho, Bahadur, é um menino gago que estuda na minha sala.

A terra treme quando um trem do metrô arranca no subterrâneo, próximo a nós. Quando sair do túnel, passará como um raio entre prédios inacabados e, antes de retornar à cidade, subirá por uma ponte até uma estação elevada: é lá que a Linha Púrpura termina. A estação é nova, e papai foi uma das pessoas que construíram suas paredes reluzentes. Agora ele está trabalhando numa torre tão alta que é preciso colocar luzes vermelhas piscando no topo para alertar os pilotos a não voarem muito baixo.

---

* Gíria indiana que indica riqueza, opulência, modernidade, de ampla aplicação: prédios hi-fi, pessoas hi-fi, geladeiras hi-fi etc.

Os gritos pararam. Estou com frio e meus dentes estão tagarelando entre si. A mão de Runu-Didi surge então como um dardo da escuridão e me arrasta. Ela corre rápido, como se estivesse numa prova de revezamento e eu fosse o bastão prestes a ser repassado para o próximo membro da equipe.

"Pare!", eu digo, pisando no freio. "Aonde estamos indo?"

"Você não ouviu o que as pessoas estão dizendo de Bahadur?"

"Que ele desapareceu?"

"Você não quer descobrir mais?"

Runu-Didi não consegue ver meu rosto na fumaça, mas aceno com a cabeça. Seguimos uma lanterna que oscila nas mãos de alguém, mas a luz não é forte o suficiente para nos mostrar as poças de água que se acumularam da roupa lavada, então não paramos de ensopar os pés. A água é congelante e eu devia voltar pra casa, mas também quero saber o que aconteceu com Bahadur. Os professores nunca lhe perguntam nada na aula, por causa da gagueira. Quando eu estava no segundo ano, tentei ga-ga-gaguejar também, o que só me valeu um belo castigo nas juntas dos dedos com uma régua de madeira. Pancadas de régua doem muito mais do que as de vara.

Quase tropeço no búfalo de Fatima-ben. Ele vive largado no meio do beco, uma mancha negra gigante que não consigo distinguir da fumaça. Mamãe diz que esse búfalo é como um sábio que medita há centenas e centenas de anos no sol, na chuva e na neve. Certa vez Faiz e eu nos fingimos de leões e rugimos para o Búfalo-Baba, e o acertamos com pedrinhas, mas ele nem sequer se deu ao trabalho de revirar os olhos de búfalo ou chacoalhar os chifres tortos na nossa direção.

Todas as lanternas e celulares estacaram do lado de fora da casa de Bahadur. A multidão é tamanha que não conseguimos ver nada. Digo à Runu-Didi para esperar e penetro aos empurrões entre pernas metidas em calças, saris e dhotis, e mãos que cheiram a querosene e a suor e a comida e a metal. A mãe de Bahadur está sentada no umbral da casa, chorando, dobrada sobre si mesma como uma folha de papel, com minha mãe de um lado e nossa vizinha Shanti-Chachi do outro. Bebum Laloo está acocorado ao lado delas, a cabeça balançando enquanto os olhos vermelhos piscam na nossa direção.

Não sei como mamãe chegou lá antes de nós. Shanti-Chachi alisa o cabelo da mãe de Bahadur, acaricia suas costas, dizendo coisas como: "Ele é só uma criança, deve estar em algum lugar. Não pode ter ido muito longe".

A mãe de Bahadur não para de soluçar, mas os vazios entre os soluços vão ficando mais longos. Isso porque Shanti-Chachi tem mãos mágicas. Mamãe diz que chachi é a melhor parteira do mundo. Se um bebê nasce azul e calado, chachi consegue levar vermelho às bochechas e choro aos lábios só de esfregar seus pés.

Mamãe me vê na multidão e pergunta: "Jai, Bahadur estava na escola hoje?".

"Não", respondo. A mãe de Bahadur faz uma cara tão triste que tento me lembrar da última vez em que o vi. Bahadur não fala muito, então ninguém repara quando ele está ou não na sala. Pari, então, estica a cabeça entre o mar de pernas e diz: "Ele não tem ido pra escola. A gente o viu quinta passada".

Hoje é terça, então faz cinco dias que Bahadur está sumido. Pari e Faiz murmuram "Licença, licença, licença", como se fossem garçons trazendo porta-copos cheio de chás fumegantes, e as pessoas abrem caminho. Os dois param bem do meu lado, ambos ainda de uniforme. Mamãe me disse pra vestir roupas de ficar em casa assim que cheguei. Não podia sujar ainda mais meu uniforme. Ela é rígida.

"Por onde você andou?", Pari me pergunta. "Procuramos você por toda a parte."

"Estava aqui."

Pari prendeu a franja tão no alto que fica com a aparência de um domo de mesquita em formato de cebola partido ao meio. Antes de eu perguntar por que só agora repararam que Bahadur desapareceu, Pari e Faiz se antecipam e me explicam, porque são meus amigos e podem ver os pensamentos se formando na minha cabeça.

"A mãe dele passou mais ou menos uma semana fora", Faiz sussurra. "E o pai dele…"

"… É o Bewda* número um do mundo. Se uma ratazana lhe roesse as orelhas, ele não perceberia nada, pois está bêbado o tempo todo", diz Pari, bem alto, como se quisesse que Bebum Laloo a escutasse. "Mas as chachis da casa vizinha deviam ter percebido que Bahadur desapareceu, não?"

Pari é sempre rápida para culpar os outros, já que se acha perfeita.

"As chachis estavam tomando conta do irmão e da irmã de Bahadur", me explica Faiz. "Achavam que Bahadur estava hospedado na casa de algum amigo."

Deixo Pari de lado e me concentro em Omvir, escondido atrás dos adultos, girando no dedo um anel que cintila na escuridão. É o único amigo de Bahadur, embora Omvir esteja no quinto ano e não vá muito à escola, porque fica ajudando o pai, que passa roupa pra gente hi-fi.

"Escuta, Omvir, você não sabe onde está o Bahadur?", pergunta Pari.

Omvir se mete pra dentro do suéter marrom, mas os ouvidos da mãe de Bahadur captaram a pergunta. "Ele não sabe", ela diz. "Foi a primeira pessoa a quem perguntei."

Pari aponta a franja de cebola para Bebum Laloo e diz: "Tudo isso deve ser culpa dele".

---

* Gíria híndi para bêbado, bebum, alcóolatra.

Todos os dias vemos Bebum Laloo cambaleando pelo basti, a saliva escorrendo da boca, sem fazer nada, só engolindo vento. É quase um mendigo. Até pra gente ele pede uma moeda para um copo de kadak chai. É a mãe de Bahadur quem paga as contas, trabalhando como babá e empregada num prédio hi-fi nos arredores do nosso basti. Mamãe e muitas das chachis daqui também trabalham pros grã-finos de lá.

Eu me volto para olhar os prédios de nomes pomposos — Palm Springs e Mayfair e Golden Gate e Athena. Ficam perto do nosso basti, mas parecem muito distantes, graças ao aterro sanitário que se estende no meio, e pelo grande muro com arame farpado no topo, que mamãe diz que não é tão alto a ponto de barrar o mau cheiro que chega dos enormes montes de lixo. Há muitos adultos atrás de mim, mas pelas frestas entre suas balaclavas posso ver que as luzes dos edifícios hi-fi se acenderam. Deve ser porque eles têm geradores a diesel. Nosso basti continua no escuro.

"Por que aceitei ir?", pergunta a mãe de Bahadur à Shanti-Chachi. "Eu nunca devia ter deixado as crianças sozinhas."

"A família hi-fi foi pra Neemrana e levou a mãe de Bahadur junto. Pra cuidar dos filhos deles", Pari me conta.

"O que é Neemrana?", pergunto.

"É um palácio em Rajasthan. No topo de uma montanha", diz Pari.

"Bahadur pode estar com os avós", alguém fala para a mãe de Bahadur. "Ou com algum tio ou tia."

"Eu liguei. Não está com nenhum deles."

Bebum Laloo tenta se levantar, apoiando uma das mãos no chão. Alguém o ajuda, e, oscilando para um lado e para o outro, ele cambaleia na nossa direção. "Onde está Bahadur?", pergunta. "Vocês brincam com ele, não?"

Nós recuamos, esbarrando nas pessoas. Omvir e seu suéter marrom desaparecem na multidão. Bebum Laloo se ajoelha na nossa frente, quase tomba, mas consegue alinhar seus olhos de velho com nossos olhos de criança. Ele me segura pelos ombros e me sacode como se eu fosse uma garrafa de refrigerante que ele quisesse efervescer. Tento fugir e, em vez de me salvarem, Pari e Faiz se esgueiram.

"Você sabe onde está meu filho, não sabe?", ele pergunta.

Eu até poderia ajudá-lo a encontrar Bahadur, porque sei muito sobre trabalhos de detetive, mas seu hálito fedorento bafora contra meu rosto e tudo o que eu quero fazer é fugir.

"Deixa o menino em paz", alguém grita.

Não acho que Bebum Laloo dará ouvidos, mas no fim ele bagunça meu cabelo, murmura "Ok, ok" e me solta.

Todos os dias papai sai cedo para trabalhar quando ainda estou dormindo. Mas não desta vez: na manhã seguinte, acordo com o cheiro de tinta que exala de sua camisa, suas mãos ásperas acariciando minhas bochechas.

"Tome cuidado. Vá e volte da escola com Runu, entendeu?"

Coço o nariz. Papai me trata como uma criança pequena, embora eu tenha nove anos.

"Depois da aula, volte direto pra casa. Nada de ficar circulando sozinho pelo Bhoot Bazaar." Ele me dá um beijo na testa e insiste: "Você vai tomar cuidado?".

Não sei o que papai pensa que aconteceu com Bahadur. Será que acha que ele foi sequestrado por um djinn? Mas papai não acredita em djinns.

Saio para lhe dar um okay-tata-tchau, depois escovo os dentes. Homens da idade do papai ensaboam o rosto e tossem e cospem como se esperassem que suas entranhas saíssem pela garganta. Eu quero testar até onde meu cuspe de pasta espumosa alcança, então brinco de fazer explosões com a boca.

"Pare já com isso, Jai", ouço mamãe dizer. Ela e Runu-Didi carregam os potes e galões de água que recolheram da única torneira que funciona no nosso basti (entre seis e oito da manhã e, às vezes, por mais uma hora à noite). Didi abre a tampa dos dois barris de água que ficam em cada lado da nossa porta, e mamãe entorna os potes e galões jogando água sobre si mesma com pressa.

Termino de escovar os dentes. "Por que você ainda está aqui?", mamãe me pergunta, já perdendo a paciência. "Quer se atrasar pra escola de novo?"

Na verdade, mamãe é quem está atrasada, e agora ela se apressa, ainda arrumando o cabelo que se soltou do laço atrás da cabeça. A madame hi-fi em cujo apartamento mamãe faz faxina é uma mulher maldosa que já a advertiu duas vezes por chegar atrasada. Uma noite, fingindo dormir, ouvi mamãe contar a papai que a madame ameaçara cortá-la em muitos pedacinhos, pequenas fatias que depois lançaria pela varanda para os gatos que circundam os edifícios.

Runu-Didi e eu nos dirigimos ao complexo sanitário perto do lixão, levando baldes onde depositamos sabonetes, toalhas e canecas. A fumaça negra ainda paira sobre nós. Irrita meus olhos e enche minhas bochechas de lágrimas. Didi me provoca dizendo que devo estar com saudades de Bahadur.

"Você está chorando por causa do seu amiguinho?", ela pergunta, e em outra situação eu pediria que ela fechasse o bico, mas há filas enormes para os banheiros, mesmo custando duas rupias, e preciso me concentrar em transferir o peso de uma perna a outra, pois estou apertado e não quero me borrar todo.

O responsável pelo complexo, cuja mesa fica na entrada principal dos banheiros, no ponto que separa Homens e Mulheres, demora uma eternidade para recolher o dinheiro e liberar o acesso. Ele tem de trabalhar das cinco da manhã às onze da noite, mas fecha o complexo sempre que quer e vai embora. Nesse caso somos obrigados a ir ao lixão. É de graça, mas ali qualquer um pode ver nosso traseiro: nossos colegas de classe, os porcos, os cachorros e as vacas, vacas tão velhas quanto Nana-Nani, que comeriam nossas roupas se pudessem.

Runu-Didi se posiciona na fila das mulheres, e eu na dos homens. Didi diz que os homens não param de tentar espiar o banheiro das mulheres. Provavelmente para ver se as cabines e as privadas são mais limpas.

Na minha fila, as pessoas conversam sobre Bahadur. "Esse garoto deve estar escondido em algum lugar", diz um chacha, "esperando que a mãe bote o marido pra fora de casa." Todos murmuram, concordando, e chegam à conclusão de que Bahadur vai voltar pra casa assim que se cansar de lutar com vira-latas por um roti velho numa pilha de lixo.

Os homens comentam a potência do grito da mãe de Bahadur na noite anterior, alto o bastante para assustar os fantasmas que vivem no Bhoot Bazaar. Depois fazem troça, imaginando quanto tempo levariam para perceber que um de seus filhos desapareceu. Horas, dias, semanas, meses?

Um chacha diz que, mesmo se reparasse, não diria nada. "Tenho oito filhos. Que diferença faz um a mais ou a menos?" Todo mundo ri. A fumaça também irrita os olhos deles, então, além de rir, choram.

Chega a minha vez na fila, pago o responsável e resolvo meus assuntos rapidamente. Fico me perguntando se Bahadur terá fugido para algum lugar com privadas limpas e banheiros com cheiro de jasmim. Se eu tivesse um banheiro assim, tomaria meu banho de balde todos os dias.

Voltamos pra casa, e Didi me dá chá e torradas de café da manhã. A torrada é dura e sem gosto, mas mastigo obediente. Não comerei mais nada até o horário da tarde. Depois, visto meu uniforme e vamos pra escola.

Embora papai tenha me alertado, planejo fugir de Runi- -Didi o mais cedo possível. O problema é que tem uma multidão ao redor do Búfalo-Baba, alguns de pé em cadeiras de plástico e charpais, esticando o pescoço para dar uma boa olhada. Bloquearam o caminho. Escuto uma voz que reconheço da noite anterior. "Encontre meu filho, baba, encontre meu filho. Não saio daqui até encontrarem meu Bahadur", grita aos prantos Bebum Laloo.

"Accha,* agora não consegue viver sem o filho?", pergunta uma mulher. "Não pensou nisso enquanto batia nele?"

"Só a polícia pode nos ajudar", outra mulher pondera. "Ele está há seis noites fora de casa. É tempo demais." Acho que é a mãe de Bahadur.

"A gente vai se atrasar", me diz Runu-Didi. Ela usa a mochila para acertar as pessoas e forçá-las a abrir caminho, e eu faço o mesmo. Quando finalmente atravessamos a multidão, nosso cabelo está bagunçado, e o uniforme, amassado.

Runu-Didi se ocupa em desamassar seu kameez, e, antes que me impeça, pulo por cima de uma vala e corro entre vacas e bezerros e cachorros — e cabras vestidas em suéteres melhores do que o meu. Passo por uma mulher que varre o beco e escuta música alta no celular com fones de ouvido e por uma vovó de cabelo branco que faz contas de feijão. Minha mochila esbarra num velho sentado numa cadeira de plástico, uma das pernas

---

* Palavra híndi, também presente em urdu, cujo sentido literal equivale a "bom". A depender da entonação, pode ganhar outros sentidos, como expressão de surpresa.

mais curta que a outra, a diferença entre as duas corrigida com tijolos. A cadeira vira e o homem cai no chão com as costas na lama. Massageio meu joelho esquerdo, que dói um pouco, então corro de novo, e as maldições do velho me perseguem até o outro beco, que cheira a chole-bhature.

Aqui, Pari e Faiz estão à minha espera, do lado de fora da loja que vende Tau jee e Chulbule e outros petiscos salgados cobertos de masala. Os vermelhos e verdes e azuis brilhosos das embalagens de namkeen parecem tristes na fumaça que cobre o dia, e o marido e a esposa que cuidam da lojinha se sentam com cachecóis amarrados ao redor do rosto. A fumaça não me incomoda tanto, provavelmente porque sou forte.

"Esse Faiz, viu?", Pari diz, assim que me junto a eles, "É um idiota." Sua franja minarete parece que vai colapsar a qualquer momento.

"Você que é idiota", Faiz responde.

"Vocês viram?", pergunto. "Bebum Laloo está rezando pro Búfalo-Baba, como se Baba fosse um deus de verdade."

"A mãe de Bahadur diz que vai chamar a polícia", Pari comenta.

Faiz acha que a mãe de Bahadur enlouqueceu.

"A polícia vai nos expulsar daqui se reclamarmos. Vivem ameaçando enviar escavadeiras pra demolir nosso basti", digo.

"Eles não podem fazer nada. Temos nosso vale-alimentação.* Além disso, pagamos a hafta.** Se nos despejarem, quem vão extorquir?"

---

* Na Índia, "ration card", traduzido aqui como vale-alimentação, é um documento oficial que concede licença para que as residências contempladas comprem grãos subsidiados; funciona também como uma forma de identificação que concede alguma legitimidade à residência.
** Dinheiro pago a organizações criminosas em troca de proteção.

"Um monte de gente", respondo. "A Índia tem mais gente do que qualquer outro país do mundo. Com exceção da China." Tento retirar um pedaço de torrada dos dentes.

"Faiz acha que Bahadur está morto", diz Pari.

"Bahadur tem a nossa idade. Não somos velhos o bastante para morrer."

"Eu não disse que ele morreu", protesta Faiz, que depois tosse, escarra e limpa a boca com as mãos.

"Talvez o que aconteceu", diz Pari, "foi que a asma dele piorou por causa da fumaça, e ele caiu numa vala e não conseguiu sair. Lembram daquela vez, no segundo ano, quando ele perdeu o fôlego e não conseguia respirar?"

"Você ficou chorando", digo.

"Eu nunca choro! Mamãe, sim, eu não."

"Se Bahadur tivesse caído numa vala, alguém o teria resgatado. Olha só quanta gente tem aqui", pondera Faiz.

Reparo nas pessoas que passam por nós e tento determinar se parecem do tipo prestativo. Mas seus rostos estão parcialmente ocultos por lenços para impedir que a fumaça entre por suas bocas, narizes e ouvidos. Alguns ladram nos celulares através das máscaras improvisadas. Há um vendedor de chole-bhature na beira da estrada, e, embora não esteja coberto por um lenço, seu rosto está envolto numa nuvem de fumaça que sobe da panela de óleo quente onde frita os bhaturas. Os clientes são trabalhadores a caminho das fábricas e das construções, garis e carpinteiros, mecânicos e seguranças de shopping voltando pra casa depois do turno da noite. Os homens se servem do chole com colheres de aço, os guardanapos presos sob o queixo. Os olhos estão fixos nos pratos de comida. Se um demônio começasse a correr na direção deles, nem perceberiam.

"Escutem", eu digo, "por que não procuramos Bahadur? Ou ele está deitado doente num hospital, ou…"

"A mãe dele foi a todos os hospitais perto do nosso basti", Pari me interrompe. "As mulheres estavam falando disso no banheiro."

"Se ele foi sequestrado, vamos resolver um caso de polícia. A *Patrulha Policial* explica bem direitinho como encontrar uma pessoa desaparecida. Primeiro você..."

"E se foi um djinn?", pergunta Faiz, tocando o taweez dourado que pende de um velho cordão preto preso a seu pescoço. O amuleto o protege contra mau-olhado e djinns malignos.

Pari se irrita: "Até bebês sabem que djinns não existem".

Faiz franze a testa, e o entalhe da cicatriz branca que cruza sua têmpora esquerda, quase pegando o olho, se aprofunda, como se algo lhe puxasse a pele por dentro.

"Vamos indo", digo. Assistir aos dois discutindo é a coisa mais chata do mundo. "Vamos nos atrasar para a assembleia matinal."

Faiz acelera o passo, mesmo quando chegamos às ruas do Bhoot Bazaar, que estão abarrotadas de gente e cães e ciclorriquixás e autorriquixás e riquixás elétricos. Para acompanhá-lo, não posso fazer as coisas que geralmente faço por ali, como contar as patas de carneiro ensanguentadas à venda no mercadinho de Afsal-Chacha ou mendigar um pedaço de melão numa barraca de frutas.

Ninguém vai acreditar em mim, mas tenho certeza absoluta de que, quando estou no mercado, meu nariz cresce por causa do cheiro dos chás, da carne crua, dos pães e dos kebabs e dos rotis. Minhas orelhas também crescem com os sons das conchas de sopa raspando panelas, com as pancadas de facão dos açougueiros nas tábuas de corte, as buzinas dos riquixás e das scooters e os tiros e palavrões explodindo nas salas de video game escondidas por trás de cortinas encardidas. Mas hoje meu nariz e minhas orelhas permanecem do mesmo tamanho, pois Bahadur desapareceu, e meus amigos estão desanimados, e a fumaça deixa o mundo inteiro turvo.

Quando passamos, caem faíscas de um ninho de fios elétricos que pende sobre o bazar.*

"Isso é um aviso", sugere Faiz. "Alá está nos dizendo para sermos cuidadosos."

Pari se volta pra mim, revirando os olhos.

Confiro as valas pelo resto do caminho até a escola, na esperança de encontrar Bahadur. Tudo que vejo são embalagens vazias, sacos plásticos, cascas de ovos, ratos e gatos mortos e ossos de galinha e cordeiro chupados até o tutano por bocas famintas. Nada de djinns, nada de Bahadur.

---

* No contexto indiano, "bazar" é uma espécie de grande mercado ou grande feira, de caráter labiríntico, repleto de becos, tendas e pequenos edifícios, oferecendo uma variedade de produtos e serviços.

Nossa escola é protegida...

... por um muro de dois metros de altura com arame farpado no topo e um grande portão de entrada com uma portinhola roxa. De fora, não é muito diferente das prisões que vejo nos filmes. Temos até um vigia, mas que nunca está por ali, pois precisa cumprir as ordens que recebe do diretor, como buscar uma blusa de sua esposa no alfaiate no Bhoot Bazaar ou preparar uma marmita com gulab-jamuns para a tal esposa e para os filhos número um e número dois do diretor.

Hoje o vigia também está ausente, e há uma fila que começa na portinhola, estreita demais para que todos atravessemos ao mesmo tempo. O diretor não abre o portão principal, porque tem medo que estranhos se aproveitem para invadir a escola. Gosta de dizer que cento e oitenta crianças desaparecem na Índia *todos os dias*. E que *um desconhecido é sempre um perigo* — frase que roubou de uma canção de um filme híndi.

Contudo, se estivesse de fato preocupado com a presença de estranhos, não obrigaria o vigia a abandonar o posto a todo instante.

O diretor, na verdade, deve odiar a gente. Não há outra explicação para nos fazer esperar do lado de fora da escola numa manhã de inverno fumacenta como a de hoje, quando o frio traça em branco o rastro do nosso hálito no ar. Nem mesmo os pombos rechonchudos, enfileirados no fio elétrico sobre nós, abriram os olhos.

"Por que essas crianças não conseguem formar uma fila direito?", pergunta Pari, irritando-se com as filas menores que se bifurcaram a partir da principal. "Vamos ficar aqui para sempre."

Todo dia ela diz isso.

A fila mais curta avança, como se provasse que Pari está enganada. Eu me apresso a me posicionar atrás de um garoto da classe de Runu-Didi, que tem um pente creme no bolso traseiro da calça. Ele puxa o pente, passa-o pelos cabelos, retira os fios que ficaram presos entre os dentes apertados e volta a guardá-lo no bolso. Seu rosto é cheio de espinhas e manchas, como uma banana apodrecida.

Pari e Faiz furam a fila na minha frente. "Como se atrevem?", pergunto, mas eles riem, pois sabem que estou brincando e logo abro um sorriso também. Olho em volta para conferir se Bahadur reapareceu. Talvez ele não saiba que, neste exato momento, lá no basti, sua mãe está prestes a chamar a polícia. Mas ele não está aqui e não quero falar sobre ele, porque isso dissiparia os sorrisos de Pari e Faiz. Os dois já esqueceram que estavam discutindo alguns minutos atrás.

Avisto Dose se aproximando do portão da escola. Está no nono ano, mas reprovou esse ano duas ou três vezes. Seu pai é o pradhan* do nosso basti, membro do Hindu Samaj, um partido militante e barulhento que odeia muçulmanos. Mal vemos

---

* Termo de origem sânscrita cujo significado varia de acordo com a região; em geral designa um líder.

o pradhan hoje em dia, pois ele comprou um apartamento hi-fi e agora só recebe gente hi-fi. Não sei se isso é verdade ou se é só uma coisa que mamãe diz quando a torneira do basti seca por dias a fio e todo mundo precisa contribuir para comprar uma caixa d'água.

Dose agora se pôs ao pé do portão, dirigindo o movimento das filas como um guarda de trânsito numa avenida movimentada. Estica a longa mão direita no ar, com a palma apontada na nossa direção, indicando que nossa fila PARE. Eu obedeço de imediato, assim como os demais estudantes.

Na escola, Dose comanda uma gangue que se dedica a espancar professores e a alugar familiares falsos para estudantes que se metem em apuros a ponto de o diretor convocar uma reunião com os pais. Dose não trabalha de graça, e eu não sei onde os estudantes encontram dinheiro para contratar um pai e uma mãe. Faiz faz mil bicos e dá a maior parte do dinheiro para a mãe, mas outra parte ele separa para comprar seus sabonetes favoritos — Purple Lotus e Cream Lux — e um frasco do xampu Sunsilk Stunning Black Shine. Faiz diz que um pai e uma mãe custam mais de uma dúzia de sabonetes e xampus.

Alguns dos garotos atravancam a fila batendo papo com Dose. Estão sempre falando do único dia na vida em que gritaram com um professor ou com um policial a fim de provar que também podiam ser durões. Mas como Dose não há ninguém:

- Em primeiro lugar, todo dia ele passa numa theka* do Bhoot Bazaar para beber uma dose de daru, que é como ganhou esse apelido. Seus olhos estão sempre vermelhos e esbugalhados, e ele sempre cheira a daru;

---

* Termo para botequim ou ponto de venda de bebidas localmente produzidas, frequentado por trabalhadores pobres.

- Em segundo lugar, Dose nunca usa o uniforme;
- Em terceiro, só se veste de preto: camisa preta, calça preta e, se está frio, um xale preto sobre os ombros;
- Por último, toda manhã, logo depois da reunião matinal da escola, o diretor expulsa Dose por não estar vestido corretamente. Os professores estão sempre ameaçando cortá-lo da lista de chamada, já que tem frequência zero, mas nunca o fazem.

Em vez de comparecer às aulas, Dose perambula pelo Bhoot Bazaar até a hora do intervalo de almoço. Em seguida, desfila de volta pra escola e pra debaixo de um nim no pátio de recreio, cercado por estudantes que desejam entrar pra gangue ou contratar seus serviços. Há também veteranas idiotas que apontam arminhas de dedo umas contra as outras e se chamam de As Ranis dos Revólveres. Mas a maioria das garotas mantém distância de Dosc, pois cle está sempre crescendo os olhos sobre elas.

Dose é o único tipo criminoso que já vi de perto. Nunca foi preso pela polícia, talvez porque seu papai-pradhan suborne os guardas. Eu me pergunto se alguém terá contratado Dose para sumir com Bahadur. Mas quem faria uma coisa dessas?

Nossa fila volta a andar.

Decido que Dose é meu principal suspeito. Ele e os djinns, mas é impossível interrogar djinns. Pode ser que eles não existam.

Quando chegamos ao portão, reúno coragem e digo a Dose: "Um menino do nosso basti desapareceu". Nunca havia falado com ele, mas agora me apresento de coluna ereta, como se fosse cantar o hino nacional na assembleia. Presto muita atenção no rosto dele para conferir se há sinais de surpresa. Policiais e detetives experientes conseguem dizer a partir de um piscar de olhos ou de um franzir de lábios se alguém está mentindo.

Dose abre um sorriso oleoso para uma veterana atrás de mim.

Alisa os pelos que nascem acima dos lábios e nas bochechas, ralos demais para formarem um bigode e uma barba de verdade, embora ele deva ser muito velho, tipo dezessete ou algo assim. Então diz "Andando, andando, andando" e me empurra na direção da entrada.

"O menino que desapareceu, o nome dele é Bahadur", insisto.

Ele estala os dedos bem perto dos meus ouvidos, o que faz a ponta da minha orelha arder. "Chal-but",* rosna.

Corro pra dentro da escola.

"Você perdeu a cabeça ou o quê?", Faiz me pergunta. "Por que estava falando com aquele maluco?"

"Ele podia ter arrancado seu braço e jogado numa dessas latas de lixo", Pari diz, apontando uma lixeira em formato de pinguim.

O bico amarelo do pinguim está tão escancarado que nossa cabeça caberia lá dentro. A barriga-lixeira branca grita USE-ME USE-ME. Embalagens de caramelo decoram o chão ao redor da lixeira, porque os estudantes jogam coisas a distância tentando acertar a boca do pinguim e quase sempre erram.

"Eu estava fazendo o que detetives fazem", digo a Pari.

Na sala, a próxima guerra entre Índia e Paquistão, que de acordo com as notícias terá início a qualquer momento, já começou. Diz respeito a quem deve vencer o *Sa Re Ga Ma Pa* infantil. O lado indiano diz que o melhor cantor na competição é Ankit, um garoto rechonchudo que todo mundo chama de Jalebi, porque sua voz é doce e grudenta. O lado paquistanês torce por Saira, uma menina muçulmana que usa hijab e que deve ser uma cabeça mais baixa do que eu. Querem que ela vença, pois

---

* Expressão em híndi para "Dá o fora".

Saira frequenta a escola pela manhã e à tarde canta nas ruas de Mumbai em troca de moedas para alimentar a família. Pari e eu tentamos avisar a todos que Bahadur desapareceu. Metade dos meus colegas de classe já sabe disso, pois também vive no nosso basti. Mas não se importa com Bahadur — não agora, no meio da guerra.

"O povo de Saira mata vacas e também mata hindus", diz Gaurav, que toda manhã tem a testa marcada com tilak vermelho pela mãe, como se estivesse a caminho um campo de batalha.

Faiz nunca me matará. Às vezes ele até esquece que é muçulmano.

"Gaurav é um jumento", sussurro para Faiz.

Nossa sala tem nove ou dez crianças muçulmanas, além de Faiz. Estão sentadas em silêncio, escondendo o rosto nos livros didáticos.

Faiz e eu nos acomodamos numa mesa na terceira fileira. Pari se senta perto de nós. Compartilha sua mesa com Tanvi, que tem uma mochila no formato de uma fatia de melancia, rosa com sementes pretas.

"E se Dose realmente sequestrou Bahadur?", pergunto a Pari. "Talvez roubar crianças seja seu novo negócio. Talvez ele ofereça filhos falsos para pais e mães do mesmo jeito que aluga pais falsos pra gente."

"Dose nem sabe quem é Bahadur, por que faria isso?"

"Eu já vi Dose tirando sarro de Bahadur." É Tanvi quem diz isso, acariciando a mochila como se fosse um gatinho. "Ele o chama de Ba-Ba-Ba-Bahadur."

O professor Kirpal entra na sala. "Silêncio, silêncio", grita, virando-se para a lousa, o toco de giz entre as pontas dos dedos. Sua mão treme, pois há um ano ele a quebrou e ela nunca sarou direito. Kirpal escreve MAPAS no topo do quadro e ÍNDIA logo abaixo, então começa a desenhar um sinuoso mapa da Índia.

"Socorro, socorro", sussurro à Pari. "Sou só um pobre toco de giz e esse professor está me estrangulando."

Todos estão cochichando entre si, mas Pari franze a testa e pede silêncio, "Xiiiu".

Eu curvo minha mão direita como se fosse a cabeça de uma cobra e afundo minhas presas no ombro esquerdo de Pari.

"Senhor professor", ela grita.

Deslizo no meu assento até que a maior parte de mim esteja escondida atrás da carteira. O professor não pode me ver. Graças à fumaça, a sala de aula está mais escura do que o normal.

Pari se levanta com o braço erguido e volta a gritar "Senhor professor".

"Que foi?", ele pergunta. Parece chateado, talvez porque deteste desenhar.

"Você não acha que devia fazer a chamada primeiro?"

É possível ouvir o risinho abafado de alguns estudantes. Faiz espirra, mas sem tirar os olhos do palavrão que entalha com o compasso em nossa mesa.

"Senhor", Pari insiste, "se você fizer a chamada, então vamos saber se todos estão aqui ou não."

Corrijo minha postura. É óbvio que Pari nunca me denunciaria.

O professor Kirpal põe o toco de giz na mesa, que rola até o registro de frequência que ele nunca abre. Seu nariz se contrai como sempre faz quando se arma da régua de madeira para dar pequenos golpes no ar.

"Senhor, você se lembra de Bahadur, ele costumava se sentar aqui", Pari continua, girando o corpo para apontar um assento na última fileira. "Ontem descobrimos que há cinco dias ele não aparece em casa."

"E o que posso fazer? Ir procurá-lo no bazar? Os pais dele têm de abrir um inquérito na polícia."

"Se um estudante não aparece por dois ou três dias, a escola não deve avisar a família?"

Pari agora arregalou os olhos ao máximo e fala numa voz recitativa, mas toda aquela atuação não engana Kirpal.

"Ah, não", Faiz murmura, o compasso ainda entalhando as letras. "Pari está em apuros. Dos grandes."

Sabemos bem por que Pari está fazendo todas aquelas perguntas. Não devíamos levar cinco dias para perceber que alguém desapareceu. Mas o registro de frequência do professor Kirpal já não pode ajudar Bahadur. É tarde demais.

Eu sou o único que pode fazer alguma coisa a respeito. Posso encontrar Bahadur porque vi centenas de programas de TV e sei exatamente como detetives como Byomkesh e Bakshi capturam criminosos que roubam crianças e ouro e esposas e diamantes.

De cabeça baixa, o professor Kirpal circunda sua mesa como se fosse um templo, rezando em silêncio.

"Se eu fizer a chamada toda manhã, quem vai dar aula? Você? Você vai dar aula? Ou você?", pergunta, apontando o dedo para cada um dos estudantes na fileira da frente e coçando o pulso direito em seguida.

Pari curva o lábio inferior pra baixo, como se estivesse prestes a chorar. Faiz guarda o compasso no estojo de geometria, embora não tenha terminado de entalhar ha-ra-mi* na mesa, com uma seta apontando o garoto à esquerda.

"Há quantos de vocês aqui? Quarenta, cinquenta? Sabem de quanto tempo eu precisaria para chamar todos pelo nome?"

Pari se senta e espeta o domo do cabelo com uma caneta. Algumas mechas se soltam. Está tentando esconder as lágrimas. Isso é novidade pra ela. Não está acostumada a ouvir gritos; nós, sim.

---

* Termo híndi para bastardo.

"Além disso, seus pais vivem levando vocês pra visitar suas vilas nativas, e não nos dizem nada", continua o professor Kirpal, embora Pari nunca tenha perdido um dia de aula. "Se eu seguir as regras do governo, nenhum de vocês vai ter lugar aqui."

"Senhor, não faremos nada com você se você marcar nossas faltas", eu digo. "Somos apenas crianças."

"Arrey, paagal",* Faiz sussurra, "você não sabe fechar o bico?"

A classe inteira se cala, exceto por algumas tosses e espirros. Posso ouvir outros professores em outras salas fazendo perguntas, e as vozes ruidosas dos alunos respondendo em uníssono. As sobrancelhas do professor Kirpal se curvam, formando um V, depois ele pega de volta o toco de giz e se volta para a lousa.

"Qualquer outro teria lhe dado um bom castigo", Faiz me sussurra.

Não concordo. Não disse nada de errado.

Ano passado, Dose amaldiçoou o professor e o transformou num rato. Aconteceu depois que o professor riscou do registro o nome de três alunos veteranos que não compareceram às aulas por quatro meses. Uma semana depois, quando o senhor Kirpal voltava pra casa em sua velha Bajaj Chetak, os rapazes de Dose o seguiram e, num sinal vermelho, atacaram-no com barras de ferro. O professor estava de capacete, então não acho que pretendessem matá-lo. Era um aviso, como quando mamãe me olha fixamente por alguns segundos pra conferir se vou parar de fazer o que estou fazendo — e que a enfurece —, antes de gritar comigo.

No incidente, os rapazes de Dose quebraram um osso da mão direita do professor. Ficamos sem aula por alguns dias, porque os demais professores entraram em greve pedindo proteção

---

* "Arrey", expressão de surpresa ou preocupação, como ei!; "paagal", híndi para maluco, louco.

ao governo, mas depois voltaram e tivemos de voltar também. Os dois meninos que a polícia acabou prendendo pelo ataque não eram da nossa escola, então Dose não foi expulso. Desde então o professor Kirpal parou de fazer a chamada, mas leva o registro por toda parte, enfiado debaixo do braço. Não é segredo. Até o diretor sabe que o professor jamais voltará a expulsar alguém por faltar às aulas.

O toco de giz range agudamente contra a lousa. Alguns dos garotos na fila da frente se voltam e me encaram. Eu suspendo meu lábio superior e mostro-lhes os dentes, eles riem e se viram.

Pari rabisca o jornal que cobre o livro de ciências sociais. Faiz sofre uma crise de espirros. Eu me sento mais para o lado, de modo que seus pequenos tiros de coriza não me acertem.

"Silêncio", o professor Kirpal grita, virando-se. Acho que ele diz "silêncio" mais do que qualquer outra palavra; deve gritar "silêncio" enquanto dorme. Ele atira o toco de giz na minha direção. Não me acerta, e o giz passa entre a minha mesa e a de Pari.

"Mas, senhor", digo, "eu não fiz nada."

Ele pega a lista de chamada e folheia as páginas com uma mão direita molenga.

"Aqui está você", diz, erguendo as sobrancelhas na minha direção quando diz *você*. Então retira a caneta presa ao bolso da camisa, escreve alguma coisa na página, fecha o registro rispidamente e o larga na mesa. "Pronto. Está feliz?"

Eu não sei por que deveria estar feliz.

"O que ainda está fazendo aqui? Vamos, Jai, junte suas coisas. Marquei sua ausência no registro, como você queria. Tens o dia livre, nobre cavalheiro." Ele agora gesticula com as duas mãos na direção da porta. "Pode ir."

"Se você ganhou um chutti* fácil assim", Faiz me diz, "aproveite."

Não quero um dia livre. Não quero perder o almoço, senão passarei fome até a hora do jantar, que só acontece muitas horas depois, mais do que consigo contar nos dedos.

"Saia já", Kirpal insiste. A classe toda fica em silêncio. Estão todos chocados com o fato de que o professor expressa sua raiva em vez de engoli-la, como faz na maioria das vezes.

"Mas, senhor..."

"Há outros estudantes aqui que, ao contrário de você, querem aprender. Eles sonham em se tornar doutores e engenheiros e coisas assim. Mas" — ele cospe as bolhas de saliva dos cantos da boca — "sua vocação é ser um goonda.** No seu caso, é melhor aprender o que acontece para lá do portão da escola."

A raiva no meu estômago salta para meu peito, meus braços e minhas pernas. Queria que os rapazes de Dose tivessem matado o professor Kirpal. É um professor horrível.

Enfio minhas coisas na mochila, saio para o corredor e piso nas pontas dos dedos para espiar por fora do muro da escola. Talvez Dose esteja ali. Vou perguntar se posso entrar na gangue.

O professor Kirpal surge no corredor, a face coberta de um suor de inverno esquisito, e diz: "Ei, seu malandrinho, eu não disse pra ir embora? Vai ficar sem almoço hoje!".

Já me botaram para fora antes, seja porque esqueci de fazer meu dever de casa ou porque me meti numa briga, mas nunca havia sido expulso da escola. Ando em direção ao portão, parando para chutar os pinguins, e em nenhum momento olho para trás. Vou sair da escola para sempre e entrarei para a vida do crime como Dose. Serei o chefão mais perigoso da Índia e

---

* "Feriado", em híndi.
** Termo híndi para vadio ou integrante de gangues.

todo mundo terá medo de mim. Meu rosto vai aparecer na TV, mas escondido sob grandes óculos de sol. Parecerei um pouco comigo, mas ninguém terá certeza, nem mesmo mamãe, nem papai, nem Runu-Didi.

Perambulo pelo Bhoot Bazaar, imaginando minha vida...

... de criminoso. Não vai ser fácil. Terei de crescer, ficar mais alto e mais pesado, pois só assim as pessoas vão me levar a sério. Por ora, até os atendentes nos mercadinhos me tratam como um vira-lata. Quando esmago meu nariz contra os armários de vidro onde exibem seus produtos — fileiras alaranjadas de karachi halwa e meias-luas de gujiyas decoradas com pó de cardamomo verde —, eles não tardam a me acertar na cabeça com cabos de vassouras e a me ameaçar com canecas de água gelada.

Meu pé desliza entre os buracos na calçada. Quase tropeço. "Beta,* preste atenção", diz um chacha de rosto engelhado, tão enrugado quanto minha camisa. Está numa tenda de chá que avança sobre o passeio. Na rádio toca uma velha canção de um filme híndi, a favorita de papai. "Essa jornada, tão bela", canta o herói.

---

* Termo híndi para "filho", utilizado sobretudo no norte do país, no contexto de um homem mais velho que se dirige a um jovem.

Os homens próximos ao solícito chacha, sentados sobre barris e caixotes de plástico emborcados, não me veem. Seus olhos estão repletos de tristeza, porque hoje não foram chamados para trabalhar. Devem ter gastado a manhã inteira no cruzamento perto da rodovia, à espera dos empreiteiros que chegam em jipes e caminhões para contratar quem carregue tijolos e pinte paredes. Há homens demais e poucas obras, então nem todo mundo acaba trabalhando.

Papai também costumava esperar nessa mesma rodovia, até que encontrou um bom emprego na estação de metrô da Linha Púrpura e, mais tarde, na construção. Já me falou de empreiteiros desonestos que roubam o dinheiro dos trabalhadores e os obrigam a se equilibrar presos a arreios de cordas puídas, limpando janelas hi-fi. Papai fala que não quer me ver numa vida tão perigosa, então diz que devo estudar muito e conseguir um emprego num escritório para que eu também me torne uma pessoa hi-fi.

Meus olhos ardem quando penso na vergonha que ele sentiria caso eu me tornasse um criminoso. Decido que, no fim das contas, não quero ser Dose número dois.

Dobro no beco que conduz ao nosso basti e tusso cobrindo a boca com a mão. Dessa forma, se alguma senhora do grupo de mamãe me flagrar e contar a ela que eu estava cabulando aula, será obrigada a admitir que eu parecia muito doente.

Reparo que minha tosse parece tão alta quanto um avião. Tem alguma coisa errada, mas não sei dizer o quê. Paro e olho em volta. Prendo a respiração e escuto. Meu coração bate contra minhas costelas. Abro bem a boca e baforo meu hálito, tragando-o de novo, como Baba Devanand faz na TV. Lentamente, os nós no meu estômago se desatam. Então vejo o que há de errado.

O beco está silencioso e vazio. Todo mundo desapareceu: os vovôs que leem jornais, os desempregados que jogam cartas, as mães encharcando roupas em velhas latas de tinta, e as crianças pequenas que engatinham com os joelhos cobertos de lama. Há muitos vasos sujos, alguns abandonados no meio da lavagem, espalhados ao redor dos barris de água que presidem todas as portas do nosso basti. Alguma coisa ressoa por trás da fumaça. Talvez um djinn. Um sentimento ruim me atravessa. Quero fazer xixi.

À minha esquerda uma porta se abre. Dou um salto. É agora, serei sequestrado. Mas é só uma mulher de sari. Ela tem pasta vermelha na divisão do cabelo e a cara toda manchada.

"Menino, você não tem cérebro?", ela grita. "Tem polícia no basti inteiro. Quer ser preso?"

Balanço a cabeça, mas paro de sentir que preciso ir ao banheiro. Policiais são assustadores, mas não tão assustadores quanto os djinns. Quero perguntar à mulher por que os policiais estão aqui, e se trouxeram escavadeiras para nos assustar, e se não era bom alguém organizar uma vaquinha para suborná-los, mas, em vez disso, digo: "Tem sindoor nas suas bochechas".

"O que sua mãe vai pensar", a mulher me pergunta. "Ela trabalha tanto que não tem tempo de rezar no templo, e veja só você. Matando aula e curtindo a vida, não é? Não seja assim, menino. Não desaponte sua mãe. Volte já pra escola. Senão vai se arrepender um dia. Entende?"

"Entendido", eu digo, embora não ache que ela e mamãe sejam amigas.

"Não deixe que eu o encontre aqui de novo", ela diz, fechando a porta na minha cara.

Não posso acreditar que a mãe de Bahadur trouxe a polícia para o nosso basti. É por isso que todos estão se escondendo. Eu devia fazer o mesmo, mas também quero saber por que a polícia está aqui. Em tese, eles deveriam nos *Servir e Proteger*, mas os policiais que vejo pelo Bhoot Bazaar fazem justamente o oposto. Importunam os lojistas, enchem a pança de graça nos carrinhos de comida e pedem a todos os que ainda não pagaram a hafta para escolher entre um cacetete no traseiro ou a visita de uma escavadeira.

A fumaça acaba se mostrando útil, pois me dá cobertura. Mantenho-me na margem das ruelas, perto dos barris de água, ainda que o chão esteja escorregadio, graças a toda aquela lavação de vasos. Passo por dois vendedores que empurram seus carrinhos e cobrem sob lonas as frutas e os vegetais. Vejo três sapateiros agachados por ali, as cerdas pretas dos pincéis de engraxar despontando dos sacos que pendem de seus ombros. Estão prontos para *preparar, apontar e correr* ao primeiro sinal de confusão.

Sou diferente desses homens. Não tenho medo. E não me submeto, como o segundo marido de Shanti-Chachi. Todo mundo diz que ele faz tudo o que chachi pede: prepara a comida, lava as calcinhas dela e põe pra secar com a rua inteira de plateia. Como parteira, chachi ganha muito mais dinheiro do que o marido, embora ele tenha dois empregos.

Avisto o Búfalo-Baba no lugar de sempre, no meio da rua, e um policial de uniforme cáqui. Observando tudo estão Fatima-ben, talvez temendo que o policial faça alguma coisa com seu búfalo, vovôs de braços cruzados, mães com os bebês a tiracolo, crianças que não vão pra escola e ficam em casa trabalhando na produção de bordados ou tira-gostos, e a mãe de Bahadur e o Bebum Laloo, embora os dois não morem nesta rua.

Eu me aproximo aos poucos, esquivando-me dos varais carregados de camisas e sáris molhados, as bainhas roçando meu cabelo. A apenas duas casas de onde estamos há um barril preto de água perto de uma porta fechada. É o esconderijo perfeito.

Ponho a mochila no chão, agacho-me atrás do barril e respiro com discrição para que ninguém me escute. E, com apenas um olho, espiono.

O policial cutuca Búfalo-Baba com os pés e pergunta a Bebum Laloo: "Então é verdade? Esse bicho nunca se levanta? Como ele come?".

Talvez esse policial pense que o Búfalo-Baba está escondendo Bahadur debaixo do traseiro sujo.

Um segundo policial surge de dentro de uma casa. Veste uma camisa cáqui com distintivos no braço no formato de setas apontando para baixo.

Só policiais seniores usam esse tipo de distintivo. Eu sei disso porque mês passado vi um episódio de *Crime Live* sobre um pilantra que enganava todo mundo trajando um uniforme desse tipo. O policial fajuto chegou a ir ao acampamento da polícia em Jaipur para beber chá e saiu de lá com a carteira de todos os policiais de verdade.

"Fazendo amizade com um búfalo? Bom, bom", diz o policial sênior ao guarda cujo uniforme cáqui não tem nenhum distintivo costurado às mangas, o que faz dele um mero novato, um júnior. O sênior, então, pisa sobre o rabo de Búfalo-Baba para ficar diante da mãe de Bahadur.

"Seu filho, ele tem um problema, pelo que entendo", ele diz. "É meio lerdo, não é?"

"Meu filho é um ótimo estudante", diz a mãe de Bahadur. A voz está rouca de tanto chorar e gritar, mas há certo brilho avermelhado nela, pois está fumegando de raiva. "Pergunte lá na escola, eles vão lhe dizer. Ele tem um pequeno problema de fala, mas os professores dizem que tem melhorado."

O policial sênior contrai os lábios e bafora bem no rosto da mãe de Bahadur. Ela nem pisca.

"Na minha opinião", diz o policial júnior, "a melhor coisa a fazer é esperar alguns dias. Já vi muitos casos assim. Essas crianças fogem porque querem ser livres, mas logo voltam correndo, quando se dão conta de que liberdade não enche a barriga."

"Embora", diz o sênior, "pelo visto seu marido... bem... como posso dizer" — ele lança um olhar a Bebum Laloo, que observa tudo — "era violento com seu filho?"

Um silêncio constrangedor preenche a rua, rompido pelos cacarejos das galinhas que fugiram de algum galinheiro mal ajambrado e pelos berros de uma cabra vindos de alguma casa.

Ninguém no nosso basti quer que Bebum Laloo acabe na cadeia. Mas não devemos mentir, pois o policial sênior é esperto. Sei disso porque ele é tão novo quanto um universitário e já é sênior. Além disso, faz perguntas exatamente como os bons policiais da TV. Não quer nosso dinheiro. Sua única missão é botar sujeitos maus atrás das grades.

Um homem de pé ao lado de Bebum Laloo responde por ele: "Saab,* quem nunca bateu nos filhos uma ou duas vezes, hein, saab? Isso não significa que eles devam fugir. Nossos filhos são mais inteligentes do que nós. Sabem que queremos o melhor para eles".

O policial sênior estuda o rosto do homem, que ri nervoso e vira o rosto, olhando agora para as entranhas de prata das embalagens de namkeen no chão e para as crianças pequenas que tentam se desvencilhar de suas mães.

Bebum Laloo abre a boca e nenhuma palavra sai. Então treme, como se uma corrente de ar subisse da terra entre as pernas e os braços.

Pari e Faiz não vão acreditar quando eu contar o que estou vendo agora. O melhor de tudo é que meu uniforme cinza é uma boa camuflagem na fumaça.

---

* Termo híndi para "senhor".

"Você", grita o policial sênior, apontando pra mim. "Venha aqui agora."

Minha cabeça bate no barril quando me agacho depressa, mas sei que não fui rápido o bastante. *Ele vai fazer você comer sua própria merda*, penso. É uma coisa que ouvi Gaurav dizer, meu colega de classe que odeia muçulmanos; falava o que Dose faria caso alguém o provocasse.

"Onde ele está? Onde está o menino?"

Meus olhos fitam o disco branco de uma antena apontada para o céu, presa na borda de um telhado de zinco do outro lado da rua. Se fixar os dois olhos no disco, se fizer isso de verdade, não verei mais nada. Todo mundo vai desaparecer, até o policial.

Contudo, aqui está ele, de pé ao meu lado, tamborilando os dedos no barril de água. Tira a boina cáqui, cujo elástico apertado deixou uma linha vermelha no meio de sua testa.

"Vejamos se isso fica melhor em você", ele diz, sorrindo e balançando a boina bem na frente do meu rosto.

Eu me encolho, afastando-me da boina que cheira a axila — e celas, talvez.

"Não quer?"

"Não", respondo, minha voz tão fraca que eu mesmo não consigo ouvir.

O policial volta a colocar a boina na cabeça, mas sem puxá-la pra baixo. Em seguida, raspa a lama dos sapatos de couro preto contra um tijolo. A sola do sapato esquerdo se abre como uma boca e os remendos frouxos tremem como fios de cuspe. São sapatos tão arruinados quanto os meus.

"Sem aula hoje?", ele pergunta.

Eu não estava tossindo, então respondo: "Disenteria. O professor me mandou pra casa".

"Ah, você comeu alguma coisa que não devia, né? Não gosta da comida da sua mãe?"

"Não, é boa, é muito boa."

Tudo está dando errado hoje e é tudo culpa de Bahadur.

"Esse menino que estamos procurando", ele diz, "você conhece? É da sua escola?"

"Da mesma sala."

"Ele disse alguma coisa sobre fugir?"

"Bahadur não sabe falar. Gagueira. Não consegue pronunciar palavras como outras crianças."

"E o pai dele?" O policial sênior baixa a voz. "O menino disse alguma coisa sobre o pai bater nele?"

"Pode ser, foi por isso que Bahadur fugiu. Mas Faiz acha que foram os djinns."

"Djinns?"

"Faiz diz que Alá criou os djinns. Existem djinns bons e maus, do mesmo jeito que existem pessoas boas e más. Um djinn malvado pode ter sequestrado Bahadur."

"Faiz é um amigo seu?"

"Sim."

Sinto-me um pouco culpado por abrir o bico para o policial sênior, mas estou ajudando a investigação. Talvez algo que eu diga acabe se mostrando uma grande pista que ajudará a solucionar o caso. Daí um ator mirim vai interpretar meu papel num episódio de *Patrulha Policial*. Vai se chamar O MISTERIOSO DESAPARECIMENTO DE UM INOCENTE MENINO DA FAVELA — PARTE UM ou EM BUSCA DE UM GAGO DESAPARECIDO: UMA SAGA COMOVENTE DA VIDA NA FAVELA. Os episódios do programa têm títulos geniais.

"Não temos espaço suficiente para manter as pessoas na cadeia. Se começarmos a prender djinns também, onde vamos colocá-los?", pergunta o policial.

Ele está zombando de mim, mas não me importo. O que quero é saber o que ele está esperando que eu diga, para que eu possa então dizer, e ele encontrar Bahadur. Além disso, meu pescoço está doendo de tanto conversar olhando pra cima.

O policial coça as bochechas. Meu estômago ronca. Faiz geralmente me ajuda a calá-lo me dando pequenos confeitos de erva-doce que ele carrega nos bolsos, roubados do dhaba* onde ele às vezes trabalha aos domingos como garçom.

"Talvez Bahadur estivesse entediado aqui, não?", pergunta o policial.

Meu estômago volta a roncar e eu o empurro com as mãos para que se cale de novo. "A mãe dele disse isso?", pergunto. "Ela chamou vocês, não foi? Nós nunca chamamos a polícia."

Falei demais, mas a expressão do policial é vazia. Ele apruma as calças cáqui, ajeita a boina na cabeça e se vira para ir embora.

"Tem um sapateiro a duas ruas daqui", digo.

Ele para e me olha como se estivesse me vendo pela primeira vez.

"Para os seus sapatos. Ele é muito bom. Seu nome é Sulaiman e depois que ele remenda um sapato nem parece que tem remendo, ele…"

"E o presidente deu a ele um prêmio Padma Shri por tais serviços?", pergunta o policial. Não respondo, porque é uma piada — e nada engraçada.

Ele volta pra onde todos estão. Acena ao policial júnior, três acenos ríspidos que são parte de um sinal secreto como aqueles trocados pelos jogadores de críquete. Pari, Faiz e eu devíamos inventar um sinal secreto também.

"Não há nada pra ver aqui", diz o policial júnior. "Todos vocês, e quero dizer todos mesmo, voltem pra casa."

Pais e mães e filhos correm para dentro, mas uma cabra mar-

---

* Restaurantes de beira de estrada na Índia e no Paquistão.

rom, vestida num suéter de bolinhas que lhe dá um ar de leopardo, sai de uma casa e dá um golpe de cabeça nas pernas do policial júnior.

"Filha da puta", ele diz, e chuta a cabra.

Eu rio, e meu riso sai mais alto do que eu gostaria.

"O que você está olhando?", o novato pergunta. "Por acaso está filmando com o celular?"

"Não tenho um", grito, antes que ele me prenda. Saio de trás do meu barril-escudo e, como um herói num filme diante de uma arma apontada, reviro os bolsos da calça para que ele veja que tudo que tenho é um pino de disparo de um tabuleiro de carrom da escola que esqueci de devolver.

"Chokra precisa fazer o número dois", o policial sênior diz ao júnior. "Deixe-o ir."

Recolho minha mochila e contorno depressa a esquina da casa onde eu me abrigara, entrando por um beco estreito por onde só crianças, cães e cabras conseguem passar. Aqui é seguro, embora o chão esteja coberto de cocô de cabra.

Meus ombros roçam os muros, e a poeira mancha meu uniforme. Hoje mamãe vai ficar muito brava comigo.

Com cuidado, me aproximo da abertura, meus ouvidos no volume máximo, prontos para captar qualquer sussurro. O policial júnior empunha uma vara que deve ter recolhido do chão. "Todo mundo pra dentro", ele grita para as pessoas ainda paradas no beco. "Vocês dois ficam", diz à mãe de Bahadur e a Bebum Laloo.

O policial sênior se aproxima deles e diz algo que não consigo ouvir. A mãe de Bahadur retorce a corrente de ouro no pescoço, tentando abrir o fecho. Bebum Laloo se oferece para ajudá-la, mas a mãe de Bahadur o empurra para longe. Ela ama aquela corrente.

Alguns meses atrás, quando se espalhou pelo basti a notícia

de que a mãe de Bahadur tinha uma corrente de ouro de vinte e quatro quilates, um colar de verdade, não uma falsificação como os brilhantes vendidos no Bhoot Bazaar, papai disse que a mãe de Bahadur devia ter roubado da madame hi-fi. Mas a mãe de Bahadur contou que a mulher lhe dera de presente.

Mamãe disse que a mãe de Bahadur tinha azar no casamento, mas sorte no trabalho, e que todo mundo tinha algo que dava certo e algo que dava errado na vida — filhos bons ou maus, vizinhos gentis ou cruéis, ou uma dor nos ossos que o doutor podia curar facilmente ou não — e assim você aprendia que os deuses pelo menos tentavam ser justos. Mamãe disse a papai que preferia ter um marido que não batia nela do que uma corrente de ouro de verdade. Meu pai ficou parecendo um pouco mais alto depois disso.

Agora a mãe de Bahadur desprende a corrente, deposita-a na palma da mão e estende para o policial sênior. Ele pula pra trás como se ela lhe pedisse para segurar uma bola de fogo. A mãe de Bahadur se vira para Bebum Laloo, que volta a tremer. Ele não serve pra nada. Aposto que ela preferiria que sua chefe estivesse ali em vez do marido.

"Como eu poderia aceitar um presente de uma mulher?", diz o policial sênior. "Não posso, não, não." Sua voz é clara como as maçãs que os vendedores costumam polir com cera pela manhã.

A mãe de Bahadur suga o ar entre os dentes cerrados, bate no pulso do Bebum Laloo e lhe entrega a corrente. O policial sênior olha ao redor, talvez para confirmar que ninguém está vendo aquilo. Há apenas o policial júnior, que risca linhas na areia com a vara, e Búfalo-Baba, e eu, mas ele não me vê.

"Tem certeza, mãezinha?", Bebum Laloo diz, por fim, mostrando o punho fechado com a corrente.

"Tudo bem", ela diz. "Não é nada."

"Se querem discutir, façam isso dentro da casa de vocês", diz o sênior. "Não estou aqui para resolver problemas conjugais. Mas o que posso fazer, o que terei de fazer, é prendê-los por desordem pública."

"Perdoe-nos, saab", Bebum Laloo diz, entregando a corrente para o policial, que logo a guarda no bolso.

Os agentes de Live Crime nunca aceitam propinas, nem de homens, e agora me sinto um péssimo policial, pois não vi a perversidade no sênior.

"Quanto a seu filho", ele diz agora, "dê-lhe duas semanas. Se até essa data ele não reaparecer, me avisem."

"Saab", responde a mãe de Bahadur, "mas você disse que procuraria por ele imediatamente..."

"Tudo a seu tempo", diz o sênior. Depois se vira para o júnior: "Aqueles relatórios não vão se escrever sozinhos. Chalo, bhai,* se apresse".

"Vocês são uns arruaceiros, vocês todos", diz o policial júnior, dirigindo-se a Bebum Laloo, "roubando energia, fabricando aguardente em casa, perdendo tudo que tem em jogos e apostas. Se continuarem se comportando assim, a prefeitura vai mandar escavadeiras pra derrubar esses barracos."

Quando os policiais se vão, Fatima sai de casa, acaricia Búfalo-Baba entre os chifres e lhe dá um punhado de espinafre.

Não quero que nosso basti seja destruído. Quando eu encontrar Bahadur, vou lhe dar um bom tapa por criar tantos problemas. Ele não vai nem tentar me impedir, pois em seu coração saberá que é exatamente o que ele merece.

---

* "Chalo" significa "vamos"; "bhai" refere-se a "irmão".

BAHADUR

À distância, o menino via três homens enrolados em cobertores sentados ao redor de uma fogueira. Labaredas lançando pontas de cinzas se eriçavam de uma grande tina de metal antes usada para transportar cimento em construções. Os homens punham as mãos sobre o fogo, como se estivessem em meio a um ritual solene. Faíscas amarelas saltavam para além do rosto deles, mas as mãos não retornavam para a dobra dos cobertores.

Entre aqueles homens havia um companheirismo silencioso que fez Bahadur desejar ser mais velho, para poder se sentar com eles. Mas Bahadur era apenas um garoto escondido sob um carrinho de mão que cheirava a goiaba — uma vaga nota doce que chegava até ele no esfumaçado ar de inverno.

O dono do carrinho dormia numa viela perto dali, o corpo voltado para as persianas de uma loja, fechadas com cadeado, e coberto dos pés à cabeça, como um cadáver, por um lençol que não era grosso o bastante para abafar seu ronco. Bahadur procurara cuidadosamente goiabas debaixo das lonas e dos sacos que descansavam sobre o carrinho, mas não encontrou nada.

O dono deve ter caminhado bastante e por um longo período vendendo as frutas.

Bahadur não sabia ao certo por quanto tempo vinha observando aqueles homens. Já passava da meia-noite, e ele sabia que devia dormir, mas estava frio, e ele queria andar e aquecer o sangue em suas veias. Saiu do carrinho e se virou para olhar os homens mais uma vez. Bebiam da mesma garrafa, cada um tomando um gole e limpando os lábios na manga do suéter antes de repassá-la. Em uma hora estariam ressonando ao pé do fogo, usando tijolos como travesseiros, as pernas só parcialmente cobertas pelos cobertores espalhados ao longo da via.

Os becos do Bhoot Bazaar se estendiam ao redor de Bahadur como mandíbulas de demônios escancaradas. Ele não tinha medo. Antes, sim, quando primeiro começou a dormir fora de casa, naquelas noites em que a mãe permanecia no trabalho, cuidando do filho febril da madame ou servindo comes e bebes aos convidados numa festa. Até então Bahadur só vira o bazar durante o dia, quando se agitava com gente e animais e veículos — e os deuses invocados nas orações que vinham dos alto-falantes de algum templo, gurudwara ou mesquita. Todos esses cheiros e sons se infiltravam nele como se fosse feito de gaze.

Então, aos sete anos, quando escapuliu pela primeira vez para o bazar tarde da noite fugindo do pai, a quietude o espantou. O céu se desfraldava num negror azulado sobre cabos emaranhados e postes de luz poeirentos. O mercado estava praticamente vazio, exceto pelas formas amarrotadas de homens adormecidos. Então seus ouvidos se acostumaram ao ronco longínquo e constante da rodovia. Seu nariz, guiando seus passos à direita ou à esquerda nas esquinas escuras, aprendeu a captar o cheiro mais tênue que remetia à vida diurna, repleta de coroas de calêndulas, mamões fatiados servidos com uma pitada de pó chaat e puris fritos no óleo. Seus olhos podiam distinguir os vira-latas nos becos pelas curvas dos rabos ou pelas formas das manchas brancas em seus pelos pretos ou marrons.

Agora ele tinha quase dez anos, o suficiente para se virar sozinho, mas jamais diria isso à mãe. Ela não sabia que ele vinha aqui. E o mundo havia muito tempo recuara dos olhos embriagados de seu pai, que era incapaz de distinguir entre um corpo e sua sombra.

Nas noites em que a mãe se ausentava, seus irmãos conseguiam persuadir as tias vizinhas a acolhê-los, e elas achavam que alguma família amiga fazia o mesmo por ele. Mas Bahadur não queria um cantinho na sala abarrotada de ninguém. Em toda casa — mesmo na de seu amigo Omvir —, havia uma chachi que cacarejava demais pedindo aos deuses para aplacar a maldição que haviam posto sobre ele, ou crianças que zombavam do modo como as letras ficavam presas em sua boca, por mais que ele tentasse cuspi-las. Para todos ele era sempre Aquele Idiota ou Ka-Ka-Ka-Ka ou He-He-He-Ro-Ro. Chamavam-no de comedor de rato e perguntavam se sua mãe limpava a merda incrustada nas privadas do basti. Não havia nada disso no bazar à noite. Ali ele não precisava conversar com ninguém. Se quisesse, podia fingir que era um príncipe disfarçado de menino de rua, patrulhando seu reino.

As persianas baixas das lojas ondeavam. O frio o alcançava, não importava quão rápido Bahadur andasse. Parou perto de um condutor de ciclorriquixá que dormia debaixo de um cobertor no banco do passageiro. Pendendo do guidão, um saco plástico que o homem usara para transportar o almoço ou o jantar, com algo escuro e grosso ensopado ao fundo. Bahadur desenlaçou o saco o mais silenciosamente possível, depois se afastou e inspecionou o conteúdo: mais ou menos uma concha de sopa de dal preto, que ele engoliu reclinando o pescoço para trás.

Aquela era sua terceira noite perambulando pelo mercado.

A melhor chance de conseguir uma refeição seria quando sua mãe voltasse para casa na terça, mas ainda era sábado, e as horas se estendiam à frente, tão escuras e infinitas quanto o céu. Jogou o saco que segurava dentro de uma vala, depois se ajoelhou e vasculhou uma pilha de lixo que se acumulara perto das barracas onde, durante o dia, vendiam papdi chaat e aloo tikkis cobertos de coalhada e chutney de tamarindo. Limpou as mãos nos fundos de uma vasilha de alumínio e se levantou.

Uma tristeza se imprimiu em seu peito. O ar era áspero e fumacento, e logo a coceira nas narinas evoluiria para uma tosse que o deixaria arfando. Ele sabia que passaria, talvez em alguns minutos. Parecia-lhe injusto que ele sofresse com coisas que eram tão naturais para outras pessoas, como falar e respirar. Mas ele estava farto de amaldiçoar os deuses, farto de tentar conquistá-los por meio de orações.

Andou um pouco até uma loja que consertava aparelhos eletrônicos, seu lugar favorito em todo o bazar. O dono era Hakim-Chacha, que nunca esperava que ele falasse nada e lhe ensinava sobre capacitadores queimados e cabos soltos, pagando-lhe pelo serviço que fazia na loja, embora Bahadur estivesse disposto a fazer tudo de graça. Uma vez a mãe de Bahadur contratara dois garotos que trouxeram para casa uma geladeira barulhenta e uma TV que uma madame hi-fi jogara no lixão perto do nosso basti. Bahadur consertou tudo rapidinho, e os dois aparelhos ficaram como novos. Chacha disse que Bahadur tinha um dom. Que, quando crescesse, seria engenheiro e viveria num apartamento hi-fi.

Bahadur queria que um homem como chacha tivesse sido seu pai. Nos últimos dois dias, ao visitar a loja, ele lhe trouxe cones de jornal cheios de castanha tostada no sal. Fizera isso sem saber que Bahadur estava faminto. O menino estocara algumas castanhas nos bolsos do jeans para mais tarde, mas já comera tudo. Checou de novo, sem esperança, enfiando as mãos bem fundo nos bolsos. Quando as retirou, umas poucas películas, finas como o papel, haviam se grudado na ponta de seus dedos. Ele lambeu as pontas, com gosto de sal, lembrando-se tarde demais que aquela pequena refeição o deixaria sedento.

A fumaça começava a deslizar contra as luzes da rua. Bahadur engoliu o ar em grandes goles e se entrincheirou numa plataforma elevada do lado de fora da loja de eletrônicos, abraçando o próprio corpo, os joelhos puxados para o peito. Ainda sentia frio. Levantou-se e encontrou dois caixotes vermelhos e sujos empilhados do lado de fora da loja vizinha. Equilibrou os dois sobre as pernas, mas era desconfortável e não diminuía o frio, então os empurrou para longe e deitou-se de novo.

A fumaça parecia o hálito do demônio. Escondia as luzes da rua e tornava a escuridão mais densa. Para se acalmar, Bahadur pensou em todas as coisas que gostava de fazer: puxar as orelhas laranja de uma elefanta azul de brinquedo, com um bebê elefante do tamanho de um gol-gappa aninhado em sua tromba, comprada num capricho em um camelô do Bhoot Bazaar; balançar-se em pneus de borracha amarrados a galhos de figueiras; e abraçar-se a um tijolo aquecido envolto em trapos que sua mãe lhe dava em noites gélidas. Depois, imaginou a mãe massageando seu peito com Vick VapoRub, embora só conhecesse aquela cena pela TV e sequer tivessem um tubo da pomada em casa. Mas aquilo o acalmou, e ele decidiu se apegar àquela imagem até adormecer.

Foi quando pressentiu um movimento no chão do beco. Aguçou os ouvidos, procurando identificar o ruído de passos, mas não havia nada.

Memórias que ele não queria revisitar se agitavam em sua cabeça. Certa noite de verão, dois anos atrás, um homem que cheirava a cigarro, de bigode grosso como um rabo de esquilo, o imprensou contra um muro com uma das mãos e, com a outra, desatou o laço de seu próprio salwar. Um grupo de trabalhadores voltando pra casa percebeu o que se passava e correu atrás do homem, e Bahadur pôde fugir. Ficou meses sem perambular pelo mercado, até que seus medos arrefeceram e o temperamento do pai voltou a piorar.

Bahadur se perguntou se deveria escolher outro lugar para dormir. O beco em frente à loja de eletrônicos era vazio demais. Em qualquer outra noite não haveria problema, mas quem poderia saber o que o espreitava por trás daquela fumaça, aguardando o momento de fincar as presas em sua perna? De onde viera toda aquela fumaça? Nunca vira nada igual. Acima dele, na saliência do teto, pombos se remexiam. Depois, como se nervosos, voaram.

Bahadur se sentou e encarou a escuridão, as palmas fixas no chão, pedrinhas ferindo sua pele. Um gato miou e um cachorro latiu, como se para espantá-lo. Pensou nos fantasmas que davam o nome ao Bhoot Bazaar, os bons espíritos das pessoas que haviam vivido nessa região centenas de anos atrás, quando os mongóis eram reis. "Por Alá", disse certa feita Hakim-Chacha para Bahadur, "eles nunca nos machucariam."

Se um fantasma do mercado estivesse de fato se aproximando de Bahadur, talvez pretendesse ajudá-lo a respirar ou dizer-lhe que era tolice dormir ao relento numa noite como aquela. Talvez se mostrasse seu rosto ao fantasma, a marca da mão do pai em sua pele, o fantasma lhe permitisse ficar. Hakim-Chacha nunca disse nada sobre as feridas ou sobre os Band-Aids que sua mãe lhe colava no corpo. No entanto, um dia antes, na loja, Bahadur vislumbrara o próprio reflexo na tela de uma TV velha, atrás da qual escondera as preciosidades que não podia deixar em casa, e o hematoma ao redor do seu olho parecia escuro e brilhoso como o rio que dividia sua cidade em duas.

Bahadur disse a si mesmo que estava sendo tolo. Fantasmas

e monstros viviam apenas nas histórias que as pessoas contavam. No entanto o ar pulsava com terror, palpável como uma interferência elétrica. Achava que podia ver pés e mãos fantasmas esboçadas em branco, bocas sem lábios atraídas pelo clamor de sua respiração.

Talvez fosse o caso de se levantar e ir pra casa. Talvez hoje devesse bater na porta de Omvir. Mas o frio lhe repuxava os ossos, e ele os sentia tão frágeis como se estivessem prestes a se partir. Desejou que a escuridão se fosse, e a lua brilhasse, e que os homens que vira ao redor do fogo surgissem agora naquele beco. A fumaça se enroscou ao redor de seu pescoço como a espiral de uma corda áspera.

Agora podia ouvir tudo: a algazarra de ratazanas caçando migalhas em bandos, um cavalo relinchando à distância, o ruído estridente de um balde de metal revirado por um gato ou um cachorro e, então, os passos lentos de algo ou alguém que certamente vinha em sua direção. Abriu a boca para gritar, mas não conseguiu. O grito ficou preso no fundo de sua garganta, como todas as palavras que nunca conseguiu dizer.

Esta noite é nossa última noite...

... no basti, mamãe diz. Não há necessidade de melodrama, papai retruca. E se perdermos tudo?, pergunta Runu-Didi.

Sento-me de pernas cruzadas na cama e observo mamãe abrindo uma clareira no chão. Contra a parede empilha nossos livros, banquinhos de plástico e os potes que ela e Didi usam para trazer água da torneira. No espaço vazio, estende nosso lençol rosa de flores pretas, as cores desbotadas até quase virar cinza por tantas lavagens. Em seguida, recolhe as coisas das quais não podemos abrir mão e as deposita sobre o lençol: nossas melhores roupas, incluindo meu uniforme ainda embalado no plástico, o rolo e a tábua de preparar rostis e uma pequena estátua de Ganesh, que vovô deu a papai anos atrás. A TV fica na prateleira. É pesada demais para carregar.

"Quando foi que nossa casa virou cenário para um filme híndi, hein, Jai?", papai pergunta, sentando-se a meu lado e segurando o controle remoto. Aprumo o colarinho torto da camisa dele, já bastante esfarrapado no ponto em que Runu-Didi ou mamãe esfregam forte demais para retirar a sujeira ou as manchas de tinta.

Didi tenta ajudar mamãe, mas acaba sempre atrapalhando. Mamãe não se incomoda, mas segue repetindo que a mãe de Bahadur fez mal em ir à polícia.

"O cérebro dela não está funcionando direito. Toda essa perambulação por hospitais deve enlouquecer uma pessoa. Arrey, ela pediu até ao Baba Bengali pra dizer onde estava o menino. E pagou uma fortuna! Todo mundo estava falando disso quando Runu e eu fomos à torneira buscar água à noite."

Baba Bengali tem o aspecto de quem acabou de sair de uma caverna nos Himalaias, com o cabelo desgrenhado e os pés lamacentos. Mas usa computadores. Uma vez o vi do lado de fora do Dev Cyber Print House no Bhoot Bazaar, segurando um molho de cartazes que mais tarde colou pelo mercado. Os cartazes anunciavam que ele tinha respostas para problemas graves como esposas ou maridos infiéis, sogras nervosas, fantasmas famintos, feitiçaria, dívidas e enfermidades.

Mamãe zanza pelo cômodo, decidindo o que mais deve ir no lençol. Pega o despertador que nunca toca na hora, mas o devolve à prateleira.

"O que Baba Bengali disse?", pergunto.

"Disse que Bahadur nunca mais voltará", responde Runu-Didi.

"Esse Baba é uma fraude", papai retruca. "Ganha dinheiro em cima da tristeza das pessoas."

"Ji, você não acredita nele, tudo bem", mamãe diz. "Mas não fale mal dele assim. Não queremos que ele nos amaldiçoe."

Ela então sobe em um banquinho e retira da prateleira mais alta um velho tubo azul de óleo de coco Parachute cem por cento puro. Já não tem óleo nenhum lá dentro, mas sim algumas notas de cem rupias que ela guarda para o caso de "Alguma Coisa Acontecer", embora nunca tenha nos dito o que é essa "Coisa que Pode Acontecer". Põe o tubo sobre uma lata de refresco de manga em pó, onde ele ficará mais à mão caso tenhamos de evacuar a casa no escuro. O tubo é como a bolsa da minha mãe, exceto que eu nunca a vi abrindo-a.

"Escute", papai diz à mamãe, "Madhu, meri jaan,* a polícia não vai fazer nada conosco. A esposa do Bebum Laloo deu a corrente de ouro pra eles. Não trarão escavadeiras pra destruir nosso basti."

Olho pra papai de boca aberta, pois ele acabou de chegar em casa, mas já descobriu tudo sobre a corrente de ouro. E se ele já souber também que o professor Kirpal me botou pra fora da escola?

Até agora ninguém me perguntou por que cheguei cedo, nem Shanti-Chachi, que me deu um prato de kadhi pakora com arroz que o marido preparou pra ela, nem Runu-Didi, cuja missão número um, segundo papai, é ficar de olho em mim. Mamãe sequer notou as novas manchas no meu uniforme, provavelmente porque nosso basti está fervilhando de conversas sobre Bahadur e a polícia, conversas sussurradas e temerosas que fazem as pessoas me esquecerem.

"O que perdemos sendo precavidos?", pergunta mamãe. "Talvez tragam escavadeiras, talvez não. Quem pode ter certeza de qualquer coisa?" Ela agora envolve, com duas dupattas de algodão, o certificado emoldurado que a equipe de Runu-Didi recebeu por ganhar uma corrida estadual de revezamento. Quando mamãe o deposita com delicadeza no topo da pilha, o certificado desliza para o lado e cai torto sobre o rolo de massa. Mamãe endireita a moldura mais uma vez, mordendo o interior de suas bochechas e respirando com pesar.

---

* *"Madhu"*, termo presente em diversas línguas indo-arianas, que significa "mel", utilizado aqui como vocativo carinhoso; "meri jaan", "minha querida", em híndi.

A lâmpada que paira sobre mim emite um zumbido de corrente elétrica, e sua sombra açoita as prateleiras, as rachaduras na parede e as marcas das enchentes das monções que estão visíveis agora que mamãe mudou os vasos e pratos de lugar. Mamãe gosta da nossa casa limpa e sempre briga comigo se não guardo meus livros escolares e minhas roupas no local designado por ela, e agora é ela mesma quem está fazendo toda essa bagunça.

Papai me aconchega com o braço, me levando para perto de seus cheiros de tinta e fumaça. "Mulheres, ai, ai", ele diz. "Se preocupando à toa."

"Não é à toa", eu digo.

"Jai, a polícia não pode simplesmente começar a demolir tudo. Precisam nos dar um aviso", papai diz. "Precisam emitir notas, conversar com nosso pradhan. Nosso basti está aqui há anos. Temos carteiras de identidade, temos direitos. Não somos gente de Bangladesh."

"Que direitos?", mamãe pergunta. "Esses políticos só lembram de nós semanas antes das eleições. E como alguém poderia confiar nesse pradhan? Ele nem mora mais aqui."

"Isso é mesmo verdade?", pergunto. É difícil imaginar Dose num apartamento hi-fi. Ele tem cara de quem devia estar preso.

"Madhu, se a polícia demolir nosso basti, quem vão extorquir?", papai diz, que é o que Pari também diz. "Como é que as esposas gordas deles vão poder comer frango todo dia?"

Papai finge arrancar com os dentes a carne de uma coxa de galinha. Faz ruídos famintos e viscosos e lambe os dedos.

Eu rio, mas os lábios de mamãe estão caídos, e ela segue empacotando. Quando finalmente termina, põe o lençol com nossas coisas ao pé da porta. Precisa erguê-lo com as duas mãos, pois enfiou coisas demais ali dentro. Só papai conseguirá correr com aquilo nos ombros.

Depois disso, jantamos.

"Se nosso basti for demolido", Runu-Didi diz, "vamos ter de morar com Dada-Dadi? Pra lá eu não vou, tá, já estou avisando. Não vou me submeter àquela maluquice de purdah-vurdah. Um dia eu vou conquistar uma medalha pra Índia."

"Nesse dia um jumento há de cantar igualzinho à Geeta Dutt", eu digo.

Geeta Dutt é a cantora favorita de papai. Ela canta em preto e branco.

"Crianças", papai intervém, "a pior coisa que vai acontecer é que não vamos conseguir comer rotis até que a muito linda e muito sábia mamãe de vocês desempacote o rolo de massa. Só isso, entenderam?"

Ele olha pra mamãe e sorri. Mamãe não retribui.

Papai aninha meu cabelo atrás da minha orelha com sua mão esquerda. "Nós pagamos a hafta da polícia em dia. E agora eles têm uma corrente de ouro extra. Como um segundo bônus de Diwali. Por ora eles não vão nos perturbar."

Quando terminamos de jantar e lavamos tudo, mamãe seca as mãos em seu sári e me diz que esta noite posso dormir na cama. Papai parece confuso.

"Por quê?", ele pergunta. "O que eu fiz?"

"Minhas costas estão doendo", ela diz, sem olhar pra ele. "É mais fácil dormir no chão."

Didi puxa o colchonete que costumamos compartilhar de debaixo da cama. Faz isso tão depressa que uns sacos que mamãe guarda ali se abrem.

"Cuidado", diz papai, uma linha de aborrecimento atravessando seu rosto.

Ajudo Didi a guardar tudo de volta nos sacos: uma arma de plástico e um macaco de madeira com o qual não brinco há milênios, além de roupas velhas, minhas e de Runu-Didi, rasgadas e já curtas demais. Juntos estendemos o colchonete no chão. As pontas onde ele alcança os pés da cama estão permanentemente curvadas.

Papai liga a TV. Não há nada de interessante no jornal. É tudo sobre política. Fico parado à porta, ouvindo nossos vizinhos discutirem sobre polícia e propinas e se nosso basti será demolido ou não.

Quando eu encontrar Bahadur, as pessoas vão parar com essas discussões tolas. Em vez disso, falarão sobre mim, Jasoos Jai, o Maior Detetive da Terra.

Amanhã pedirei a Faiz para ser meu assistente. Seremos como Byomkesh Bakshi e Ajit, e atuaremos nos becos esfumaçados do Bhoot Bazaar. Teremos inclusive nosso sinal secreto, que será muito melhor do que o dos policiais.

Papai se cansa das notícias e me diz para ir me deitar. Eu fecho a porta e apago a luz. Mamãe se deita no colchonete ao lado de Didi. Num segundo papai começa a roncar, mas eu me belisco, pois quero permanecer acordado. E se papai estiver errado quanto às escavadeiras? Desenho mentalmente um mapa do basti e penso na melhor rota de fuga.

Volto-me para o pôster de Shiva e Krishna que papai colou com esparadrapo na parede. Não posso vê-los no escuro, mas sei que estão lá. Peço ajuda a eles e a todos os outros deuses que conheço. Decido fazer a mesma prece nove vezes, para que os deuses vejam como meu desejo é grande. Mamãe diz que nove é o número favorito dos deuses.

Por favor, Deus, não envie escavadeiras ao nosso basti.

Por favor, Deus, não envie escavadeiras ao nosso basti.

Por favor, Deus, não envie escavadeiras ao nosso basti.

Quando eu encontrar Bahadur, vou fazê-lo comer a própria merda.

Dou um tapa na minha testa por ter maus pensamentos bem no meio da oração.

"Mosquitos?", mamãe pergunta.

"Haan."*

Escuto o tilintar das pulseiras de vidro de mamãe, e o ruído surdo do cobertor que ela deve ter puxado até o nariz.

Por favor, Deus, nada de escavadeiras. *Por favor por favor por favor.*

Na manhã seguinte, acordamos atrasados para a escola e é preciso correr, então não consigo falar com Faiz sobre meus planos detetivescos. Na reunião matinal, sinto-me cansado e sonolento. E na sala também. Meus olhos insistem em fechar, e sou obrigado a mantê-los abertos com os dedos. É mais fácil ficar acordado se você se distrai lançando aviõezinhos de papel ou disputando quedas de braço, que é o que todos estão fazendo agora.

O professor Kirpal não tenta nos controlar. Está agindo como se nada de ontem tivesse acontecido; como se não tivesse gritado com Pari nem me posto pra fora da escola. Mas eu também sei fingir. Quando escuto o ronc-ronc ruidoso de uma motocicleta Bullet na rua lá fora, derrubo um lápis e me curvo para recolhê-lo. Com a cabeça sob a mesa, imito a motocicleta: taka-taka-taka-taka. São como cem bombinhas explodindo na minha boca, inundando-a de faíscas. Agora, sim, eu acordo. Meus colegas riem. Kirpal grita *silêncio, silêncio,* mas as risadas só ficam mais altas.

Gaurav imita o barulho da motocicleta comigo. Agora o professor puxa a régua e bate na mesa. Lentamente, a sala fica em silêncio.

Kirpal nos ensina ciências sociais por uma hora, depois matemática; é ele quem nos ensina tudo pois já não é aceito nas

---

* "Sim", em híndi.

aulas dos veteranos. Só para de falar quando toca a sineta para a refeição do meio-dia.

No corredor, nos sentamos de pernas cruzadas, recostados à parede. Procuro Omvir, para lhe perguntar sobre Bahadur, mas não o vejo em lugar nenhum.

O pessoal do almoço dispõe à nossa frente pratos de aço limpos, sem mancha alguma.

"E aquele mapa da Índia que o professor fez, com o sol no leste?", eu digo. "Quão ruim é aquilo? O sol dele parecia um ovo com a casca quebrada."

"Tomara que nos sirvam ovos hoje", diz Faiz.

"E quando foi que comemos ovos?" Eu me irrito porque ele não me deixa terminar o que quero dizer, mas um ovo não seria nada mal.

Farejo o ar para detectar o que o pessoal do almoço nos trouxe hoje, mas em toda parte só se sente cheiro de fumaça.

"Eu quero puri-subzi", Pari diz, cantarolando *puri-subzi*, *puri-subzi, puri-subzi*. Outros estudantes riem e aderem ao canto até que os funcionários despejam daliya de vegetais em nosso prato. A daliya está tão aguada que precisamos beber o conteúdo levando os pratos à boca, como se fosse um mingau diluído. Logo nosso prato estará vazio, mas nosso estômago segue rocando.

"Esse pessoal do almoço faz o governo de otário", Pari protesta. "Reservam toda a comida boa para os filhos e nos dão isso." Embora repita isso com frequência, Pari nunca deixa um grão de arroz sobrando no prato.

"Pare de reclamar, yaar",* Faiz diz. "Pelo menos não é feito com pesticidas, como em Bihar."

Pari não pode argumentar contra aquilo, pois foi ela mesma quem nos contou das crianças em Bihar que morreram depois

---

* Termo híndi para "amigo" ou "amiga".

de comer a refeição do meio-dia. Ela sabe de todas essas coisas porque lê de tudo: jornais gordurosos enrolados em naans e pappads, capas de revistas expostas do lado de fora das bancas e os livros no centro de leitura perto da mesquita no Bhoot Bazaar onde Faiz costuma rezar.

A didi no centro disse certa vez à mãe de Pari que ela devia pedir uma bolsa de estudos numa escola particular, pois Pari era inteligente demais para a pública. A mãe de Pari disse que tentou e que não deu certo. Pari alega que o local onde ela estuda não tem importância. Disse que viu uma entrevista num jornal com um garoto de um basti igual ao nosso que ficou entre os primeiros nos exames de serviço público e que agora era coletor de impostos distrital. Se ele conseguiu, ela também poderia conseguir, disse, e eu concordei, embora sem dizê-lo em voz alta.

Agora imploramos por mais daliya, mas o pessoal do almoço finge que não nos ouve, então só nos resta lavar as mãos e marchar para a área de recreio. Daqui, o Bhoot Bazaar parece muito barulhento, mas nós somos ainda mais.

Runu-Didi está parada no corredor, conversando com as amigas. Não me parece sonolenta. Consegue roncar mesmo se um terremoto estiver despedaçando a terra. Mas o que é bom nela é que, assim que entramos na escola, Runu-Didi começa a agir como se não me conhecesse. Prefiro assim, já que também nunca me dedura.

Quatro garotos encaram o grupo de Runu-Didi com olhos insinuantes e sorrisos cheios de dentes. Um deles é o menino de rosto espinhento que vi na fila da escola ontem. Os amigos riem de algo que ele diz. Runu-Didi e as outras garotas olham na direção deles.

Perto do nim, onde Dose está recebendo sua corte, encontro um ramo que mastigo para enganar o estômago. Alguns garotos estão parados ao redor de Dose, as mãos enfiadas debaixo do braço, para aquecer. Paresh, que está no sexto ano e é do nosso basti, está contando a Dose sobre os policiais e Bahadur. Mas Paresh nem estava lá quando tudo aconteceu. Eu estava.

"Os policiais pediram que todas as mulheres no basti dessem a eles tudo o que pudessem, ouro ou dinheiro", ele diz. "E bateram no Búfalo-Baba com cassetetes."

Eu queria corrigir Paresh, mas o intervalo está prestes a terminar e tenho uma tarefa importante a fazer. Digo a Pari e Faiz para me seguirem até um espaço vazio debaixo de uma cássia-imperial cujas flores na primavera decoram o chão de amarelo. Tanvi e a mochila de melancia que ela carrega por toda parte tentam se juntar a nós, mas enxoto as duas.

"Toda essa história do pobre-Bahadur-desaparecido", digo a Pari e Faiz, "é como um filme híndi ruim, está se alongando demais."

Preciso falar alto, pois as crianças pequenas brincando de kabbadi-kabbadi-kabbadi gritam muito alto, seus pés de chitas velozes levantando a poeira do chão em grandes redemoinhos marrons.

"Eu vou ser detetive e vou encontrar Bahadur", digo, com a minha melhor voz de adulto. "E, Faiz, você vai ser meu assistente. Todo detetive tem um assistente. Como Byomkesh tem Ajit e Feluda tem Topshe."

Pari e Faiz se entreolham.

"Feluda é detetive e Topshe é primo dele", explico. "São bengalis. O doceiro bengali do Bhoot Bazaar, perto da loja de Afsal-Chacha, você conhece. O velho que nos ameaça com um cabo de vassoura quando chegamos perto demais dos doces? Aquele cara. O filho dele lê quadrinhos do Feluda. Uma vez ele me contou uma história do Feluda."

"Que tipo de nome é Feluda?", Faiz pergunta.

"E por que você é que vai ser o detetive?", Pari pergunta.

"É verdade", concorda Faiz. "Por que você não pode ser meu assistente?"

"Arrey, o que você sabe sobre detetives? Você nem assiste *Patrulha Policial.*"

"Eu conheço Sherlock e Watson", Pari diz. "Vocês dois nunca nem ouviram falar deles."

"Wats-quê?", Faiz pergunta. "É bengali também?"

"Deixa pra lá."

"Só porque você lê livros não quer dizer que saiba de tudo", Faiz diz a ela. "Eu trabalho. A vida é a melhor escola. Todo mundo diz isso."

"Só gente que não sabe ler diz coisas assim."

Esses dois estão sempre tendo briguinhas, como marido e esposa casados há tempo demais. Mas nem podem se casar quando crescermos, uma vez que Faiz é muçulmano. É perigoso demais se casar com um muçulmano se você é hindu. Nas notícias da TV já vi fotos sangrentas de gente que foi assassinada por se casar com alguém de uma religião ou de uma casta diferente. Além disso, Faiz é mais baixo que Pari, então de todo modo não formariam um bom casal.

"Esse trabalho de assistente", Faiz continua, "quanto ele paga?"

"Ninguém vai nos pagar", digo. "A mãe de Bahadur é pobre. Ela tinha uma corrente de ouro, que agora também já era."

"Então por que eu deveria me ocupar disso?"

"A mãe de Bahadur vai continuar indo à polícia e a polícia vai ficar com raiva e demolirá nosso basti." Isso é Pari explicando *meu raciocínio* a Faiz. "Mas podemos impedir isso se o encontrarmos."

"Não tenho tempo. Preciso trabalhar."

"Pra continuar comprando xampus que deixam seus cabelos *suaves e sedosos?*", Pari pergunta. "Ou *incrivelmente escuros?*"

"Sim, pra que eu possa ter cheiro de lótus roxa e creme."

"Isso não existe. É tudo invenção. Seu professor da vida esqueceu de te contar, é?"

"Escutem", eu digo, interrompendo a discussão. "Vou fazer algumas perguntas. Quem se sair melhor pode se tornar meu assistente."

Os dois gemem bem alto, como se tivessem topado o dedo numa pedra grande.

"Jai, não", Pari diz.

"Ele está louco", concorda Faiz.

"Ok, primeira pergunta. Na Índia, a maioria das crianças é sequestrada por: (a) pessoas conhecidas ou (b) pessoas desconhecidas?"

Pari não responde. Nem Faiz.

Toca o sinal.

"Podemos procurar Bahadur juntos", Pari me diz, "mas não serei sua assistente nem nada do tipo. De jeito nenhum."

Fico triste porque Faiz não será meu assistente, mas uma menina também pode ser uma boa assistente. Papai me falou de um programa de detetive chamado *Karamchand* que foi ao ar há muito tempo. Karamchand tinha uma assistente chamada Kitty. Infelizmente, ela não era esperta e Karamchand tinha de passar o programa inteiro mandando Kitty calar a boca. Se eu mandar Pari calar a boca, ela vai me dar um chute na canela.

"Qual deve ser nosso sinal secreto?", pergunto à Pari. "Detetives precisam ter sinais secretos."

"Isso é uma prioridade? Um sinal secreto? Fala sério."

"É sério."

Pari revira os olhos, e nós caminhamos de volta para a sala.

"Se uma criança está desaparecida por mais de vinte e quatro horas, a polícia precisa abrir um inquérito sobre um possível caso de sequestro", eu digo.

"Como sabe disso?"

"TV", respondo. "A polícia não fez isso no caso do Bahadur."

"Você não leu sobre essa regra da polícia nos livros?", Faiz pergunta à Pari.

"A maioria das crianças na Índia é sequestrada por estranhos", digo a eles. Não tenho certeza disso, mas me parece certo.

Nossa primeira missão como detetives...

... é entrevistar Omvir. Ele saberá mais sobre Bahadur do que qualquer outra pessoa. Essa é a regra: nossos amigos sabem das coisas que escondemos dos nossos pais. Mamãe não tem a menor ideia de que, antes do Diwali, o diretor me deu um tapa no ouvido quando cantei "Brilha, Brilha, Estrelinha" em vez de "Jana Gana Mana" na assembleia. Mas Pari e Faiz sabem. Os dois ficaram me chamando de "Estrelinha" por alguns dias, depois esqueceram a história. Mamãe nunca esqueceria. É por isso que não posso contar tudo pra ela.

Faiz, que nem é parte da nossa equipe de detetives, descarta o plano da entrevista no instante em que o sugiro.

"Vocês deviam interrogar o Dose primeiro", ele diz, no caminho de volta pra casa. A fumaça entra e sai da sua boca, fazendo-o tossir. "Dose é seu suspeito número um, certo, Jai? Por isso você falou com ele ontem."

"Você não sabe de nada. Você acha que um djinn levou Bahadur."

Falo isso num sussurro. Se djinns existirem, não quero que me escutem.

"Podemos entrevistar todo mundo", diz Pari. "Vamos dar uma passada na theka e perguntar às pessoas sobre Bahadur. Se estiverem bêbados, pode ser que nos digam a verdade."

"Accha, agora você é especialista em bêbados também?", pergunta Faiz.

É minha função decidir o que faremos, mas, antes que eu possa protestar, Faiz soca o ar fumacento com o punho cerrado e grita: "Para a theka!".

Ele se atrasará para seu turno na kirana* onde organiza prateleiras e ensaca arroz e lentilhas, mas no momento não se importa. Espera encontrar os irmãos mais velhos na theka.

Muçulmanos não podem beber, e Tariq-Bhai e Wajid-Bhai são bons muçulmanos que rezam cinco vezes ao dia, mas também se esgueiram ocasionalmente para dividir uma garrafa de daru. Se Faiz os flagrar, vão lhe pagar um bom dinheiro para guardar segredo e não contar à ammi** deles. Se não pagarem, hoje à noite Faiz pedirá à ammi que se aproxime do rosto dos irmãos e repare no hálito deles. "Tem algo nesse dal,*** não acha, Ammi?", dirá Faiz, de forma sugestiva.

Já fez isso antes.

Faiz e Pari marcham pela via que leva à theka, sem me esperar. Minhas atividades detetivescas mal começaram e já estão saindo do meu controle.

A via está cheia de aromas e de gente suspeita. Uma senhora com ar de vovó, calêndula presa atrás da orelha, administra uma barraca de beedi-paan, mas, quando os garotos e os homens lhe entregam dinheiro, ela lhes dá um saquinho de plástico cheio de alguma coisa seca, de um marrom esverdeado, em vez de cigarros.

---

* Mercadinho de família, mercearia.
** "Mãe", em híndi.
*** Expressão idiomática que sugere que há algo suspeito no ar.

"Foco", Pari sussurra em meu ouvido — e me arrasta.

Bebuns se agacham ou se deitam no chão em frente à theka, cantando e falando coisas sem sentido. As batidas explodindo em volume alto do lado de fora da theka fazem o ar tremer.

"Não dá pra falar com esses idiotas", diz Pari.

Faiz aponta para um homem que vende ovos e pães numa barraquinha. "Pergunte ao anda-wallah.* Ele está sempre por aqui."

Precisamos nos posicionar ao lado da barraquinha, pois o anda-wallah empilhou cartelas de ovos na parte da frente e não somos altos o bastante para que nos veja.

"Você por acaso conhece o Dose?", pergunto. O anda-wallah afia facas, e o tinido que produz é mais alto do que a música que vem da theka. Sequer ergue os olhos na nossa direção.

"Dose só veste preto. É o filho do nosso pradhan", explica Pari, virando-se em seguida para Faiz e sussurrando: "Qual o nome verdadeiro dele?".

Faiz dá de ombros. Eu também não sei o nome de Dose.

"Me prepare um rapidinho", diz um cliente em frente à barraquinha.

O anda-wallah larga as facas, lança um naco de manteiga na frigideira, depois um punhado de cebolas, tomates e pimentões verdes fatiados. Tempera tudo com sal, pimenta e garam masala. Fico com tanta água na boca que não consigo fazer perguntas. Mais cedo estávamos falando sobre comer ovos e agora aqui estamos na frente de uma barraca de ovos. Eu me pergunto se Byomkesh Bakshi já se viu incapaz de investigar de tanta fome.

"Sir-ji", diz Faiz, "estamos procurando Dose." Na verdade, os olhos de Faiz estão investigando a ruela, em busca de seus irmãos, mas hoje ele não tem sorte, porque não estão aqui.

---

* Sufixo usado para indicar o trabalho ou ocupação.

"Ele nos honrará com sua presença logo mais, sem dúvida", diz o anda-wallah.

"Ele esteve por aqui", Pari pergunta, parando para contar algo nos dedos, "sete noites atrás? Quinta passada?"

Detesto o fato de que a pergunta é boa; se Dose esteve na theka na noite em que Bahadur desapareceu, então ele não pode ter sequestrado Bahadur.

"Provavelmente", diz o anda-wallah, quebrando dois ovos ao mesmo tempo na frigideira. "Por que estão interessados nisso?"

"Estamos procurando um amigo que desapareceu", Pari diz. "Talvez ele estivesse com o filho do pradhan. Estamos preocupados."

Ela faz uma expressão de preocupação. Os olhos se apertam, e os lábios tremem, como se estivesse prestes a chorar.

O anda-wallah apoia a concha no ombro, a camisa amarelada de tanta mancha de gema. "Dose e a gangue dele geralmente estão por aqui até altas horas, quando vou embora, pelas duas ou três da manhã. Mas não vi criança nenhuma com eles. São velhos demais para andar com crianças."

"Mas Dose esteve aqui toda noite semana passada?", pergunto.

"Claro. Aqui ele não precisa pagar pelo daru. Se lhe dessem alguma coisa de graça, você também aceitaria, não?"

Olho para os ovos cheio de esperança. O anda-wallah transfere o bhurji para um prato de papelão, enfia uma colher no topo da montanha de ovos e entrega tudo para o freguês impaciente.

"Olhem só quem está aqui", Faiz sussurra. Dose passa cambaleando em frente à barraquinha como se já estivesse bêbado, nos olhando com curiosidade. Como não poderemos investigar nada enquanto ele estiver aqui, damos o fora.

Faiz sabe tudo sobre o Bhoot Bazaar, pois passa mais tempo aqui do que Pari ou eu. "É o pradhan quem mantém a theka aberta", ele diz, quando nos encontramos a uma distância segura de Dose. "É ilegal, mas ele mandou a polícia não fazer nada."

A mão do pradhan toca cada ruela do nosso basti. Ele tem uma rede de informantes que lhe dão notícias vinte e quatro horas por dia, a semana inteira. Mamãe despreza esses homens que nos vigiam para depois correr ao pradhan com histórias sobre TV ou geladeiras novas — ou com fofocas sobre qual madame hi-fi foi generosa nas gorjetas durante o Diwali. Mamãe diz que o pradhan usa policiais para separar as pessoas da pouca alegria que elas têm.

Faiz parte para a kirana. Teve um dia ruim. Sem ovos, sem flagra dos irmãos na theka e agora sem trabalho de detetive.

"Se Dose passa todas as noites na theka, isso significa que ele não sequestrou Bahadur?", pergunto, tirando Pari do caminho de um riquixá elétrico que sofre uma guinada na direção e vacila pela rua.

"O anda-wallah não estava cem por cento certo", Pari diz. "Ele disse que Dose *costuma* estar lá à noite. Além disso, não sabemos que horas Bahadur desapareceu. Pode ter sido inclusive às quatro da manhã."

Isso é puro trabalho de detetive; tudo a princípio é especulação, mesmo para Byomkesh e provavelmente para Sherlock também.

Andamos em direção à casa de Omvir. Um menino com um vira-lata na coleira caminha ao nosso lado. O cachorro serve de cavalo de mentirinha; o menino segura a coleira como se fosse uma rédea e com a boca imita os sons estalados dos cascos do cavalo.

"A gente devia arranjar um cachorro também", digo a Pari. "Ele nos levará aos criminosos."

"Foco", ela responde. "Por que Dose sequestraria Bahadur?"

"Talvez ele queira um resgate."

"Se alguém tivesse pedido um resgate à mãe de Bahadur, já teríamos ouvido falar disso."

"Ela pode não ter contado a ninguém."

Não podemos falar com Omvir, porque ele não está em casa.

"Desde que o amigo dele sumiu, ele tem perambulado pelo Bhoot Bazaar, na esperança de dar de cara com Bahadur", conta-nos a mãe de Omvir. Ela segura um bebezinho que não para de lhe acertar a cara com os pequenos punhos.

O irmão de Omvir está fazendo xixi num ralo do lado de fora da casa. Fazer o número um e o número dois bem no local onde você mora pode encher sua barriga de vermes. Por isso mamãe insiste para que eu use o complexo sanitário. A mãe de Omvir se cansa dos soquinhos do bebê boxeador e entra para niná-lo, fechando a porta-cortina.

O menino, que é menor do que nós, termina de fazer xixi e fecha o zíper da calça.

"Omvir tem celular?", Pari pergunta. "Precisamos falar com ele."

"Bhaiyya está com papai. Papai tem celular. Quer o número?"

"Não", respondo. Vai ser difícil explicar nossas atividades detetivescas para um adulto.

"Omvir não vai mais pra escola?", Pari pergunta.

"Bhaiyya está ocupado. Precisa ajudar papai todo dia. Ele pega com os clientes as roupas que precisam ser passadas e, depois de passadas, ele as devolve. Se tem algum tempo livre, fica dançando, não estudando."

"Dançando?"

"Ele só fala disso. Acha que é o novo Hrithik."

O menino cantarola uma música de Hrithik, balança as mãos e a cabeça e agita as pernas de leve. Demoro um pouco para entender que ele acha que está dançando.

"*Por que sou assim?*", cantarola, saltitando alegremente. "*Por que sou assim?*"

Pari ri. Está curtindo o show.

"Nosso trabalho ainda não acabou", lembro a ela.

A porta da casa de Bahadur está aberta. Quando espio lá dentro, vejo que é exatamente como a minha, só que há um pouco mais de tudo: mais roupas pendendo dos varais, mais vasos e panelas emborcadas na área elevada que é o cantinho da cozinha, nas paredes há mais imagens dos deuses, as molduras manchadas de fuligem por conta dos palitos de incenso enfiados nos cantos, há uma TV maior e até uma geladeira, coisa que não temos, razão pela qual no verão temos de comer no mesmo dia tudo o que mamãe prepara. A mãe de Bahadur deve ganhar muito mais do que meus pais.

Bebum Laloo está dormindo numa cama que parece uma cama hi-fi. Está coberto até os ombros. O irmão e a irmã de Bahadur, ambos mais novos, estão sentados no chão, separando pedrinhas dos grãos de arroz espalhados numa chapa de aço.

"Namastê", Pari diz, parada na soleira da porta. Ela nunca cumprimenta ninguém daquele jeito. "Vocês podem, por favor, vir aqui fora? Queremos saber de Bahadur."

"Bahadur não está", diz a irmã de Bahadur, levantando-se obediente, mas com um ar de estupefação, porque: Pari e eu estamos com o mesmo uniforme de Bahadur, que ela deve conhecer. O irmão também vem até nós.

"Você sabe onde está Bahadur?", Pari pergunta. É uma pergunta ruim. Eles teriam contado à mãe se soubessem.

"Qual é seu nome?", pergunto à menina, pois bons detetives primeiro são amigáveis, assim mais tarde todos dizem a verdade. A menina faz um meneio de cabeça. Está usando uma calça de menino grande demais para ela, presa na cintura por um alfinete longo e espesso.

"Somos colegas de classe de Bahadur. Eu me chamo Pari e este aqui é Jai. Estamos tentando encontrar seu irmão. Tem algum lugar aonde ele gostava de ir depois da escola?"

"Bhoot Bazaar", diz o menino, que veste uma blusa de menina com babados brancos e bordados cor-de-rosa. Talvez ele tenha trocado de roupas com a irmã, e a mãe não percebeu.

"Onde no Bhoot Bazaar?", Pari pergunta.

"Bahadur-Bhaiyya trabalhava na loja de eletrônicos de Hakim-Chacha. Ele consertou nossa TV e também nossa geladeira e também aquele climatizador."

"Bahadur conserta coisas?", pergunto. Um climatizador rosa cheio de teias de aranha está equilibrado sobre uma pilha de tijolos de modo a apontar para um vão na parede que serve de janela, e por onde pode lançar o ar frio para dentro da casa.

Pari me lança um olhar de alerta, arregalando os olhos o máximo que pode. Se tivéssemos um sinal secreto, ela o teria usado agora para me fazer fechar o bico.

"Achamos que Bhaiyya fugiu", diz o menino.

"Pra onde?", pergunto.

A menina aperta a ponta do nariz com a mão, esmagando-a. "Meu nome é Barkha", ela diz — e enfia o dedo no nariz.

"Bhaiyya falava muito de fugir pra Manali", o menino continua. "Com o filho do engomador. Omvir."

"Manali, não. Mumbai", corrige a menina.

"É Manali ou Mumbai?", Pari pergunta.

O menino coça a orelha. A menina tira o dedo do nariz e olha pras unhas.

"Omvir quer ir pra Mumbai pra ver Hrithik Roshan", diz o menino. "Mas Bhaiyya quer ver a neve em Manali. Agora é inverno, né, então tem muita neve."

"Mas Omvir ainda está aqui", eu digo.

"Haan, talvez Bhaiyya tenha ido pra Manali sozinho. Vai voltar depois que tiver brincado na neve."

"Em casa como estão as coisas?", pergunta Pari. "Na última vez que vi Bahadur na escola ele parecia um tanto" — seu rosto se contorce enquanto ela tenta encontrar a palavra certa — "contundido?"

"Papai bate muito na gente", diz o irmão de Bahadur, como se não fosse nada. "Bhaiyya teria fugido há muito tempo se isso o incomodasse."

"Mais alguém andava importunando Bahadur?", Pari pergunta.

"Algum inimigo?" Enfim consigo fazer uma pergunta.

"Bhaiyya nunca se mete em apuros."

"Você tem uma foto dele?", Pari pergunta.

Chuto minha própria perna por não ter pensado naquilo antes. Fotos são a parte mais importante de qualquer investigação. A polícia deve colocar uma foto da criança desaparecida no computador, de onde a internet a levará para outras delegacias, do mesmo jeito que nossas veias levam sangue para nossos braços e pernas e cérebro.

O alfinete que prende as calças da menina se solta. Ela começa a chorar. O menino sorri. Faltam-lhe três ou quatro dentes frontais.

Pari diz "Uff" como se já tivesse cheia daquilo, mas diz à menina: "Não chore. Conserto isso num minuto. Só um minuto". Em dois segundos ela prende o alfinete de volta.

"Papai deve ter uma foto", diz o menino, correndo a mão por sobre os babados da blusa.

Entramos na ponta dos pés na casa de Bahadur. Tem o cheiro azedo de doença e adocicado de fruta podre. O irmão e a irmã de Bahadur se sentam no chão, longe da cama. Quero que acordem Bebum Laloo, mas seus olhos já migraram de volta para o arroz, dividido em duas seções: uma de onde se retirou todas as pedrinhas, e outra ainda por inspecionar.

"Agora é com você", Pari me sussurra.

Fora do cobertor só se vê a cara do Bebum Laloo. A boca está entreaberta, os olhos também. É como se observasse tudo enquanto dorme.

"Não seja um frangote", diz Pari baixinho.

É fácil falar. Não é ela quem tem de chegar bem perto dele.

Não há nada mais a fazer. Sou Byomkesh e Feluda e Sherlock e Karamchand, todos de uma vez. Sacudo o braço direito coberto do Bebum Laloo. O cobertor desliza e, quando toco sua mão, sinto-a quente demais, como se estivesse febril. Ele se vira e segue dormindo, agora de lado.

Sacudo Bebum Laloo de novo, agora com força.

Ele salta da cama. "O que é?", grita, os olhos amedrontados pulando pra fora do rosto cavado. "Bahadur? Você voltou?"

"Sou colega de classe de Bahadur. Você tem uma foto dele?"

"Quem está aí?", pergunta uma voz de mulher. É a mãe de Bahadur; nas mãos traz sacolas de plástico, provavelmente cheias da comida suculenta que ouvi dizer que a madame hi-fi lhe dá todos os dias. Ela acende a luz, e Bebum Laloo primeiro pisca os olhos, depois os cobre com as mãos, como se os raios de luz da lâmpada fossem espadas que o ferissem.

Pari trata de explicar tudo: "Somos amigos de Bahadur. Queremos saber se vocês têm uma foto dele. Vamos perguntar pelo bazar se alguém o viu. Se tivermos uma foto, vai ser mais fácil".

Talvez Pari seja tão rápida na hora de inventar mentiras porque leu muitos livros e tem todas as histórias na cabeça.

"Eu já perguntei no bazar", diz a mãe de Bahadur. "Ele não está lá."

"E na estação de trem?"

"Estação?"

A irmã e o irmão de Bahadur nos olham aterrorizados. Talvez não tenham contado nada à mãe sobre os planos de Bahadur, talvez porque têm medo de que ela brigue por não terem dedurado Bahadur assim que ele começou com seus gaguejos sobre Mumbai-Manali.

Pari insiste: "Vamos checar de novo. Vai ser bom se a gente checar de novo, certo?".

Fico achando que a mãe de Bahadur vai nos enxotar, mas em vez disso ela põe as sacolas de plástico no chão, abre uma gaveta, puxa um caderno e o folheia até encontrar uma foto e entregá-la a Pari. Eu fico ao lado para examinar a foto. É Bahadur numa camisa vermelha, o cabelo oleoso partido meticulosamente ao meio. O vermelho da camisa parece brilhante e alegre contra um entediante fundo creme. Bahadur está sério.

"Depois vocês me devolvem, certo? Não tenho muitas fotos dele."

"Claro."

"As pessoas acham que ele fugiu, mas meu menino, ele nunca me dá razões para me preocupar, sabe? Trabalha no Hakim e compra doces pra gente com o dinheiro que ganha. Se estou cansada demais para cozinhar, ele diz *mãe, espera*, e corre até o bazar e volta com pacotes de chow mein pra todo mundo. Coração de ouro é o que meu filho tem."

"Ele é o melhor", Pari diz — outra mentira.

"Se ele tivesse fugido, como disseram aqueles policiais, não teria levado alguma coisa junto, dinheiro, comida? Nada da casa sumiu. Suas roupas estão aqui, e a mochila da escola também. Por que fugiria com o uniforme da escola?"

A mãe de Bahadur olha através de nós, para algo na parede talvez, um ponto fixo onde seus olhos se concentram antes de se encherem de lágrimas. Ela cambaleia. Confiro se o chão está tremendo, mas sob meus pés tudo está sólido e perfeitamente estático. Atrás de nós, Bebum Laloo arrota.

"Ninguém pediu nada pra você, chachi?", pergunta Pari. "Dinheiro pra devolverem Bahadur?"

"Você acha que alguém o sequestrou? Aquele baba, Baba Bengali, disse…"

"Chachi, mesmo os babas podem errar às vezes. É o que minha mãe diz."

"Ninguém me pediu dinheiro."

"Tenho certeza de que Bahadur vai voltar."

"Será que o pobrezinho comeu alguma coisa? Deve estar faminto", diz a mãe de Bahadur, aproximando-se da cama onde Bebum Laloo está sentado. Ele muda as pernas de lugar, abrindo espaço para a esposa.

Pari abre a boca para dizer mais alguma coisa, mas eu me apresso e digo: "Okay-tata-tchau, estamos indo". Depois corro o mais rápido que posso, porque dentro daquela casa a tristeza é pegajosa como uma camisa molhada de suor num dia de verão.

Temos tempo suficiente antes...

... de escurecer para ir ao Bhoot Bazaar e procurar o tal Hakim da loja de eletrônicos. Minhas pernas já não querem andar comigo. Preciso arrastá-las.

O bazar parece crescer cada vez mais. Passo por becos onde nunca estive. Pari também está cansada e nosso ritmo é de tartaruga.

"Quando estudaremos?", ela me pergunta. É típico dela se preocupar com besteiras.

Preparo uma lista de perguntas na cabeça de forma que Pari não possa fingir que está no comando de novo. Mas quando nos encontramos com Hakim, o chacha que conserta TVs, ele fala de Bahadur sem nenhum estímulo da nossa parte.

"Eu o vi sexta-feira, talvez até no sábado, mas com certeza não o vi no domingo", ele diz, alisando a barba pontuda, que é alaranjada pela henna na extremidade e branca na base, tal como seu cabelo. "Isso aconteceu dois dias inteiros depois de virem a irmã e o irmão, como soube depois. Estava de uniforme o tempo todo. Presumi que estava evitando a escola por conta dos valentões... Vocês devem ter visto esses caras provocando Bahadur, não? Pobre criança. Querem uma xícara de chá? Vocês estão fazendo um bom trabalho, procurando por ele. Merecem uma recompensa."

Antes que possamos dizer sim ou não, ele pede chá de cardamomo de uma tenda próxima, e a bebida chega em copos alongados, com o topo espumoso e borbulhante. Sopros de um rico vapor aquece nossas bochechas enquanto bebemos.

"Bahadur não está aqui, no basti ou no bazar", o chacha nos diz. "Se estivesse, já teria vindo me ver."

Acredito nele, pois o chacha é a melhor pessoa que conheci na vida. Até leva a sério nossa investigação. E nos dá algumas informações sobre Bahadur:

- Bahadur nunca se meteu numa briga com ninguém, nem mesmo com as crianças que zombavam da gagueira dele;
- Nunca roubou nada da loja;
- Não tinha nenhum plano de fugir para Mumbai-Manali.

Pergunto ao chacha se Dose era uma das pessoas que atormentavam Bahadur, mas ele não conhece Dose, só o pradhan. "Aquele homem", diz o chacha, tapando o nariz como se algo fedesse, "faz qualquer coisa por dinheiro."

"Até sequestrar crianças?", pergunto.

O chacha faz uma expressão confusa. Pari me lança um olhar furioso por trás do vapor de cardamomo.

"Será que pode ter sido um djinn?"

"Existem djinns malvados, que se apossam da sua alma. É bastante raro sequestrarem crianças. Não se pode descartá-los, certamente. Alguns djinns gostam muito de criar confusão."

Uma comoção no beco interrompe nossa conversa. São dois mendigos que já vi antes, mas são mendigos especiais, pois um deles anda numa cadeira de rodas e o outro é seu amigo de pernas tortas que trota atrás dele e empurra a cadeira. Uma gravação com uma voz de mulher sai de um alto-falante preso ao encosto da cadeira. *Nós dois somos doentes das pernas*, ela diz. *Por favor, nos ajudem com dinheiro. Nós dois somos doentes das pernas*, ela repete. *Por favor, nos ajudem com dinheiro.* Ela nunca se cansa.

"Aqui, aqui." O chacha gesticula na direção deles, pedindo que se aproximem, e mais uma vez compra chás.

"Deve estar ficando tarde", Pari diz, quando os postes de luz começam a amarelar alguns nacos da fumaça escura.

Nós nos despedimos do chacha e caminhamos para casa.

"Meu instinto me diz que Bahadur fugiu." Pari fala como uma detetive. "Ninguém no nosso basti tem motivos para sequestrá-lo. Ele deve ter feito um bom dinheiro trabalhando para o chacha e agora foi embora para trabalhar em outra loja de consertos de TV. Alguma bem longe daqui — e do Bebum Laloo."

"Em Manali?"

"Por que não? As pessoas em Manali também assistem TV."

Meninos e meninas da nossa escola, brincando no beco, acenam para nós. Eu não retribuo. Não quero encorajá-los a se juntar ao nosso time de detetives.

"Ou contamos para a mãe de Bahadur sobre os planos de fuga para Manali", diz Pari, "ou vamos à estação ferroviária central, mostramos sua foto às pessoas e perguntamos se o viram."

"Não podemos contar nada à mãe de Bahadur nem a Bebum Laloo. Vão ficar com raiva do irmão e da irmã de Bahadur, talvez até batam neles."

"Então teremos de ir à estação de trem da cidade", Pari diz. "Impedir Bahadur antes que ele suba em um trem."

"Arrey, mas e se ele já estiver em Manali?"

"Se confirmarmos que ele tomou mesmo um trem para Manali, a polícia de lá vai procurar por ele. Eles não podem ser tão ruins quanto a polícia do nosso basti, podem? No momento não sabemos se Bahadur está lá ou aqui. O que precisamos é de uma boa pista, só isso."

Lembro que a estação de trem terá registro de filmagens; os policiais da *Patrulha Policial* muitas vezes vasculham essas imagens para capturar criminosos e crianças fugitivas. Em vez de informar Pari disso, digo: "Por acaso você esqueceu? Em primeiro lugar, você tem de chegar à estação, que é lá longe na cidade. Em segundo, você tem de pegar a Linha Púrpura até lá e não se pode sequer entrar numa plataforma de metrô sem um bilhete. O metrô não é como as ferrovias públicas".

"Eu sei disso."

"Seu pai por acaso é um crorepati* que vai nos dar dinheiro para os bilhetes?"

"Podemos pedir dinheiro para Faiz."

"Nunca."

"Você não disse que depois das primeiras quarenta e oito horas se torna mais e mais difícil encontrar uma criança desaparecida?"

Não lembro de ter dito aquilo, mas parece bastante com o tipo de coisa que eu diria.

É tarde quando chego em casa, mas tenho sorte: mamãe e papai ainda não chegaram. Runu-Didi está conversando com Shanti-Chachi enquanto se alonga se equilibrando sobre a per-

---

* Alguém cujo patrimônio excede dez milhões de rúpias. O termo deriva de uma unidade do sistema de numeração indiano — "crore" — equivalente a dez milhões.

na direita. A perna esquerda está curvada com a sola do pé no joelho. Parece um guindaste.

"Você não devia estar fazendo o jantar?", pergunto à Didi.

"Escute só como ele fala comigo, Shanti. Acha que é um príncipe e que devo servi-lo."

"Quando ele crescer", chachi diz, "se tiver sorte encontrará uma esposa como eu que o ensinará uma lição: ou ele mesmo cozinha ou passa fome, a escolha é só dele."

Talvez isso explique por que o primeiro marido de Shanti-Chachi lhe disse Okay-tata-tchau e por que seus três filhos adultos nunca a visitam. Mas sei muito bem que é melhor não mencionar nada disso.

"Nunca me casarei", digo à Runu-Didi quando entramos em casa.

"Não se preocupe, qualquer garota vai sentir seu cheiro a uma milha de distância e fugirá."

Confiro minhas axilas. Não estão cheirando tão mal.

Mamãe e papai chegam tarde, mas juntos. Demoram-se no beco, conversando com os vizinhos. Eles têm a expressão preocupada e contrariada demais para que eu pergunte onde se encontraram. Runu-Didi termina de preparar o dal e o arroz e chama mamãe e papai, mas eles respondem *agora não, Runu*.

"Arrey, tem um homem morrendo de fome aqui", digo, apertando a barriga.

Runu-Didi marcha para fora de casa e eu a sigo, cantando *"Por que sou assim?"*. A fumaça rasteja para fora das casas, carregada do cheiro de dal e baingan-bharta.

Papai aponta na minha direção e diz: "Se não prestarmos atenção nesse pequeno shaitan,* ele será o próximo a desaparecer".

---

* Espírito maligno comparável a demônios na mitologia islâmica. Ao contrário dos djinns, os shayatin são infalivelmente maus.

"O quê?", pergunto.

"O filho do engomador desapareceu", mamãe diz. "Nós o vimos dois dias atrás, hein, Jai, você se lembra?" Mamãe, então, vira-se para os outros e diz: "Perguntamos a ele, *você sabe onde Bahadur está?* Ele disse que não sabia. Como pôde mentir com tamanha cara de pau, nunca vou entender".

"Omvir desapareceu?"

"Ele e Bahadur devem ter planejado tudo desde o início", mamãe diz.

"São crianças egoístas demais", diz uma chachi do beco. "Nem pararam pra pensar em como os pais ficariam preocupados. Agora a polícia vai se envolver na história. E vão chegar aqui com as máquinas. Todos perderemos nossas casas."

Shanti-Chachi intervém: "Não vamos nos precipitar".

"Sim, verdade", concorda mamãe, como se ela mesma não tivesse empacotado nossa casa inteira numa trouxa que deixou no pé da porta.

"Nosso pessoal está procurando os meninos", Shanti--Chachi diz. "Vão trazê-los pra casa esta noite, com certeza."

"Eles podem ter ido para Mumbai", eu digo, numa voz abafada. "Talvez Manali."

Estou entregando meu segredo, mas não por completo.

"O que você disse?", papai pergunta, as mãos nos quadris.

"Posso ir à casa da Pari?" É a pergunta errada para *este momento*, coisa que percebo no instante em que a pronuncio.

Mamãe sentencia: "Seja lá o que você quer com ela, pode esperar até amanhã".

"Você devia comprar um celular pra mim", digo, voltando pra casa.

"Não tão rápido", papai diz, segurando-me pelo ombro. "Bahadur disse que iria pra Manali?"

"Eu nunca falei com ele." É a verdade. Preciso pedir à Pari que me ensine a mentir.

Os dedos de papai se cravam nos meus ossos. "Omvir nem da minha classe é!"

"Como encontraremos essas crianças se tiverem ido tão longe assim?", diz uma chachi, os olhos espremidos, os dedos pressionando a testa, como se latejasse de dor.

"Meu filho quer conhecer Dubai. Isso não quer dizer que vá lá tão cedo", diz outra chachi.

"Esses meninos devem estar escondidos num parque perto de algum prédio hi-fi", diz um chacha. "Até a grama de lá é mais macia do que os nossos charpais."

"Dever de casa", balbucio, de modo que papai pare de me interrogar. Funciona: ele me deixa ir.

Dentro de casa, paro em frente à prateleira da cozinha onde mamãe deixou o tubo de Parachute. Agora que ela o mudou de lugar, posso facilmente alcançá-lo. Na tampa vejo um bindi no formato de lágrima negra que mamãe colou ali com a intenção de usar de novo, mas acabou esquecendo. Antes de dormir ou de lavar o rosto, mamãe e Runu-Didi tiram os bindis da testa e os colam no que estiver mais próximo — nas laterais da cama, no barril de água, no controle remoto, até nos meus livros da escola.

Abro a tampa do tubo de Parachute e tiro todas as notas. Tem quatrocentas e cinquenta rupias, a maior quantidade de dinheiro que já vi na vida. Coloco cinquenta rupias de volta, aperto bem a tampa e guardo o tubo sobre a lata de pó de manga. O resto do dinheiro escondo nos bolsos das minhas calças cargo.

Minhas mãos ficam pegajosas, e minha língua pega fogo. Roubar provoca uma sensação horrível. Mas ter quatrocentas rupias no bolso é uma maravilha. Posso comer anda-bhurji e pão com manteiga por um ano inteiro com esse dinheiro. Talvez não um ano inteiro. Talvez um mês.

Eu devia colocar o dinheiro de volta. Sinto uma nota no bolso, leve, suave e cheia de poder hi-fi. Ela solta uma descarga elétrica pelas pontas dos meus dedos e me faz oscilar como Bebum Laloo.

"Quando isso tudo terminará?", mamãe pergunta, entrando em casa. "Como se já não tivéssemos problemas suficientes."

Ela olha pra mim. Sou seu problema número um.

"Venha, vamos comer, beta", ela diz, sorrindo pra mim. "Você deve estar com fome."

Faz cócegas na minha nuca, e eu afasto sua mão.

Sou um detetive e acabei de cometer um crime.

Mas é por uma boa causa. Se Pari e eu trouxermos Bahadur e Omvir de volta, não perderemos nossos lares. Nossa casa vale bem mais do que quatrocentas rupias.

Na manhã seguinte cruzamos o caminho até a escola por dentro da fumaça, conversando sobre Omvir, que segue desaparecido. Digo à Pari que peguei dinheiro emprestado com Runu-Didi. "Ela venceu uma corrida e ganhou um prêmio em dinheiro", minto.

"Quanto?"

"O suficiente para um bilhete na Linha Púrpura", digo. Não sei quanto custa a passagem, mas não pode ser mais de quatrocentas rupias. E não vou dividir meu dinheiro com ninguém, nem com Pari.

"Runu-Didi é tão legal. Eu queria ter uma irmã. E você, Faiz, tem sorte de ter irmãos e uma irmã."

"Eles são ok", diz Faiz, lutando para domar o cabelo, que insiste em se levantar. Hoje ele não tomou banho. Deve ter trabalhado até tarde e, quando a mãe ou a irmã Farzana-Baji tentaram sacudi-lo esta manhã, se virou e continuou dormindo.

Pari acreditou muito facilmente na minha mentira. Talvez eu seja um bom mentiroso. Só não sabia. Mas a parte sobre Runu-Didi ganhar uma corrida não era mentira. A questão é que, em vez de dinheiro, ela ganhou o certificado que mamãe agora pôs na trouxa ao pé da porta, e uma medalha banhada a ouro que mamãe trocou por uma garrafa de dois litros de óleo de girassol. Runu-Didi chorou várias noites seguidas. Por isso mamãe emoldurou o certificado.

"Jai, escute", Pari diz, "nós devíamos matar aula hoje e pegar a Linha Púrpura."

"O quê? Você quer matar aula?" Acho que Pari nunca perdeu um dia de aula na vida.

"Um djinn se apossou dela, só pode", diz Faiz.

"Cala a boca", Pari retruca, beliscando o braço de Faiz.

"E o dinheiro do seu bilhete?", pergunto. Será que ela adivinhou a quantia exata que eu roubei?

"Não temos tempo a perder. Talvez fosse esse o plano deles desde o começo: Bahadur vai pra estação na cidade primeiro, depois Omvir. A essa altura Omvir já chegou lá também." Pari fala apressadamente, engolindo algumas letras de modo que as palavras saiam mais rápido. "Talvez Bebum Laloo tenha batido demais em Bahadur dessa vez, e Bahadur decidiu que não podia ficar no nosso basti nem um dia a mais."

"Mas o bilhete…"

"Faiz está nos ajudando na investigação."

Faiz dá uma bela franzida de sobrancelhas. "Não estou, não."

"Encontrei Faiz nos banheiros hoje de manhã. Ele disse que nos daria o dinheiro para os bilhetes de metrô. Você disse isso, não disse, Faiz?"

"Talvez."

"Que *talvez* o quê, idiota." Ela olha pra mim. "Ele veio até o beco de chole-bhature com cento e vinte rupias no bolso. Isso deve ser suficiente pra ir e voltar da estação, não?"

"É um bocado de dinheiro", eu digo.

"É caro, porque vivemos longe demais da cidade. Além disso, não ganhamos desconto no metrô."

Eu já sei disso tudo. Papai me disse muito tempo atrás que só crianças menores de três anos podem viajar de graça no metrô.

"Eu estava pensando em ir sozinha, mas, como sua irmã lhe deu dinheiro, então podemos ir os dois."

"Assistentes não podem fazer trabalho de detetive sozinhos."

"Parem de brigar", Faiz intercede, saltando o número dois de um cachorro.

"Por que você deu seu dinheiro a ela? Como vai comprar seu xampu caro e o sabão?"

"Não preciso. Meu cheiro natural é bom, não é como o seu. Quer ver só?"

"Nunca."

"Eu vou devolver o dinheiro de Faiz."

"Como?"

Pari não tem resposta.

Faiz está certo, ela está esquisita. Pari nunca desrespeita as regras e sempre faz tudo o que os adultos lhe pedem, mesmo quando é algo bobo. Por exemplo: ela espreme o nariz por um minuto todas as noites porque a mãe diz que seu nariz é grande demais e que espremer o nariz o tornará menor e mais afilado. Pari diz que aquilo não tem sentido mas mesmo assim o faz.

Chegamos às filas no portão da escola. Um homem vestido com uma blusa branca de algodão toda amassada e calças cáqui igualmente amarrotadas cambaleia pra cima e pra baixo, agarrado a uma foto que exibe diante de cada um de nós. "Você viu meu filho? Viu?", pergunta a voz rouca com tom de urgência, como se gritasse há horas. "Omvir, você o conhece?"

É o engomador.

Tento conferir a foto de Omvir, mas as mãos do engomador tremem, e vejo uma mancha marrom e azul. Antes que eu possa pedir que segure a foto com firmeza, ele se afasta para falar com outra pessoa.

"Esse já era", Faiz nos sussurra. O engomador parece mesmo encolher a cada passo.

"Precisamos fazer alguma coisa pra acabar com isso", Pari diz. "Hein, Jai?"

"Vamos falar com os colegas de classe de Omvir primeiro", digo, muito porque estou com medo de gastar o dinheiro de mamãe. "Talvez ele tenha contado aonde ia. É assim que se investiga."

Olho para o engomador e penso nas rupias para o *quando-algo-acontecer* da minha mãe que guardei enroladas no estojo de geometria. Tem um caroço na minha garganta do qual não consigo me livrar tossindo.

Os colegas de classe de Omvir não o veem muito, pois ele mal aparece na escola. Pari saca um caderninho de anotações e escreve tudo o que nos dizem. Dou uma espiada nas notas dela sobre o caso, cheias de pontos de interrogação:

- Dançarino?
- Hrithik?
- Juhu? Mumbai?
- *Boogie-Woogie Kids?*

Boogie-Woogie Kids é uma competição de dança na TV, mas Omvir não precisa ir até Mumbai para fazer o teste de seleção. Eles fazem testes em todo lugar, mesmo nas cidadezinhas que só têm um mercadinho perto da vila de Nana-Nani.

Para os colegas de classe de Omvir, seu desaparecimento é a melhor coisa que já aconteceu.

"Na próxima vez que o virmos, ele estará na TV. Oito e meia, sábado à noite", diz um menino, todo afobado.

"Vai estar de camisa prateada", irrompe outro garoto, "e calças douradas."

São mais velhos do que nós — e mais bobos. Faiz não ajuda. Joga críquete no corredor fora da sala, lançando uma bola imaginária na direção de um rebatedor invisível.

Na assembleia matinal, o diretor nos dá um sermão contra a ideia de fugir de casa. "Uma epidemia anda se espalhando por nossa escola", ele diz, a voz retumbando. "As crianças estão achando que podem levar uma vida de celebridade se tomarem um trem para Mumbai. Isso deve parecer como férias para vocês, uma vida sem estudos, sem provas, sem professores" — alguém grita *u-hu!* e muitas cabeças se viram apontando a fonte da exclamação — "mas vocês não têm ideia dos horrores que os esperam para além desses muros."

Penso no caderninho de Pari. Talvez eu devesse ter um também, mas odeio escrever e erro a grafia das palavras.

"O governo ordenou o fechamento de todas as escolas de hoje até terça por conta da fumaça", o diretor nos informa. "Essa fumaça está nos matando."

Os estudantes comemoram. "Silêncio", diz o diretor — e, como resposta, recebe gritos ainda mais altos. É por isso que ele não começou o discurso com o anúncio mais importante.

Quando a assembleia termina, formamos filas confusas e vamos até as salas recolher as mochilas.

"Jai, precisamos ir à cidade hoje", Pari diz. "Estaremos de volta antes de nossos pais chegarem em casa. Não teremos outra chance como essa."

"Sua mãe vai chorar e gritar se descobrir que você sumiu."

É a verdade. A mãe de Pari chora por tudo: quando alguém está triste numa série de TV; quando Pari tira notas excelentes; quando o pai de Pari pega um resfriado; ou quando uma chachi ou um chacha do nosso basti morre de tuberculose, dengue ou febre tifoide. Uma grande quantidade de doenças ronda nosso basti, sempre à espreita de uma oportunidade para contaminar pessoas e matá-las.

"Mamãe não vai descobrir."

"Por que você não vem com a gente?", pergunto a Faiz, embora eu não queira pagar pelos bilhetes dele.

"Eu já disse que foi um djinn. Vocês não vão capturá-lo na Linha Púrpura."

"O que um djinn vai fazer com Bahadur e Omvir?"

"Djinns gostam de lugares escuros. Eles arrastam crianças para cavernas subterrâneas, mostram os dentes longos e afiados e daí é *nhac-nhac-nhac*."

"Isso é idiotice demais até pra você", Pari diz a Faiz, virando-se para mim em seguida. "Jai, você tem nas mãos uma chance de fazer um verdadeiro trabalho de detetive e está desistindo por medo."

"Não tenho medo de nada no mundo!" Outra mentira. Tenho medo de escavadeiras, provas, djinns — que provavelmente existem — e dos tapas de mamãe.

OMVIR

Às vezes ele esquecia que o Maple Towers era um prédio hi-fi, porque todo o interior estava apodrecendo. Os elevadores rangiam, a tinta das paredes descascava e fraldas sujas transbordavam dos coletores de lixo, espalhando-se pelos cantos dos corredores. A escada, que ele usava quando as mãos estavam livres de sacos de roupas engomadas ou por engomar, tinha cheiro de rato morto. Correndo escadas abaixo, Omvir vislumbrou a fumaça que lhe fazia caretas por trás das janelas de vidro. Para além de seu manto escuro, não sabia se o mundo estava vivo ou morto.

Nos portões de entrada, um segurança o revistou sem muita convicção para garantir que não roubara nada, ritual oriundo da época em que o Maple Tower iniciou sua carreira como o primeiro dos arranha-céus desse bairro, cheio de ímpeto, tinta fresca e promessas de riqueza. Agora seus habitantes eram jovens ressentidos que, trabalhando em escritórios, muito provavelmente se consideravam mal pagos, e homens e mulheres aposentados cujos filhos trabalhavam no exterior e contratavam os serviços das agências de enfermagem para checá-los toda semana.

Omvir já examinara os apartamentos tanto dos jovens quanto dos velhos e, embora não fossem ricos, também não eram pobres. Podiam ser corpulentos ou magros, os dedos estalando de impaciência ou apertando uma bengala, os olhos nublados das cataratas ou azuis das lentes de contato; em todo caso, a maioria deles o dispensava com rispidez assim que ele recolhia as roupas por engomar ou quando as devolvia ainda quentinhas do ferro a carvão de seu pai. Nas poucas vezes que lhe pediam que esperasse à porta, era apenas para que pudessem inspecionar as calças, blusas e camisas, além das camisolas e roupas de baixo, que alguns também queriam que fossem passadas por razões que Omvir desejava nunca ter de descobrir. Uma vez convencidos de que não havia marcas de carvão nem manchas de cinzas, deixavam-no ir.

Seu pai temia que os engomadores estivessem saindo de moda, tal como os telefones fixos, a Doordarshan e os gravadores, e disse a Omvir que não se importasse com as excentricidades dos clientes. De sua frágil tenda exposta aos pedestres, vinha competindo contra a eficiência das lavanderias automáticas convenientemente posicionadas dentro dos shoppings com cinemas, lojas e restaurantes, e contra os Dhobi Ghats e Dhobi Haats, localizados nesse lugar misterioso, a internet, oferecendo os mesmos serviços vinte e quatro horas por dia, com embalagem eficiente.

Por cuidado, seu pai envolvia as roupas engomadas em lençóis limpos, mas gastos, como o que Omvir levava agora amarrado ao pescoço, imitando uma capa. Às vezes o pai prometia aos clientes cabides e capas de plástico biodegradáveis para os lençóis, promessas que Omvir sabia que ele jamais poderia cumprir. Sempre melancólico, seu pai, afundado até os joelhos em dívidas, esperava a ruína certa com a paciência de uma garça imóvel na água barrenta.

Se não fugisse, Omvir imaginava que também ele passaria a vida à sombra de prédios hi-fi como aquele Maple Towers. Sentia o peso da esperança perdida de seu pai sobre seus frágeis ombros de menino de dez anos. Podia entender por que Bahadur fugira, se é que fugira de fato.

Prendendo a capa atrás de si, Omvir pensou em como os outros consideravam a gagueira de Bahadur uma fraqueza, algo a ser ridicularizado impiedosamente, um sinal de pecados cometidos em vidas passadas. Mas Omvir via aquilo como uma fonte de força, como os dois polegares que Hrithik Roshan tinha na mão direita. Acreditava que o ritmo do ator, a habilidade com que manipulava as pernas e o torso e as mãos de acordo com a batida de uma música — como se não tivesse coluna vertebral, nem ossos — vinha daquele acréscimo redundante que os outros consideravam uma anomalia. O que era dado por Deus não poderia ser mera imperfeição; era um dom. Omvir queria acreditar que havia uma razão para tudo, caso contrário qual seria o sentido?

Uma matilha de vira-latas passou correndo a seu lado e parou rosnando debaixo de um dos nins que ladeavam a estrada. Virou a face brilhante do anel que usava no indicador esquerdo para a palma da mão, temendo que a cintilância provocasse os cães. Pássaros abriram voo para dentro da fumaça, grasnando e deixando uma trilha de folhas secas que pairaram até o chão. Um macaco entre a folhagem bocejou em sua direção, dando-lhe um susto e desaparecendo logo em seguida.

Ficou de olho nos cachorros, procurando medir a agudeza dos dentes deles contra a espessura do tecido de sua calça. Um carro passou. Os cachorros se lançaram numa perseguição às rodas e, para a sorte de Omvir, não voltaram para destroçá-lo.

Os pássaros voltaram aos ninhos. Não saberia dizer a hora, mas o dia como que desapareceu, de forma rápida e silenciosa, como Bahadur. Omvir se perguntava por onde andaria o amigo agora. Por meses os dois haviam brincado com a possibilidade de fugir para uma cidade onde seus pais não os encontrassem. Um novo começo em Mumbai, onde dois meninos a mais entre a multidão nas ruas não fariam a menor diferença, cidade cujo ar tinha o gosto do sal marítimo, onde as crianças nos cruzamentos vendendo mata-mosquitos elétricos podiam pressionar o nariz contra os vidros dos carros e dar de cara com atores famosos, quem sabe até com o próprio Hrithik. Por que Bahadur não o chamara para acompanhá-lo?

Algo terrível deve ter acontecido na casa de Bahadur. Omvir precisava admitir que seu próprio pai, embora suscetível à depressão e aos choros noturnos que acabavam acordando seu irmão caçula e, nisso, exaurindo sua mãe, não tinha nenhum dos vícios do Bebum Laloo. Seu pai não erguia a mão contra eles, nem desperdiçava dinheiro com bebida. Mantinha-se ativo do amanhecer até tarde da noite e nunca reclamava do carvão que deixava queimaduras em seus braços, nem das cinzas que chamuscavam suas sobrancelhas, nem da fumaça e do frio e das tempestades de areia que feriam seu nariz, sua garganta e seus ouvidos mil vezes por dia.

Por outro lado, seu pai também o encorajou a faltar às aulas para ajudar nos negócios, adotando um agudo tom de súplica sempre que Omvir se dizia preocupado com as provas ou com a possibilidade de ser retirado da lista de frequência. "Estou fazendo isso por você", ele dizia, apontando a barraquinha que, assim como seu proprietário, parecia estar na iminência do colapso. Não tinha coragem de dizer ao pai que não tinha interesse algum em trabalhar engomando roupa. Seria dançarino — um dançarino tão famoso que as pessoas o reconheceriam na rua.

Omvir esticou as mãos para o ar. Queria imitar os passos que vira nas músicas da TV — Hrithik saltando com pernas e braços estendidos ou rodopiando no chão sobre a própria cabeça —, mas tais movimentos ainda estavam além de suas capacidades. Por ora, mexia-se seguindo a batida de uma música que só ele podia ouvir, deixando o ritmo excitar-lhe o corpo inteiro. Seus braços enrijeciam ou relaxavam como se fosse uma marionete comandada por cordões invisíveis. Lançava o peito para frente e para trás, pressionava os calcanhares e esticava os joelhos de modo que suas pernas estremecessem como se flutuasse na brisa. Uma sensação de que ele era alguém mais leve, mais livre e mais feliz o inundava.

"Surtou?", gritou um vigia por trás de um portão, interrompendo sua dança. Omvir ignorou a pergunta. Encontrava-se agora num bairro chique. Vias secundárias elevadas levavam a arranha-céus que eram mais altos e mais reluzentes do que as Maple Towers. Os nomes também eram mais dignos: Sunset Boulevard, Palm Springs, Golden Gate. Ao fim daquela via, seu pai devia estar esperando por ele, aquecendo as mãos contra o brilho alaranjado do carvão de seu ferro, se perguntando por que diabos Omvir estava demorando tanto.

Não havia postes de luz na avenida principal. As pessoas hi-fi não tinham necessidade daquilo; dirigiam pra cima e pra baixo em carros com faróis e luzes contra a fumaça e o nevoeiro. Só caminhavam para se exercitar, e isso apenas nos jardins bem iluminados dentro de seus condomínios fechados.

Olhando para o alto, na direção dos apartamentos hi-fi, imaginando a tranquilidade daquelas vidas conduzidas com tamanha claridade, Omvir demorou a perceber os cachorros que o miravam com as bocas escancaradas, as línguas despontando, a respiração alta e rápida. Um deles latiu, e os outros aderiram. Ele precisou correr.

Seus chinelos estalavam no chão, e as pedras feriam seus pés. Sua capa-lençol, pesando ao redor do pescoço, o tornava mais lento. Os cães rangiam os dentes. Ele corria na direção errada, para longe da tenda do pai. A capa ficou mais pesada. Ele queria afrouxá-la, deixar o lençol cair no chão, atrapalhando um ou dois daqueles cães. Mas seu pai ficaria com raiva, porque ele se atrasou, porque foi irresponsável ao perder um lençol e porque agora precisaria tomar vacinas caríssimas para raiva.

Os cachorros se aproximaram. Sentiu um deles lançando-se, rasgando o ar em sua direção, a baba salpicando-lhe a nuca. Se ele fosse um super-herói, como Hrithik nos filmes da franquia *Krrish*, daria um grande salto para o céu e se agarraria às asas de um avião, e sua capa preta lustrosa flanaria no ar atrás dele. Mas seus pés continuavam tocando a terra, e os pulmões perdiam fôlego, e os olhos se embaçavam.

Faróis amarelos cortaram a fumaça, e uma SUV prateada parou diante dele. O motorista buzinou. Os cachorros latiram raivosos ante aquela interrupção inesperada. A porta de trás do veículo se abriu, e permaneceu aberta, como um braço esticado à espera de erguê-lo, livrando-o de todo perigo. Seu coração batia como se fosse explodir do esforço, e sua boca ficou tão seca que espinhos pareciam brotar de sua língua, mas, porque ele não era seu pai, naquele momento, sentiu também esperança.

Pari e eu não o confessamos em voz alta...

... mas nunca fomos além da nossa escola sozinhos. Pari ao menos já esteve na cidade. Seu avô, que mora do outro lado do rio, a levou lá uma vez. Ela diz que não se lembra de nada, pois isso aconteceu quando tinha dois anos. Nessa época a Linha Púrpura nem funcionava ainda.

Paramos num ponto de ciclorriquixás na avenida. Os condutores estão esperando clientes, descansando nos assentos dos passageiros, conversando entre si, fumando beedis e bebendo chai das tendas de chá na beira da estrada. Pari saca a foto de Bahadur da mochila. Pergunta aos condutores se algum deles transportou aquele garoto até a estação de metrô.

"Vamos deixar pra amanhã", digo à Pari.

Ela não me escuta e interroga também os motoristas de autorriquixás ociosos. Ninguém o viu. Aquele interrogatório nos deixa tão atrasados que temos de acionar um ciclorriquixá até a estação, já que caminhar tomaria o dobro do tempo. Mamãe diz que riquixás são para pessoas endinheiradas e que é ótimo que nossas pernas possam fazer o trabalho das rodas. Receio que ela me veja lá do apartamento da madame hi-fi, mas depois me lembro do que ela me disse uma vez: lá de cima, mesmo um gigante pareceria pequeno como uma formiga.

Nosso ciclorriquixá passa por homens que descascam batatas e fatiam cebolas e tomates do lado de fora das barracas na beira da estrada. Carros com adesivos que dizem coisas estranhas como NÃO CHEGUE MUITO PERTO, SOU O BRUCE LEE e HINDU ORGULHOSO NO VOLANTE buzinam e berram e freiam num cruzamento em que os sinais ficam vermelhos, amarelos e verdes ao mesmo tempo. Um anão que pode andar de graça no metrô, pois mede menos de noventa centímetros, mendiga no meio da avenida, ficando na ponta dos pés para bater nos vidros dos automóveis.

A estrada é cheia de crateras, como a lua, e preciso apertar bem nas laterais do riquixá para não cair.

"Como pode haver acidentes se o trânsito é tão lento?", Pari indaga, olhando para a Honda City tombada sobre o meio-fio. As rodas do riquixá rolam sobre um corvo morto achatado no asfalto.

No fim do percurso, Pari pede que eu pague, pois o dinheiro que tem só é suficiente para comprar seus bilhetes. Deve ter adivinhado que tenho mais dinheiro do que dei a entender. Quando as estendo para o condutor, as rupias de mamãe me olham acusatórias. Desaparecem no bolso do homem. Quarenta rupias se foram, como num passe de mágica.

Precisamos subir um lance de escadas para chegar à estação do metrô. Mantenho os ouvidos e os olhos bem abertos, reparando em todas aquelas coisas que nunca vi nem ouvi na vida. No topo da escada, aponto uma série de prédios hi-fi para Pari.

"Todo esse terreno", eu digo, "um dia esteve vazio." É algo que papai me disse. No início, essa área era repleta de rochedos, que os fazendeiros aplainaram com tratores para plantar mostarda. Mas, depois de trabalharem duro por anos a fio, venderam a terra para empreiteiros de terno e sapato da cidade, e agora os fazendeiros estão em casa, o tédio escorrendo de seu nariz e sua boca em meio às nuvens de fumaça do narguilê.

"Como compramos os bilhetes?", Pari pergunta. Não está interessada em fazendeiros.

Nos guichês, encontramos cartazes onde se lê: FECHADO. As máquinas automáticas, maiores e mais largas do que nós, parecem quebra-cabeças complicados que nem Pari consegue desvendar. Ela pede ajuda a um homem de camisa de listras pretas e vermelhas. O homem recebe nosso dinheiro, mas faz perguntas demais: *Não têm escola? Por que estão sozinhos? Aonde vão? Vocês sabem como a cidade é perigosa? E se alguém roubar o dinheiro de vocês? E se alguém sequestrar vocês?*

Felizmente, Pari está comigo e consegue inventar mentiras na mesma velocidade com que o homem faz perguntas.

"Estamos indo visitar nossa avó", ela diz, "que vai enviar um ajudante para nos buscar na estação."

Só gente rica contrata *ajudantes* para cuidar da casa, mas Pari fala de um jeito tão real que chego a sentir os cheiros da mulher idosa, a pele áspera e o talco espargido nas dobras de seu rosto e pescoço. O homem, no fim, se convence. Aperta alguns botões. Um mapa das estações surge na tela, e ele nos pergunta onde queremos descer. Mais botões são pressionados. A máquina engole nosso dinheiro e cospe moedas de plástico que o homem diz que funcionam como bilhetes. Ele nos aconselha a prestar atenção nos anúncios para sabermos onde descer.

"Fiquem atentos", ele diz, antes de partir.

Estou muito atento. Olho ao redor da estação, querendo descobrir em que partes papai trabalhou. Talvez suas impressões digitais estejam escondidas sob a tinta, estampadas no cimento. O barulho da rodovia do lado de fora flui para dentro da estação, mas as paredes o abafam. É como se estivéssemos num país estrangeiro. Até a fumaça parece sob controle daqui.

Pari me puxa pela manga e diz: "Por que você não para de olhar pra tudo feito um dhakkan?* Não temos tempo a perder. Foco!".

Copiamos o que as pessoas à nossa frente estão fazendo e posicionamos nossas fichas contra pequenas máquinas, semelhantes a pilares, que liberam nossa passagem. Nossas mochilas passam pelo raio X, depois cruzamos um detector de metal que não para de apitar. Uma policial revista as mulheres por trás de uma cortina, enquanto um policial confere os cavalheiros. "O que tem aí", pergunta um dos guardas a um homem, dando um tapinha numa carteira que desponta do bolso de sua jeans. Mas eles nos deixam passar sem problemas, porque sabem que crianças não podem ser terroristas armados com bombas.

Para chegar à plataforma podemos descer por uma escada rolante ou por uma escada normal. Uma senhorinha vestida num sári vermelho, com muitas pulseiras douradas, para ao pé da escada rolante e diz *não, isso aqui não é pra mim, não consigo,* mas seu marido, cujas costas são ainda mais recurvadas do que as dela, toma-a pela mão e puxa-a para a escada. Então os dois deslizam ao patamar inferior, felizes como dois passarinhos que acabaram de aprender a voar.

Pari e eu vamos de escada rolante também.

"Você pode segurar minha mão se quiser", ela diz.

"De jeito nenhum", eu digo, fingindo vomitar.

Um trem adentra a plataforma, e corremos para ele pela porta mais próxima. Lá dentro, o chão é limpinho, do jeito que mamãe gosta. Todo mundo no trem está ocupado com alguma coisa no celular: conversam, tiram fotos, escutam música e assistem vídeos — filmes ou orações como o Gayatri Mantra, os lábios se movendo em sincronia com as palavras que surgem

---

* Termo híndi comparável a tolo, inepto, mentecapto.

brilhantes na tela. Um homem faz anúncios em híndi através de alto-falantes fixos em algum ponto do teto, e uma mulher os traduz para o inglês.

Pari e eu não ficamos o tempo todo olhando pelo vidro das portas do trem, manchados com as marcas das mãos das pessoas. Por um breve momento o trem se mete por baixo da terra e não enxergamos nada, mas logo sobe de novo para respirar. Passam por nós prédios hi-fi, que desaparecem antes que possamos olhar através de suas janelas, uma torre de relógio, um parque de diversões com montanhas-russas gigantes do qual já ouvi falar e as copas de árvores escurecidas pela fumaça. Três listras verdes se aproximam do trem e desaparecem. "Periquitos", Pari me diz. Me sinto como num sonho.

Esse é o melhor passeio da minha vida. Vale cem tapas dos meus pais. Ok, talvez não cem. Talvez dez ou cinco.

Pelas conversas no vagão fico sabendo que os trens estão atrasados por conta da fumaça, mas não sei quão atrasados. O homem dos anúncios e a mulher da tradução não falam sobre os atrasos, em vez disso, insistem em listar o que se pode ou não fazer:

- Reparar se há objetos suspeitos por perto antes de se sentar. Um brinquedo, uma garrafa térmica ou uma pasta podem ser uma bomba;
- Não beber, comer ou fumar no trem;
- Não ouvir música em volume alto no trem;
- Cooperar com os funcionários durante as checagens de segurança;
- Ceder assento aos deficientes físicos, às mulheres grávidas e aos idosos;
- Não obstruir as portas;
- Não viajar sem bilhetes.

Depois informam que as portas se abrirão à esquerda na próxima estação. Um grupo de mulheres em salwar-kameezes brilhosos, os rostos decorados como se fossem a um casamento, levantam-se dos assentos e se reúnem perto da porta. O perfume delas adoça o ar.

"A barriga está aparecendo demais", uma delas comenta. "Mas ela faz hot yoga e tudo", outra responde. "E pula corda também", acrescenta uma terceira. "Ninguém pode pular tanta corda", sentencia uma quarta. "Não é suficiente pra perder peso."

O trem para na estação, as portas se abrem como mágica e as mulheres descem, levando seus perfumes consigo. Pari e eu tomamos seus assentos. Ao nosso redor, uma profusão de conversas telefônicas acontece ao mesmo tempo. Pesco algumas palavras de cada uma delas.

Em quinze minutos. Vai levar cinco minutos? Por favor, não seja assim. Alô. Alô. Alô. Sério, estou lhe dizendo. A ligação caiu. Não, não, poxa, o que você está dizendo? Alô?

E o trem se mete por baixo da terra de novo.

Descemos numa estação que lembra um túnel bem iluminado. Vozes e anúncios ecoam ao redor. Observamos as pessoas passando, escutamos o roçar das calças, o estalido dos sapatos no piso. Puxo a bainha da kurta de um homem e pergunto pra que lado fica a estação ferroviária. Ele ri: "Onde acha que está agora?".

"A estação ferroviária principal", Pari intervém, ríspida. "Não o metrô."

O homem nos aponta uma escada rolante. Eu me pergunto quão debaixo da terra estamos. Pari segura minha mão.

"Seus dedos parecem pirulitos de gelo", digo a ela.

Pari me solta.

Saímos para a fumaça que se esgueirou por cada canto da cidade, cobrindo nossas línguas de cinza. Precisamos pedir orientação de novo, e somos informados de que a estação ferroviária fica do outro lado da rodovia; é preciso seguir por uma passarela depois do posto policial e do ponto de autorriquixás. A voz do homem que nos informa é grave como a de um vilão, pois usa uma máscara preta decorada com caveiras brancas. A máscara serve para não respirar aquele ar ruim. Na cidade as máscaras são hi-fi: algumas são cor-de-rosa com botões pretos, outras vermelhas e verdes com tiras de malha, ou brancas com focinho e alças amarelas. As pessoas ficam parecendo insetos gigantes de duas pernas.

"As escolas públicas aqui na cidade são muito boas", Pari me diz quando chegamos à passarela. "Os estudantes tiram notas melhores do que os de escolas particulares que pagam milhares e milhares de rupias de mensalidade."

Espero não ver escola nenhuma, senão Pari vai insistir pra que entremos.

Descemos a passarela, desviando de homens e mulheres que caminham ombro a ombro conosco, os corpos curvados por trouxas pesadas. A estação principal fica à esquerda. É enorme, grande como os shoppings que vi por fora, e abarrotados de gente também. Eu me pergunto por que todas essas pessoas não estão trabalhando e, se não trabalham, como têm dinheiro para andar de trem. Mamãe fala a mesma coisa dos que vão aos shoppings entre a segunda e a sexta-feira.

Caminhamos pela estação, procurando Bahadur e Omvir sob painéis que anunciam os horários de partida e chegada dos trens. Entre Pari e eu há um espaço cujo formato é o de Faiz. Se estivesse conosco, teria visto djinns nos cachorros dormindo pela estação. Ele diz que djinns muitas vezes mudam de forma e se disfarçam de cachorros, cobras ou pássaros.

Reparo nas câmeras no teto, bisbilhotando os assuntos de todo mundo, mas não olho na direção delas por muito tempo, pois quero evitar que os policiais que me observam nas telas do outro lado pensem que sou uma figura suspeita. Também há policiais aqui na estação, zanzando perto das principais entradas, conferindo as bolsas e as mochilas dos passageiros.

"Podemos perguntar à polícia se viram Bahadur ou Omvir", digo.

"Vão querer saber o que você está fazendo tão longe de casa e vão prendê-lo", Pari diz.

O plano dela parece ser permanecer andando, o que é um plano idiota. Estudamos os rostos dos homens e das mulheres espalhados pela estação, sentados sobre malas ou dormindo sobre toalhas que estenderam no chão, os pertences presos aos pés ou às cabeças em grandes sacos de pano ou plástico. Há milhões de pessoas aqui. Levaremos meses para perguntar a todo mundo sobre Bahadur e Omvir. A polícia, por outro lado, pode sempre acelerar ou desacelerar os vídeos gravados por essas câmeras que nos rodeiam, focando em Bahadur ou em Omvir com facilidade.

Separado da estação, mas ainda dentro do mesmo complexo, vejo um edifício de dois andares, degradado. Um cartaz pendendo na lateral diz:

LAR DAS CRIANÇAS
As Crianças em Primeiro Lugar
Das crianças, pelas crianças, para as crianças

"A gente devia ir lá", digo a Pari.

"Parece um zoológico com várias espécies de criança."

"Crianças são crianças", eu digo, mas não tenho certeza. Se for mesmo um zoológico de crianças, Faiz vai se arrepender de não ter vindo.

Passamos pela réplica do motor de um trem, por uma garotinha que vigia uma fileira de mochilas, por um carregador de camisa vermelha que equilibra três malas na cabeça e por um homem que berra no celular, segurando-o próximo à boca e não ao ouvido.

Chegamos, então, ao prédio. Há uma porta fechada com um cartaz que diz Balcão de Reservas. Perto da porta há uma poça d'água em que dois mainás lavam os bicos como eu mesmo faço, ou seja, metendo-se e saindo d'água em questão de segundos. Subimos por uma escada exterior lodosa até uma laje que cerca uma grande sala de janelas imensas. Ouço murmúrios, mas não vejo ninguém.

Um homem com o cabelo penteado para trás sai da sala e pergunta: "Estão perdidos? De onde vocês são?".

"Estamos procurando dois meninos do nosso basti", Pari responde, mostrando-lhe a foto de Bahadur. "Este é um deles. O irmão e a irmã pensam que ele fugiu de casa pra pegar um trem pra Mumbai."

"Ou talvez Manali", acrescento.

"O outro menino deve ter vindo ontem. Ou hoje", explica Pari.

"Vocês fugiram também?", o homem pergunta. Nem olha pra foto.

"Claro que não", responde Pari.

"Queremos encontrar nossos amigos. Achamos que estão na estação", digo. É difícil dizer qualquer coisa quando se tem uma assistente tagarela.

"Achha-achha, pensei que vocês fossem fugitivos. Onde estão seus pais? Por que não estão na escola?"

"Nossos pais estão no trabalho", Pari explica. "E hoje não temos aula. O governo declarou feriado. Por causa da fumaça."

"Hoje?"

"Sim, esta manhã. Pode perguntar pra alguém se não acredita em nós."

Eu não acredito que o homem vá conferir aquela informação, mas ele saca o celular, desliza os dedos pra cima e pra baixo e exclama: "É verdade. É feriado".

"Foi o que falamos", intervenho. "E você não acreditou."

"E peço desculpas por não ter acreditado", ele me responde, com um sorriso. "Trabalho aqui no Lar das Crianças. Nosso centro ajuda crianças como vocês que vêm pra cidade por qualquer razão. Crianças que não estão com os pais. Que talvez estejam em perigo. É por isso que, quando vi vocês, pensei que estavam perdidos."

Eu não sabia que isso poderia ser um trabalho; perambular por uma estação ferroviária ajudando crianças. É um trabalho esquisito. Se Faiz estivesse aqui ele perguntaria quanto se ganha com isso.

"Essa cidade não é segura", diz o homem. "Todo tipo de gente horrível vive aqui. Não sei nem por onde começar..."

"Já ouvimos falar dos sequestradores de crianças", Pari interrompe.

"E eu já vi esses sequestradores. Na *Patrulha Policial*."

Pari revira os olhos.

"É muito pior. São coisas tão terríveis que eles nem podem mostrar na TV. Vou contar pra vocês. Vou contar, porque vocês não deviam ter vindo aqui sem seus pais. Vou contar pra que vocês nunca mais façam isso. Sabem que há pessoas que transformariam vocês dois em escravos? Vocês ficariam presos num banheiro e só sairiam pra limpar a casa. Ou seriam levados pela fronteira até o Nepal e se veriam forçados a fazer tijolos em fornos onde não conseguiriam nem sequer respirar. Ou seriam vendidos para gangues de criminosos que forçam crianças a roubarem celulares ou carteiras. Acreditem em mim, já vi o que há de pior na vida. É por isso que crianças nunca deveriam viajar sozinhas. É por isso que estou dando esse sermão pra vocês. O que estão fazendo é irresponsável. É simplesmente perigoso."

"Você viu este menino?", Pari pergunta, a voz tão fria quanto suas mãos de gelo, exibindo a foto de Bahadur. "Ele esteve aqui? Viu o amigo dele?"

"A polícia é que devia estar fazendo isso, não vocês."

"A polícia não se importa com a gente. Somos pobres", explico.

O sermonista estala a língua como um lagarto, mas recebe a foto das mãos de Pari e a estuda.

"Quantos anos ele tem?"

"Nove. Dez, talvez", diz Pari.

"Não posso dizer que o vi. Ele estava vestido assim quando saiu de casa?"

"Estava usando nosso uniforme escolar. O mesmo que ele está usando agora." Pari acerta um peteleco no meu suéter.

O uniforme de Pari tem as mesmas cores que o meu, mas em vez de calças ela usa uma saia e meias compridas. Quando chegarmos ao sexto ano, seu uniforme será um salwar-kameez como o de Runu-Didi. O uniforme dos meninos é sempre o mesmo, então mamãe me fará vestir estas calças mesmo quando eu for alto o suficiente para colher jamelões nos galhos da árvore.

"Não vi criança nenhuma de uniforme aqui além de vocês. Se estivessem esperando por um trem na plataforma, sozinhos, um vendedor de chai ou um carregador teria nos alertado." Devolve a foto à Pari. "Verdade seja dita, milhares de crianças passam por aqui todos os dias, e não conseguimos abordar todas. Tentamos, claro. Mas os números, a logística, são um pesadelo."

Faiz diria que esse homem é ekdum-inútil.*

"Mas como vocês fizeram essa longa viagem, vamos entrar e perguntar para as crianças que estão aqui. Talvez uma delas tenha visto seus amigos."

Pari e eu nos entreolhamos, pois não conhecemos esse homem e talvez esse espaço na laje seja uma armadilha.

"Aqui oferecemos aulas para as crianças, caso elas queiram. Mas às vezes não ensinamos nada e elas ficam só assistindo TV."

Esse é bem o tipo de escola que eu gostaria de frequentar, mas é impossível que seja uma escola de verdade.

"É um lugar onde as crianças de rua podem se sentir seguras por algumas horas. Se gostam, podem viver em um de nossos abrigos, ou podem ir pra casa. Nós as ajudamos a ir aonde quiserem."

"Falaremos com elas", diz Pari.

Dentro da sala, tal como o homem disse, há uma pequena TV instalada na parede, mas, no momento, está desligada. No chão, crianças — algumas da minha idade, algumas mais velhas e outras mais novas — estão sentadas sobre lençóis estendidos como colchonetes. Olham pra cima quando nos veem e uma delas diz: "Turistas? Um dólar, por favor". Mas logo percebem que parecemos com elas, e seus olhos retornam ao professor. Há apenas duas meninas na sala.

"Essas crianças estão procurando dois amigos que desapareceram", diz o sermonista. Ele nos pede para mostrar a foto e diz ao professor que faça um intervalo. O professor suspira, retira os óculos e esfrega os olhos.

Pari e eu nos sentamos de pernas cruzadas no chão e nos apresentamos. Pari se aproxima das duas meninas, de modo que

---

* Gíria híndi que pode funcionar como adjetivo ou advérbio, equivalente a "incrível" ou "incrivelmente".

falar com os meninos se torna minha função. Há quinze ou vinte deles, então não é nada fácil. A foto de Bahadur passa de mão em mão.

"Boa foto", um dos meninos diz. Mas nunca viu Bahadur.

"De onde você é?", pergunto ao garoto mais próximo de mim.

"Bihar."

"Como chegou aqui?"

"De trem, ora. Acha que tenho dinheiro pra andar de avião?"

"Por quê?", pergunto, embora ele seja agressivo demais. Parece um pouco com Faiz e tem uma cicatriz no rosto, muito mais recente que a de Faiz, que corre da ponta da orelha esquerda ao canto da boca. "Por que veio pra cá?", volto a perguntar.

Ele toca na cicatriz e diz: "Baba". A resposta me rouba todas as palavras. Não tenho mais nada a perguntar. Nossa investigação é um desperdício. Gastei o dinheiro de mamãe por nada.

"Fale com Guru e veja o que ele sabe", diz uma das meninas à Pari quando já estamos de saída. "Você o encontrará perto do guichê principal para reserva de bilhetes. Vai estar com os meninos dele. Guru sabe de tudo o que acontece por aqui. Mesmo quando não o vemos, ele vê a gente. É como Deus."

A multidão na estação
parece maior...

... quando voltamos do Lar das Crianças. Um trem movimentado deve estar prestes a chegar — ou acabou de chegar. Eu me pergunto por que alguns trens ficam tão cheios de gente e outros não. Deve ser porque os trens lotados vão para cidades onde milhões de pessoas trabalham, e os vazios vão para lugares como a vila da Nana-Nani, onde há mais búfalos do que pessoas e quase ninguém vê TV.

Perto dos guichês, Pari e eu não encontramos Guru e seus garotos, mas isso é porque não conseguimos ver muita coisa, só os corpos das pessoas, corpos magros ou rotundos, retos como réguas ou curvados como foices.

"Estou começando a achar que eu estava certo sobre o Dose", digo a Pari. "Talvez ele esteja mesmo sequestrando crianças e forçando-as a roubar coisas, como aquele homem do sermão disse. Deve ser a nova gangue dele."

Pari abre a boca para falar, mas nesse exato momento uma mão aperta meu ombro. É uma mulher com duas correntes de ouro no pescoço e brincos dourados nas orelhas.

"Está perdido, menino? Venha, vou levá-lo até seus pais."

"Estamos bem", diz Pari. "Nossos amigos vão chegar num minuto."

A mulher sorri, dentes e gengivas tingidos do vermelho--sangue do paan.

"Você parece faminto, beta", me diz a mulher, beliscando minha bochecha com unhas pontiagudas. "Você também", diz a Pari. Ela puxa uma bolsa presa à cinta do seu sári e a abre. Já ouvi falar de ladrões que levam frascos de perfumes inebriantes em seus bolsos para borrifar nas pessoas antes de lhe roubarem as carteiras. Essa mulher não é confiável. Eu me afasto e puxo Pari comigo.

"Aqui", diz a mulher, sacando da bolsa um doce de laranja enrolado em papel alumínio. Tem o formato de um pedaço de laranja, com cobertura branca de açúcar.

"Não queremos", diz Pari.

"Não precisam brigar", diz a mulher. "Tem pra você também."

"Não toquem nesses doces", uma voz nos sussurra, e, no segundo seguinte, a voz está do nosso lado, brigando com a mulher. "Tia, não está na hora de você se aposentar? Não é hora de ir pra Varanasi e dar um mergulho no Ganges? Não deveria estar repetindo o nome de Ram dia e noite?"

A mulher cospe no chão, enojada, deixando pender da boca um fio de saliva cor-de-rosa, mas se afasta de nós.

"Vocês deviam saber que não se aceita doce de estranhos", nos diz a voz, que pertence a um garoto que está acompanhado por outros dois meninos, um de cada lado, como guarda-costas. "É o truque mais velho do mundo."

"Nós recusamos os doces", Pari explica. "Não somos idiotas."

O garoto sorri, como se impressionado pelo modo como Pari respondeu. Tem o rosto estreito, o cabelo cor de cobre e olhos verdes acinzentados típicos dos gatos. Um cachecol de listras vermelhas está enrolado no pescoço. No pulso, uma faixa de gaze amarrada ao braço, suja de lama e sangue ressecado.

"Você é Guru?", pergunto. "Uma menina no Lar das Crianças disse pra gente falar com você."

"Fugiram de casa, não foi?" É a mesma pergunta que todo mundo faz. Estou começando a me cansar dessas perguntas.

"Não, não fugimos", Pari responde.

"Aquela mulher com quem vocês estavam falando, ela trabalha para um traficante. Vocês sabem o que é um traficante?", pergunta o Olho de Gato.

"Eles transformam crianças em tijolos", respondo. Não é bem o que eu pretendia dizer.

Olho de Gato ri, mas é uma risada curta, abafada. "Os doces dela fazem as crianças adormecerem, depois o chefe vem, recolhe vocês e vende como escravos. Vocês tiveram sorte de a gente chegar bem na hora."

"Se você sabe que aquela mulher é ruim, por que não conta à polícia?", Pari pergunta. "Por que ela não está presa? Agora mesmo ela deve estar oferecendo aqueles doces pra outra pessoa."

"A polícia só pode prendê-la se a flagrarem fazendo alguma coisa errada", explica Olho de Gato, paciente. Pari fala igual a ele quando me explica as coisas. Até o tom é o mesmo: tingido de irritação, mas também suave e vaidoso. "Não podem prendê-la só porque tem doces de laranja na bolsa. Ela é esperta, aquela mulher. E escorregadia. Nunca vai ser presa, pois sabe desaparecer antes de perceberem que sequestrou outra criança."

"E como podemos saber que você não trabalha pra ela?", pergunto.

"Vocês são espertos. O que estão fazendo numa estação de trem desse tamanho sem seus pais?"

"Viemos para levar nossos amigos de volta ao nosso basti", Pari diz. "Eles podem estar aqui."

"Guru é a pessoa certa a quem perguntar", diz um dos meninos guarda-costas. "Essa é a área dele."

"Você é Guru?", pergunta Pari ao Olho de Gato, puxando a foto de Bahadur. "Viu esse menino? Ele deve estar usando o mesmo uniforme da gente."

Guru estuda a foto de Bahadur por um bom tempo, mordendo a pele branca que se descasca de seus lábios secos.

Ele e os escudeiros parecem bem mais velhos do que nós, com catorze ou dezesseis anos, talvez até dezessete, impossível adivinhar. Os rostos estão torrados por anos de sol, as bochechas cheias de pelos, e os bigodes brotam como mato ralo sobre os cantos da boca.

"Esse aqui é seu irmão?", Guru pergunta.

"Bahadur é nosso colega de classe", Pari diz. "COLEGA DE CLASSE." Ela precisa fazer da boca um megafone porque as filas nos guichês são longas e barulhentas, e as pessoas brigam e se xingam para avançar. O ar tem cheiro de chulé e fumaça. As filas das nossas escolas são menos turbulentas, e nós nos comportamos muito melhor e não temos nem metade da idade dessas pessoas.

Guru nos afasta dos guichês e pergunta: "Quando o colega de vocês desapareceu?".

"Semana passada."

"De onde ele desapareceu?"

"Da escola", eu digo. "Não, do Bhoot Bazaar"

"É um mercado perto do nosso basti", explica Pari. "Bahadur desapareceu e depois um amigo dele desapareceu também. Omvir. Isso foi ontem. Os dois talvez estivessem planejando uma fuga pra Mumbai ou Manali."

Guru olha pra foto mais uma vez, depois a devolve. "Não o vimos", diz. "Nem qualquer outra criança de uniforme. Disso temos certeza. Mas podemos perguntar à polícia da estação pra dar uma olhada nas filmagens. Podem ter flagrado alguma coisa que escapou da gente. Falaram com eles?"

"Pari não quis."

"Sábia decisão. Eles podem ser cruéis com estranhos. Mas conhecemos bem um dos policiais. Ele era como nós, daí o Lar das Crianças o acolheu, e ele morou por muitos anos num dos abrigos da fundação, até virar guarda."

Caminhamos com Guru até a entrada da estação onde antes tínhamos visto os policiais. No caminho, ele diz à Pari que ela deve ser uma boa pessoa; ninguém faria uma viagem dessas por amigos que desapareceram. Guru até carrega a mochila dela. A minha vai ficando cada vez mais pesada, como se o ar inflasse os livros lá dentro.

Guru pede que esperemos e conversa com um oficial que inspeciona a trouxa que uma mulher de burca transportava.

"Por que esse Guru se refere a si mesmo como *nós*? Por acaso acha que é um rei?"

"Você só está com raiva porque ele não se ofereceu pra carregar sua mochila."

O oficial com quem Guru conversa se vira para dar uma espiada na gente. Ele é novo, talvez um ou dois anos mais velho que Guru. Quando deixa a muçulmana partir, diz algo a outro policial, gesticulando para explicar que voltará em cinco minutos.

"Olhe, não posso conferir uma semana inteira de filmagens só porque os amigos de vocês desapareceram", diz de bate-pronto. "Abram um inquérito na delegacia de vocês. Eles vão requisitar nossas filmagens, e nós compartilharemos. É assim que funciona."

"A polícia do nosso basti se recusa a nos ajudar."

"E nos ameaçam com escavadeiras", acrescento.

"Regras são regras", diz o policial.

"Bhaiyya, deve haver alguma coisa que você possa fazer para ajudar essas crianças que vieram de tão longe", diz Guru.

O policial lança um olhar triste para Guru e diz: "Bem, a verdade é que" — baixa os olhos e a voz — "faz um mês que as câmeras desta estação não funcionam. Fizemos um requerimento ao departamento de manutenção, mas, bem, vocês sabem como funciona".

Eu não sei como funciona, mas não ouso pedir ao policial que me explique.

"Nada a fazer", Guru diz. "Não é sua culpa."

"É segredo", diz o policial. "Se contarem a alguém, se alguém do jornal das nove ficar sabendo, perco meu emprego."

"Não diremos nada", diz Guru.

"Nem a gente", confirma Pari.

Quando o policial se retira, digo que temos de ir pra casa.

Guru, as sobrancelhas espessas se fundindo, os olhos meio cinza, meio verdes, oferece alguns conselhos: "Tomem cuidado ao andar pelo basti de vocês. Pode haver um sequestrador por lá. Vocês têm pais pra cuidarem de vocês, então não têm ideia das ruindades que as pessoas fazem. Nós sabemos, porque vivemos na rua".

"Poxa, deve ser muito difícil fazer tudo sozinho", diz Pari. É a mesma coisa que ela faz na sala de aula: escuta os professores com os olhos arregalados, concorda com tudo o que dizem e responde às perguntas tão logo terminam de fazê-las, tudo isso para ser a aluna favorita.

"Quer saber como a gente sobrevive? É um segredo que não contamos para ninguém, mas dá pra ver que vocês são boas pessoas que estão passando por um momento difícil, e queremos ajudar."

"A mãe de Bahadur está passando por um momento difícil", eu digo. "O pai de Omvir também. Não a gente."

"Guru conta boas histórias", diz o Lacaio número um.

"Muito boas", corrobora o Lacaio número dois.

"Jai, não precisamos voltar agora. O último trem da Linha Púrpura sai às onze e meia da noite. E ainda estamos no meio da tarde. Temos tempo suficiente."

É a cara da Pari saber tudo, até os horários do metrô.

"Não podemos chegar em casa tão tarde."

"Não vai demorar muito", insiste Guru. "E como podemos deixá-los ir sem tomar um chai na nossa casa?"

"Não tem chai", diz o Lacaio número um, com ar preocupado.

"Mas temos Parle-G", diz o Lacaio número dois.

Não acho que a gente deva confiar neles, mas Pari já está andando com Guru, falando sobre o Bhoot Bazaar e convidando-o para uma visita. É seu melhor amigo agora. Os capangas de Guru prendem os dedos no bolso e pululam atrás dele como os cangurus que vi na TV, mudando as posições de guarda da direita para a esquerda ou da esquerda para a direita. Eu devia estar contente por conhecer novos lugares, mas alguma coisa se inquieta no meu peito, um verme rasteja pelas minhas entranhas. Talvez eu esteja com pena de gastar o dinheiro da minha mãe. Ou talvez esteja com medo de que a mulher dos doces de laranja esteja me perseguindo. Eu me viro e confirmo que não, não está.

Erguemos as mãos para que os veículos na avenida não nos atropelem enquanto atravessamos. Buzinas raivosas rompem meus tímpanos. Autorriquixás desaceleram perto de um grupo de brancos com proteções faciais e mochilas tão grandes quanto eles próprios sobre os ombros. Os condutores gritam aos turistas: "Aonde vão? Eu levo vocês! Eu, Eu!". Outros correm atrás dos estrangeiros, gritando: "Taj, madame? Temos uma boa promoção para vocês! Muito boa!".

O outro lado da avenida é repleto de hotéis com cartazes

em néon anunciando *HOTEL ROYAL PINK* e *INCREDIBLE !NDIA* em meio à fumaça. Guru e seus capangas avançam por uma via atulhada de gente e escura como a noite. Os mercadinhos atravancam o caminho com mercadorias: são mil cordões com embalagens de paan e chips de batatas, nankhatai, kebabs e ursinhos de pelúcia cor-de-rosa com *Eu Amo Você* e *Só Para Você* bordados no peito.

Guru se mete por uma ruela entre dois prédios de múltiplos andares; dos dois lados, pôsteres com imagens de deuses que alguém colou a fim de impedir que as pessoas mijassem nas paredes: um Jesus de pele escura, um guru sikh, um mestre sufi, Durga-Mata sentado sobre um tigre e Shiva. No fim da ruela há uma clareira.

"É aqui que moramos", diz Guru. "Nossa casa. Sejam bem-vindos."

Olho em volta. Não há casa, nem teto, nem parede, apenas caixas de papelão achatadas empilhadas junto a pneus furados debaixo de uma figueira-de-bengala de raízes aéreas. De um varal armado entre duas raízes pendem cinco camisas creme, as golas todas manchadas de ferrugem. As folhas da figueira balançam na fumaça. Os capangas de Guru espalham folhas de papelão no chão e pedem que nos sentemos. O Lacaio número um sobe na árvore e, de um vão no tronco, retira um saco, que traz pra baixo.

Pari me aponta um barbeiro de pé debaixo da grande figueira, trabalhando sobre o queixo ensaboado de um cliente. Atrás dele há uma mesa alta em que dispôs um espelho, tubos, garrafas, escovas e pentes. O cliente se agarra aos braços da cadeira como se com medo de que o barbeiro lhe corte o pescoço.

O Lacaio número dois puxa um pacote aberto de biscoitos Parle-G do saco que o número um segura. "Pegue um", diz, em tom de desafio.

"Não estou com fome", Pari responde, talvez a maior mentira que ela já contou na vida. Também recuso, mas não porque ache que os biscoitos são feitos de pílulas de dormir. Estão pretos de mofo.

"À noite nós contamos histórias aqui", diz Guru. "Vêm crianças de todos os lugares escutar a gente."

"Eles não têm onde assistir TV?", pergunto.

Pari me acerta uma cotovelada nas costelas.

"Guru ama contar histórias", diz o Lacaio número um. "Às vezes ele fala sozinho, ou com os corvos, os gatos e as árvores, se não tem ninguém por perto para escutá-lo. Mas as crianças sempre lhe dão algo quando ele termina a história."

O Lacaio número dois pisca para nós como se para checar que entendemos o que ele disse. Depois esfrega o polegar contra o indicador, esclarecendo qualquer dúvida. Não consigo acreditar. Querem que paguemos por uma história que nem quero ouvir. É pior do que o policial sênior que foi ao nosso basti. O mundo todo está louco atrás de dinheiro.

"Só nos deem o quanto vocês acharem que é o certo", diz Guru.

Eu me pergunto o que nos acontecerá se não pagarmos. Poderíamos correr de volta pra estação; levamos menos de dez minutos até aqui. Por ora, enquanto o barbeiro e seu cliente estão por perto, Guru não pode fazer nada com a gente.

"Só temos o dinheiro certo pra voltar pra casa", Pari diz, baixinho. Acho que Guru já não é mais o melhor amigo dela.

"Não podem nem descolar cinco rupias?", pergunta o Lacaio número um.

"Tudo bem", diz Guru, cheirando a gaze que envolve seu pulso como se fosse um cordão de jasmim. "Nós os trouxemos aqui para falar de Mental. Deve haver alguém como ele no seu basti. Vocês precisam encontrar esse espírito e pedir que ele os ajude."

Guru se senta diante de nós com as pernas cruzadas, numa folha de papelão, as mãos nos joelhos, palmas para baixo, como se fizesse uma das poses de yoga da Runu-Didi.

"Até poucos anos atrás vocês poderiam ter visitado o lugar onde Mental vivia, mas agora virou um salão de cabeleireiro", diz o Lacaio número um.

"Que raio de nome é esse, Mental?", pergunto. Faiz iria gostar de saber a resposta também.

"Quando Mental estava vivo", Guru diz, "foi o chefão no comando de dezoito ou vinte meninos…"

DOIS

ESTA HISTÓRIA VAI SALVAR SUA VIDA

Nós a chamamos de Rani dos Cruzamentos, mas quando ela era mãe...

Como assim quando era mãe? Você não deixa de ser mãe só porque seus filhos morreram.

Agora veja o que você fez. Entregou o fim da história.

E isso lá é o final? Não fique com raiva, baba. Só comece do início.

Por onde mais eu começaria? Talvez você devesse contar a história. Parece que agora você virou especialista.

Arrey, meri jaan, não fique com raiva. Não vou interrompê-lo de novo. Estamos esperando. Queremos ouvi-lo falar. Só você.

Nós a chamamos de Rani dos Cruzamentos, mas quando ela era mãe... Isso não parece certo.

Jaan, você nunca contou a história desse jeito. Mas você também nunca a contou sem antes beber um copo de alguma coisa forte e escura para amaciar a garganta.

Deixe-me tentar mais uma vez.

Dizem que o nome verdadeiro dela era Mamta, mas só a

conhecemos como Rani dos Cruzamentos. Ela se postava nos cruzamentos como um espantalho que alguém tivesse arrancado de um arrozal e plantado debaixo de um semáforo só por gozação. Os braços finos se esticavam como as asas de Jatayu, e as imprecações voavam de sua boca como ciclones prontos para despedaçar para-brisas.

Ciclones! Eu estava lá, bem do lado de sua cadeira de rodas, e não vi ciclone nenhum, mas você conta tão bem que quero acreditar.

Dá pra calar a boca?

Na primeira vez que vimos a Rani dos Cruzamentos, pensamos que ela havia descoberto uma nova forma de mendigar, e sentimos inveja. As pessoas abriam as janelas dos carros, tiravam fotos com os celulares e riam, esquivando-se dos arcos de cuspe que ela produzia como se suas caras fossem valas na sarjeta. Mas o fato é que olhavam pra ela.

Era um milagre.

Entendam, ninguém mais tem tempo para sequer dar uma olhadinha na gente, os mendigos, ninguém mais tem tempo para sentir pena do nosso rosto esmagado pelo tempo e pela fome, da nossa perna enfaixada até o joelho, dos bebês de nariz catarrento que levamos nos braços como buquês de flores. Nós dois, por exemplo, imploramos por dinheiro usando um alto-falante, nada menos — olha aqui, está conectado à minha cadeira —, mas não importa o quão alto gritemos, às vezes até parece que o mundo inteiro ficou surdo.

Então é preciso apelar para medidas desesperadas. Esgueiramo-nos pelo tráfego para rogar batendo nos capôs; mergulhamos nossa cara nas janelas frias dos automóveis como se fossem feitas de água, nossas lágrimas escorrendo pelo vidro, na esperança de que uma criança assistindo a desenhos em algum dispositivo eletrônico nos veja e exclame: "Mamãe, olha esse homem! Vamos comprar sorvete pra ele!".

Como dissemos, estamos desesperados.

Antigamente, os mendigos iam de porta em porta, sacudiam uma tranca no portão e diziam "Mãezinha, tem qualquer coisa sobrando aí hoje?", e nisso as pessoas lhes davam rotis secos que haviam sobrado do jantar da noite anterior ou uma kurta velha que estavam prestes a usar como trapo de limpar pia, ou moedas, caso o filho tivesse tirado notas boas nas provas ou se tivessem encontrado um noivo rico para a filha. Mas agora, aqueles que têm dinheiro suficiente para nos alimentar vivem em condomínios fechados, atrás de muros duas vezes mais altos do que nós, com placas que dizem CUIDADO: CACHORRO GRANDE ou NEM PENSE EM ESTACIONAR AQUI ou NÃO ESTACIONE, SENÃO OS PNEUS SERÃO ESVAZIADOS. As mansões são protegidas por vigias que se sentam em cadeiras de plástico do lado de fora dos portões nas tardes de inverno, na esperança de que o calor do sol penetre em seus ossos.

Mas isso é uma palestra sobre mendigos? E a tal Rani dos Cruzamentos?

Você está me interrompendo. De novo.

Mil perdões.

Nós achávamos que a Rani dos Cruzamentos era uma mendiga como nós até que alguém abriu nossos olhos. Ela se punha alta num sári verde de listras brancas, cuja bainha vimos desfiar com o tempo, as cores escurecendo a golpes de fumaça de cano de escapamento. Seu cabelo era em parte branco como a luz dos deuses, e em parte negro como as sombras. Falava claro e alto, destacando cada um de seus palavrões de modo que houvesse uma estranha pausa entre irmã e maldita e filho e cachorro — a verdade é que os termos que ela usava eram muito mais apimentados, mas não seria apropriado repeti-los aqui, até desnecessário.

Mas são engraçados.

Não agora.

Por favor, continue. Ignore essas ruminações idiotas.

A Rani dos Cruzamentos não estava nem aí para etiquetas, e por vezes erguia o sári e a anágua e baixava a calcinha para se aliviar ali mesmo na avenida, e quem se ofendia chamava a polícia. Foi presa e liberada sabe-se lá quantas vezes. Talvez a lua ou as estrelas ou os milhafres no céu tenham contado.

Sempre que saía da prisão, ocupava um cruzamento diferente. As moedas se acumulavam a seus pés, lançadas por aqueles que confundiam suas imprecações com bençãos, ou que entendiam tudo e sentiam pena, reconhecendo-a do tempo em que a viram nos noticiários da TV. Mas ela nunca tocava no dinheiro. Nunca comprou comida ou um copo de chá. As pessoas diziam que ela comia vira-latas e gatos e cabras que vagavam distantes de seus lares; diziam que ela punha a língua pra fora e lambia a água de poças coloridas cheirando a óleo. Nada daquilo nos preocupava. Éramos como garças colhendo carrapatos no lombo das vacas. Pegávamos suas moedas e depois discutíamos sobre como dividi-las entre nós. Ela pouco nos importava.

Não até que ela morreu.

Agora você entregou o final, seu tolo.

Mas, jaan, isso também não é o final.

Alguém disse pra gente...

Foi o puxador de riquixá ou o vendedor de amendoim?

Pode fechar o bico, por favor?

Nunca encontrávamos a Rani dos Cruzamentos nos lugares onde nos escondíamos quando a brigada antimendigos tentava nos prender, ou nos abrigos onde fazíamos fila nas noites em que o frio de inverno chicoteava nossos ossos, ou nas longas filas pela comida gratuita que a gente rica distribuía no Ram Navami ou no Janmashtami. Mas ouvíamos todas essas histórias sobre ela: em outros tempos ela chegou a trabalhar em oito ou dez casas como cozinheira; perdeu o marido para o álcool; de um porto em Mumbai, seu filho embarcou a si mesmo como bagagem num cargueiro para Dubai no dia em que completou dezoito anos e terminou morto na Nigéria. Diziam que a Rani dos Cruzamentos cravou todas as esperanças na filha que estudava engenharia de dia e trabalhava como monitora à noite, mas uma noite quatro homens sequestraram a menina enquanto ela voltava pra casa. Devolveram-na no mesmo ponto onde a haviam agarrado, mas só depois de a despedaçarem de um jeito impossível de remendar.

A própria Rani dos Cruzamentos acendeu a pira funerária da filha porque não havia ninguém — nenhum homem, com certeza — para erguer uma tora de madeira acesa e libertar a alma dela. No fim, ela remexeu as brasas quentes com as mãos desnudas a fim de juntar as cinzas e os pedaços dos ossos ainda quentes da filha morta. Levou tudo num vaso até Varanasi e espalhou o conteúdo no Ganges.

Por muito tempo acreditou que a polícia encontraria os homens que atacaram sua filha. Os jornais a entrevistaram, e ela apareceu na TV para falar sobre a filha, a futura-engenheira-que--agora-nunca-mais, mas os jornais foram descartados, comidos por vacas ou varridos por vassouras. A explosão de uma bomba que matou e mutilou uma centena de pessoas desalojou o rosto de sua filha das telas de TV. Quando falava com eles, os policiais se perguntavam se a filha tinha uma moral dissoluta; todo mundo sabia que só certo tipo de mulher andava na rua depois de certo horário.

A Rani dos Cruzamentos voltou ao emprego de cozinheira nas oito ou dez casas em que havia trabalhado, e as madames diziam *que pena que essas coisas acontecem com você* em diferentes idiomas — bengalês ou panjabi ou híndi ou marati, e depois lhe pediam que tirasse as sementes das pimentas, pois baba ou nana desenvolvera acidez no pouco tempo em que ela estivera ausente. *Uma acidez tão forte que achamos que ele estivesse tendo um ataque cardíaco.* Mas tudo o que a Rani dos Cruzamentos cozinhava tinha o gosto das cinzas da filha. Não importa o quanto os esfregasse, seus dedos cheiravam a fumaça, fogo e carne queimada. As madames a demitiram.

Foi quando ela começou a se postar nos cruzamentos, xingando quem passasse. No rosto de todo homem ela via o rosto do assassino de sua filha.

Nós enriquecemos por causa do ódio dela.

Ninguém enriqueceu. Éramos mendigos e ainda somos mendigos.

A Rani dos Cruzamentos viveu por mais um ano depois da morte da filha — ou dois, talvez. Quando se vive como a gente, sem casa, sem nada para marcar a passagem do tempo que não o clima, e o clima sendo quase sempre o mesmo ano após ano, às vezes um pouco quente demais ou um pouco frio demais, fica difícil dizer. A gente não sabe nem quando nasceu.

A polícia enviou uma van para recolher o cadáver da Rani. Ouvimos dizer que eles a retalharam tal como a filha num mortuário, depois a queimaram num crematório perto do rio. Pelo menos se deram ao trabalho de fazer isso — viram a madeira crepitar e ruir e as chamas lamberem a carne daquela pobre coitada. Pensamos que ela finalmente encontrara paz.

Dá pra ver que vocês não estão digerindo isso muito bem. Não é o tipo de história que os pais contam para os filhos dormirem. Mas é bom que vocês escutem. Vocês têm de saber como esse nosso mundo realmente é.

Acabou o sermão?

Claro. Mil perdões, de novo.

Por alguns meses depois de sua morte, pouco ouvimos falar da Rani dos Cruzamentos. Mas não demorou para que só se falasse dela.

Perto do cruzamento que ela mais frequentava havia um sepulcro com um domo já escamoso de tanta chuva, tanta fumaça de escapamento e tanta merda de pombo; no chão proliferavam arbustos espinhosos cujos nomes ninguém sabia. As pessoas dizem que, enquanto viva, a Rani dos Cruzamentos ia até o sepulcro nos intervalos de suas imprecações na avenida. Descansava ali quando as pernas tortas já não a sustentavam.

Depois de sua morte, amantes de outras partes da cidade que costumavam desaparecer nesse sepulcro por tardes inteiras já não ficavam nem metade do tempo. Havia alguma coisa severa no ar, diziam os homens. Vozes chamavam as pessoas. Cheiros traziam à mente os momentos em que haviam pecado — frascos de perfume estilhaçados com raiva, o aroma das ervas nos pratos entornados de masoor dal, o açafrão no leite quente que suas esposas lhes ofereciam nas noites em que sentiam o começo de um resfriado ou febre —, e aqui estavam eles, com mulheres que não eram suas esposas. O ar tinha uma energia estranha como no segundo antes de um punho cerrado entrar em contato com uma bochecha.

As suspeitas foram confirmadas num entardecer de novembro, quando a escuridão caía depressa, como acontece todo inverno. Naquele dia o céu estava escuro, embora ainda alaranjado a oeste, onde a memória dos últimos raios de sol se demorava. Dentro dos lares, os pais estiravam as pernas na frente das TVs, trazendo copos de uísque ou chá aos lábios, e as mães fatiavam quiabo numa quantidade suficiente para o jantar e para o almoço do dia seguinte.

Num cruzamento, um bando de rapazes diminuiu a velocidade do carro ao passar por uma garota; perguntaram se ela gostaria de uma carona e não foram embora quando ela disse que não. A garota apertou a bolsa ao peito, ligou para o celular de uma amiga e disse: "Nada, yaar, só uns homens falando besteira aqui, então te liguei". Talvez a amiga tenha permanecido na chamada. Ou talvez tenha dito "Vou chamar a polícia", desconectando para ligar gratuitamente para o número das Mulheres em Apuros, que a polícia divulga nos jornais, e ninguém atendeu.

A dupatta da garota se arrastava no chão, mas ela não a erguia: e se o menor movimento de seu pulso, um breve vislumbre da carne desnuda de sua mão fizesse aqueles homens saltarem sobre ela?

Talvez pudesse sentir o creme pós-barba do homem mais próximo, os fios do cabelo dele cuidadosamente arranjados com gel espesso para que a brisa não o despenteasse. Talvez tenha pensado nas provas que ainda não tinha feito, no garoto com quem ainda não se casara, no apartamento que ainda não estava no seu nome, e nos filhos que jamais teria.

Ou talvez tenha lembrado da Rani dos Cruzamentos e se perguntou se sua mãe também terminaria de pé, sob o sol abrasivo e a chuva de inverno. Quem cuidaria de seu irmão e de sua irmã mais novos, e quem lembraria seu pai de tomar o remédio da pressão na hora certa?

Foi então que ela ouviu: um tapa que sustinha em seus cinco dedos a força de um trovão. O homem de cabelo ensebado gritou. Sua bochecha ficou vermelha. Os limpadores do carro se debateram sobre o para-brisa. Uma cavidade na forma de uma mão gigante surgiu no teto. O motorista pisou no acelerador, mas o carro não saiu do lugar; as rodas giravam e giravam como se o veículo estivesse atolado na lama.

Os homens foram repetidas vezes estapeados e esmurrados. Dedos invisíveis lhes estrangulavam a garganta. O sangue jorrava de sua boca, e lágrimas e catarro escorriam de sua face.

Perdão, gritavam para a garota. *Faça isso parar. Por favor, perdão.*

As rodas avançaram. A garota, ainda trêmula, observou a traseira do carro desaparecer. E correu pra casa.

Mais tarde, quando compreendeu a enormidade do que lhe acontecera, contou a amigas sobre como a Rani dos Cruzamentos a salvara. As amigas contaram a outras pessoas e alguém falou daquilo na frente de um comerciante que contou a um vendedor de chai que depois contou a alguém que nós conhecíamos.

A Rani dos Cruzamentos deveria ser idolatrada como uma deusa, como Durba Mata, mas quase todo mundo tem medo dela. Em certas noites é possível ouvir seu choro, e em certas tardes, quando o sol roça as paredes do sepulcro de um certo ângulo, é possível ver as marcas deixadas por suas lágrimas. Pouquíssimas pessoas visitam o sepulcro, quase sempre meninos que querem tirar fotos ali para impressionar os amigos.

Mas, de vez em quando, alguma garota em algum lugar da cidade — vivendo talvez do outro lado do rio, ou talvez no basti aqui perto — sentirá o medo que toda garota neste país conhece quando anda sozinha numa rua deserta. Pode ser o medo do urro potente dos motores de uma motocicleta, ou a visão de uma mão peluda se projetando da janela de um jipe para puxá-la para dentro, ou o fedor do suor de um homem. Ela lembrará da Rani dos Cruzamentos, e o espírito da rani virá protegê-la. O homem aprenderá uma lição. A Rani dos Cruzamentos não é uma mera história. Ela vive...

O espírito dela vive, você quer dizer.

Ela vive, uma vez que ainda está procurando os assassinos de sua filha. E, se pudesse, ela diria a todas as mulheres, todas as meninas, nesta cidade: *Não tenham medo. Pensem em mim e eu estarei com vocês.*

Esperamos que vocês nunca precisem chamá-la, mas — que Deus a proteja — se tal momento chegar, podem apostar que ela ajudará.

Essa história é um talismã. Guardem-na no fundo de seus corações.

Não é boa essa história? Vocês gostaram, não? Mesmo sendo um pouco violenta demais às vezes. Agora, estamos com a garganta seca de tanto falar. Que tal vocês comprarem um copo de chai pra gente, talvez com um pouquinho de malai por cima? E que tal um prato de samosas? As samosas do Bhoot Bazaar são famosas até aqui na cidade. Nós dividiremos. Não temos problema com isso, temos, jaan?

Três semanas atrás eu era apenas um menino na escola, mas...

... agora sou detetive e, além disso, ajudante numa tenda de chá. Estou atribulado como nunca, mas Faiz diz que trabalha muito mais do que eu. Isso porque meu emprego na tenda de chá de Duttaram é só aos domingos, como hoje. Ainda assim é trabalho pesado. Demora um século para limpar uma única panela de Duttaram. O fundo fica grudento por causa do chá, das pimentas e do açúcar queimados. Preciso esfregar e esfregar, e a ponta dos meus dedos fica roxa da água gelada e minhas pernas doem de me agachar para limpar os vasos.

Faiz me diz que meus músculos vão se acostumar. Hoje é só meu segundo domingo na tenda de chá. Faiz também diz que eu não devia reclamar por causa de uma dorzinha, pois sou um ladrão e ladrões merecem ser punidos. Não posso pedir para ele calar a boca, porque foi Faiz quem conseguiu que Duttaram me contratasse. Ele jurou pelo próprio abbu* não contar à Pari nem a ninguém mais sobre eu ter roubado dinheiro do tubo

---

* Termo híndi para "pai".

de Parachute da minha mãe, ou sobre meu novo emprego. Seu abbu morreu há muito tempo, mas Faiz ainda tem medo dele, então sei que meu segredo está seguro.

Termino de esfregar uma panela, mas Duttaram faz gestos para que eu não me levante e me entrega uma peneira de chá e alguns copos para lavar. Seu estabelecimento não passa de uma mesa sobre rodas num beco do Bhoot Bazaar, mas o chá tem um aroma tão forte que atrai o alfaiate que costura blusas para a esposa do diretor da escola, os clientes que pechincham o preço das sementes de feno-grego e os açougueiros do outro lado do mercado que estão sempre com respingos de sangue nas pálpebras e carne rosada de bichos sob as unhas.

Se Pari me visse agora, diria que é por isso que a Índia nunca será um país de primeira classe como os Estados Unidos ou a Inglaterra. Nesses países crianças não podem trabalhar, é ilegal. Também é ilegal aqui, mas todo mundo burla a lei. Às vezes Pari ameaça denunciar à polícia o homem que emprega Faiz, mas ela nunca age de fato, pois isso deixaria Faiz ekdum-chateado.

Estou feliz com esse emprego. Devolvi ao tubo de Parachute as duzentas rupias que não gastei no dia em que Pari e eu fomos à Linha Púrpura. Foi o melhor dia, tivemos uma aventura de verdade, mas se eu não conseguir duzentas rupias logo, mamãe vai descobrir que peguei o dinheiro para emergências dela. Pelos meus cálculos, em cinco domingos terei a quantia exata, mas no último domingo, meu primeiro dia de trabalho na vida, Duttaram me pagou apenas vinte rupias em vez das quarenta que prometeu. Disse que quebrei muitos copos. Acho que ele é um muquirana.

De qualquer jeito, trabalhar numa barraca de chá é um disfarce excelente para um detetive. Meus ouvidos conseguem escutar as fofocas e recolher provas. Depois de comprarem um copo de chá, as pessoas ficam por ali reclamando do que há de errado com o mundo. Às vezes reclamam da mãe de Bahadur que continua importunando a polícia, polícia que por sua vez elevou o preço da hafta em dez rupias por casa, e do pai de Omvir, que chora o tempo todo. Todo mundo está mais indignado com a hafta do que com o desaparecimento das crianças. Mamãe diz que dez rupias extras valem a paz de espírito, então concluo que seu espírito não está em paz. Ela tirou o rolo de massa e a tábua de preparar rotis da trouxa no pé da porta, mas o resto dos nossos bens valiosos ainda está empacotado.

"Chhote,* quanto tempo você ainda vai levar?", pergunta Duttaram, tentando me acertar na cabeça, mas me esquivo, e sua mão só acerta o ar esfumaçado.

Minha limpeza não é tão boa quanto a de Runu-Didi, mas os clientes de Duttaram não se importam se detectam uma digital de fuligem na lateral de um copo, ao contrário de mamãe.

Quando termino de lavar, sirvo chá e nankhatais. Estou com frio, e um copo de chá também me faria muito bem, mas Duttaram não me oferece nada. Chá quente respinga nos meus pulsos enquanto corro de um lado para o outro. Um cachorro marrom de nariz preto tenta me derrubar e sorri como se tivesse feito uma coisa engraçada. Depois se esconde sob um carrinho de samosa.

Alguém me pergunta se sou irmão de Runu-Didi. Já não vejo rosto nenhum, só mãos sujas de poeira, de tinta ou de cimento às quais entrego copos de chá. Preciso erguer os olhos para ver quem está falando. É o menino cheio de manchas e espinhas que segue Runu-Didi por toda parte.

"Sua irmã, a atleta estrela", diz ele. Não está tirando sarro dela; o tom é de admiração, como o de mamãe ao falar dos deuses.

---

* "Pequeno", em híndi.

"Não sei do que você está falando", digo firmemente. Mesmo se mamãe me visse aqui, eu fingiria ser outra pessoa.

No fim da tarde o movimento aumenta. Em geral são mendigos que descobrem que o chá de Duttaram é muito mais barato do que o roti-subzi que as pessoas com dinheiro compram no almoço. Pergunto a eles sobre gangues que sequestram crianças para ensiná-las a furtar carteiras e celulares.

"Meninos da sua idade assistem filmes demais", diz um mendigo de cabelo eriçado como as pontas de uma estrela e dentes marrons que se retorcem e se voltam para dentro como os chifres do Búfalo-Baba. "Vai lá, pegue mais um pouco de chá para mim em vez de desperdiçar meu tempo."

Eu trabalho e trabalho. Eu me canso e me chateio, mas ninguém repara. Eu devia estar brincando de polícia ou críquete ou amarclinha agora. Queria nunca ter roubado o dinheiro de mamãe. Tento fingir que não roubei, mas, quando lembro do tubo de Parachute, o suor umedece minhas axilas e embaça meus olhos.

Faiz aparece na tenda de chá ao entardecer com um curativo no polegar e um trapo fazendo as vezes de máscara ao redor do rosto. "Eu estava fatiando gengibre, mas a faca era afiada demais…" Fala num tom de quem não quer explicar nada, e se senta ao meu lado enquanto lavo copos.

"Garçons têm de fatiar coisas também?", pergunto.

"O cozinheiro está doente. Todos tivemos de ajudar na cozinha."

Hoje Faiz trabalhou no dhaba da rodovia, onde os motoristas de caminhão param para almoçar e jantar. Vive colecionando feridas e cicatrizes nos lugares onde trabalha. Feito gorjetas. Ninguém me deu uma gorjeta hoje. Não se ganha gorjeta em barraquinhas de chá.

"Estou pensando em recrutar aquele cachorro para nossa missão", conto a Faiz, apontando o cachorro debaixo do carrinho de samosa. "Um cachorro pode nos ajudar a encontrar o rastro esquecido de Bahadur e Omvir."

Faiz puxa a máscara fazendo com que ela penda como um cachecol.

"Cachorros são estúpidos. Correm pro colo do pessoal da carrocinha como se fossem ganhar shammi kebabs."

"Não, cachorros conseguem aguçar as narinas e detectar o mau cheiro nos pés de um homem mau ou o óleo de coco no cabelo dele entre milhares de outros cheiros no mundo. Seu nariz não tem essa habilidade."

"Mas isso aqui é um parquinho ou seu local de trabalho?", Duttaram me pergunta, injustamente. Minhas mãos seguem lavando copos enquanto converso. "Leve isso para aquelas pessoas ali", diz ele, gesticulando primeiro na direção de uma bandeja com copos de chá e depois para um grupo de homens parados ao redor de um carrinho de mão vazio.

"Pode deixar que eu levo", diz Faiz.

"Tudo bem", aceita Duttaram.

Faiz serve os copos aos homens que se entretêm tagarelando sobre certa mulher bonita. É a mesma que todas as manhãs aparece aqui numa nuvem perfumada de ittar logo que abrimos. Os homens usam palavras que mamãe consideraria inapropriadas para ouvidos infantis.

"Duttaram, você começou a contratar crianças para reduzir os custos?", pergunta um sujeito robusto cujo peitoral parece mais largo que a porta da nossa casa. Deve ser um lutador que devora ovos e ghee e vai todas as manhãs a um akhara, e também pode bem ser o tipo de homem que informa a polícia sobre trabalho infantil.

O camarada de aspecto de lutador me dá uma boa olhada

enquanto aceita o copo de chá que Duttaram lhe estende com ar relutante. Nisso a manga do seu suéter sobe, e reparo no relógio de ouro que circunda seu pulso cabeludo. Não consigo dizer se é ouro de verdade ou falso. Na parte interior do pulso, onde há menos pelos e a pele é tão clara que quase chega a ser branca, vejo linhas vermelhas manchadas de amarelo-pus nas bordas, feitas provavelmente quando um mosquito o picou durante o sono e ele coçou até aliviar.

"Está tudo bem?", ele me pergunta. "Esse homem não está lhe causando problemas, está?"

"Ele é meu chefe", digo. "Um bom chefe."

"Você devia estar estudando. Ou brincando."

"Faço essas coisas também."

"Você vai pra escola?"

"Claro."

"E faz sua lição de casa todo dia? Ou fica na rua até a noite, jogando críquctc?"

Esse homem deve pensar que é meu diretor, fazendo todas essas perguntas. Balanço a cabeça, e meu gesto talvez queira dizer que sim, talvez que não. Ele que adivinhe.

"Quer um chocolate?", pergunta o homem, gentil, deslizando a mão do relógio de ouro para dentro do bolso da calça.

"Não, saab." Não devemos aceitar doces de estranhos. Guru me ensinou isso na estação ferroviária.

"Você que sabe."

"Jai, você trabalha aqui", me diz Duttaram quando o lutador se achega do grupo de homens que discutem sobre a moça do ittar. "Isso por acaso faz de você o dono da minha barraquinha de chá?"

"Mas o que quer dizer, malik?"*

---

* Termo híndi para "dono".

"Exatamente. Esse sujeito faz algum trabalho para o dono de um apartamento hi-fi, e agora se considera hi-fi também."

"Que trabalho?" Não conheço nenhum homem do nosso basti que limpe e cozinhe para os grã-finos.

"Quem é que sabe?"

"Que prédio?", Faiz pergunta, pondo a bandeja vazia sobre a mesa de Duttaram.

"Golden Gate. O pessoal diz que os apartamentos naqueles prédios são tão grandes que ocupam um andar inteiro."

Arregalo os olhos e me viro pra Faiz. Mamãe nunca me fala desses fatos extraordinários da vida hi-fi. Tudo que faz é tagarelar sobre a patroa malvada.

Em menos de uma hora Duttaram me dá vinte rupias e me diz pra dar o fora. Faiz não me deixa protestar e me arrasta.

"Pare de quebrar os copos dele quando estiver lavando, e ele vai lhe pagar direito."

Só quebrei um copo. Um copo não custa vinte rupias.

Mas roubei um nankhatai de um prato. Tomando cuidado para Duttaram não me ver, jogo umas migalhas para o cachorro debaixo do carro de samosa.

"Aqui, garoto, aqui", digo a ele. O cão tem olhos lacrimosos que parecem delineados com kajal e um rabo curvado como um C. Faltam-lhe alguns tufos de pelo, e suas costelas estão aparecendo, mas ele me dá um sorriso e engole a comida em questão de segundos.

Deixo um rastro de migalhas de nankhatai no chão, e o cão me segue, a língua limpando a comida aos meus pés.

"E se esse cachorro for um djinn maligno?"

Não tem a menor chance de esse cachorro ser qualquer coisa maligna, ele é muito bonzinho.

"Vou levá-lo até a casa de Omvir. Você pode chamar a Pari e me encontrar por lá?"

"Não sou seu assistente. Não me dê ordens."

"Por favor, yaar, por favor." Imploro com as mãos juntas, em posição de reza.

Faiz aceita, mas não parece muito satisfeito. De todo modo, vai lá correndo.

Decido que chamarei o cão de Samosa, porque ele vive debaixo do carrinho de samosa e tem um cheiro bom de samosa também.

Samosa e eu batemos um longo papo. Atualizo-o sobre nossas atividades de detetive. Não fizemos muito, pois temos de ir pra escola, e há sempre dever de casa a ser feito, e nossos pais não nos querem fora de casa depois do anoitecer. Seguimos Dose duas vezes à theka, mas ele não fez nada muito suspeito, só bebeu daru. Ao contrário dos outros bêbados de lá, ficava mais manso a cada gole.

"É por isso que preciso de sua ajuda", digo a Samosa. "Seu nariz pode descobrir onde estão Omvir e Bahadur."

Eu me pergunto se os cheiros dos dois ainda estão no nosso basti ou se novos aromas já os expulsaram.

Samosa abana o rabo. Será um assistente muito melhor do que Pari. E teremos nosso sinal secreto. Assim que eu pensar em um.

A mãe de Omvir está sentada na porta da casa, ninando o bebê-boxeador. Com a mão direita, acaricia a barriguinha do menino. Pergunto se ela pode me emprestar alguma coisa que pertencesse a Omvir, e ela diz: *xô, xô, xô*. "Não traga esse cão sarnento pra perto do meu menino."

Acho que ela está sempre nervosa desse jeito porque tem um bebê nervoso. Samosa não é sarnento.

O outro irmão de Omvir, aquele que dança mal, não está em casa. Deve estar ajudando o pai engomador, tal como Omvir costumava fazer. Na casa ao lado, a nani sentada com as pernas estiradas num charpai pede que eu me aproxime.

"Você está preocupado com seu amigo", ela me diz, numa voz vacilante, talvez por conta da velhice.

"Todas as manhãs, na assembleia da escola, rezamos para Omvir e para Bahadur."

Samosa fareja as pernas do charpai em que a nani está sentada. Uma galinha cacareja e foge.

"Você deve ter ouvido. O pai de Omvir parou de trabalhar. Vai de beco em beco com a foto de Omvir, e leva o outro filho com ele. Não está trazendo dinheiro nenhum pra casa. O que vão comer? Como podem comer? Ela" — a nani aponta para a mãe de Omvir — "está falando em trabalhar, mas quem cuidará do bebê? Por acaso espera que eu faça isso, na minha idade?" A voz da nani se eleva um pouco mais a cada pergunta.

A mãe de Omvir está conversando no idioma dos bebês com o pequeno boxeador, cujos punhos agora puxam seu cabelo. A nani se lamenta um pouco mais em relação ao pai de Omvir: "Andou pedindo dinheiro emprestado, e agora tem uns brutamontes na porta deles toda manhã pedindo o dinheiro de volta, e mesmo assim ele não vai trabalhar".

É uma história triste, mas a escuto apenas em parte. Fico me perguntando por que Faiz e Pari estão demorando tanto.

"O engomador sempre acreditou que alguma coisa terrível pudesse acontecer com ele", continua a nani. "Achava que perderia o emprego, que a esposa e os filhos passariam fome, e agora tudo está acontecendo de verdade."

"Onde está o cachorro?", escuto Pari perguntando.

"Ali", digo, apontando para o nariz preto de Samosa que desponta de sob o charpai.

Faiz trouxe Pari, tal como eu lhe pedi, mas ela veio com um livro na mão, o que, mesmo para uma exibida como ela, é demais. Pari quer que todo mundo saiba que ela é a única pessoa do nosso basti a ganhar um cartão de acesso do centro de leitura, o cartão que as didis do centro dão aos que leram mais de cem livros. Faiz e eu temos zero cartões, porque lemos zero livros.

"Nós compartilhamos nossa comida com ela, não tem problema", continua a nani, "mas por quanto tempo podemos fazer isso?"

"Você só vai parar de falar quando eu enlouquecer!", grita a mãe de Omvir, ainda parada no umbral. O bebê-boxeador lhe acerta um cruzado na cara. "Você acha que eu não estou ouvindo? Não finja que está morrendo de fome só porque nos deu dois rotis ontem à noite!"

"É assim que as pessoas retribuem uma gentileza hoje em dia", diz a nani, as dobras de sua papada estremecendo.

"Quanto custaram seus dois rotis? Duas rupias?", pergunta a mãe de Omvir.

Eu me levanto, ando nas pontas dos pés até Pari e Faiz, e, lentamente, nós três nos afastamos das duas mulheres. A gritaria está fazendo os vizinhos saírem de casa. Fico com medo de Samosa fugir, mas ele permanece ao meu lado.

"Você fez as duas brigarem", Faiz me diz.

"Samosa vai rastrear Omvir e Bahadur."

"Samosa?", pergunta Pari.

"Meu cachorro."

"Cachorros devem ter nomes de cachorro, tipo Moti e Heera."

Faiz discorda: "Um cachorro não se importa com o nome que você lhe dá".

Chegamos à casa de Bahadur. Encontramos apenas sua irmãzinha Barkha. Está lavando roupa numa vasilha de plástico cheia de água com sabão.

"Você pode me dar uma das camisas de Bahadur? Se tiver alguma que você não lavou, melhor ainda." Aquilo soa nojento quando digo em voz alta.

Barkha respinga água pra todo lado. Eu recuo um pouco.

"Samosa precisa primeiro sentir o cheiro de Bahadur", explico à Pari.

Pari abre o livro, puxa a foto de Bahadur que a mãe dele nos deu e mostra para a menina. "Vou devolver a foto ao armário de onde sua mãe tirou, ok?".

Barkha concorda com a cabeça e se levanta, enxugando as mãos na calça jeans. A calça é de menino.

Pari entra na casa, põe na cama o livro que está carregando, abre a porta rangente do armário, e guarda a foto de Bahadur lá dentro. Depois aponta a mochila de Bahadur, apoiada na geladeira chique deles. "Emprestei um livro ao seu irmão. Preciso ver se está na mochila dele." Ela retira um dos cadernos de Bahadur e me entrega. As letras arredondadas dele flutuam por sobre as linhas negras. Deixo Samosa dar uma boa fungada.

"O que você está fazendo?", pergunta a menina.

"Você quer que seu irmão volte, não? Não tem vontade de vê-lo?", pergunta Pari.

Lágrimas rolam pelas bochechas da menina.

"Arrey, não chore, não chore!", diz Pari.

Entrego o caderno a Faiz, que o deposita no umbral.

"Onde está Bahadur?", pergunto a Samosa. "Vamos lá, encontre-o, você consegue."

Samosa late, vira e corre. Eu saio atrás dele, meus pés saltando no ar por cima de tijolos, vasilhas, panelas, pilhas de cinzas do lixo que as pessoas queimaram na noite anterior para se aquecer. Não sei quão rápido estou indo, talvez até mais rápido do que Runu-Didi, o vento frio repuxa minhas bochechas, esticando minha pele ao máximo, e não tenho ar suficiente nos pulmões, e meus olhos lacrimejam, então Samosa se mete por um beco entre casas e preciso diminuir o ritmo.

Faiz se aproxima bufando atrás de mim. Aceno pra ele e grito: "Anda logo". Pari deve ter ficado para confortar Barkha.

Eu me volto e adentro o beco. As paredes são um tumulto de lama e lodo. Tropeço no caminho, e Faiz também. Sentamos no chão com nossa boca aberta, recuperando o fôlego.

Samosa reaparece. Está ofegante também.

"Bahadur esteve aqui?", pergunto. Ele late. Acho que está dizendo que sim. Faiz enxuga a testa com o trapo que leva no pescoço.

Estamos na margem extrema do nosso basti, de frente para o lixão, que é muito maior do que a área de recreio da nossa escola. Bem à minha frente, um homem lava as costas com a água de uma caneca. Os porcos mergulham no lixo acinzentado, as barrigas rosadas manchadas de lama. Vacas com esterco ressecado nos traseiros mastigam vegetais apodrecidos, piscando os olhos para afastar as moscas. Cachorros vasculham a imundície atrás de ossos, e meninos e meninas perambulam coletando latas e vidros. Para diminuir o mau cheiro as pessoas atearam fogo nas pilhas mais fedorentas, das quais agora a fumaça se eleva.

As crianças catando lixo me fazem pensar nos meninos de Mental, que também coletavam garrafas de plástico, mas nos trilhos das estações ferroviárias. Pari diz que Mental é só uma história que Guru inventou. Não posso discutir. O cartão de acesso que ela ganhou do centro de leitura faz dela a especialista em histórias.

Eu me levanto para dar uma boa olhada no lixão e me entristeço pelas arvoretas e pelos arbustos espinhosos que viviam aqui muito antes de as pessoas começarem a jogar lixo em volta delas. Algumas das árvores ainda estão vivas, mas as folhas estão pretas de fuligem, e o vento cobriu os galhos com embalagens de macarrão instantâneo e sacos plásticos.

É possível ver o muro depois do lixão, e, depois do muro, os prédios hi-fi, desaparecendo na fumaça. Os hi-fi estão lutando para acabar com o lixão, mamãe me conta. O preço de seus apartamentos está caindo devido ao mau cheiro. Mamãe diz que o município tinha de ter limpado o lixão muitos anos atrás, quando os prédios hi-fi foram construídos, antes mesmo de eu nascer, mas nada foi feito. O governo sempre nos ignora, mas às vezes ignora a turma hi-fi também. O mundo é estranho.

"Ei, garotos", grita um homem de beedi na boca separando o lixo em pilhas de garrafa de vidro e pilhas de garrafas de plástico. Deve ser um sucateiro. Muitos deles vivem perto do lixão, e verdadeiras torres de plástico e papelão se elevam do lado de fora de suas casas. Tem uma tatuagem de papagaio preto com as asas abertas no antebraço. Parece que o papagaio vai alçar voo a qualquer momento.

"Vão precisar enfiar três agulhas do tamanho de palmeiras no estômago se esse cachorro morder vocês", ele diz, indicando Samosa com a ponta vermelha de seu beedi.

Samosa nunca me morderia, pois gosta de mim. Além disso, Samosa não tem raiva. Não é um cachorro louco.

"Querem uma tragada?", pergunta o homem, oferecendo--nos o beedi.

"Minha mãe vai me dar uma surra se eu fumar", Faiz diz.

"Os meninos desaparecidos, Bahadur e Omvir, você já os viu por aqui?"

O homem coça a barba espessa. "As crianças desaparecem por aqui o tempo todo", ele diz. "Um dia cheiram cola demais e decidem tentar a sorte em outras paragens. Ou às vezes são atropelados pelo caminhão de lixo e terminam no hospital. E às vezes são presas pela polícia e enviadas para um centro de recuperação juvenil. Não há por que fazer estardalhaço só porque alguém desapareceu."

"Não estamos fazendo estardalhaço", digo. "Estamos procurando nossos amigos."

Crianças carregando sacos pesados sobre os ombros se arrastam pelo lixão na direção do homem. O saco que um dos garotos leva na cabeça é tão grande que lhe cobre o rosto.

"Pegou muito hoje, hein?", pergunta o homem.

"Haan badshah",* o menino diz.

Alguns vira-latas seguem as crianças, e Samosa parte na direção dos amigos de quatro patas.

"Samosa, volte aqui", eu o chamo, mas ele não me atende.

O sucateiro apaga o beedi. Uma menina catadora abre seu saco, que está rasgando pelos lados, e retira um helicóptero de brinquedo quebrado. "Encontrei isso hoje, Badshah-das-Garrafas."

Badshah-das-Garrafas é um nome engraçado. Eu devia ter pensado em algo chique assim pro Samosa, que no momento está cheirando o traseiro de outro cachorro. Não consigo nem olhar.

As outras crianças abrem seus sacos para mostrar ao badshah o que encontraram. Ninguém responde minhas perguntas sobre Bahadur e Omvir.

O Badshah-das-Garrafas devolve o helicóptero à menina catadora. "Você também precisa de brinquedos", ele diz.

Ela sorri. Acho que o Badshah-das-Garrafas é um bom chefe, como Mental.

Faiz pergunta à menina se ela viu alguém se esgueirando pelo escuro, tentando capturar crianças. Acho que está pensando em djinns.

"Dormimos ao relento", a menina diz a Faiz, "porque não temos pai, nem mãe, nem casa. Tem sempre algum idiota tentando capturar a gente, mas esses tipos nós botamos pra correr."

---

* Em híndi, "haan", sim; "badshah", rei.

Ela deve estar mentindo; é tão pequena, não assustaria uma formiga.

A luz declinou rapidamente do amarelo, ao marrom, ao preto. Os ruídos da noite chegam das casas, barulho de TV, mulheres tossindo com as gargantas irritadas pela fumaça de mato queimado. Mamãe logo chegará em casa.

"Por que Samosa nos trouxe aqui?", pergunto a Faiz.

"Porque ele é idiota?"

Chamo Samosa. Seu nariz agora vasculha o lixo.

"Deixa ele, yaar", Faiz diz. "Deve estar com fome."

Não digo a Faiz que Samosa acabou de comer um nankhatai inteiro que teria deixado minha barriga bem silenciosa e contente.

A catadora-mirim corre na nossa frente, imitando o som das hélices do helicóptero que pilota com a mão esquerda, o saco agora vazio estufando-se na direita. Faiz e eu nos juntamos a ela. Primeiro somos seus passageiros, mas logo abrimos os braços como se também voássemos. Subimos bem alto no céu, por sobre os edifícios hi-fi e a fumaça, e buzinamos para não colidir uns nos outros.

Voar é a melhor sensação do mundo.

Runu-Didi e eu estamos fazendo nosso dever de casa...

... quando Shanti-Chachi bate na nossa porta e, gesticulando com os olhos e as sobrancelhas, convoca papai e mamãe. Com uma expressão severa, deixa claro que não devemos levantar, mas também abre um sorriso que parece pintado como o de um palhaço. Tudo aquilo dá muito trabalho ao rosto de chachi. Os adultos, então, se reúnem do lado de fora, sussurrando e cobrindo a boca com a mão.

Talvez Bahadur e Omvir tenham voltado. Já faz dois dias desde que Faiz e eu seguimos Samosa até o lixão e não encontramos nada. Até agora, minha carreira de detetive tem sido um retumbante fracasso. Não tenho nenhuma pista, e meu único suspeito, Dose, não fez nada que possa ser considerado digno de suspeita. Se minha história aparecesse na TV, os âncoras diriam: INVESTIGAÇÃO SOBRE CRIANÇAS DESAPARECIDAS ATINGE BECO SEM SAÍDA, ADMITE O MENINO-DETETIVE.

Lá fora, papai se esforça para falar baixinho como mamãe e chachi, mas não tem muita sorte. Runu-Didi e eu o ouvimos dizer um palavrão: *randi*. Didi sacode a cabeça em desaprovação.

Na minha escola, randi é o pior tipo de xingamento que se pode lançar contra uma menina; significa que ela é como as mulheres nas kothas* do Bhoot Bazaar.

Nunca estive no beco das kothas, mas já vi as damas dos bordéis pelo bazar, comprando chow mein e chaat, as faces tão empasteladas de maquiagem que mesmo as linhas de suor parecem cicatrizes. Os rapazes passam, e elas mandam beijos estalados. "Ei, chikna",** gorjeiam, "venha cá e nos mostre o que está escondendo nessas calças."

Uma vez perguntei à mamãe sobre as kothas e ela disse que as mulheres ali não têm vergonha. Me fez prometer em nome de Deus que eu não iria às partes sórdidas do bazar, e nunca fui, mas isso porque há uma porção de outros lugares para explorar.

Runu-Didi se levanta para mexer o dal no forno. Eu bem queria que tivéssemos um pouco de carne para acrescentar. Carne lhe dá músculos. Quando eu crescer e for rico, Samosa e eu comeremos carneiro no café da manhã, no almoço e no jantar, e desvendaremos casos que deixam a polícia pasma, porque nossos cérebros serão duas vezes mais espertos. Enquanto isso, me pergunto o que Samosa vai jantar hoje à noite.

Mamãe volta pra dentro de casa. Senta-se perto de Runu--Didi, pega uma pequena bola de atta e a esmaga até virar um roti. Didi enfia a borda do sári de mamãe debaixo da anágua, pois está perto demais da chama do forno.

"O que aconteceu, mãe?", Didi pergunta.

Só então percebo que os olhos de mamãe estão cheios de lágrimas. Talvez ela saiba do dinheiro que roubei do tubo de Parachute. Fico com vontade de vomitar e de ir ao banheiro fazer o número dois.

---

* Termo para "bordel".
** Termo em híndi para "menino bonito".

Eu me arrasto até mamãe e pergunto: "O que foi?".

"Você", mamãe diz, apertando meu pulso. "Quando vai parar de zanzar por aí? As pessoas vão achar que não há quem cuide de você."

Uma chachi da rede de mulheres do basti de mamãe deve ter me visto na tenda de chá de Duttaram e contou tudo. Tento desvencilhar minha mão. Ela me solta e me dá um tapa na testa. "Ah, Bhagwan,* por que nos testa desse jeito?"

Fico calado, porque não é comigo que ela está falando, mas com Deus, e Deus tem mais o que fazer do que respondê-la.

"Mãe, conta o que está acontecendo", pede Runu-Didi.

"Aanchal", diz mamãe. "Aanchal desapareceu."

"Quem é essa?", pergunto, mas já adivinhei que Aanchal é uma dama de bordel. Deve ter sido isso que Shanti-Chachi acabou de contar.

"Aanchal saiu de casa no sábado e não voltou ainda", mamãe diz. "Três noites — hoje serão quatro —, e ela ainda não voltou."

Runu-Didi remove o dal do fogo.

"Você não conversa com meninos, conversa?", mamãe pergunta à Didi, que parece confusa demais para dizer qualquer coisa.

"Essa Aanchal, ela tem um namorado", mamãe diz, depois se vira pra mim, ríspida, e ordena: "Jai, vá lá pra fora".

Eu digo que tenho lição de casa pra fazer, mas me levanto. Papai e mamãe não param de despachar a mim e à Didi por razões misteriosas. No verão não há problema, mas é cruel fazer isso na chuva ou numa noite congelante como a de hoje.

A conversa do lado de fora é de gente adulta. Mamãe não ia querer que eu escutasse essas coisas, o que é bem feito pra ela, que me expulsou.

---

* Deus em híndi.

"O namorado é velho como o avô dela", diz uma chachi.

"Pior ainda, é muçulmano."

"Ela disse à mãe que iria ao cinema com uma amiga. Como a coitada poderia saber que a filha zanzaria por aí com um muçulmano?", diz uma segunda chachi.

Uma terceira vai mais longe: "Quem é que sabe quantos namorados uma menina como aquela tem?".

Damas de bordel devem ser damas de bordel porque têm muitos namorados.

"Muçulmanos sequestram nossas mulheres e as forçam a se converter ao Islã. Jihad do amor, é isso que eles fazem", diz um chacha. "Depois das bombas, é assim que nos aterrorizam."

Esses chachas e chachis não diriam essas coisas se nossos vizinhos muçulmanos como Fatima-ben estivessem por perto.

O marido de Shanti-Chacha diz a papai que não se pode confiar em meninas. "Elas lhe dizem uma coisa e fazem outra. Você devia ser mais rigoroso com Runu. Ela vive viajando com essa história de corrida, não é?"

"Didi só pensa em ganhar a prova interdistrital", digo. "Vai se casar com a medalha. Papai não vai precisar pagar dote."

"Quem lhe deixou sair de casa?", papai me pergunta.

"Sua esposa não quer ver minha cara."

Papai suspira, depois me tange de volta pra dentro, onde Runu-Didi guardou nossos livros para que possamos jantar. Eu me pergunto quem será o namorado muçulmano de Aanchal. Há muitos muçulmanos velhos no nosso basti, mas o único que conheço é o chacha que conserta TVs. Não pode ser ele, pode?

Mamãe despeja dal com irritação no prato de todos e lança um olhar de desconfiança para Runu-Didi, como se ela tivesse namorados muçulmanos secretos.

"Papai", digo, "mamãe está fazendo drama-baazi de novo."

A concha da minha mãe acerta meu prato, um sinal para que eu feche o bico.

Na tarde seguinte, Pari, Faiz e eu já sabemos um montão de coisas sobre Aanchal, tanto pelas palavras que os adultos deixam escapar quando esquecem que estamos por perto quanto pelas histórias que os irmãos de Faiz contaram depois que ele lhes cedeu sua porção de subzi no jantar. Essas notícias sobre Aanchal vieram até nós; não tivemos de pegar a Linha Púrpura para descobrir nada. Quase ninguém conhece Bahadur e Omvir, mas Aanchal é mundialmente famosa no Bhoot Bazaar.

Durante o intervalo de almoço, estamos na área de recreio da escola, prestando atenção em Dose, cujos olhos buscam as meninas ao redor. Nossos colegas de classe se entretêm com brincadeiras e jogos que parecem divertidos, mas não podemos participar, pois Pari e eu temos um caso a resolver.

Pari redige um relatório de pessoa desaparecida para Aanchal se baseando nas minhas instruções. Nosso relatório final é tão bom quanto qualquer um que eu tenha visto na *Patrulha Policial*. Diz assim:

NOME: AANCHAL

NOME DO PAI: KUMAR

IDADE: 19-22

MARCAS DE IDENTIFICAÇÃO: PESSOA DO SEXO FEMININO DA COR DO TRIGO, ROSTO DE TIPO ARREDONDADO, MAGRA, ALTURA 1,67 (1,65 OU 1,66), VESTINDO KURTA AMARELA

VISTA PELA ÚLTIMA VEZ: NO BHOOT BAZAAR

Repasso o caderno de Pari a Faiz, que avalia o relatório e diz: "E desde quando Aanchal tem dezenove anos? O pessoal diz que ela tem vinte e três ou vinte e quatro".

"O relatório parece profissional", digo.

"Mas como isso vai ajudar você a encontrar Aanchal?", ele pergunta.

Faiz não consegue admitir que nós podemos ser bons em alguma coisa. Mas também é verdade que não sei dizer como o relatório será útil.

"Vamos fazer uma lista de suspeitos", sugere Pari, tomando o caderno de volta.

"Ele é o suspeito número um", digo, apontando os olhos para Dose.

"Algumas pessoas no complexo sanitário andaram culpando o pai de Aanchal", Pari diz. "Ele dirigia um autorriquixá antes e agora já não consegue, porque tem tuberculose ou câncer, algo assim. Aanchal precisa fazer todo tipo de coisa por dinheiro, como trabalhar num kotha."

Pari batuca a caneta no caderno, como se testando os pensamentos em sua cabeça por meio de um código secreto.

"Faiz, será que você pode descobrir mais coisas sobre o chacha que conserta TVs?", pergunto.

"Mais o quê?"

"Se ele conhecia Aanchal, por exemplo."

"Você acha que o chacha é o namorado muçulmano da Aanchal, não é? Eu sabia. Vocês hindus acusam os muçulmanos de tudo."

"O chacha é suspeito porque Bahadur trabalhava pra ele, e ele foi provavelmente a última pessoa a vê-lo", explica Pari. "Não há nenhuma outra razão para o que Jai está sugerindo, certo, Jai?"

"Certo." Eu não tinha nem pensado naquilo.

"Faiz, você vai ver o chacha na mesquita. Seu kirana-malik talvez o conheça. Os comerciantes de Bhoot Bazaar se conhecem", diz Pari.

"E você pode fazer algumas perguntas quando estiver trabalhando", sugiro. Quase acrescento que é o que faço aos domingos na tenda de chá de Duttaram, mas no último segundo lembro que Pari não sabe do meu segredo.

"Jai e eu perguntaremos sobre Aanchal às mulheres dos kothas."

"Podemos levar Samosa com a gente."

"Não há tempo. Além disso, esse cachorro só vai latir e incomodar as pessoas."

"Arrey, por que você anda tão devagar quanto o cavalo manco do chacha Yakub?", grita Pari, embora eu esteja a menos de um metro dela. Enquanto corro, minha mochila bate contra minhas pernas e me machuca. Eu me pergunto se de fato quero resolver o mistério das crianças e da dama de bordel desaparecidas. Seria bom fazer uma pausa para brincar ou assistir um pouco de TV vespertina, que é TV chata, mas ao menos não preciso compartilhar o controle remoto. Nessa hora do dia papai e mamãe trabalham e Runu-Didi treina.

"Você se distrai muito fácil. Não tem foco. É a mais pura verdade o que professor Kirpal diz sobre você. Você tira notas ruins porque olha pra uma pergunta, daí vê uma mosca ou um pombo ou uma aranha e esquece que está sentado fazendo uma prova."

Não respondo nada, pois preciso economizar meu fôlego para correr. Nenhum outro detetive na terra deve ter precisado correr tanto quanto eu. Ao menos estou vestido pra isso. Byomkesh Bakshi luta contra o crime vestido num dhoti branco, e dhotis são horríveis, porque deslizam facilmente, deixando você de chaddi no meio do mercado. Todo mundo vai rir de você, até o bandido que você está perseguindo. Minhas calças podem ser curtas e velhas, mas não preciso me preocupar se vão se enrolar nos meus pés caso eu me meta numa briga de rua com algum criminoso.

O beco das kothas é estreito, com edifícios arruinados em ambos os lados. Nos térreos há lojas que vendem lona e tinta e canos e assentos de privada. Um homem musculoso flexiona o bíceps num cartaz, segurando um cano de PVC tal como cantores seguram guitarras na televisão. Fluindo de sua boca é possível ver uma bolha onde se lê FORTE!!! Outro cartaz diz FERRAMENTAS em letras grandes e *Pintor, carpinteiro, encanador também disponíveis aqui* em letras pequenas. As lojas são tão chatas que nem as moscas as visitam. Sobre as lojas vemos as janelas onde as damas dos bordéis passam o tempo, batendo palmas e assobiando para os passantes. Pari ri, e penso que ela é corajosa por rir naquele lugar, mas então reparo no seu rosto e percebo que está rindo de nervosismo. Acontece com algumas pessoas. Runu-Didi sorri como uma idiota quando papai briga com ela. Embora esteja frio e fumacento, as damas dos bordéis usam blusas e anáguas, sem sáris. Seus lábios são mais vermelhos do que o sangue e seus pescoços reluzem com joias de ouro e prata.

"Por acaso Aanchal trabalha aqui?", pergunta Pari, olhando para cima, na direção de uma mulher que estende roupas para secar em varais armados debaixo das gelosias abertas. Pari fez uma concha com as mãos para ser ouvida apenas por ela. A mulher olha pra baixo, pendendo metade do corpo no parapeito, e diz: "Quem pergunta?".

Pari olha pra mim. A mulher vai rir da nossa cara se dissermos que somos detetives.

"O que vocês querem por aqui?", pergunta um homem brilhando com anéis em todos os dedos. Enche um copo de barro com água, o bebedouro disposto sobre uma banqueta baixa na frente do balcão da loja.

"Temos algumas coisas a resolver", diz Pari.

Alguém aperta minha bochecha. É uma mulher que carrega um saco de pano estufado de vegetais. Sua mão dá calafrios de tão gelada, porque veste uma camiseta sem mangas.

"Você é novo demais para vir aqui. Sua mãe trabalha num kotha?"

"Basanti, ainda é muito cedo para gastar seu charme", o homem diz a ela. "Prometo que lhe enviarei alguém especial."

A mulher nos dá um sorriso e se despede. Seus chappals dourados estalam no concreto da calçada.

"Você estava perguntando pela garota que desapareceu", diz o homem à Pari. "Eu ouvi. Como conhece Aanchal?"

"Ela era nossa monitora."

A mentira é fraca. Como uma dama de bordel ensinaria matemática, ou biologia, ou ciências sociais?

"A Aanchal de quem ouço falar não ensina crianças." Ele dá um gole do copo e gargareja, mas engole a água em vez de cuspi-la.

"Onde é o centro de leitura?", pergunta Pari ao homem.

"Você sabe onde é", respondo.

"Tem um centro de leitura aqui no kotha, não tem?", Pari insiste, empurrando-me de lado.

O homem estica o pescoço, lava os olhos com a água do copo de barro, depois a enxuga com o punho.

"Duas lojas à esquerda", diz ele. "Subam pela escada ao primeiro andar. Não sei se haverá alguém por lá agora. Eles costumam fechar no fim da tarde."

"Vamos conferir", responde Pari. "Você conhece um menino chamado Dose? É o filho do pradhan."

"Você faz muitas perguntas."

"Por acaso o viu por aqui?"

"Em que kotha ele trabalha? Que número?"

"Ele não trabalha numa kotha."

"Não pergunto o nome dos homens que vêm aqui. Eu os ajudo, e eles me dão dinheiro. Só isso."

Eu me afasto depressa do homem, que adensa o ar ao redor com seu jeito viscoso. Por sorte, dessa vez Pari me acompanha.

"Seu centro de leitura não é perto da mesquita de Faiz? Como veio pra cá?", pergunto.

"Deve ter vindo caminhando. Ou será que pegou um riquixá?"

O rosto dela é cheio de certeza. É essa a cara que faz quando escreve ruidosamente as respostas durante as provas. Se lanço o menor olhar em sua direção, ela esconde a folha de respostas com as mãos, temendo que eu copie suas respostas geniais.

Paramos no prédio onde o homem viscoso disse que ficava o centro de leitura. Uma escada com degraus rachados espirala para dentro da escuridão poeirenta.

"Este centro é para as crianças das damas de bordel. As didis do meu centro trabalham aqui de vez em quando. Já ouvi falarem sobre isso."

"Isso é o tipo de coisa que uma assistente deve saber. Bom trabalho."

Pari me dá um tapa no braço.

Subimos as escadas. Nas paredes verdes há manchas amarronzadas com crostas de paan velho. Pelo canto do olho esquerdo, vejo um desenho daquela parte do corpo de um menino apontando para a boca de uma mulher. Alguém tentou rasurar a parte do corpo do menino para escondê-la, mas não fez um trabalho muito bom. Eu não rio. Pari não ia gostar.

Entramos numa sala cujas paredes estão cobertas de desenhos disformes de leões laranja, camelos verdes e coqueiros azuis. São desenhos que parecem feitos por crianças pequenas, talvez as que estão sentadas no chão agora mesmo, desenhando e lendo.

"Pari, o que faz aqui!?", grita uma mulher.

"Didi! Ora, eu vim vê-la. Disseram que você ia estar aqui."

"Asha falou pra você vir aqui?"

"Não, eu perguntei por lá e alguém me disse que você estava neste centro hoje. Esse lugar é legal, didi. Melhor do que o nosso."

Eu me recosto num rabo de leão acolchoado. Dessa vez Pari não prendeu a franja com presilhas, então o cabelo lhe cai sobre a testa e não consigo dizer se seus olhos estão cheios de vergonha por mentir tanto e tão rápido.

"Aqui não é lugar pra criança", diz a didi de calça jeans azul e suéter vermelho. Mas logo ela se dá conta de que falou uma bobagem, pois as duas garotinhas sentadas no chão agora olham na direção dela, com uma expressão que diz: *Ué, então por que estamos aqui?*

"Pra fora, já", diz a didi, com um ríspido aceno de cabeça, que também me inclui. Nós a seguimos obedientes à entrada, que já é estreita, mas ainda mais por conta de uma estante repleta de garrafas de plástico vazias, cordas e baldes de tintas. Teias de aranha decoram o teto.

"Os pais de vocês sabem que estão aqui?"

Esse é o maior problema de ser uma criança-detetive. Aposto que ninguém pergunta a Byomkesh Bakshi ou a Sherlock--Watson sobre seus pais.

"Accha, didi, você ficou sabendo da Aanchal? Você a conhece, não?"

"Ouvi dizer que está desaparecida."

"Lembra que te contei de Bahadur e Omvir, nossos amigos que desapareceram? Como Aanchal."

"Tenho certeza de que Aanchal não teve nada a ver com seus amigos. Ela pode ter se metido com as pessoas erradas, ou talvez estivesse no lugar errado na hora errada. Como vocês dois." Ela agarra Pari pelos ombros e a sacode. "O que você acha que está fazendo andando por um lugar como esse, um lugar que seus pais devem ter dito pra você evitar?"

"Quando foi a última vez que você viu Aanchal?", pergunta Pari, como se a didi não estivesse espumando pela boca. "Ela veio aqui na noite em que desapareceu? Ela disse que estaria com uma amiga, mas não estava."

"Aanchal não trabalhava numa kotha", diz a didi, baixando os olhos, como se estivesse prestes a chorar. "Ela visitou nosso centro uma vez — o centro onde você pega livros emprestados, Pari, não esse aqui. Pediu livros que pudessem ajudá-la a melhorar o inglês. Foi a única vez que a vi."

"Ela não era uma dama de bordel?", pergunto, e Pari me belisca tão forte que dói, ainda que suas unhas precisem passar pelo suéter e pela minha camisa para alcançar a pele.

A didi me olha como se não lhe parecesse uma má ideia me dar um beliscão também e diz: "Quem é esse?".

"É um idiota", responde Pari.

"Não voltem aqui, ok?", diz a didi, arrancando uma lasca de madeira que se desgruda da estante. "Vão já pra casa."

Dizemos okay-tata-tchau e corremos escada abaixo, sem nunca tocar as paredes laterais, mesmo quando nossos pés perigam escorregar. Lá fora, a via se enche de homens chegando em ciclorriquixás e bicicletas e lambretas.

"Será que devíamos investigar se o chacha das TVs vem aqui?"

"Aquela didi não mente. Se ela diz que Aanchal não trabalhava numa kotha, é porque não trabalhava."

"Então ela é o quê?", pergunto.

"Vamos falar com os vizinhos dela. Eles saberão."

É uma boa ideia. Queria ter pensado nisso primeiro.

"Chutiye,* nem tente tirar minha foto", grita uma dama de bordel a um menino que aponta um celular na direção de sua

---

* Termo pejorativo em híndi para "idiota".

janela. Um chinelo o acerta na cabeça, e ele o atira de volta. Homens em automóveis põem a cabeça pra fora e assobiam.

Pari se agarra ao meu cotovelo. Abrir caminho no meio da multidão é como tentar nadar com pesos amarrados às pernas. Faz séculos que nadei. Na vila de Nana-Nani existem lagos onde se pode nadar, mas é preciso compartilhá-los com os búfalos.

Em casa, tiro o uniforme, sento-me no chão com meu livro didático e sublinho as palavras de um poema que preciso decorar para a aula de amanhã. O poema quer saber por que a lua é fatiada pela metade em alguns dias e por que é um círculo em outros. A pior coisa do poema é que ele não responde à própria pergunta.

Runu-Didi escancara a porta e entra. Traz o suéter enrolado nas mãos, o cabelo úmido, e manchas amareladas de suor encharcam sua camisa debaixo dos braços. Ela me bota pra fora pra trocar de roupa e sai pra fofocar com as amigas do basti. Didi estuda ainda menos do que eu.

"Ele não consegue parar de olhar pra você", ouço uma das amigas lhe dizendo. Deve estar falando do menino da cara cheia de espinhas ou então de Dose, cujos olhos seguem toda menina que passa; já o vi olhando pra Runu-Didi também.

Mamãe e papai chegam, e nossa casa começa a cheirar às sobras de bhindi bhaji que mamãe trouxe do apartamento hi-fi. Mal posso esperar para comê-lo. Aspiro o pacote de plástico e mamãe me bate na parte de trás da cabeça.

"Vou acabar ficando burro de tanto você me bater na cabeça!"

"Jai", Didi me chama lá de fora, "tem uma pessoa te procurando aqui."

Vou correndo, me perguntando que boa mentira Pari contou

à mãe para conseguir permissão para sair de casa à noite. Mas não é Pari. É Faiz e seu irmão mais velho, Tariq-Bhai.

"Você saiu cedo do trabalho!", digo a Faiz.

"Ele faz o que bem quer." Está falando do dono da kirana. "Algumas vezes fecha às nove, outras à meia-noite."

Agora que também tenho um emprego, sei bem que nós, servos, temos de ajustar nossos relógios de acordo com os relógios dos senhores.

Tariq-Bhai sorri para mim. Tem covinhas como Shah Rukh Khan e também se veste como popstar, numa camisa verde de manga longa e calças escuras presas com um cinto grosso.

"Theek-thaak?",* ele pergunta.

"Sim, bhai. Tudo bem", respondo.

"Estávamos jantando quando Faiz insistiu que precisava falar com você. Decidi dar uma volta com ele. É hora de vocês terem os próprios celulares, não acham? Daí vão poder se falar sempre que quiserem, mesmo à meia-noite, sem problema. Consigo uma conexão a bom preço pra você, Jai. Taxa especial. Com meu desconto de empregado, sai baratinho."

"Bhai, não precisa dar uma de vendedor aqui. Jai não tem nem cinco rupias. Dele você não arranca comissão nenhuma."

Tariq-Bhai ri.

"Mamãe nunca me compraria um celular."

"Um dia ela vai comprar. E, nesse dia, lembre-se de mim."

"Posso falar agora?", interrompe Faiz, e Tariq-Bhai diz *desculpa, desculpa* e se vai pelo caminho, afastando-se de nós. Tariq-Bhai não trata Faiz como se ele fosse um tolo, ao contrário de Runu-Didi.

"Encontrei o chacha das TVs hoje."

"Na mesquita?"

---

* "Tudo bem?" em híndi.

"Arrey, você sabe que eu estava trabalhando hoje. Mas depois que o malik fechou a kirana, fui à loja de eletrônicos e falei com o chacha. Contei que sou da classe de Bahadur. Ele disse que há pouco, na semana passada, encontrou um elefante de brinquedo que Bahadur tinha escondido atrás de uma TV velha. E um envelope com dinheiro."

"Um elefante de brinquedo?"

"Era azul e laranja, segundo o chacha. Eu sei, ekdum--estúpido. Mas, escute, o chacha acredita que no envelope estava todo o dinheiro que ele já pagou a Bahadur. Bahadur deve ter escondido ali. Se tivesse levado pra casa, Bebum Laloo teria encontrado, e o dinheiro virava daru em dois minutos. Isso ainda pode acontecer. O chacha disse que devolveu tudo pra mãe de Bahadur."

"Se Bahadur tivesse fugido como pensamos, ele teria levado o dinheiro junto."

"Foi o que o chacha disse. A não ser que Bahadur tenha esquecido."

"Quem esquece dinheiro?"

"Ninguém. Nem mesmo os crorepatis."

Ficamos parados, pensando em silêncio por um instante, um silêncio permeado dos ruídos do basti, marido e esposa brigando, estrondos de televisão e choro de bebê.

Então alguém grita. Num salto, meus joelhos colidem. Mas é só Tariq-Bhai jogando um críquete noturno com dois garotos no fim da ruela. Eles usam livros didáticos como bastões e uma bolinha de plástico. Faiz me deixa para assumir a posição de apanhador. Tariq-Bhai atira a bola, que serpenteia. A ponta do livro do rebatedor raspa na pequena esfera, que ricocheteia direto para as mãos de Faiz.

"Fora!", grita Faiz. Ele e Tariq-Bhai se cumprimentam, os sorrisos tão grandes que mesmo à luz fraca e trêmula das lâmpadas que pendem das casas posso ver seus dentes reluzindo.

Runu-Didi nunca joga críquete comigo. Às vezes ela me desafia para uma corrida, mas não tem graça participar de um jogo quando você sabe que vai perder com certeza.

"Jai, jogue com a gente", Tariq-Bhai diz.

"Jai, o jantar está pronto. Mamãe disse pra você entrar." É Runu-Didi.

Didi sempre estraga minha alegria.

No dia seguinte, quando saímos da escola...

... o basti vai perdendo os contornos na fumaça. Sombras se arrastam pelos telhados das casas onde pneus de bicicleta furados, tijolos e canos partidos assentam as camadas de lonas. Eu devia estar deitado debaixo de um cobertor na cama dos meus pais, vendo TV. Em vez disso, estou ocupado com minhas atividades de detetive, no frio. Minha vontade é de desistir, mas não posso dizer isso à Pari. Ela está tratando esse mistério do mesmo jeito que trata um problema matemático de solução impossível, fazendo mil notas e desperdiçando a tinta de mil canetas. Não posso deixá-la vencer.

Caminhamos na direção da casa de Aanchal. Faiz descobriu onde ela mora pelos comerciantes.

"Quando vamos preparar nossas apresentações?", resmunga Pari. O professor Kirpal pediu que a gente coletasse imagens de vegetais e frutas de inverno como dever de casa, mas ninguém o fará, pois não temos jornais ou revistas em casa.

"Se você quer estudar, vá pra casa e estude", diz Faiz. "Mas você não vai fazer isso. Você gosta de brincar de detetive."

"Não estamos brincando. Isso é sério. Vidas estão em perigo."

"Não se pode salvar ninguém dos djinns malignos. Só exorcistas conseguem fazer isso."

"Também podemos ser exorcistas", digo.

Faiz me lança uma revoada de socos com os olhos. "Você precisa recitar versos do Alcorão para combater os djinns. Se uma única coisinha der errado, o djinn mata você. É por isso que só pessoas com treinamento se arriscam."

"Baba Bengali talvez tenha esse treinamento."

"Babas hindus não conhecem o Alcorão e não sabem nada de djinns."

Pari cerra os dentes. Nossa conversa sobre djinns a tira do sério.

As casas no beco onde Aanchal vive são casas pucca — construções sólidas feitas de tijolos. Algumas têm andar superior. Provavelmente devem ter também sua própria privada.

Paramos perto de uma mulher sentada num tijolo, lavando recipientes, e perguntamos onde fica a casa de Aanchal, e ela nos aponta com o dedo ensaboado. No umbral da casa, uma cabra de barbicha berra na nossa direção.

Pari pega um bocado de flores murchas do chão e oferece à cabra. O sino ao redor do pescoço do bicho badala sem parar a cada mastigada. Um menino que deve ter nossa idade vestido numa camisa xadrez grossa como um suéter vem até a porta e empurra a cabra pra fora com os joelhos. Seu rosto tem o formato arredondado de alguém que come demais.

"O que você quer?", ele pergunta. Um caminhão buzina ruidosamente na estrada.

"Aanchal", diz Pari.

"Ela não está aqui. Quem é você?"

"A gente queria saber se Aanchal conhecia nossos amigos, Bahadur e Omvir. Eles desapareceram também."

"Ficamos sabendo disso."

"Ajay, com quem você está falando?", grita uma mulher dos fundos da casa.

"Ninguém. Crianças perguntando sobre Aanchal-Didi."

"Mande-as embora." Deve ser a mãe de Aanchal.

O coração de Faiz faz tut-tuts.

"A gente já vai", diz Pari ao menino. "Mas será que você podia nos ajudar, por favor? Estamos desesperados para encontrar nossos amigos. A polícia não fez nada."

Pari não me deixa perguntar sobre o muçulmano.

"A polícia também não está ajudando a gente", diz o menino, que faz um gesto para que nos afastemos da porta. "Hoje mesmo uma policial disse pro papai, *por que você está chorando, sua filha fugiu com um mulá*. Mas minha didi não tinha namorado nenhum. No dia em que desapareceu, ela saiu para ter aulas de inglês, como faz quatro vezes por semana."

"Sua didi não é...", começo a dizer, mas Pari me corta com: "Sua didi faz faculdade?".

"Ela reprovou os exames do certificado de ensino secundário", diz Ajay. "Trabalha num salão de beleza, e também vai à casa das pessoas fazer mehndi e tratamentos de pele e pintura de cabelo, esse tipo de coisa. Mas o que ela realmente quer é entrar para a central de atendimento. Por isso estuda inglês."

Tenho perguntas demais que não posso fazer. Em primeiro lugar, por que uma dama de bordel iria querer trabalhar num centro de atendimento? Segundo, como Aanchal poderia ter vinte e três anos se ainda estava terminando o secundário?

"A polícia disse à mãe de Bahadur que ele fugiu sozinho. E falaram a mesma coisa aos pais de Omvir", diz Pari. "É o melhor pra eles, não é? Não precisam mexer um dedo. Se alguma coisa acontece conosco, é culpa nossa. Se uma TV desaparece da nossa casa, nós a roubamos. Se nos assassinam, então na verdade nos suicidamos." Seu cabelo toca o rosto enquanto ela balança a cabeça furiosamente ao falar.

Ajay se agarra a cada palavra de Pari como se fossem feitas de ouro ou de açúcar.

"Quantos anos tem sua didi?", pergunto.

"Dezesseis. Seis anos mais velha do que eu."

O relatório policial de Pari registrou a idade errada de Aanchal.

"As pessoas dizem coisas terríveis da minha didi. Ela nunca esteve numa kotha. É só porque ela é bonita..."

"Este lugar é atrasado demais", diz Pari. "Se dependesse do povo do basti, todas as meninas só ficariam em casa aprendendo a cozinhar e nunca iriam pra escola."

"Exatamente", concorda Ajay.

Não sei como Pari consegue. Aonde ela vai, faz amizade, como com Guru. Ela provavelmente se tornaria a melhor amiga de Mental se conhecesse o fantasma dele.

"Nós nunca vimos você lá na escola", diz Pari a Ajay.

"Meu irmão e eu vamos para a Model School. E Aanchal--Didi frequentava uma escola secundária lá perto."

"A Model não é uma escola particular?", pergunta Faiz, esfregando o nariz na parte de trás da mão. "Como seu pai consegue pagar mensalidades tão caras?"

"Com certeza não é obrigando minha irmã a trabalhar num kotha." Ajay fala com um ar ameaçador, seu rosto ficando rente ao de Faiz.

"Não foi isso que ele quis dizer", intercede Pari.

"Faiz sempre pergunta sobre dinheiro porque ele próprio não tem um tostão", explico. É a coisa certa a dizer. Ajay larga o ar de durão.

"Um ricaço atropelou mamãe com um jipe, então precisou pagar uma compensação. Mamãe também faz camisas em casa para uma empresa de importação e exportação. Ganha bem. Por isso podemos frequentar uma escola particular. Mas não gosto de lá. É terrível."

"Sério?", Pari pergunta. Ela parece chocada. Escola particular é a ideia que Pari tem do paraíso.

"Os meninos ricos xingam a gente. Bhangi, catadores de lixo. Comedores de rato. Matadores de vacas. Dizem que fedemos, que vão matar a gente."

"Que idiotas", responde Pari. "Se ficar ruim demais, vocês podem mudar pra nossa escola."

"Nossa escola é terrível", comenta Faiz.

"E temos o Dose", acrescento. "Uma escola boa já teria expulsado um goonda daquele."

"Dose, o filho do pradham?"

"Sim, ele mesmo. Sua irmã o conhecia?", pergunta Pari.

"Acho que não."

Ela olha para a cabra que mastiga bravamente uma embalagem de Kurkure como se fosse uma folha e diz: "Accha, por que a polícia diz que sua irmã tem um namorado?". Ela insere a pergunta na conversa como se tivesse acabado de pensar nela, mas sei que estava com aquilo na ponta da língua desde o momento em que Ajay disse *mulá*.

"Papai ficou ligando sem parar para o celular da minha irmã. Toda vez recebia a mesma mensagem: o número que você está discando encontra-se indisponível. Mas em determinado momento um homem atendeu. E disse *o que é que você quer?* E desligou antes de papai responder. Papai contou isso à polícia, e eles distorceram tudo. Agora dizem que Aanchal-Didi está com um homem."

"Por que um homem atenderia o celular?"

"Talvez ele tenha roubado. É o que papai acha."

"Sua didi mentiu sobre aonde ela ia? No dia em que desapareceu?", pergunto.

Pari me olha espantada. Ela teria feito a mesma pergunta, mas de um jeito doce. Eu não me importo. O que importa é que Ajay está abrindo o bico.

"Naquele dia Aanchal-Didi nos disse que ia assistir a um filme com Naina depois da aula de inglês. Naina é uma amiga do salão de beleza. Na primeira vez que papai ligou pra Naina, ela disse que Aanchal-Didi estava com ela. Mas daí ficou muito tarde, e papai ligou pra Naina de novo e só então Naina disse *Eu não a vi o dia inteiro. Aanchal me pediu pra dizer que ela estava comigo.* Papai enlouqueceu. Desde então vai a todo hospital conferir se didi sofreu um acidente, se está no setor de emergência…"

"Alguma coisa sumiu da casa?", pergunta Faiz. "As roupas da sua irmã, a carteira do seu pai ou…"

"Nunca tem dinheiro na carteira de papai, só na da minha mãe." Ajay afasta a cabra de uma poça de água cheia de sabão que ela está tentando lamber. "Didi não levou nada de casa."

"Onde ela estuda inglês?", pergunta Pari.

"Let's Talk, em Angrezi. Fica a uns vinte minutos daqui de carro. Também tem ônibus, mas não sei qual deles vai ao instituto."

"E o curso é bom?", questiona Pari, como se aquilo tivesse alguma relevância na nossa investigação.

"Didi não comentou."

Eu sei que há uma pergunta importante que tenho de fazer, mas não me vem à mente agora.

"Sua didi conhecia Hakim, o homem que conserta TVs no Bhoot Bazaar?", Faiz pergunta, lembrando-se por mim. "Não, né?"

Ele deve ter vindo conosco só pra fazer essa pergunta.

"Por que ela conheceria um cara que conserta TVs?"

"Claro que não conheceria", Pari intercede. "Onde fica esse salão onde sua didi trabalha?"

"Shine Beauty Parlour. É só para mulheres e crianças."

Já o vi por fora. Tem janelas de vidro escurecido e portas decoradas com fotos de atrizes famosas.

"Ajay, volte pra dentro", diz uma mulher de cabelos grisalhos, parada na porta da casa, aplicando boas estocadas no piso com as muletas que segura nas mãos. Deve ser a mãe.

Ajay corre pra dentro na mesma hora. Que bebezão.

"Preciso ir trabalhar", diz Faiz.

"Pergunte a Tariq-Bhai se ele quer jogar críquete hoje à noite", grito enquanto ele se afasta.

O beco em frente à casa de Aanchal dobra para uma rodovia e bem na entrada há um dhaba e um estande de autorriquixás. Um grupo de homens está recostado nas motos, ao lado do dhaba onde os puris fritam no óleo quente até ficarem crocantes e dourados. Afixada a um dos quatro postes que sustentam o telhado de zinco do dhaba vê-se uma imagem de Ganpati, numa moldura elegante com luzes em círculo brilhando em azul, verde e vermelho.

Paramos no estande de autorriquixás e perguntamos aos motoristas quanto custa para nos levarem ao Let's Talk, embora não tenhamos nem um centavo. Duzentas rupias, dizem.

"Por muito menos dá pra viajar centenas de quilômetros a mais na Linha Púrpura", digo.

"Peguem a Linha Púrpura, então. Ah, pera, vocês não podem, né? Então não vão ao Let's Talk."

Pari ignora a zombaria e fala de Bahadur e Omvir. Pergunta se eles viram Aanchal com os meninos desaparecidos.

"Aanchal não tem tempo para meninos, a menos que tenham pelo menos dez anos a mais do que seu coleguinha aí", diz outro condutor, apontando pra mim.

"Ela pegou um autorriquixá no último domingo?", pergunto.

"É o dia em que ela desapareceu", Pari acrescenta.

"Ela não precisa de autowoto. É uma princesa com sua própria carruagem."

"Com um homem barbudo servindo de cocheiro", diz outro condutor, rindo.

"O homem que conserta TVs?", pergunto. "A barba dele é branca e laranja?"

"É um tipo mulá, mas jovem."

Falam então sobre o pai de Aanchal como se não estivéssemos parados bem ali.

"Semana passada mesmo eu disse a ele para ter uma palavrinha com ela."

"A filha ganha o próprio dinheiro. Ele não a sustenta. Por que se importaria com o que ele pensa?"

Os outros condutores soltam urros de aprovação.

"O pai de Aanchal ainda dirige um auto?"

"Faz anos que não trabalha. Está muito doente", diz um dos condutores, balançando a cabeça. "Pobre coitado. Lá está ele."

Um autorriquixá se junta aos demais no estande, e um homem de cabelo desgrenhado desce. Usa uma camisa creme de manga longa com manchas pretas ao redor dos pulsos.

"Sem sorte hoje?", alguém pergunta ao pai de Aanchal, que, pagando a viagem, diz: "Ela não está em nenhum hospital. Fui checar na cidade hoje".

"Falou com o namorado mulá de Aanchal?", pergunto. "Ela pode estar com ele."

Um manto de silêncio cai sobre nosso grupo, destacando os sons de arranque dos veículos na rodovia. O pai de Aanchal então ergue a mão e salta na minha direção, os olhos quase pulando pra fora das órbitas. Eu puxo a alça da minha mochila, me preparando para correr. Mas uma tosse invade o pai de Aanchal, e ele precisa parar para respirar fundo. Aproveito para fugir, com Pari ao meu lado.

"Seu idiota", ela diz quando me ultrapassa.

Policiais têm delegacias, e detetives têm lugares ao estilo de thekas elegantes onde podem sentar e conversar sobre os suspeitos. Mas Pari e eu precisamos conduzir nossas reuniões do lado de fora do complexo sanitário ou no pátio da escola. Hoje, porém, minha casa pode servir de escritório da Agência Jasoos Jai, pelo menos até Runu-Didi voltar do treino. Pari e eu vamos trocar nossas anotações sobre o que ouvimos de Ajay, o irmão de Aanchal. Eu não tenho anotações de fato. Estão na minha cabeça.

Pari pergunta se temos jornais em casa. Quer procurar fotos de frutas e vegetais para a apresentação na escola. Nem me dou ao trabalho de responder.

Shanti-Chachi se senta no charpai na frente de sua casa, penteando os cabelos. Posso adivinhar que ela os pintou hoje, pois parecem mais escuros do que hoje pela manhã, e mais pretos do que os cabelos não pintados de mamãe.

"Você devia ter chegado em casa muito mais cedo", ela me diz.

"Não é tão tarde."

Dentro de casa, digo à Pari que temos de entrevistar Naina, a amiga de Aanchal do salão de beleza, e manter três suspeitos sob observação: Dose, o chacha que conserta TVs, e o pai de Aanchal, um homem de temperamento sanguíneo, sem pudores, que vive às custas da esposa e da filha. Claro, djinns ainda são meus principais suspeitos, mas não posso discuti-los com Pari.

Falamos sobre o que Ajay nos disse.

"Esse caso é difícil", começo, "pois não temos cem por cento de certeza de que há um crime e um criminoso. Aanchal pode ter fugido. Bahadur e Omvir também."

"Pode ser que o homem que atendeu o celular de Aanchal seja um criminoso."

"Mas o que ele está fazendo com Aanchal?"

"Você não lembra o que o moço do Lar das Crianças disse pra gente? Não viu na *Patrulha Policial* que você tanto ama? As pessoas usam mulheres e crianças pra todo tipo de coisa ruim, não só para limpar privadas e mendigar."

Imagino alguém me obrigando a limpar nosso complexo sanitário e sinto um calafrio.

Runu-Didi volta do treino. Pari lhe pergunta como foi.

"Didi vai pra escola só pra treinar. Não vai sequer pelo almoço. E com certeza não vai para estudar", digo.

"Ninguém perguntou", Pari me diz.

As roupas de didi estão empoeiradas e manchadas de sangue, porque ela caiu e se machucou nas pedras, mas ela não parece sentir dor nenhuma. Diz que vai ao complexo sanitário para um banho de balde. Procura moedas para pagar o porteiro sob os travesseiros da cama, nos bolsos das calças de papai que pendem de pregos na parede e no varal dentro de casa. Não chega nem perto do tubo de Parachute. Então se volta pra mim.

"Mamãe lhe dá dinheiro extra para banhos e eu sei que você nem lava o rosto."

Pari parece constrangida por mim.

A água no complexo é fria demais no inverno, então às vezes eu nem encosto nela e saio fingindo que estou limpo. Mas tento lavar o rosto todos os dias.

"Como você sabe o que acontece no banheiro dos homens? Por acaso espia lá dentro querendo ver aquele seu colega de classe espinhento só de cueca?"

Pari me empurra e me manda fechar o bicho como se Runu-Didi fosse irmã *dela*. Depois diz: "Didi, Dose e Aanchal se conheciam?".

É uma pergunta idiota, mas me livra dos olhos de fogo de Didi.

"Por que pergunta?"

"Só pra saber."

"Dose começava a cantarolar sempre que via Aanchal. Dava--lhe cartões de Dia dos Namorados o ano todo, tipo em junho, ou outubro."

"Eram namorado e namorada?", pergunto.

Didi me olha com desprezo, mas responde: "Ela aceitava os cartões dele assim como aceitava os cartões de todo mundo. As meninas falam disso o tempo todo lá na torneira do basti. Dose cantava canções declarando seu amor por Aanchal, mas, para um tipo como ele, isso não é nada especial. A julgar por essas canções, ele está apaixonado por todas as meninas do basti".

"E Aanchal? Ela gostava dele?" É Pari quem pergunta.

"Quem sabe? Ela tinha muitos admiradores. Dizem que gostava de atenção."

Não estou entendendo nada. E não posso fazer perguntas porque, no momento, Runu-Didi me odeia sem razão nenhuma.

AANCHAL

A garota percebeu o frenesi entre os homens reunidos no dhaba do outro lado da Let's Talk em Angrezi. Suas cabeças se viravam enquanto as sandálias azuis dela rangiam contra os degraus azulejados que levavam para fora do instituto, e os olhares deles se prendiam a ela com a mesma velocidade. Ela puxou a dupatta amarela, cobrindo os braços. Naquela manhã, a mãe a aconselhara a não se vestir para os meninos na aula de inglês. Nada de bom adviria de usar um colete sem mangas no frio, dissera sua mãe, as muletas que tinha nas mãos protestando no mesmo tom de sua voz. Ela insistira para que Aanchal usasse pelo menos a dupatta.

Não importava, porque amarelo era a cor de Aanchal, ainda mais contra o vento escuro do inverno que se grudava à sua pele como piche úmido. Além disso, Aanchal estava acostumada ao frio, ao desejo que atravessava os olhos dos jovens que subornavam a recepcionista da Let's Talk para dar uma olhadinha nos seus horários e decorá-los. Eludindo aulas ou empregos, eles apareciam do lado de fora do instituto na hora exata em que as aulas de Aanchal terminavam, como agora. Os piores lhe faziam gestos obscenos. Outros assobiavam ou discretamente erguiam os celulares, tirando fotos. Alguns tinham o número dela; a recepcionista se ofendera quando Aanchal sugerira que pelo menos certos detalhes de sua vida tinham o direito de permanecer privados. O celular de Aanchal tocava o dia inteiro com mensagens desses desconhecidos: *Olá! Oi! Posso ser seu amigo? Recebeu minha msg?* E essas eram apenas as decentes.

Aanchal sabia o que diziam dela no basti e nos becos do Bhoot Bazaar. Homens e mulheres, jovens e velhos, mesmo esposas que tinham muitos amantes porque seus maridos não as satisfaziam ou porque lhes espancavam demais, e mesmo os maridos que por sua vez gastavam todo o salário com hooch e prostitutas, mesmo essas pessoas retalhavam sua honra com a virulência de cachorros famintos perseguindo um pássaro ferido.

Que falassem o que quisessem, essa gente que ansiava por algo mais real e próximo do que os dramas que assistiam na televisão. Que inventassem histórias a partir de uma saia que julgavam ser curta demais, ou do rapaz barbudo que viram a seu lado. *Um muçulmano, ainda por cima. Tauba tauba, eis aí uma garota que não tem vergonha. Lembram como ela era nova quando começou?* Eles fofocavam e retornavam para suas casas satisfeitos com o fato de que seus próprios filhos, embora decepcionantes ou malcomportados, ou feios, pelo menos não encarnavam o completo fracasso moral, como ela.

Aanchal deixou o instituto, entrevendo com o canto dos olhos a forma opressiva de um homem que a seguia. Recusou-se a admitir aquela presença, mas os passos firmes dele a alcançaram.

Lembra de mim?, ele pergunta. *Lembra do que falamos?*

Ela lembrava-se, sim — de seu rosto, do toque de ameaça em sua voz. Acelerou o passo, mas não antes de ouvi-lo dizer: *Não se faça de tímida agora, sabemos como você é.*

Poucos meses antes, os dedos daquele mesmo homem haviam tamborilado no vidro da janela do salão de beleza onde Aanchal trabalhava. Ela saiu e perguntou qual era o problema. O homem lhe apresentou, então, sua proposta, como se se tratasse de algo banal, como decidir o comprimento do tecido necessário para costurar uma lehenga. E ela considerou a proposta; como não? Já tinha ouvido falar do dinheiro rápido que universitárias conseguiam trabalhando como acompanhantes. Aquele dinheiro a salvaria do basti, do pai sempre indisposto contra ela e da mãe que vivia atônita com a filha que era completamente diferente do resto da família.

Talvez esse homem tenha voltado porque a pausa entre a pergunta dele e seu *não* tenha sido longa demais.

Olá, senhorita, estou falando com você, ele dizia agora.

Perto dela, meninas pechinchavam com os vendedores de pulseiras. Um ambulante sacudia cabeças de alho numa cesta de bambu, e as cascas que se soltavam rodopiavam no ar como borboletas brancas. Por troça, um rapazinho equilibrava três tigelas de metal vazias sobre a cabeça de um homem mais velho. Tudo a seu redor era comum e rotineiro. Exceto essa pessoa.

Ela lhe disse que a deixasse em paz, caso contrário chamaria a polícia. O homem se aproximou. Aanchal acenou para alguma pessoa indistinta à distância, forçando um sorriso alegre no rosto antes de correr em direção a um bando de trabalhadores da construção civil amontoados ao redor de uma barraquinha de dosa. A barraca ficava em frente a um prédio que mudava de forma diariamente, por trás de andaimes e redes de proteção.

Ela se aproximou da barraca, uma descarga de vergonha se espalhando pelo peito como se alguém houvesse derramado chá quente sobre ela. No basti, as pessoas diziam que os homens a perseguiam por conta do modo como ela se vestia ou se comportava. E ela piorava tudo, pois se recusava a carregar os livros colados ao peito coberto pela dupatta ou a se curvar como as mocinhas tímidas que fingiam evitar a censura das pessoas se encolhendo ao chão.

Ela sabia que não tinha nenhuma razão para se envergonhar. Mas em momentos como aquele parecia-lhe que talvez as pessoas do basti tivessem razão. Por que ela se achava especial? O coro de vozes na sua cabeça era por vezes o mesmo dos becos do basti.

Desculpe, com licença, disse aos trabalhadores ao redor da barraquinha de dosa. Eles se retiraram de imediato, como se em deferência às suas roupas, que eram engomadas e aprumadas, carregando ainda a essência do perfume que borrifara de manhã, e em deferência também ao seu rosto, hidratado duas vezes ao dia com Lakmé Absolute Skin Gloss Gel Crème. Os homens usavam roupas fibrosas salpicadas de tinta, lama e cimento.

O vendedor de dosa e o menino que o ajudava a espalhar a massa numa tava quente a olharam, interrogativos. Com o indicador, ela apontou o prato de um dos trabalhadores e indicou que desejava o mesmo. A criança espalhou a massa na frigideira, achatando habilidosamente ocasionais bolhas com a parte de trás de uma concha e lançando pitadas de óleo de modo a tornar a dosa mais crocante. Apesar de tudo, o cheiro delicioso fez sua boca salivar. Os trabalhadores a observavam, mas o faziam sem qualquer atitude de autoridade e em geral com uma expressão de surpresa.

Seu celular tocou, e ela se sentiu aliviada ao ver o nome de Suraj. Atendeu. Suraj informou que viera buscá-la no Let's Talk, embora eles tivessem combinado de se encontrar uma hora depois, em um shopping. Ela contou que estava na rua, um pouco mais adiante, e ele disse que iria ao encontro dela. Aanchal pescou quarenta rupias de uma bolsinha e entregou à criança, que já dobrava a dosa num prato. Ela pediu que oferecesse a dosa para outra pessoa, pois precisava ir. Disse isso reforçando tudo por meio de mímicas de mãos e olhos. O menino lançou um olhar de horror ante a ideia de alguém recusar uma porção de comida pela qual havia pagado.

Quando Aanchal se retirou do amontoado de pessoas, viu que o homem ainda estava lá. Mas logo a velha motocicleta de Suraj parou ao lado dela, e o homem se retirou.

Sob o visor do capacete, ela pôde ver que os olhos de Suraj estavam vermelhos. Ele trabalhara a noite inteira e só devia ter dormido três ou quatro horas. Sentando-se na garupa, enlaçou sua cintura e descansou o queixo sobre o ombro direito do rapaz. Não sentiu frio nem quando Suraj deu partida na moto e o vento soprou seus cabelos.

Seguiram para o shopping, adentrando o estacionamento subterrâneo, de preços hi-fi. Primeiro tinham de passar por um funcionário na entrada. O funcionário vivia no mesmo basti, e os olhos dele brilharam de reconhecimento e julgamento. Em seguida passaram por um guarda, também do mesmo basti, cujo trabalho era inspecionar a parte inferior dos carros com um espelho de busca portátil. Os dois gastaram mais tempo do que o normal para deixá-los entrar.

Lá dentro, foram ao McDonald's. Aanchal comprou um hambúrguer de aloo-tikki para Suraj, embora já tivesse gastado mais do que o programado naquele dia. Sentaram-se ao lado de grandes janelões de vidro com vista para uma ponte sobre a qual os trens da Linha Púrpura se moviam como aparições brancas na fumaça negra. Suraj tentou, sem sucesso, arrumar o cabelo achatado pelo capacete. Viram ouriços de rua sendo enxotados pelos seguranças perto dos detectores de metal na entrada do shopping. Os braços de Suraj se apertaram contra os dela, e ela podia ver os contornos de seus bíceps sob o suéter apertado.

Os dedos de Suraj soletraram A-M-O-R sobre a lateral de sua

coxa. Os jeans dela eram grossos e confortáveis, mas o calor do toque dele a obrigou a mudar de posição. Ele pôs o braço esquerdo ao redor do encosto da cadeira dela, e os dois trocaram pequenas mordidinhas no hambúrguer, sempre de modo que o outro pudesse comer mais. Ele perguntou sobre as aulas e sugeriu que ela falasse em inglês com ele, mas aquilo só a deixou incapaz de dizer qualquer coisa. Ele conversava a noite inteira com americanos na central de atendimento. Apesar das aulas que frequentava diligentemente, suas habilidades no inglês não passavam de *onde você trabalha* e *como foi seu dia*.

Suraj quis saber de sua mãe, seu pai e seus irmãos. Aanchal se perguntava o que seus pais diriam dele, se ficariam preocupados por pertencer a uma casta superior, alguém que iria descartá-la tão logo se cansasse, ou se veriam a placidez que havia nele, placidez que ela tanto admirava, a calma em sua voz que refletia uma falta de expectativa de sua parte. Ele não queria nada dela, ou queria apenas o que ela se dispunha a compartilhar. Isso era novo para Aanchal. Os garotos e os homens cujas mensagens atormentavam seu celular o dia inteiro eram sempre claros em termos de intenções e vontades, embora alguns deles procurassem suavizar essas coisas com elogios.

Mesmo em sua casa, demandas não ditas atravessavam paredes para adentrar o quarto onde ela se sentava rodeada por livros didáticos de preparação para o TOEFL. Sua mãe queria que ela pagasse a mensalidade dos irmãos e que, algum dia no futuro, se casasse bem. Os irmãos se comportavam como se fosse responsabilidade dela, como irmã mais velha, compartilhar o dinheiro que ganhava como esteticista. E o pai? Atacava-a quando ela não lhe dava ouvidos e dizia que ela era burra demais, lenta demais para passar nas provas do certificado secundário. Ele sempre pedia desculpas depressa, chorando, engolindo o muco que a tosse lhe trazia para os cantos da boca.

O celular de Suraj tocou. *Escritório*, ele a informou, articulando a palavra em silêncio, com os lábios, e atendeu. A imagem do homem corpulento que a seguira mais cedo lhe veio à mente. Ela olhou em volta do McDonald's, temendo vê-lo tomando um milk-shake de morango. Mas, não, só havia gente de escritório comendo um lanchinho, garotos e garotas da idade dela, e mães indulgentes cedendo aos anseios dos filhos por hambúrgueres, ladeadas por babás segurando vasilhas cheias de comida caseira para o caso de munna-munni* mudar de ideia sobre o que querem.

Neste exato momento sua mãe devia estar olhando para o celular, perguntando-se onde ela estava. Aanchal enviou uma mensagem dizendo que ainda estava com Naina. *Vou chegar tarde, não precisa me esperar.*

Suraj terminou a chamada e pediu a ela que comesse o último pedacinho de hambúrguer. Mostrou-lhe no celular uma casa de dois andares que fora posta à venda num condomínio fechado a alguns quilômetros dos shoppings. Dentro de seus muros da cor do marfim havia de tudo, piscinas, academias de ginástica, jardins e supermercados. O celular apitou com a chegada de uma mensagem, e ela o desligou.

Suraj levou-a ao cinema no andar superior do shopping e pagou pelos ingressos, muito mais caros do que o hambúrguer, e os dois assistiram a um filme americano. Segundo ele, aquilo os ajudaria a melhorar o inglês, mas os atores falavam tão rápido que as palavras passavam voando pelos ouvidos dela. Havia bastante violência. Aanchal não conseguia decifrar a razão para a frequência com que os personagens surgiam na tela só para serem nocauteados por um soco ou abatidos por uma bala. Mas Suraj assistiu tudo absorto, e ela fingiu gostar também.

---

* Termos para indicar, respectivamente, meninos e meninas.

Depois do filme passearam pelo shopping, encontrando espaços nas escadarias onde torciam para que as câmeras de segurança não flagrassem seus beijos. Suraj disse que tinha de remendar um rasgo num suéter caro comprado numa promoção na Gap, então deixaram o shopping e foram até o ponto no Bhoot Bazaar onde uma multidão de costureiros se sentava em fila, medindo fitas enroladas ao pescoço como cachecóis, os pés a postos nos pedais das máquinas de costurar, os cartazes prometendo serviços tanto de costura quanto de limpeza a seco "sem cheiro" numa questão de horas.

A essa altura Aanchal já se tremia de frio. Suraj ofereceu-lhe a jaqueta, mas ela recusou. Enquanto esperavam pelo suéter, pediram masala chai e dal-chawal numa tenda onde ninguém tirou os olhos deles, que se divertiam alimentando um ao outro sem nenhuma vergonha e até com certo orgulho.

Quando o suéter ficou pronto, e era hora de Suraj começar seu turno, ele a levou na moto até a saída da rodovia; de lá, ela poderia caminhar até sua casa em menos de um minuto. Ele parecia exausto, mas também triste por ter de deixá-la. Ele disse que esperaria até que ela chegasse em casa e lhe telefonasse, mas ela insistiu que não havia necessidade. Embora o dhaba estivesse fechado, o estande de autorriquixás ainda tinha dois ou três condutores dormindo nos bancos de passageiro, as pernas se esticando para fora, os pés protegidos por meias furadas.

O celular de Suraj tocou de novo. Ele não atendeu, mas puxou do bolso um cordão laminado, pendurou-o no pescoço e disse a ela que lhe telefonasse assim que entrasse no quarto. Em sua voz havia vestígios de certo tom anasalado, como se ele já estivesse no escritório.

No trajeto para casa, um cachorro latiu na direção dela, mas sem convicção. O ar estalava como se feito de madeira. Ela se virou, escutando alguma coisa, a respiração pesada do cachorro, pedras pisoteadas. Uma mão se esticou para agarrá-la na escuridão, e ela pulou e gritou *Suraj*, mas, claro, ele agora já se encontrava na rodovia, quem sabe dirigindo acima do limite de velocidade. *Tenha cuidado*, ela lhe disse, mentalmente.

Mas então aquela voz que ela bem reconhecia lhe disse que parasse. Ela se perguntou se ele a seguira o dia inteiro.

Me deixe em paz, gritou. *Quer que eu acorde o basti inteiro?*

Ele ficou parado na frente dela de braços cruzados, como se a desafiasse. Quando ele avançou, o brilho de um raio dourado acertou o olho dela, mas logo voltou a ser tragado pela escuridão.

Estou esperando numa fila torta...

... para usar o banheiro, acenando para Faiz que está com os irmãos mais à frente, quando reparo na mãe de Bahadur na fila das mulheres. Há um espaço vazio de dois pés na frente dela e dois pés atrás, embora todas as outras mulheres e garotas se apertem umas contra as outras.

Ela me vê e abandona a posição privilegiada para falar comigo. Talvez saiba que entramos em sua casa sem permissão e fizemos Samosa farejar o caderno de Bahadur.

"Então não conseguiu encontrar meu filho, não é?"

O homem de puns incessantes à minha frente agora os prende para ouvi-la com clareza. "Vocês agiram bem. Você e aquela menininha. Só vocês dois quiseram me ajudar."

"Nós devolvemos a foto", digo, num sussurro.

"Eu vi."

"Chachi, você quer ficar aqui?" É Runu-Didi quem a chama da fila, recuando e abrindo espaço para a mãe de Bahadur, pois o lugar anterior, embora marcado com uma caneca que ela trouxera consigo, já fora reivindicado por outra mulher. A mãe de Bahadur acena, aceitando, e se vai. Antes, aperta meu ombro, e evito seus olhos, porque ela me enche de culpa, como se fosse eu quem tivesse sequestrado Bahadur.

"O que você fez por ela?", pergunta o chacha-peidorrento.

"Nada."

Os demais chachas na minha fila falam sobre quão terrível é ter de ir de necrotério em necrotério conferindo se seu filho se encontra estirado sob um lençol branco. É o que todos os pais dos desaparecidos têm feito. "Não há infortúnio maior do que sobreviver ao próprio filho", diz um chacha.

Fico com vontade de chorar. Dois macacos saltitando sobre o teto do complexo sanitário se inclinam, mostrando-nos os dentes. Há menos fumaça hoje. Posso vê-los com nitidez.

Reclamo com Faiz a caminho da escola. "Você não está investigando nada."

"E desde quando meu trabalho é esse?"

"Você também não está ajudando", digo a Pari. "Ninguém está. Nem Samosa, tudo que ele faz é comer."

"Igual a você", diz Pari.

Faiz ri com os nós dos dedos na boca.

"Eu pedi pra você vigiar o chacha das TVs. Onde estão seus relatórios?", reclamo a Faiz.

"O chacha está sempre na loja, das nove da manhã às nove da noite. Não é um criminoso."

"Você o vigiou ontem?"

"Sim."

"Mas você disse que ia trabalhar", diz Pari. "Por isso não foi com a gente conversar com os autowallahs."

"Sim."

"Então você não o vigiou?", pergunto.

"Ontem não."

"E vai vigiá-lo hoje?"

"Claro."

"Hoje é sexta. Você não tem que ir à mesquita?", pergunta Pari.

"Verdade. Tenho que rezar."

"Nosso caso nunca será resolvido nesse ritmo", digo. E bato o pé.

Pari pede calma.

"Tariq-Bhai me deu uma boa ideia ontem, que talvez ajude vocês."

Eu não acredito. Faiz só está tentando me acalmar.

"Tariq-Bhai disse que todo celular tem um número especial chamado número IMEI. E o que acontece é que, quando você insere um novo cartão SIM, o número IMEI continua o mesmo. A polícia pode rastrear esse número com a ajuda da Airtel ou da Idea ou da BSNL ou da Vodafone."

"Ele tem certeza?", pergunto, embora tenha visto a polícia rastrear celulares por meio de números IMEI na TV. Só não estava lembrando disso.

"Tariq-Bhai sabe tudo sobre celulares. Ele é inteligente. Só trabalha numa loja da Idea em vez de ser engenheiro porque precisou parar de estudar quando nosso abbu morreu."

"A polícia precisa descobrir qual é o número especial do celular de Aanchal", diz Pari. "Sabemos que o sequestrador está usando o aparelho. Ele atendeu quando o pai de Aanchal ligou."

"Se é um sequestrador", pergunto, "por que não pediu resgate?"

"Nós do basti não podemos pagar resgate, todo mundo sabe disso. Os sequestradores ganham mais dinheiro vendendo as crianças que sequestram."

"Djinns não precisam pedir resgate", Faiz comenta. "Nem de celulares."

Quando abro a porta do salão de beleza Shine, naquela tarde depois da escola, não faz nem um mês que me tornei detetive e já me sinto velho e sábio como um baba dos Himalaias. A esteticista diz a Pari que, sim, ela é Naina. Parece só um pouco mais velha do que Runu-Didi, mas é elegante; as sobrancelhas são arcos finos, elevados, que lhe dão um ar de constante surpresa, e o cabelo é suave e liso como se tivesse sido prensado no ferro a carvão.

"Veio cortar o cabelo?", Naina pergunta a Pari, enquanto espalha uma pasta branca nas bochechas de sua única cliente, uma mulher reclinada numa cadeira preta.

Pari cobre sua franja-minarete protetoramente. "Claro que não", ela diz, como se tomasse como ofensa uma sugestão como aquela.

Eu digo: "Nós…".

"Não fale nada", diz Naina, mas se dirigindo à mulher na cadeira. "Mantenha os olhos fechados."

A cliente está descolorindo o cabelo. Mamãe diz que Runu-Didi precisará de cem sessões de descoloramento até que alguém concorde em se casar com ela. Didi arruinou a cor do cabelo correndo sob o sol.

"Se você sentir que está queimando, me avise", Naina diz à cliente.

Faiz inspeciona as loções e sprays num balcão, cantarolando alegremente. Minhas reclamações não surtiram nenhum efeito; ele não investigará nada. Pari explica a Naina que estamos procurando Bahadur e Omvir.

"Eu menti sobre Aanchal estar comigo, e daí? Você não

mente para os seus pais? Eles por acaso sabem que você está aqui agora? E, menino, tire essas mãos sujas dos meus produtos."

Faiz devolve ao balcão o recipiente que estava cheirando, mas o faz lentamente.

"O pai de Aanchal é bem bravo, não é?", Pari pergunta, mas eu interrompo:

"Aanchal por acaso tinha um amigo barbudo?" Sei que fiz o certo ao não dizer namorado muçulmano.

"E isso é da conta de vocês?", pergunta Naina, aplicando a pasta rispidamente na testa da mulher.

"Queremos descobrir se a pessoa que sequestrou Aanchal é a mesma que sequestrou nossos amigos."

Naina solta a escova e enxuga as mãos numa toalha verde-clara manchada de branco. "O amigo de Aanchal não é sequestrador."

"Ele conserta TVs?", pergunto.

As estranhas sobrancelhas de Naina se arqueiam ainda mais para o alto. "Já chega dessa maluquice", diz ela, enxotando-nos com a toalha. "Deem o fora, preciso trabalhar."

"Quem é o amigo de Aanchal, então?", insisto.

Naina sacode a cabeça. "Mas o que é que se passa com o mundo que criancinhas acham que podem falar comigo desse jeito!"

Eu me viro para Pari e ergo os ombros. Pari relaxa os dela. Pelo jeito temos de ir. Mas então Naina decide falar: "O amigo de Aanchal não é muçulmano. Eu não sei de onde as pessoas tiram essas ideias".

Faiz para de cutucar um caroço de loção que se enrijeceu ao redor da boca de um tubo. Agora Naina tem sua atenção total.

"Aanchal o conhece há um tempo. Ele tem um bom emprego numa central de atendimento. Ele estava trabalhando na noite em que ela desapareceu. Funcionários da central de atendimento precisam bater ponto para entrar e sair com um cartão de identificação, então não podem mentir sobre isso." Naina dá uma batidinha no ombro da cliente, embora a mulher siga sentada rígida como um cadáver de cara branca. "Ele está preocupado com Aanchal. Todo dia me liga pra saber se ela voltou."

"Qual o nome dele?", Pari pergunta. "É do nosso basti?"

"Aanchal não gosta de garotos do basti. Eles não a deixam em paz."

"Você acha que Dose sequestrou Aanchal, então?", Pari pergunta. "O filho do pradhan. Ele não a deixa em paz, pelo que ouvimos."

"Por que ele faria isso? Ele nunca tentou nada desse tipo."

"Esse homem da central de atendimento é velho?", pergunto. "No basti estão dizendo que ela tinha um namorado velho."

"Onde as pessoas encontram tempo pra inventar tanta mentira? É lógico que não é um velho."

"Naina-Naina, agora está queimando!" É a cliente.

"Vamos lavar seu rosto e tudo vai parecer bem melhor do que antes." Naina ajuda a cliente a se levantar, segurando-a pelos cotovelos, depois nos diz: "Hora de vocês irem embora".

"Viram só, o chacha das TVs é só isso, um chacha", diz Faiz, quando saímos. "Não é amigo de ninguém."

"Mesmo não conhecendo Aanchal, o chacha ainda é suspeito, por causa de Bahadur", diz Pari.

Faiz não tem tempo para discutir. Precisa ir à kirana e à mesquita. Enquanto ele se afasta, grito: "Okay-tata-tchau, seu inútil".

"Faiz descobriu a história do elefante e do dinheiro de Bahadur", Pari me diz quando Faiz já está longe demais para ouvi-la. "Não você."

Ajay e o irmão estão pendurando camisas recém-lavadas num varal preso ao muro do lado de fora da casa quando Pari e eu nos aproximamos.

"Era a irmã de vocês quem fazia isso antes?", pergunta Pari. Mal consegue conter um sorriso; ela acha que os meninos no basti levam uma vida boa porque os pais forçam as meninas a fazerem todo o trabalho pesado. Mas ela mesma nunca precisou descascar uma cebola em casa.

"Descobriram algo sobre os amigos de vocês?", pergunta Ajay. Pari diz que não. Depois conta a Ajay sobre números IMEI.

"Papai já pediu para a polícia rastrear o celular da minha didi. Mas não fizeram nada."

"O celular da sua irmã, você tem um recibo de onde ela comprou?"

"Era de segunda mão. Não sei onde ela comprou. Não tem recibo. Papai procurou a garantia para mostrar aos policiais, mas não encontrou nada." Ajay torce uma camisa, ineptamente, e acaba molhando os pés.

Eu me pergunto se foi o namorado de Aanchal quem lhe deu o celular. Essa parte da nossa investigação acabou sendo um fracasso, como todas as outras.

"É ekdum-idiota que a polícia já não tenha rastreado o celular de Aanchal", Pari diz enquanto arrastamos os pés e nossas mochilas pesadas de volta pra casa.

"Queria ter a tecnologia deles", digo, embora não saiba nada de computadores.

"Você por acaso acha que Byomkesh Bakshi era hi-tech?", pergunta Pari. "Tudo o que ele tinha era o cérebro."

Infelizmente, meu cérebro não é inteligente o bastante para me dizer onde está Aanchal. Tento capturar sinais com meus ouvidos enquanto volto pra casa, mas não escuto nada além de bocas discutindo, gatos miando, TVs tagarelando, os sons rotineiros do basti e do bazar.

Os dias passam rápidos como as horas e...

... Aanchal não volta, nem Omvir, nem Bahadur, mas na TV vejo uma manchete que diz DILLI: COMISSÁRIO DE POLÍCIA REENCONTRA SEU GATO!

Papai também vê. Seu rosto coalha como leite esquecido fora da geladeira no verão, enquanto seus dedos atormentam os botões do controle remoto. O volume sobe e desce, e os repórteres são substituídos por cantores e dançarinos e chefes de cozinha em outros canais.

Mesmo se nosso basti pegasse fogo, não apareceríamos na TV. Papai mesmo diz isso o tempo todo, e ainda assim fica indignado.

Pergunto a ele se posso assistir à *Patrulha Policial*. Ele deixa, embora seja um episódio apenas para adultos sobre cinco crianças assassinadas por um tio malvado que fingia ser o melhor amigo delas.

Uma manhã pouco depois daquela noite, quando novembro deslizou para dezembro e mesmo a água já tinha cheiro de fumaça, Pari, Faiz e eu vemos o pai de Aanchal no nosso caminho para a escola. Está comprando sacos de leite e dizendo a quem quiser ouvir que a polícia está nos bolsos de seda de assassinos e sequestradores endinheirados. "Riam de mim agora", ele diz, "mas vocês hão de lembrar das minhas palavras quando outras crianças desaparecerem. E, acreditem, elas desaparecerão."

Um homem urra como se estivesse surpreso ao ouvir aquilo, mas na verdade está limpando as orelhas com um limpador profissional que tem nas mãos um cotonete de cobre e várias bolinhas de algodão. Passamos por um Papai Noel de barba branca suja, vestindo um terno vermelho esburacado, dando ordens para um grupo de trabalhadores que preparam um boneco de neve com algodão e isopor. As pessoas tiram fotos do boneco de neve incompleto com os celulares.

Na assembleia, o diretor critica os garotos por fazerem desenhos obscenos nos banheiros. Depois fala sobre Bahadur e Omvir. Já se passaram quase seis semanas desde que foram vistos, ele diz, e nos aconselha a nunca fugir de casa, mas também nos fala de sequestradores de crianças que andam com injeções sedativas e doces adulterados com drogas. "Não andem sozinhos em lugar nenhum."

Olho para Faiz. Ele fica sozinho à noite no bazar. Eu devia lembrar de me preocupar com ele.

Na sala, enquanto o professor Kirpal nos pede para listar os nomes das capitais dos estados, digo a Faiz para não ficar até tarde na rua.

"Desde quando você virou meu abbu?"

"Tudo bem, seja sequestrado, então", eu digo, empurrando as mãos dele do meu lado da mesa.

O menino espinhento que é o fã número um de Runu-Didi cruza comigo durante o intervalo de almoço.

"Você tem que esperar sua irmã terminar de treinar e levá-la pra casa", diz ele, lançando olhares pela área de recreio até o ponto onde Dose recebe sua corte diária, debaixo do nim. "Ela não devia andar por aí sozinha. Os tempos estão complicados."

Todo mundo acha que Dose é uma pessoa horrível e mesmo assim não conseguimos ligá-lo aos sequestros. Ou ele é um criminoso inteligente demais ou nós é que somos muito burros. Em todo caso, não vou aceitar conselhos de um perdedor.

"A única pessoa de quem Didi deve ter medo é de você", digo ao espinhento e corro.

Quando toca o último sinal, o professor Kirpal grita por sobre nossa algazarra que devemos lembrar de terminar nossos projetos e de trazê-los para a aula na segunda. O projeto é fazer cartões de Ano-Novo. O pior projeto de que eu já ouvi falar.

Saímos correndo da sala e cruzamos o portão da escola. É sexta-feira e Faiz nos apressa. Na estrada, uma enxurrada de carroças e ciclorriquixás e pais esperando para levar os filhos pequenos para casa. Sinto o cheiro dos amendoins torrados e dos cubos fumegantes de batata-doce polvilhados com masala e suco de laranja-lima que os ambulantes vendem em cestas e carrinhos.

Uma mão com um aglomerado de pulseiras tilintando no pulso empurra uma mulher de burca, afastando-a do caminho, e a voz que pertence à mão grita: "Pari, aí está você!".

É a mãe de Pari. Não sei como está aqui; ela precisa trabalhar até muito mais tarde.

"Mãe, o que aconteceu? Papai está bem?"

A mãe de Pari soluça. "Outra criança", ela diz e aperta com força o pulso de Pari.

"Mãe, está doendo."

"Outra criança desapareceu ontem à noite. Uma menina pequena. Sua chachi-vizinha me ligou assim que ficou sabendo.

As pessoas estão procurando por ela em toda parte. Já não é seguro você voltar sozinha pra casa."

"Ela não está sozinha", diz Faiz. "Estamos aqui."

Um ciclorriquixá cheio de crianças da escola passa por nós. Aromas apimentados de frango biryani e tandoori nos envolvem. Não parece que algo terrível aconteceu. Tudo ao nosso redor é barulhento e normal.

"Jai, onde está sua irmã?"

"Está no treino."

"Sua mãe disse para levá-la também. Falei com ela pelo celular."

A rede entre as mulheres no nosso basti é muito forte. Corro até a área de recreio. Runu-Didi está rindo com as colegas de equipe.

"Didi, outra pessoa desapareceu no nosso basti, e mamãe ligou pra mãe de Pari e disse para todos irmos pra casa juntos. A mãe de Pari está esperando a gente no portão."

"Eu não vou."

"Outra criança desapareceu?", pergunta Tara, da equipe.

"A mãe da Tara vai me levar pra casa", diz Didi.

"Ela não está…", Tara começa a dizer, mas Didi a interrompe e me despacha: "Tchau, tchau".

Se ela for sequestrada, a culpa vai ser dela. Fiz o meu melhor. No portão, conto a mentira que Didi me pediu para contar. A mãe de Pari diz que tudo bem, entre soluços.

Caminhamos pra casa, em linha, ignorando as pragas dos condutores de riquixá que se enervam porque bloqueamos o caminho. Faiz segue para a kirana, desvencilhando-se da mãe de Pari, que quer impedi-lo. Ele diz a ela que, se não trabalhar, a família não vai ter o que comer, o que é uma meia mentira. A mãe de Pari acredita.

Os becos estão cheios de homens e de mulheres apontando

os dedos para o céu (*os deuses estão dormindo?*) ou na direção da rodovia onde fica a delegacia (*quando aqueles filhos-de-uma-mãe vão acordar?*). "Vamos gherao o superintendente da polícia, dar uma lição nele", alguém diz. "Ouvi dizer que ele está em Singapura", outro responde.

A mãe de Pari nos apressa, sem parar para conversinhas e sem deixar que façamos perguntas. Quando chegamos à casa dela, ela diz: "Preciso deixar Pari com a chachi-vizinha e voltar ao trabalho".

Acho que ela não se importa se serei sequestrado. Mas então vejo que Shanti-Chachi está ali, conversando com a chachi-vizinha de Pari. Mamãe deve ter dito a ela para me trazer da casa de Pari. Nosso basti virou uma prisão. Guardas nos vigiam por toda parte.

Shanti-Chachi me pergunta onde está Runu-Didi. Repito a mentira.

Depois que chachi me deixa em casa, pego meu livro de inglês na mochila e paro na porta da nossa casa, ainda de uniforme. Escuto Shanti-Chachi conversando com outras chachis e descubro o seguinte:

- O nome da criança que desapareceu é Chandni;
- Ela tem cinco anos e não vai pra escola;
- A irmã mais velha de Chandni tem doze anos e fica em casa cuidando dos irmãos e das irmãs;
- Chandni é a quarta das cinco crianças da casa. O mais novo é o irmão de Chandni, um bebê de nove meses;
- É a quarta criança — embora Aanchal não seja criança, já que tem dezesseis anos — que desaparece do nosso basti. Quem é o responsável? É um criminoso ou temos um djinn malvado, faminto, entre nós?

Pari teria anotado tudo isso no caderno.

Não sei por quanto tempo mais sigo ouvindo. Runu-Didi chega em casa, larga a mochila e se agacha ao lado do barril para lavar o rosto. Quando termina, eu movo para o lado para que ela possa entrar.

"Por que o sequestrador está roubando tantas crianças?", pergunto.

"Talvez ele goste de comê-las." Runu encosta a porta enquanto troca de roupa. Não posso vê-la, mas ela continua falando. "Algumas pessoas gostam de comer carne humana. Assim como você gosta de comer rasgullas e carneiro."

"Mentirosa."

"Onde você acha que as crianças que desapareceram estão agora? Na barriga de alguém, ué."

"Uma criança não cabe na barriga de um homem. E Aanchal? Impossível. Um sequestrador vende as crianças, não come."

Se não foram capturados por djinns e trancados em calabouços, Omvir e Bahadur devem estar limpando privada de gente rica agora mesmo. Ou estão carregando tijolos pesados nas costas, e seus olhos e faces devem estar vermelhos de lágrimas e poeira.

Runu-Didi termina de trocar de roupa, escancara a porta e vai conversar com as amigas do basti. Eu entro e me deito na cama com o livro sobre o peito. Olho para o teto, para o pequeno ventilador de parede que não usamos desde o Diwali, e para a lagartixa parada ao lado dele, fingindo ser parte da parede. E rezo: *Por favor, Deus, não deixe que eu seja sequestrado, assassinado ou capturado por um djinn.*

Penso nos meninos da estação ferroviária e em como Guru disse que os deuses estão ocupados demais para escutar todo mundo. Eu queria poder rezar para Mental.

Penso em todos os nomes que conheço, para o caso de um deles ser o nome de Mental. Abilash e Ahmed e Ankit, e Badal e Badri e Bharaiv, Chand, Changez e Chetan, mas acho difícil pensar em ordem alfabética, então deixo os nomes surgirem na minha cabeça na ordem que bem quiserem: Sachin Tendulkar, Dilip Kumar, Mohammed Rafi, Mahatma Gandhi, Jawaharlal Nehru...

O som de sementes de mostarda esperneando no óleo quente me desperta. Devo ter adormecido recitando nomes. Escuto mamãe e Runu-Didi sussurrando a respeito da menina desaparecida.

"Runu, você tem de tomar cuidado também. Seja quem for, não estão sequestrando apenas crianças. Aanchal tem dezenove ou vinte, não se esqueça."

"Ela tem dezesseis", eu digo, sentando-me.

"Há quanto tempo está acordado?" Mamãe está jogando cebolas numa panela e mexendo, a concha raspando nas bordas.

"Mãe, é verdade que alguém está sequestrando crianças para comê-las?"

"Kya?"

"Porque nossa carne é doce."

"Foi você quem disse essa bakwas* pra ele?", mamãe pergunta à Runu-Didi. Ela tenta acertar Didi com a mão esquerda, mas não consegue alcançá-la.

"Não fui eu!"

"A verdade é que Chandni estava fora de casa à noite sozinha. Ela queria comer gulab-jamuns e a mãe lhe deu dinheiro pra comprar. Quem faz isso numa época dessas? Por que ela pró-

---

* Gíria punjabi também usada por falantes de híndi e urdu para "besteira".

pria não foi comprar?" Mamãe junta lascas de gengibre e alho e joga na panela, seguidas de uma pitada de cúrcuma, coentro e cominho.

"A casa de Chandni é bem do lado do bazar, é o que as pessoas estão falando", diz Runu, limpando as mãos no kameez. "Não é diferente de eu ir até a casa de Shanti-Chachi."

"Não deve ser tão perto."

"Talvez a mãe dela estivesse ocupada cozinhando, como você está."

"Se o próprio Vishnu Bhagwan me pedisse para mandá-la a algum lugar à noite, eu me recusaria."

Papai entra e me encara com uma expressão séria.

"Que história é essa que me contaram? Quando achamos que você está estudando, você está perambulando pelo Bhoot Bazaar."

A concha de mamãe para de mexer.

"Estou aqui o tempo todo", digo. "Estou aqui agora. Não consegue me ver?"

"Já chega", grita papai o mais alto que consegue. "Você acha engraçado? Nós nunca impedimos vocês de fazerem o que bem entenderem. Nenhum dos dois." Ele olha para Runu-Didi. "Mas há um limite para tudo."

"Papai..."

"Runu, escute com atenção. Isso também se aplica a você. De agora em diante, acabou essa história de corrida depois da escola, entendeu?"

"Mas... meu... interdistrital... Eu..."

"Traga Jai da escola e fique aqui sentada com ele. Coloque--o numa coleira se precisar."

"O técnico vai me matar."

"Ele está treinando o time de críquete da Índia? Não. É só um inútil dando aula de educação física."

"Mas, pai, o interdistrital é importante! O técnico quer que a gente pratique todos os dias, até domingo!"

O cheiro de cebola queimada se espalha pela casa, pois mamãe não está prestando atenção à panela. Eu me pergunto como irei à tenda de chá de Duttaram depois de amanhã.

"Pai, as crianças só estão sendo sequestradas à noite. Didi e eu estamos sempre em casa quando anoitece."

"Sim, é verdade", Didi diz, os olhos brilhando com lágrimas de raiva. "Pai..."

"Eu não quero ouvir outra palavra, Runu. E, Jai, você vai aprender uma boa lição se eu ouvir falar de você zanzando pelo bazar sozinho de novo. Não pense que não vou descobrir."

Como uma leoa numa jaula, Runu-Didi...

... anda de um lado pro outro da casa no domingo de manhã, o cabelo recém-lavado voando pelo rosto como uma juba. "Inacreditável!"

"Papai enlouqueceu", eu digo.

Estou atrasado, e Duttaram já deve ter cedido meu posto a outra pessoa. Eu sei que mamãe e papai vão me bater se me pegarem quebrando a regra deles de não-zanzar-pelo-Bhoot-Bazaar, mas a surra vai ser muito pior se descobrirem que o tubo de Parachute está pela metade e que o ladrão sou eu. Não quero ser ladrão. Sou um detetive. Jasoos Jai é uma boa pessoa.

"Não posso perder o treino hoje. Ontem tive de sair mais cedo também. Desse jeito o técnico vai colocar a idiota da Harini no meu lugar. Ela não corre nem metade do que eu corro, mas o técnico é amigão do pai dela."

"Didi, por que não vai pro treino? Não vou contar nada."

"Pra você ir perambular pelo bazar sozinho?"

"Só quero ir até a casa da Pari. Nós vamos estudar juntos, eu juro. Vamos assistir um pouco de TV, mas vamos estudar também."

Didi reflete sobre minha oferta, ainda marchando de um lado pro outro, fazendo o piso tremer. "Os que foram sequestrados foram sequestrados à noite", ela diz, que é o que eu disse a papai. "Estaremos em casa antes disso."

Evito apontar que ela está simplesmente copiando minhas palavras. Em vez disso, digo: "A idiota da Harini não devia pegar sua posição".

"Mas a mãe da Pari vai ligar pra mamãe e contar o que estamos fazendo."

"A mãe da Pari trabalha aos domingos, igual à nossa mãe. E o pai dela cruza o rio todo domingo para visitar os pais dele."

"E eles deixam Pari sozinha em casa?"

"Deixam no centro de leitura, quando está aberto. Mas hoje ela vai estar em casa."

Não estou mentindo. É o que Pari me contou.

Didi me faz sentar na porta de casa enquanto veste as roupas de corrida. Quando termina, posso entrar. Ela prende o cabelo num rabo de cavalo com um elástico branco, o que mamãe nunca permitiria. Se você prende o cabelo quando ele está úmido, coisas feias que parecem frutinhas crescem nele e você não consegue retirá-las nem nada. Tem que raspar a cabeça. É o que mamãe diz.

Já estou vestido na minha tradicional calça cargo e minhas duas camisas. Agora, sobre as camisas, ponho um suéter vermelho. Então conferimos se Shanti-Chachi e o marido não estão do lado de fora — e corremos.

Por sorte, Pari está sentada na porta de casa, estudando.

"Você consegue garantir que esse idiota fique com você em casa estudando?" — é o que Didi pergunta a Pari enquanto, com a mão na minha nuca, me empurra pra frente. "Ele está proibido de ir a qualquer lugar. Principalmente o Bhoot Bazaar." Sua voz soa diferente; comigo, Didi é aguda e ruidosa, mas com Pari ela fala de forma educada, como se estivesse se dirigindo a uma pessoa adulta.

"Jure por Deus que não vai fazer nada de irritante, Jai", Pari me pede.

Toco a parte de baixo do meu nariz com meu lábio superior de modo que eu pareça um porco. E digo: "Juro por Deus". Deus sabe que estou mentindo.

Didi dá o fora correndo.

"Preciso ir ao bazar."

"Mas você prometeu, dois segundos atrás. Não tem medo de ser punido por Deus?"

"É só pra comprar gulab-jamuns. Deus entenderá."

"Como você tem dinheiro pra comprar gulab-jamuns? Só sente aqui quieto."

Estou farto de gente me dizendo o que posso ou não posso fazer. "Faiz me conseguiu um emprego no Bhoot Bazaar", desembucho.

"O quê?"

"Preciso devolver o dinheiro que Didi me deu para pegar a Linha Púrpura."

"Ela pediu de volta?"

"Não pediu, mas vou devolver. Será uma surpresa. Ela não sabe que estou trabalhando. Você não pode dizer pra ninguém."

"Você está mentindo demais. Sobre tudo."

"Venha ver você mesma, então."

Pari espera a chachi-vizinha virar de costas, e então nós dois nos mandamos na direção do Bhoot Bazaar. Como sempre, está lotado. O maior agrupamento é do lado de fora de uma loja que vende pequenos papais noéis e ursinhos de pelúcia usando chapeuzinhos redondos com bordados nas pontas.

Duttaram põe os olhos em mim e diz: "Onde esteve? Hoje só vai receber a metade, mais nada".

"Não é certo contratar crianças", Pari me sussurra.

"Só volte pra casa." Ela revira os olhos ao ver Samosa lambendo as partes baixas sob o carrinho de samosa. Ele faz aquilo só para me constranger na frente de Pari.

"Volte antes de sua irmã", Pari me ordena. Ela costuma seguir as regras à risca, mas também entende por que determinadas regras têm de ser quebradas.

Duttaram me pede para comprar canela numa tenda perto dali, já que seu estoque acabou. "O vento de inverno deixa todo mundo constipado", ele diz, "então não param de beber chá para aliviar."

"Isabgol é melhor", eu digo.

"Pois não ande por aí dizendo isso."

Vou lá buscar um pacote de gravetos de canela. Ouço as notícias do basti que nunca param de fluir ao redor da tenda de chá. A notícia de hoje é colorida pelo medo. As pessoas dizem que estão receosas de deixarem as crianças sozinhas. Culpam a polícia, que pediu propina aos pais de Chandni em vez de abrir um inquérito. Alguns querem organizar um protesto, outros rebatem que isso terminaria com máquinas esmagando nossas casas. Um homem diz que o pradhan e seu partido Hindu Samaj estão planejando uma manifestação. Só crianças hindus estão sendo sequestradas; logo, os sequestros têm de ser obra dos muçulmanos. Outro homem diz que o namorado de Aanchal é hindu; essa notícia deve ter vindo de Naina, ou da cliente de cara de pasta branca, que entreouviu tudo. Mas isso não impede as pessoas de culparem os muçulmanos.

A maioria dos clientes de Duttaram é hindu. Eles dizem que os muçulmanos têm filhos demais e que tratam as mulheres mal. Dizem que, no fim das contas, não se pode confiar em gente que escreve da direita para a esquerda naquela língua *demoníaca*.

Ninguém diz que Chandni fugiu; ela é pequena demais para ir a qualquer lugar sozinha. Disso se deduz que há, sim, um sequestrador no nosso basti, talvez mais de um, e sequer temos um Mental para nos salvar.

Em algum momento mais para o fim da tarde, Duttaram me entrega uma chaleira cheia de chá, um lenço grosso enrolado ao redor da alça e uma pilha de copos. Tenho de levar tudo para os clientes na joalheria no beco seguinte. Duttaram recebe muitas chamadas desse tipo no celular, com pedidos de entrega de chá. Estou caminhando até lá, pensando em como melhorei na arte de transportar o chá sem derramá-lo, quando dou de cara com Runu-Didi, que me vê antes que eu possa me esconder. Didi resolveu tomar um atalho por dentro do bazar para chegar em casa. Que sorte a minha.

Ela não consegue nem falar de tão surpresa. Seus olhos dão voltas como os olhos de uma coruja, a boca abre e fecha, mas as palavras não saem, e mesmo o suor escorrendo em seu rosto — pois ela está sempre correndo, nunca caminha — parece se congelar por um instante. Ela se aproxima, ergue meu queixo e inspeciona meu rosto, como se para confirmar que sou eu, Jai. Depois mira a chaleira e os copos nas minhas mãos.

"Agora eu trabalho, mas só aos domingos", conto depressa. "Te darei metade do que ganho. Você vai poder comprar os tênis que precisa pra correr, e assim se livra desses aí." Aponto o tênis masculino preto e branco todo encardido que ela usa. Mamãe comprou de segunda mão, do vigia de um prédio hi-fi.

"O quê…"

"Não posso falar agora. As pessoas estão esperando esse chai."

"Jai, me conte o que está acontecendo."

"Estou trabalhando", digo, seguindo em frente.

"Mas por que está trabalhando? Você nem faz nada em casa."

"É só me pagar que acordo cedo e vou buscar água pra você."

"Mas pra que você precisa do dinheiro?"

Não respondo nada, pois já estamos na joalheria. Distribuo os copos de chá para um grupo de mulheres de burca sentadas sobre almofadas no chão, apontando os colares e pulseiras que desejam experimentar. O dono deve estar na expectativa de fazer uma boa venda, já que se deu ao trabalho de comprar chá para as clientes.

"Hotéis cinco estrelas não servem chá dessa qualidade", diz às mulheres.

Runu-Didi e eu esperamos do lado de fora até que terminem.

"Há quanto tempo você está fazendo isso?"

"Você vai contar para os nossos pais?"

"Só se você contar que continuo indo aos treinos."

Tento assobiar para parecer relaxado, mas só ar escapa da minha boca.

"É perigoso ficar na rua depois de escurecer. Até um idiota como você sabe disso, né?"

"Duttaram vê filme todo domingo à noite, então ele fecha a tenda no máximo às cinco. Vê até filmes ruins. Semana passada ele viu..."

"Só não seja capturado, ok?" Runu-Didi me faz um estranho afago na cabeça. Eu finjo que um fantasma me tocou e me tremo todo. Ela me soca de mentirinha na cara, e logo parte correndo de novo, esbarrando nas pessoas. Alguém pragueja contra ela, perguntando se Runu-Didi por acaso acha que é uma senhora hi-fi que vai perder um avião.

Na manhã seguinte não consigo contar à Pari e Faiz o que ouvi na tenda de chá, porque Pari não para de reclamar por termos guardado segredo sobre meu emprego.

"Então vocês dois formaram um clubinho só de garotos, é? Muito bem, eu não preciso de vocês. Minha melhor amiga agora vai ser Tanvi."

"Tanvi só quer saber da mochila de melancia dela", rebate Faiz.

Pari se irrita ainda mais e começa a caminhar na nossa frente. Digo a Faiz num sussurro que ela não sabe que roubei o dinheiro de mamãe.

"Imaginei."

Na assembleia, Pari não fala com a gente, nem depois. O professor Kirpal começa a aula de ciências sociais, que é sobre críquete, mas sabemos mais sobre o jogo do que ele. Nesse momento, um barulho esquisito invade a sala.

"Escavadeiras!", alguém grita.

"Não!", grito de volta. Não sei que som é aquele, mas não quero que sejam escavadeiras.

"Silêncio!", berra o professor.

O som vai se tornando uma espécie de urro. Partimos correndo pela porta, até o corredor. Kirpal não tenta parar ninguém. Do lado de fora dos muros da escola, os urros se tornam palavras de indignação: *Devolvam nossas crianças, ou...* Uma voz que reconhecemos grita num megafone: *Não se esqueçam, a Índia nos pertence, pertence aos hindus.* Dose é o orador.

"Estavam comentando sobre essa manifestação na tenda de chá", digo a Pari e Faiz. "Mas eu não sabia que era hoje."

Foram muçulmanos que sequestraram Bahadur e Omvir, e as outras crianças também, Gaurav anuncia no corredor. "O Hindu Samaj vai acabar com isso."

"Não deviam estar marchando contra a polícia?", pergunta Faiz.

"Eles disseram que a marcha é contra a polícia também", digo.

Kirpal conversa com outros professores no corredor. Quando os sons da manifestação se dissipam, pede que retornemos à sala. Levamos um século para nos acomodar de novo. Um menino chega a brincar de soprar bolhas de sabão, mergulhando um anel de plástico numa pequena garrafa de líquido espumoso.

"Não tentem fugir durante o intervalo", o professor nos diz, quando terminamos de perseguir as bolhas de sabão. "Teremos sorte se essa história não terminar numa grande confusão."

"Vai ter confusão?", Gaurav pergunta, mal conseguindo esconder a felicidade no rosto.

"Nem pense em começar agora."

"Confusão, confusão, confusão!", Gaurav canta, olhando para Faiz, cuja tikka vermelha na testa parece pegar fogo.

"Ele não pode fazer nada com você", digo a Faiz.

"Ele que tente."

Os demais estudantes muçulmanos da classe se encolhem nos assentos como se tivessem feito alguma coisa de errada.

"Essas pessoas não acreditam de verdade no que estão dizendo", Pari diz a Faiz. Já não parece chateada com a gente.

Faiz se concentra em desamassar as páginas do caderno. Suas mãos tremem.

CHANDNI

Deuses são bons, demônios são maus. Espinafre é bom, macarrão é ruim. Ontem foi bom como os deuses e o espinafre, mas hoje foi ruim como os demônios e o macarrão. Chandni sabia disso, porque a noite inteira Nisha-Didi bateu pé pela casa em vez de caminhar, e fatiou uma cabeça de couve-flor como se cortasse uma árvore, além de balançar o bebê com força demais enquanto o ninava. Agorinha mesmo quando Chandni tentou se sentar no seu colo como faz todas as noites, Nisha-Didi a afastou e disse: "Vá fazer outra coisa".

Chandni não sabia o que era essa "outra coisa". Toda noite, depois que aquele bebê barulhento demais, pequeno demais, dormia, Didi dizia aos irmãos para fazerem a lição de casa, ligava a TV num volume suave como uma esponja e assistia a uma série em que uma mulher dormia num quarto de hospital por semanas a fio e não acordava nem quando o marido vinha visitá-la. Primeiro o marido a visitara todos os dias, depois já quase nunca o fazia.

Nisha-Didi não ligava no *Chhota Bheem* ou no *Tom & Jerry*

nem mesmo quando Chandni implorava *por-favor-na-por-favor--na*. Mas Didi fazia cócegas em Chandni e fingia comer suas mãozinhas, sussurrando *que deliciosas, tão deliciosas*, até que as lágrimas fluíam pelas bochechas de Chandni de tanto prender o riso na tentativa de evitar que o bebê acordasse aos berros. O bebê chorava o tempo todo, mesmo quando bebia leite sob a blusa da mamãe, e então o leite entrava pelo seu nariz e ele tossia e chorava ainda mais. Mamãe disse que Chandni também fazia aquilo quando era bebezinha, mas agora Chandni gostava de coisas de adultos — Kurkure e Kit Kat e aloo-tikki — e só a visão do leite molhando a blusa da mãe já lhe dava uma sensação de *eca*.

Agora a casa estava silenciosa e tudo o que Chandni conseguia ouvir eram os rabiscos dos lápis dos irmãos sobre o papel, e as vozes baixinhas na TV. Didi se sentou com o controle remoto numa mão, baixando ainda mais o volume quando os homens e mulheres gritavam, e aumentando quando sussurravam. Então o bebê começou a berrar. Chandni tapou os ouvidos com os dedos, mas o cheiro de cocô de bebê entrou pelo seu nariz. Cocô de bebê fedia como peixe podre.

Didi foi lavar o bumbum sujo do bebê do lado de fora de casa. Os irmãos pararam de estudar, surrupiaram o controle e trocaram de canal até o críquete surgir na tela. Puxaram o cabelo de Chandni e gargalharam quando as lágrimas lhe encheram os olhos. Ela se levantou e foi até a porta da casa e observou Nisha-Didi acalmando o bebê. A boca do bebê se agarrou ao suéter de Didi, deixando um círculo molhado.

Chandni esticou as mãos e pediu para segurar o bebê. Didi o pôs no seu colo, mas o bebê chutava e tentava quebrar o colar de plástico rosa tão bonitinho que Chandni usava. Didi recebeu o bebê de volta e disse *pronto, pronto*. Tentou colocá-lo na cama, mas ele queria que Didi o segurasse. Estava de mau humor, de modo que Didi também estava.

Os irmãos falavam de críquete. Falavam ao mesmo tempo, duas vozes, as mesmas palavras. Nasceram com um ano de diferença, mas a mãe dizia que se comportavam como gêmeos. Didi mandou os dois ficarem quietos, ao que responderam dizendo que Didi não era chefe deles. O bebê berrou. "Dá pra colocar esse menino no mudo como fazemos com a TV?", os irmãos perguntaram. Didi murmurou palavras que Chandni não conseguia entender. "Não xingue", os irmãos disseram, apertando um botão no controle até que a TV retumbasse mais alta que o bebê.

"Vocês vão me deixar maluca!", Didi gritou, marchando pela casa, balançando o bebê como se quisesse largá-lo num beco. Os pés dela bateram numa panela de dal da noite anterior que ela requentara acrescentando água. A panela girou, e o dal se esparramou pelo chão.

Chandni não gostava quando Didi ficava com raiva. Quase nunca acontecia. Todo dia, Didi lavava a roupa de todo mundo, preparava o almoço e o jantar e jogava pedras nos cães que vinham morder seus bumbuns quando baixavam a calça ou rolavam a saia para fazer xixi ou cocô no lixão. Didi fazia tudo isso sem carranca e sem grito.

Mas Chandni sabia como melhorar aquela noite. Subiu num banquinho e se esticou para buscar atrás de um porta-retratos de Durga-Mata ao pé da porta a nota de vinte rupias enrolada que Nana lhe dera de aniversário quando a visitou. Ele lhe disse para esconder o dinheiro, caso contrário papai e mamãe o usariam para alguma coisa boa, como comprar legumes. Mas Nana queria que Chandni gastasse aquilo em alguma coisa não muito boa, como buddi ka baal.* Só aquele nome já colocava uma bolha de riso em sua barriguinha. Uma nuvem de açúcar cor-de-rosa ao redor de um pauzinho não tinha nada a ver com cabelo de velha.

* "Cabelo de velha", designação indiana para algodão-doce.

Lá fora já escurecera. Chandni escapuliu e caminhou depressa. Ninguém pediu que voltasse. Ela correu até o bazar, onde algumas lojas já haviam fechado e outras não. Não sabia que horas eram. Ninguém a ensinara a ler o relógio.

O homem do algodão-doce já tinha ido embora. Ela ficou triste, mas logo viu que uma lojinha que vendia gujiyas e gulab--jamuns estava aberta. Deu ao homem da loja de doces sua nota de vinte rupias e apontou para os gulab-jamuns se afogando numa tigela de calda açucarada, por trás de um vidro. O homem resgatou os gulab-jamuns com uma concha, depositou todos num saco plástico e, inclinando-se por sobre o balcão, entregou o pacote nas mãos de Chandni. Não lhe devolveu nenhum troco. Mas tudo bem. Os gulab-jamuns iram fazer abracadabra no humor de Didi. Uma mordidinha só naquele doce, e a alegria cobriria a língua de Didi, deixando seus olhos brilhando.

O caminho estava quase vazio, mas a noite emitia mil burburinhos, tinidos e estampidos. Talvez alguns sons fossem sobras do dia, quando gente demais falava dentro das lojas e nem todas as vozes tinham a oportunidade de serem ouvidas. Agora elas davam as caras ricocheteando entre as teias de aranha nos tetos, surgindo por detrás das portas e sob o zumbido das geladeiras, e se faziam ouvir.

Chandni não gostava daqueles sons; eles se contorciam em seus ouvidos como vermes e arranhavam como cobertores ásperos.

Então ela teve uma boa ideia. Cacarejou como uma galinha, uivou como um cão e miou como um gato, de modo que os sons que a perseguiam na escuridão não pudessem saber se ela era uma galinha, um cão, um gato ou uma menina. Os sons ficariam confusos e a deixariam em paz. Ela correu e pulou, seu rabo de gato se eriçando, o bico de galinha remexendo a terra, a língua de cachorro lambendo o caldo pegajoso que vazava do saco plástico e sujava suas patinhas.

Ela estava quase chegando em casa.

A Manifestação do Hindu Samaj acabou faz tempo...

... mas seus sinais estão por toda parte. Caminhando da escola pra casa, pisamos em panfletos exibindo os rostos dos desaparecidos. Recolho um. A foto de Bahadur é a mesma que a mãe dele nos deu, mas aqui a imagem aparece em preto e branco, então não se pode ver que a camisa dele é vermelha. O cabelo de Omvir está bem penteado para trás da testa, e ele sorri para a câmera. Aanchal veste um salwar-kameez com uma dupatta sobre a cabeça: não se parece em nada com uma dama de bordel. Sob as fotos lê-se: *Libertem Nossas Crianças Agora*.

"Por acaso eles viram algum muçulmano sequestrar uma criança para estarem espalhando" — Pari dá um peteleco no panfleto que seguro — "essa maluquice?"

"Byomkesh Bakshi teria rido deles."

"Devíamos ir até a casa da Chandni. Talvez vejamos alguém ou algo suspeito. Não podemos deixar o Samaj culpar pessoas boas por coisas ruins."

Pari diz isso para animar Faiz, que está pra baixo.

A uma mulher sentada na calçada, cercada por sacolas cheios

de temperos, Pari pergunta se sabe onde fica a casa de Chandni. A vendedora de temperos nos aponta para a esquerda, ou para a direita, não tenho certeza, mas Pari parece entender.

Passamos pela loja do chacha das TVs, que está fechada, como todas as lojas de muçulmanos no Bhoot Bazaar. Se eu fosse muçulmano, também não deixaria minha loja aberta enquanto Dose e sua gangue andassem por aí gritando ameaças na rua.

"Faiz, por que não vai pra casa?", diz Pari, olhando as grades fechadas. "Pode ser mais seguro."

Faiz se irrita: "Quer calar a boca?".

O beco termina numa clareira três vezes maior do que nossas casas, margeada de um lado por pilhas de lixo que parecem estar ali há tanto tempo que tudo já ficou duro feito pedra. Cabras procuram o que comer rasgando aqueles antiquíssimos sacos de plástico. Do outro lado da clareira há um transformador elétrico — uma caixa de metal velha e amassada que pertence à agência de eletricidade do governo, rodeada por uma grande cerca de ferro. No mato que cresce em volta do transformador, uma cabeça decepada da Deusa Saraswati exibe uma rachadura entalhada no rosto espantado. É um augúrio terrível.

Num cartaz branco preso à cerca lê-se em letras vermelhas: PERIGO ELETRICIDADE com uma caveira de boca gigante e dentes tortos logo abaixo. Sorri, mas é um sorriso maligno.

Ramos de jasmim e malmequer se enrolam às grades da cerca. Talvez este lugar seja um templo para a deusa despedaçada. Mamãe me leva aos templos nos arredores do Bhoot Bazaar no Diwali ou no Janmashtami, mas nunca me trouxe aqui. Nosso basti é bem grande, e as pessoas dizem que tem mais de duzentas casas, então mesmo mamãe com sua poderosa rede de contatos no celular não conhece tudo e todos.

Dois garotos surgem correndo na clareira, brigando aos gritos. Um deles acerta o outro com uma vara, e o vergão na pele do segundo muda de branco para vermelho em questão de segundos.

"Vocês sabem onde fica a casa de Chandni?", pergunta Pari. "Chandni, a menina que desapareceu."

O menino com a vara aponta na direção das casas localizadas depois da clareira. "Sigam reto", diz ele, e volta a bater no amigo.

Andamos até a extremidade da clareira, onde a via se bifurca em dois becos, um deles levando diretamente ao ponto onde, segundo o garoto, fica a casa de Chandni, e o outro dobrando para a rodovia.

"Parece que tudo acontece ao redor desse templo do transformador", diz Pari.

"Tudo o quê?"

"Bahadur trabalhava na loja das TVs, que fica perto deste lugar. E as casas de Aanchal e Chandni também ficam aqui perto."

"A de Omvir não."

"Talvez ele tenha vindo até aqui conversar com o chacha que conserta TVs, como nós fizemos. Aqui é um bom lugar para um sequestrador. À noite deve ficar vazio. Mesmo agora está quase vazio."

"Talvez", eu digo, mas o digo tristemente. Eu tinha todas as pistas, mas não fiz as conexões. Pari fez; o cérebro dela costurou tudo na velocidade da luz. Pari é Feluda e Byomkesh e Sherlock. Eu sou apenas o assistente, Ajit, ou Topshe ou o tal Watson.

"Você está pondo a culpa no chacha das TVs de novo?", pergunta Faiz. "Como pode saber se o sequestrador é um homem e não um djinn?"

"Talvez os djinns fiquem por aqui do mesmo jeito que criminosos como Dose ficam lá pela theka", digo. "Aqui deve ser o adda* deles."

---

* Híndi para reduto, base, covil.

"Isso, o Shaitani Adda", diz Faiz.

"*Shaitan* não quer dizer demônio?", pergunto.

"Também se chamam os djinns malignos de demônios", Faiz me explica.

"Por que vocês dois não criam um programa de TV chamado *Patrulha Djinn* e guardam toda essa baboseira para o programa?"

"Muita gente assistiria", afirmo.

Pari já não pode brigar com a gente, porque chegamos à casa de Chandni. Dá pra saber que é a casa dela, pois há uma pequena multidão do lado de fora. Reconheço alguns rostos: Dose, o engomador, o pai de Aanchal e Bebum Laloo. Na porta da casa, numa postura desleixada, há uma garota que segura um bebê. Uma mulher recua para dentro do cômodo escuro atrás dela, o rosto meio coberto pelo pallu do sári. É a mãe de Chandni, suponho. A casa não tem porta, só um lençol rasgado à entrada.

A maioria dos homens no grupo veste roupas amarelo- -açafrão. Devem ter participado da manifestação do Samaj. Só Dose veste preto, como sempre.

"Eu realmente acho que você devia ir pra casa", Pari diz a Faiz.

"Dose não sabe que ele é muçulmano. Ninguém conhece a gente", digo, mas meu estômago dói, e não é por causa do arroz e khadi rançosos que comemos no almoço.

Faiz parece tão amedrontado quanto um cachorro acossado pela carrocinha, mas mesmo assim diz: "Não vou a lugar nenhum".

Está provando alguma coisa para alguém, talvez até para nós mesmos.

Um homem num robe amarelo-açafrão com um colar de contas rudraksha tilintando no peito sai da casa de Chandni. É um baba, não sei qual. Há muitos babas no Bhoot Bazaar.

Estico o pescoço para ver melhor. O pradhan está lá, bem atrás do baba. Há meses não o via. Seu cabelo preto é lustroso, como se o sol brilhasse sobre ele, ainda que hoje o ar também esteja bastante turvo por causa da fumaça. É um homem magro e baixo vestido de kurta branca e colete dourado hi-fi abotoado até o colarinho. Um cachecol açafrão está enrolado frouxamente aos seus ombros. Diz algo a Dose, que se curva para que o pai sussurre bem dentro de seu ouvido. Alguém tenta interrompê-lo, e o pradhan dispensa o inconveniente com um pequeno gesto.

O baba se senta num charpai. Há quem aperte seus pés e toque a barra de sua túnica.

"Você estava tão certo, baba", alguém diz. A pessoa está ajoelhada, e a cabeça recurvada, mas eu o reconheço. Digo a Pari que aquele é o sujeito com ar de lutador que disse ao Duttaram que crianças não deviam trabalhar.

"Xiu, silêncio", um chacha me sussurra.

"Tão certo", diz o Lutador ao baba. "Até que sua presença radiante lançasse luz sobre a feia verdade do nosso basti, não percebemos que era o povo muçulmano que estava nos causando tanta dor." Ele se joga aos pés do baba, que o ergue pelos ombros e lhe bate nas costas. Três golpes fortes de punho cerrado, bem nas vértebras da coluna do Lutador.

O Lutador se levanta para falar com o pradhan, que permanece atrás do baba de punhos cerrados. O pradhan geralmente ignora pessoas como nós, mas dessa vez escuta tudo com um olhar sério no rosto. O Lutador deve ser um dos muitos informantes do pradhan no nosso basti. Mamãe diz que o pradhan paga muito bem seus informantes; talvez tenha sido assim que o Lutador conseguiu dinheiro para comprar um relógio de ouro.

Agora é a vez do pai de Aanchal. "Baba", ele diz. "É um alívio tão grande tê-lo aqui conosco. No minuto que o vi, meu coração parou de doer. Eu sei que você trará minha filha de volta."

O baba alisa a barba com a mão direita. Cinzas mancham a ponta de seus dedos como se por mágica. Ele as espalha nas mãos espalmadas do pai de Aanchal, em seguida o abraça e lhe acerta três golpes nas costas. O pai de Aanchal sofre um acesso de tosse. É um homem muito fraco, não acho que possa ter feito qualquer coisa à filha. Não tem força sequer para levantar uma criança pequena como Chandni. Acho que teremos de retirá-lo da lista de suspeitos.

Bebum Laloo se levanta, e seus débeis braços pendem como galhos mortos prestes a cair no chão.

"Baba está falando a verdade, nenhuma criança muçulmana desapareceu", diz ele, de forma arrastada, as palavras oleosas do hooch. "Pare esses muçulmanos malditos, baba!"

Olho para Faiz. Ele finge não se importar, mas a cicatriz perto de seu olho esquerdo se contorce.

"Ela é só uma criança", diz um homem parado ao lado da mãe de Chandni, atrás do baba. Talvez seja o pai. O cabelo desgrenhado se arrepia como chamas sobre a testa. "Hindus, muçulmanos, o que é que ela sabe dessas coisas?"

"Filho, nós entendemos isso", diz o pradhan, virando-se para ele. "Mas por acaso os maus o entendem?"

Um homem entrega ao baba um copo cheio de soro de leite coalhado, liquidado em dois goles rápidos. Outro traz uma tigela de bhelpuri, que ele enfia na boca com um palitinho de sorvete. Eu me pergunto se baba é como Mental; talvez ele consiga consertar coisas, extrair dinheiro do ar, magicamente, ou cobertores da fumaça.

"Como informei à mãe e ao pai de Chandni", diz o baba, mastigando o bhel e movendo-o de uma bochecha a outra, "eles precisam fazer uma puja* especial buscando a benção de Deus. Vocês" — ele aponta o pai de Aanchal, o Bebum Laloo e o engomador — "vocês também podem ajudá-los."

---

* Ofício religioso hindu em honra de uma ou mais divindades.

As pessoas sentadas no chão cantam *Ram-Ram-Ram-Ram*. O baba mantém a tigela a seu lado e recompensa cada discípulo com um murro nas costas.

"É assim que ele abençoa as pessoas", Pari me sussurra. "Já ouvi falar desse baba-dos-golpes."

"Ele abençoa ou manda pro hospital?", sussurro de volta. Pari ri.

"Crianças, venham aqui!"

É o baba. Não sei por que ou como ele reparou na gente. Todo mundo está olhando pra gente também, e minha vontade é que parem e voltem a fazer seja lá o que fosse que estivessem fazendo.

"São amigos de Bahadur", diz Bebum Laloo.

O pai de Aanchal me encara com olhar desconfiado, mas não tenta me bater.

Algumas mãos nos forçam na direção do baba, que nos beija na testa com uma boca que arranha por conta da barba e do bigode. Em seguida, ele nos golpeia nas costas, e a dor sobe para minha cabeça, mas também desce para as pernas. Também bate em Faiz, o que é bom, pois significa que não pode adivinhar que Faiz é muçulmano.

Dou uma olhada em Dose e no Lutador, parados atrás do baba. Dose abre um sorriso pra mim enquanto massageio as costas doloridas. O Lutador segue sussurrando segredos do basti ao pradhan. Olha para nós, mas, se me reconheceu da tenda de chá, nada transparece em seu rosto.

As palavras do baba-dos-golpes nos acompanham enquanto Pari nos arrasta para longe dali: "Neste basti reside um grande mal que não responde aos nossos deuses, e cabe a nós pará-lo antes que provoque mais danos…".

O feriado de Natal chegou. Temos mais tempo para observar os suspeitos da lista que não são djinns. Pari havia eliminado o chacha das TVs, mas o pôs de volta, já que a loja dele fica perto do Shaitani Adda. Faiz diz que Pari e eu devíamos começar a usar amarelo-açafrão, porque nos comportamos como membros do Hindu Samaj. Ela explica que, se capturarmos o sequestrador, vamos ajudar a todos, hindus e muçulmanos.

Tocaias são excelentes para detetives-crianças como nós. Posso levar Samosa, quando ele não está correndo atrás do próprio rabo ou bebendo água numa poça de lama.

Hoje estamos perto da loja do chacha das TVs. Faiz faltou ao trabalho e veio junto, porque tem medo de que Pari e eu simplesmente acusemos o chacha de sequestrar crianças. Nesse caso Dose e o Hindu Samaj vão pôr fogo na barba do chacha ou deceparão sua cabeça com uma espada. Já vimos na TV o que acontece com os muçulmanos. É estranho que Dose, nosso principal suspeito, finja querer capturar o sequestrador.

No momento estamos escondendo o fato de que estamos de tocaia fingindo jogar bolinha de gude. As bolinhas pertencem aos irmãos de Faiz. Samosa fica animado e late muito sempre que lançamos as bolinhas, mas Pari se irrita:

"Por que você trouxe esse cachorro idiota junto?"

"Ele pode farejar pistas."

"Todo mundo está olhando pra gente, e é por causa do Pakoda", diz Pari.

"Você sabe que esse não é o nome dele."

"Será que você pode fazer Chow Mein fechar o bico?"

Faiz recolhe as bolinhas e as guarda dentro do bolso; talvez tenha medo de que Samosa as coma.

Dou a Samosa um pouco do pão torrado que mamãe me deu no café da manhã. Por sorte ele ama pão torrado e eu odeio. Mamãe acha que Runu-Didi e eu passamos o dia sentados em casa, estudando para as provas que começarão na volta às aulas. Mas Didi vai para o treino assim que termina as tarefas de casa. Não perguntamos nada um ao outro. Sabemos manter nossos segredos.

O chacha que conserta TVs sai da loja com dois clientes e nos avista. "Vocês estão brincando aqui porque acham que Bahadur vai voltar primeiro pra minha loja, hein? Vocês são tão bonzinhos."

Ele pergunta se queremos chá, e respondemos que não, mas as palavras dele nos machucam tanto que decidimos suspender a tocaia e ir para o Shaitani Adda. Procuramos qualquer pista que o sequestrador ou o djinn possa ter deixado para trás, mas só encontramos o lixo presente em todo beco do nosso basti: embalagens de caramelos, pacotes de batata chips, jornais pisoteados por pés enlameados, pelotas de cabras, bosta de vaca, o rabo de um rato que sobrou da refeição de algum pássaro. A Deusa Saraswati, a despedaçada, segue pasma no meio do mato.

"Podíamos contar aos adultos sobre esse lugar", sugiro. "Talvez eles possam vigiá-lo o tempo todo. À noite também."

Faiz não gosta da ideia: "Quando você ficou tão burro?". O amuleto que o mantém a salvo de djinns salta ao redor de sua garganta. Samosa late. "Se você contar a qualquer pessoa sobre esse lugar, as pessoas com certeza vão culpar o chacha das TVs. Vão achar que ele é o sequestrador, exatamente como vocês." Faiz vai embora pisando forte, as bolinhas de gude tamborilando nos bolsos.

"Você não devia ter falado isso, ele ficou irritado", Pari me diz.

"Eu? Foi você quem colocou o chacha como suspeito de novo."

Samosa volta a latir.

Dá pra ver que o Shaitani Adda é um lugar ruim repleto de maus sentimentos, porque faz até os bons amigos brigarem.

O dia de Natal é também o dia...

... da puja do Hindu Samaj, quando pedirão que os deuses varram o grande mal do nosso basti. Até mamãe tirou a manhã de folga para comparecer.

Estou vestido nas minhas roupas de sempre, mas mamãe usa uma corrente banhada em ouro no pescoço, e passou batom vermelho nos lábios. Runu-Didi vestiu um salwar-kameez azul, cintilante de lantejoulas. Mamãe trança o cabelo de Didi, mas ela não para de dizer que o penteado está errado.

"Você vivia correndo atrás de mim, implorando pra que eu arrumasse seu cabelo igual ao meu quando era um pouco mais nova do que Jai. Dizia que eu ficava linda."

"Você ainda fica linda", digo, e mamãe sorri. Quando termina a trança, entrega a didi pulseiras e uma corrente prateada. Runu-Didi parece muito mais velha agora, como se tivesse segredos que não posso adivinhar.

A puja é celebrada perto da casa de Aanchal, mas num ponto mais próximo à ferrovia, de modo que gente importante do Hindu Samaj não precise se arrastar pelo esterco do nosso basti.

Espero que os homens do dhaba com o Ganpati iluminado e o estande de autorriquixás não digam à mamãe que já me viram antes. Uma grande tenda brotou como uma grande rosa vermelha em frente ao dhaba. Debaixo dela, tapetes marrons foram estendidos no chão. No meio deles, há um quadrado de tijolos sob uma pilha de lenha.

No dhaba, os trabalhadores preparam puris. Essa é a grande vantagem da purga: vamos ganhar comida de graça no final. Sinto pena de Pari e Faiz, que vão perder o banquete. A mãe de Pari foi trabalhar e deixou Pari estudando sozinha em casa. Pari, claro, nem reclama, já que adora estudar.

O pandal* está vazio, exceto por alguns membros do Hindu Samaj vestidos nas típicas vestes amarelo-açafrão. Perambulam de nariz empinado, apontando às pessoas coisas que precisam de conserto. Então vejo uma mulher correndo na nossa direção, o cabelo revolto, um cobertor escorregando dos ombros e levantando poeira enquanto se arrasta atrás dela. Ela se senta bem na ponta do pandal, perto da entrada na direção da rodovia. Recosta-se num poste que parece prestes a desabar. Mamãe e eu vamos até ela, mas Runu-Didi permanece sentada para não perdermos nossos lugares.

"O que aconteceu?", mamãe pergunta à mulher que reconheço ser a mãe de Chandni. "Tragam um pouco de água pra ela, rápido!", grita mamãe aos homens no dhaba.

Um deles traz um copo de alumínio, cheio até a borda. Ela bebe rápido, olha pra mamãe e diz: "Fui até a delegacia".

"Por quê?"

"Eu queria que eles comparecessem à puja, para ouvir o baba falando de Chandni. Minha filha, que desapareceu."

"Eu soube."

---

* Espécie de grande tenda ou abrigo temporário ou permanente montado para reuniões especiais, como uma puja.

"Mas os animais me bateram" — a mãe de Chandni toca o próprio pescoço — "aqui" — contorce a mão esquerda para tocar nas próprias costas, logo abaixo da blusa e acima da saia do sári — "e aqui também". Toca agora as pernas. "Eu perguntei por que não estão procurando minha criança, e eles disseram *Por acaso somos seus servos? Perguntaram Por que vocês ficam parindo crianças feito ratos se não podem cuidar delas? Faremos um favor ao mundo acabando com a favela de vocês.*"

Penso nas palavras ESTAÇÃO DE ISCA DE ROEDORES escritas numa caixa de metal no pátio de recreio da escola, perto de um espaço pavimentado onde a comida do almoço é descarregada das vans.

"Leve suas reclamações ao baba", um homem diz à mãe de Chandni. "Ele vai ajudar você. Mas, agora, em nome de nosso senhor Hanuman, pare com esse chororô. Gastamos muito dinheiro para organizar este evento."

A mãe de Chandni dá um sorriso envergonhado, engole os soluços e arruma o cabelo com as mãos machucadas. O dhaba-wallah leva o copo de alumínio embora.

Não sei por que o homem do Hindu Samaj disse que gastaram muito dinheiro na puja. O dinheiro é nosso. Cada hindu deu o que podia aos homens do Samaj que andaram pelo basti com um balde onde depositamos moedas e rupias. O Samaj e seus goondas metem tanto medo que ninguém teve coragem de dizer não.

"A polícia vai mudar de postura", mamãe diz à mãe de Chandni, "agora que o próprio baba está do nosso lado. Um homem santo como ele jamais sequer olharia para gente da nossa casta antes. As coisas estão melhorando. Veja, até a fumaça diminuiu hoje."

As pessoas começam a chegar para a puja. Tiram as sandálias e os sapatos antes de adentrar o pandal. Um membro do

Samaj designa três meninos para vigiarem os tênis Poma, Adides e Nik de todo mundo. Mamãe, Didi e eu não estamos descalços. Esquecemos.

O baba-dos-golpes aparece com o pradhan, Dose e sua gangue e o Lutador. Talvez o Lutador não seja apenas um informante do pradhan, talvez seja algo mais, quem sabe até um membro importante do partido. Eu me aproximo mais do poste, para que o baba não consiga golpear minhas costas.

"Minha criança querida", o baba diz à mãe de Chandni, "você vem suportando tantas coisas. Mas não se preocupe mais. Resolverei todos os seus problemas."

A mãe de Chandni cai aos pés dele, chorando de novo, não sei se por alegria ou tristeza. O baba acerta uns bons golpes em suas costas e agora ela mal consegue se erguer; é como uma segunda surra dos policiais.

Vamos guardar nossos calçados sob a vigilância dos meninos, e nisso deixam que mamãe e eu acompanhemos a mãe de Chandni. O baba, o pradhan, Dose e o Lutador sentam-se ao lado do fogo. Ficamos posicionados atrás do baba, e logo nossa fileira se transforma na fileira triste com todos os pais das crianças desaparecidas: a mãe de Omvir com o bebê-boxeador, que dorme em meio ao barulho, seu pai engomador e seu irmão que dança mal, a mãe de Bahadur, Bebum Laloo, o pai de Aanchal e os irmãos dela, Ajay e o outro cujo nome não sei. O pai de Chandni não veio, provavelmente porque está trabalhando. Sorrio para Ajay, mas ele vira o rosto.

Mamãe chama Runu-Didi, mas ela se recusa a se juntar a nós. Está sentada com Tara, sua amiga de corrida, e a mãe de Tara.

Alguém acende a fogueira, a puja começa com cânticos que não entendo, e a fumaça quente fere nossa garganta. De canto do olho vejo mamãe segurando a mão da mãe de Chandni. Acho que mamãe nunca vira a mãe de Chandni até hoje, ou talvez apenas no complexo sanitário ou na fila da água, e agora já se comporta como se as duas fossem irmãs. Os olhos de mamãe estão cheios de lágrimas, como se os próprios filhos tivessem desaparecido. Estou bem ao lado dela, mas é como se ela não me visse.

Depois da puja, que é incrível, porque ganhamos soro de leite com cobertura de coentro picado e uma porção de aloo puri, mamãe deixa Runu-Didi ficar em nossa casa, mas me leva para a casa de Pari. Ela acha que Pari pode me ajudar a tirar boas notas.

Se pudesse, mamãe me levaria para o trabalho, onde me manteria bem debaixo do seu nariz, obrigando-me a estudar o dia inteiro, mas não pode. A madame hi-fi acha que crianças do basti são cheias de germes, tuberculose, febre tifoide e varíola, embora varíola já não exista há séculos.

Não quero ir a prédio nenhum onde achem que tenho varíola. Papai diz que devemos nos respeitar mesmo quando os outros não nos respeitam. Quando diz outros, quer dizer madames hi-fi e os guardas de shoppings que são gente de basti como nós, mas que não nos deixam entrar porque não parecemos ricos.

"A puja vai funcionar?", Pari pergunta à mamãe. Está parada na porta de sua casa, puxando para baixo a bainha da bata azul que está vestindo, que parece uma bata hi-fi. Pari ganha roupas de boa qualidade da madame hi-fi da mãe, que doa coisas brilhantes logo que perdem um pouquinho só do brilho.

"Vamos torcer para os deuses terem nos ouvido."

"Você não precisa de uma puja pra falar com os deuses. Eles podem ouvir mesmo se você apenas sussurrar", eu digo.

Mamãe me acerta atrás da cabeça. É um sinal não muito secreto pra que eu cale a boca.

"Jai está desperdiçando o feriado inteiro não estudando", lamenta mamãe, como se Pari fosse minha professora. "Veja se tem algo que você possa fazer para ajudá-lo…"

"Claro, chachi."

Mamãe parece satisfeita ao sair.

Sento-me no chão perto de Pari. Ela põe um de seus livros no meu colo.

"Comece estudando meio ambiente. Quando eu terminar de estudar ciências sociais, nós trocamos."

Pari fica um tempo lendo. Eu observo formigas negras serpenteando pelo chão e, com a ponta do livro de Pari, desfaço a fila delas.

"Polícia, polícia, polícia!", grita uma criança. Outra pessoa está gritando a mesma coisa. Pari e eu deixamos os livros e corremos até a porta, mas ela estica o braço para impedir minha passagem.

"Prometi à sua mãe."

"Precisamos descobrir o que está acontecendo. Somos detetives." Mas não me movo. O lado bom e o ruim de morar num basti é que as notícias voam para dentro dos nossos ouvidos independentemente da sua vontade.

Pari e eu escutamos com atenção. Pegamos as palavras que soam importantes do bafafá arfante ao nosso redor: polícia, prisão, sequestro, crianças, baba, puja, sucesso, conserto de TVs, Hakim. Ordenamos as palavras de um jeito que faça sentido. A polícia prendeu o sequestrador de crianças. Hakim, o senhor inofensivo que conserta TVs? Não tão inofensivo no fim das contas. A puja foi um sucesso imediato. O baba é mesmo o próprio Deus em forma humana. A tenda sequer foi desfeita e os tapetes mal foram retirados, e os deuses já nos abençoaram.

"É verdade?", pergunta Pari a uma das chachis da vizinhança que repetia *mas quem poderia imaginar* a qualquer pessoa disposta a ouvi-la.

"Baba estava certo", a chachi diz à Pari. "No fim, era mesmo obra dos muçulmanos!"

"Que muçulmano?"

"A polícia prendeu quatro. Uma gangue de mouros."

A chachi nos dá as costas e diz a mesma coisa para outra pessoa.

Pari chuta de leve a porta com o pé direito. "Quatro muçulmanos presos no mesmo dia em que o baba Samaj celebra uma puja? Não parece suspeito?"

"Faiz vai ficar chateado."

Também estou chateado. Não fui eu quem solucionou o caso.

Pari e eu nos sentamos na porta da casa. Vejo Faiz caminhando na nossa direção. Aceno pra ele e abro espaço para que se sente. Ele se deixa cair do meu lado e diz: "Levaram o chacha". Faiz não parece triste, apenas pasmo, como se alguém tivesse lhe acertado a cabeça e estrelas ainda girassem diante de seus olhos.

"Ficamos sabendo", diz Pari.

"E levaram Tariq-Bhai. Dizem que ele estava com o celular de Aanchal. Só porque trabalha na loja de celular."

"Nada disso. A polícia prendeu o chacha que conserta TVs."

"E Tariq-Bhai também."

Algo se contorce no meu peito. Devo ter respirado fumaça demais, então tusso pra botar pra fora.

Faiz coça a barriga, depois limpa o nariz na manga da camisa.

"Ele estava com o celular de Aanchal?", pergunta Pari.

"Claro que não." O nariz de Faiz ganha uma coloração vermelha de raiva.

"Só perguntei", diz Pari.

"A polícia revistou nossa casa", comenta Faiz.

"Sem mandado?", pergunto.

"Olharam debaixo da cama, abriram até nossas latas de farinha de trigo. Diziam *quando encontrarmos o celular HTC de Aanchal, nós vamos...*"

"É um celular caro", digo. "O celular de mamãe só faz ligações, mas o de Shanti-Chachi..."

"Cala a boca, Jai", diz Pari, arregalando os olhos na minha direção.

"Vocês devem estar felizes. Vocês queriam que o chacha das TVs fosse preso."

"Talvez você devesse ir à delegacia", Pari diz à Faiz. "Tariq--Bhai vai precisar da sua ajuda."

"Ammi está lá com Wajid-Bhai. Disseram para que eu e Farzana-Baji esperássemos em casa, mas não consegui ficar sentado lá sem fazer nada."

"Olhe", diz Pari, "você não precisa se preocupar."

"Mas é muito preocupante", eu digo.

"Quem mais a polícia prendeu?"

"Dois amigos de Tariq-Bhai da mesquita. Ninguém que você conheça."

Eu me pergunto se Tariq-Bhai poderia ser um sequestrador, mas é impossível. Nós nos conhecemos desde que nasci. Ele nunca tentou me sequestrar.

"Um djinn cruel nos amaldiçoou. Está vendo a gente chorando e se diverte, dança." Faiz empurra a língua contra o interior das bochechas e a gira, como se isso fosse impedir que as lágrimas escorressem.

"Vamos à delegacia", proponho.

"Prometi à minha mãe e à sua que ficaríamos aqui, Jai."

"Você não precisa vir."

"Ó, querido Alá", diz Faiz, acertando a própria testa com a parte lateral da mão direita, mais de uma vez.

"Não faça isso", Pari diz, a voz cedendo, como se prestes a

chorar também. Então ela fecha a porta de sua casa e enfia os pés nas sandálias. "Vamos todos."

Na rodovia descobrimos com o pessoal dos autorriquixás e os ambulantes onde fica a delegacia. Nunca fomos até lá. Andamos rápido, Pari segura a mão de Faiz, o que é embaraçoso. Do lado de fora da delegacia há grupos de mulheres vestidas em abayas negras e homens usando protetores de cabeça. Algumas das mulheres choram e batem no peito. Os homens sussurram sobre as "provas" que a polícia pode plantar em suas casas para fazer parecer que quem está sendo preso é de fato criminoso. *Precisamos vigiar nossas casas*, eles dizem, *mas também precisamos estar aqui*. Eu me pergunto qual será a família do chacha das TVs, mas não sei dizer e não temos tempo de falar com eles.

A delegacia parece uma casa. As janelas chacoalham, e pontos marrons úmidos crescem nas paredes, embora não chova há séculos. Quando entramos, a sala é tão escura que é preciso alguns segundos para que meus olhos vejam o que há ao redor. Meu coração palpita da mesma forma quando preciso mostrar minhas notas para mamãe.

O ar na sala é carregado de murmúrios e ligações, tanto de linhas fixas quanto de celulares. Minhas pernas se curvam como a grama no vento, ou talvez isso seja uma impressão minha. Eu me aproximo de Pari e Faiz.

As mesas dos policiais estão repletas de computadores e pilhas de arquivos empoeirados amarrados em cordinhas. Num dos cantos da sala, à nossa direita, estão a ammi de Faiz e Wajid-Bhai, sentados diante do policial júnior que foi ao nosso basti com o sênior arrancar a corrente da mãe de Bahadur.

"Seu pessoal está aqui para protestar contra nós, muito bem", o júnior está dizendo a eles agora, a voz alta e o nariz arrebitado, cheio de orgulho. "Mas, primeiro, olhem o estado deste lugar. Não estamos numa daquelas delegacias cibernéticas que vocês veem nos noticiários. Não temos nem ar-condicionado. Nem água pra beber. Precisamos gastar do nosso bolso pra comprar vinte litros de garrafas Aquafina. Todo mundo que trabalha nesta delegacia teve malária ou dengue pelo menos uma vez. Acham que nossa vida é fácil?"

"Ninguém acha isso", diz Wajid-Bhai.

"Se seu irmão não é criminoso, o magistrado vai deixá-lo ir e vocês poderão levá-lo pra casa."

"Por favor, eu imploro, esta velha se joga a seus pés, não deixem meu filho preso a um banco", diz a ammi de Faiz, aos prantos. "Deixem ele sentar. Ele não vai fugir. Prometo em nome de Alá."

Olhamos ao redor procurando Thariq-Bhai. A sala em que estamos é como um corredor com uma porta que leva a uma segunda sala onde podemos ouvir lamentos e gemidos; ali deve ser o cárcere. Faiz corre até lá e nós os seguimos. Um policial sentado atrás de uma mesa torta com folhas de jornal dobradas debaixo de duas de suas pernas se levanta e se precipita na nossa direção, gritando "Parem, PAREM". Não paramos.

O chacha que conserta TVs está acorrentado a uma cadeira. Dois homens estão de pé num canto, as mãos e as pernas amarradas com cordas. Tariq-Bhai, por sua vez, está sentado no chão, a cabeça nos joelhos, as mãos algemadas atrás de si e acorrentadas à perna de um banco. Faiz o abraça por um segundo antes de o policial puxá-lo.

"Saiam daqui", o policial nos diz. "Querem ser presos também?" Ele agarra Faiz pelo colarinho e o arrasta pra fora da sala.

Corremos atrás deles, Pari gritando: "Não faça isso, não faça nada com ele, reclamarei ao comissário! Isso é errado, você acorrentou nosso irmão como um animal. Isso vai aparecer na TV e você não vai ter emprego amanhã!".

O policial solta Faiz e se volta para Pari. "Se aparecer na TV, talvez a gente ganhe um cárcere de verdade", ele diz, domando a expressão de surpresa em seu rosto, de modo a parecer superior a nós. "Não deixe de contar ao pessoal da TV que também não temos um inversor, então, quando a corrente se interrompe, ficamos sem luz por pelo menos oito horas. Conte que temos ratos nos nossos recintos também, ok? Não esqueça."

Wajid-Bhai se apressa na nossa direção e ajeita o suéter de Faiz onde o agarrão do policial o apertara. "O que está fazendo aqui? Eu disse pra você ficar em casa." Parece chateado, mas nos deixa permanecer a seu lado enquanto conversa um pouco mais com o policial júnior.

A ammi de Faiz o abraça e chora. "Você viu o que fizeram com seu irmão."

Wajid-Bhai diz ao policial que irá contratar um advogado.

"Tente", o júnior ri.

"Levem Faiz pra casa", diz a ammi, empurrando-o para nós e, em seguida, enxugando as lágrimas. "Farzana deve estar preocupada com ele."

"Como pagaremos os honorários do advogado?", pergunta Faiz quando saímos da delegacia. "Deve custar mil rupias."

"Vamos dar um jeito", garante Pari.

É o último dia do ano...

... e já escureceu, mas papai e mamãe ainda não chegaram em casa. Estou sentado na porta da frente, acompanhando com o olhar um balão em formato de urso que um menino puxa por dentro da fumaça. Deve tê-lo surrupiado das decorações de Ano-Novo do Bhoot Bazaar.

Mamãe está atrasada porque a madame hi-fi está dando uma festa que vai começar à noite e durará até o amanhecer. Nunca temos festa de Ano-Novo no nosso basti, embora algumas pessoas soltem busca-pés. Não acho que ninguém vá fazer algo do tipo esse ano. O basti inteiro está de humor abalado porque muitas coisas ruins aconteceram. Os desaparecidos seguem desaparecidos, Tariq-Bhai está preso, e Faiz agora vende rosas na rodovia pra ganhar um dinheirinho a mais.

Runu-Didi sai para despejar a água da panela de arroz cozido, uma das camisas velhas de papai enrolada na boca do recipiente para não queimar os dedos. Fico de pé para não ser atingido. Ultimamente Didi prepara todas as refeições e faz todas as compras, às vezes com as amigas do basti, às vezes com as chachis da vizinhança. Precisa andar pra cima e pra baixo pelos mesmos becos dez, vinte vezes por dia, coletando água, indo ao complexo sanitário, comprando legumes, comprando arroz. Ela diz que eu não ajudo em nada, mas eu ajudo.

Alguma coisa desloca a fumaça ao nosso redor, uma enxurrada de vozes, pisões que esmagam o chão. Aquilo me arrepia, seca a boca. Um grupo de homens anda em zigue-zague pelo beco, parando para conversar com os adultos.

Shanti-Chachi sai de casa. "Fiquem aí, os dois."

Didi leva a panela pra dentro, mas volta pra perto de mim, ainda com a camisa velha de papai nas mãos, que ela retorce, apertando bem. Homens conversam com as mulheres nos becos, que recolhem os filhos e correm pra dentro de casa. Janelas e portas são fechadas. Shanti-Chachi escuta os homens com as mãos nas bochechas. O balão-urso, agora abandonado, raspa no beiral de um telhado de zinco e explode. Parece som de tiro na TV.

Shanti-Chachi aperta o peito. "O que foi isso?", ela pergunta, até que vê o urso morto, mas não parece reconfortada. Vem até mim e Didi, põe as mãos em nossos ombros e nos conduz pra dentro, fechando a porta, embora a fumaça do forno ainda não tenha deixado a casa.

"O que fez para o jantar, Runu?"

"Só arroz. Vamos comer com dal."

"O que aqueles homens queriam?", pergunto.

"Vou esperar aqui até a mãe de vocês chegar. Já passou da hora do jantar, e mesmo assim a madame hi-fi ainda a obriga a trabalhar. Que mulher sem coração."

Runu-Didi liga a TV. Os âncoras estão tristes porque as pessoas não podem celebrar o Ano-Novo na rua, pois *a fumaça de inverno tem outros planos*.

O marido de Shanti-Chachi bate na porta para lhe entregar o celular. "Não para de tocar", ele diz, acenando para nós e se retirando. Chachi caminha pela casa com o aparelho na orelha, sem dizer nada além de *haan-haan* e *wohi toh*. Abre latas e confere o que há lá dentro. Inspeciona até o tubo de Parachute. Se mamãe tivesse lhe dito que o tubo guarda nossos fundos *para--quando-algo-acontecer*, chachi teria adivinhado que parte do dinheiro sumiu, ela é esperta assim.

"Alguém desapareceu?", pergunta Runu-Didi assim que a chachi encerra outra ligação.

"Você devia dizer pra sua mãe colocar um cravo ou dois na lata de pó de pimenta. Assim não estraga."

A porta se abre. É papai. Chegou cedo e cheira um pouco como Bebum Laloo, o que nunca acontece, talvez só uma ou duas vezes por ano. Cumprimentando Shanti-Chachi, diz: "Vim pra casa quando soube. Foi bom seu marido ligar pra gente e dizer que os dois estão" — ele olha pra mim e Didi — "bem".

"É chocante", diz chachi, "o que está acontecendo. Não sei como vocês aguentam."

"Aguentam o quê?", pergunto.

"Mais duas crianças desapareceram", papai diz. "Crianças muçulmanas. Irmão e irmã. Saíram pra comprar leite mais cedo e ainda não voltaram. Quase da mesma idade de vocês."

Farzana-Baji é muito mais velha do que Faiz, então não é ele o sequestrado.

"Jai, o que isso quer dizer é que o sequestrador ainda está por aí", papai diz. "Sabe por que estou lhe dizendo isso?"

Eu odeio quando adultos falam assim comigo.

"Vão libertar Tariq-Bhai agora?", pergunto. "Ele não pode ter sequestrado ninguém da cadeia."

"Quem é que sabe", diz Shanti-Chachi.

"Essas crianças muçulmanas desapareceram perto do transformador?", pergunto. "Ali também é um templo e fica perto da casa de Chandni."

"Como você sabe onde fica a casa dela?", questiona papai.

"Vimos o transformador quando fomos à grande puja do baba-dos-golpes. Aquele lugar é como um bueiro onde crianças não param de cair. Djinns moram ali. Nós o chamamos de Shai-tani Adda."

"Nós quem?", Runu-Didi pergunta.

"Pari, Faiz e eu."

"Jai", papai diz, "isso não é brincadeira. Quando vai enten-der isso?"

Naquela noite, sonhei com pernas e mãos de crianças pen-dendo de bocarras sangrentas e depois ouvi vozes de gente bri-gando. Penso que é parte do meu pesadelo, mas quando abro os olhos já é de manhã, e mamãe e papai estão lá fora discutindo sobre quem deve ficar em casa cuidando da gente.

Runu-Didi está sentada na cama, as mãos segurando o quei-xo, o rosto enfezado. Ela e mamãe já devem ter ido buscar água.

"Veja como eles estão sendo criados!", diz papai. "Uma me-nina que corre por aí feito menino, e um menino que perambu-la pelo bazar como um mendigo. É um milagre não terem sido sequestrados ainda."

"O que está dizendo? É o que deseja aos próprios filhos?"

"Não foi isso que quis dizer."

Escutamos passos apressados, e eu me deito rapidamente e puxo o cobertor, cobrindo minha cabeça.

"Eu sei que você está acordado, Jai", diz mamãe. "Levante, rápido. Vou levar você ao complexo sanitário hoje. Runu, enrole esse colchonete, ferva um pouco de água e corte umas cebolas."

Didi me olha como se fosse eu quem a estivesse forçando a fazer essas tarefas.

Mamãe não me deixa sequer escovar os dentes direito. Nas

filas do banheiro, vejo Pari com a mãe e Faiz com Wajid-Bhai. Mamãe me arrasta em direção à mãe de Pari; quer saber se ela está planejando ficar em casa hoje.

"Ei, está tentando incuti-los na nossa fila?", pergunta a mulher posicionada atrás de Pari, abanando o dedo pra gente.

Eu me apresso a responder: "Não precisamos do seu lugar".

"A polícia prendeu Tariq-Bhai e o chacha das TVs por nada", Pari me diz.

"Não se pode confiar em muçulmanos", diz a mulher intrometida.

"Você não ficou sabendo que duas crianças muçulmanas também desapareceram?", pergunta Pari, a mão direita no quadril direito. Depois ela se vira pra mim e sussurra: "Você soube? O irmão e a irmã que desapareceram também moravam perto do Shaitani Adda".

"Faiz está certo. Isso é obra de um djinn malvado."

"Que besteira."

Faiz nos olha de sua fila. Mal o vejo ultimamente, pois ele trabalha o tempo todo para ajudar a ammi a pagar as contas que Tariq-Bhai costumava pagar. Atiro nele com uma arma de dedo.

"Isso, eles merecem mesmo levar tiro", diz a mulher atrás de nós. "Tudo isso é culpa deles." Aponta a ammi de Faiz, parada mais adiante na fila das mulheres, com Farzana-Baji. As duas usam abayas negras. "Esse basti virou um covil de criminosos. O governo vai nos expulsar qualquer dia desses!"

"A culpa é sua!", alguém lhe responde. "Dois dos nossos desapareceram. Por acaso acha que meu irmão agiu de dentro da cadeia?"

É Wajid-Bhai.

"Quem sabe do que vocês são capazes?" Macacos brigam no telhado do banheiro. "Talvez tenham sequestrado gente de vocês só para nos despistar!"

O celular de mamãe toca. "Haan, madame", ela diz. "Haan, você está certa. Não, madame. Sim, madame. Só dessa vez..."

"Por que seu irmão não diz logo à polícia onde escondeu nossas crianças?", grita um homem à Wajid-Bhai.

"Não converse com esses mouros", diz a mulher que começou a briga, puxando o pallu e cobrindo o pescoço. Agora consigo ver seu umbigo. Pende pra baixo como uma boca triste. "Eles gritam Alá, Alá nos alto-falantes dia e noite e ninguém consegue dormir."

"Em nome de nosso senhor Krishna, por favor, pare! Você está assustando as crianças", intercede a mãe de Pari.

"Se sua filha desaparecer, vai mudar de tom", diz a mulher apontando uma unha longa e negra para o rosto de Pari, que é obrigada a recuar a cabeça.

"Eu posso encontrar cem pessoas pra fazer seu trabalho, rapidinho, rapidinho!", grita a madame hi-fi no celular, tão alto que todos podemos ouvir. A madame mudou para o inglês, que, segundo mamãe, é algo que faz quando a raiva é mais intensa. No telhado, os macacos agora urram. A ammi de Faiz agarra o ombro de Farzana-Baji como se suas pernas tivessem emborrachado e ela estivesse prestes a desmaiar. "Ammi, Ammi", grita Farzana-Baji, o pânico circulando seus olhos, as dobras soltas da abaya virando e girando a cada movimento.

"Sim, sim, eu lembro que lhe devo dinheiro", mamãe diz à madame hi-fi. "Foi muito bondoso de sua parte não cortar do meu salário do mês."

Um bando de homens com cachecóis enrolados no rosto segue em direção a Faiz e seus irmãos. Baldes e canecas se chocam e tilintam. Faiz grita e fecha os olhos e cobre as orelhas com as mãos.

"Madhu, chalo, vamos sair daqui", diz a mãe de Pari.

A raiva da madame hi-fi continua a jorrar do celular de mamãe. Pari corre em direção a Faiz, e Wajid-Bhai acerta um soco num dos homens que o insultam. Uma confusão estoura, e Faiz se agarra à Pari. Alguém grita que os hindus irão esmagar todos os muçulmanos como um monte de baratas. A ammi de Faiz e Farzana-Baji cambaleiam na direção de Wajid-Bhai e Faiz.

"São crianças!", diz a ammi aos homens tomados de fúria. "Deixem a gente em paz!"

"Parem com isso!", implora a mãe de Pari. "Não queremos tumulto no nosso basti!"

Espertinhos se valem da confusão para contornar a fila e entrar no banheiro sem pagar. O porteiro os persegue. A mulher atrás de nós sorri, o rosto se iluminando como se tivesse conseguido fazer um belo cocô depois de séculos. Faiz e sua ammi e os irmãos e a irmã deixam o complexo, Pari segurando a mão de Faiz, e a mãe de Pari gritando *Pari, espere, espere*.

"Se o ano está começando assim, imagine como vai terminar", alguém diz.

Eu tinha até esquecido que era Ano-Novo.

Depois da ligação da madame hi-fi, mamãe decide que precisa ir trabalhar. "Essa TV toda que você assiste", ela me diz, "não é de graça."

Ela tem medo da madame hi-fi; não consegue admitir, então, em vez disso, tenta fazer com que eu me sinta culpado.

Quando ela sai, Runu-Didi começa a lavar roupa. Eu, prestativo, indico as manchas de sujeira que ela está deixando passar.

"Já chega", diz ela, me molhando com água de sabão.

Didi pendura as roupas lavadas para secar, depois ignora as demais tarefas para fofocar com as amigas do basti. Hoje ela não treina, pois é Ano-Novo, quando mesmo seu técnico maluco pega leve com os atletas.

Calculo quantos domingos mais preciso trabalhar para chegar às duzentas rupias que peguei no tubo de Parachute de mamãe:

- Labutei na tenda de chá por sete domingos;
- Duttaram me pagou metade do que prometeu em cinco domingos, e só duas vezes o salário real de quarenta rupias;
- Quanto tempo até alcançar o valor necessário?

É tão difícil quanto um problema real de matemática. Eu adiciono e multiplico e subtraio e então chego à resposta. No próximo domingo, mesmo se Duttaram me pagar apenas vinte rupias, terei as duzentas.

Escuto uma discussão e vou dar uma olhada. No beco, uma mulher hindu com sindoor na testa brande uma concha furada para um ambulante muçulmano de cabeça coberta. "O que é que a porta da minha casa parece pra você? Uma garagem?", ela berra. Ele se afasta depressa, empurrando o carrinho que cintila com lindas laranjas.

"Assassino de crianças!", grita um menino enquanto o carrinho do vendedor de laranja range pelo beco.

Runu-Didi gesticula para que eu volte pra casa. "Algo terrível está prestes a acontecer, posso sentir", ela diz.

Ela não parece assustada; nunca parece. Mesmo agora ela fala de forma fria, como se estivesse apenas me alertando que pode chover e que eu devia pegar um guarda-chuva.

Não me sinto disposto a procurar pistas sobre as crianças muçulmanas desaparecidas. Vou descobrir tudo sobre elas e mesmo assim não vou encontrá-las. Já entendi isso.

Finjo estudar, penso em Pari e Faiz, me pergunto se a ammi de Faiz está na delegacia pedindo para libertarem Tariq-Bhai.

Então é hora do almoço. Didi me deixa assistir TV de tarde. Jogo críquete no beco com alguns poucos meninos da vizinhança, mais velhos do que eu. Cochilo um pouco e logo é noite, e mamãe e papai chegam em casa. Papai e eu assistimos a uma partida de críquete Twenty, que são mais curtas, e por isso papai gosta mais.

O dia de hoje passa como todos os dias passavam antes de Bahadur e os outros desaparecerem, quando eu não era detetive nem trabalhava na tenda de chá. É um dia bom, o melhor. Ser detetive é difícil demais. Talvez eu não queira ser detetive no fim das contas. Talvez Jasoos Jai possa se aposentar ileso, okay-tata-tchau. Não sei o que serei quando crescer. Às vezes quando mamãe vê as notas que tiro, ela diz que Pari vai ser funcionária do Serviço Administrativo Indiano, e eu serei empregado dela.

Mais tarde, naquela noite, acordo ouvindo batidas nas portas, choros e urros. Papai levanta da cama e se confunde na escuridão até encontrar o interruptor. A lâmpada amarela se irrita por ter sido acordada, e sibila e trepida.

"As escavadeiras vieram?", pergunto.

"É um terremoto?", pergunta Runu-Didi.

"Pra fora!", grita papai.

Mamãe pega o tubo de Parachute. Amarra-o ao pallu de seu sári, depois se curva e olha nossa trouxa de coisas preciosas ao pé da porta, que esteve esperando este exato momento por quase dois meses, e no fim mamãe nem a leva.

Submergimos no beco. Nossos vizinhos também correm pra fora de suas casas, alguns levando tochas. As luzes fisgam os olhos espantados das cabras e dos cachorros.

"Não saiam daqui", mamãe diz, empurrando-me para perto de Runu-Didi.

"Talvez seu djinn tenha sequestrado alguém de novo", responde Didi.

Esquadrinho o beco, imaginando um djinn que sussurra pelo ar na nossa direção, e pelo menos em parte torço, pois estou do lado de Runu-Didi, e porque Didi é maior e mais alta do que eu, que ele a leve no meu lugar. *Por favor, por favor, por favor.*

Papai e Shanti-Chachi correm em direção aos gritos...

... para descobrir se devemos fugir do basti ou nos esconder dentro de casa. O marido de Shanti-Chachi fala com mamãe, coçando nervosamente as partes baixas quando ela se vira.

Runu-Didi e eu esperamos na porta, uma única manta sobre nossa cabeça, irritando a pele. "Fique quieto", diz Didi sempre que estico as pernas para evitar que elas fiquem dormentes.

Eu me pergunto o que os deuses querem de nós. Talvez uma hafta maior, como a polícia do basti. Talvez uma puja mais espetacular do que a do baba-dos-golpes. Ou talvez a puja tenha sido espetacular, sim, e os deuses simplesmente não se importem com a gente. Talvez, talvez, talvez. Estou cansado de tanto talvez.

"Lá estão eles", diz Didi, levantando-se. Seu lado da manta cai no chão. Tento dobrá-la para que mamãe não se irrite com a sujeira, mas a manta é pesada e espeta e parece que estou tentando guardar um arbusto espinhento, e meus dedos doem. Fico triste por ser tão pequeno e não conseguir fazer uma coisa tão idiota. Lágrimas ardem nos meus olhos.

"Não chore", diz Runu-Didi. "Não vai acontecer nada com você."

"Não estou chorando."

Didi toma a manta das minhas mãos, e agora vejo que os treinos devem tê-la fortalecido, pois em questão de segundos ela força a manta a se comportar e a dobra meticulosamente.

Papai me pega no colo. Não sou tão pequeno a ponto de ser carregado por aí, mas pressiono meu rosto contra o seu pescoço. Consigo ouvir sua respiração. É alta e ofegante, como a de Samosa. Os clarões das tochas tremeluzem pelo beco, iluminando metade de uma antena parabólica, parte de um varal com roupas, pombos despertando nos telhados e batendo as asas.

"O búfalo de Fatima", diz Shanti-Chachi, a voz se estilhaçando como o vidro, "está morto. Deceparam a cabeça dele."

Olho pra cima. Quando açougueiros como Afsal-Chacha mata animais, é apenas para comê-los. Ninguém gostaria de comer o Búfalo-Baba. Mesmo um inútil como Bebum Laloo o considera um Deus.

Shanti-Chachi deslizou a mão pela fenda da curva do cotovelo do marido. Runu-Didi desenha meios círculos no chão com o pé direito.

"Alguém deixou a cabeça do búfalo na porta de Fatima", diz papai.

Shanti-Chachi se exaspera: "Fatima não consegue parar de chorar. Ela amava aquele búfalo como se fosse um filho. Ele não lhe dava nada, nem sequer estrume para o adubo de um dia. Mesmo assim ela gastava muito dinheiro lhe dando de comer".

Papai me põe no chão, e corro pra dentro de casa. Me meto debaixo da cama. De dia eu sou corajoso, mas de noite minha coragem não gosta de aparecer. Fica dormindo, acho.

"Jai, o que está fazendo?", pergunta mamãe. Ela me seguiu.

Devo parecer ekdum-estúpido. Só metade de mim cabe debaixo da cama, por conta dos sacos e das bolsas que mamãe enfia aqui. Mamãe se ajoelha. "Saia daí, filhote." Ela só me chama de filhote quando me ama mais do que qualquer pessoa no mundo. Agora ela remove o tubo de Parachute do pallu do sári e limpa a poeira do chão que se grudou no meu rosto com a ponta do tecido. Eu me esgueiro para fora para que ela possa me limpar direito. Depois devolve o tubo de Parachute à prateleira. Papai e Didi entram.

"Um djinn comeu o Búfalo-Baba?", pergunto.

"Djinns não existem, Jai", diz papai. "Isso é obra de goondas. A cabeça do búfalo foi decepada com cuidado com uma espada. Tem rastro de sangue pra todo lado no beco de Fatima."

Djinns não precisam de armas. Podem decepar cabeças só com o pensamento.

"Gente do Hindu Samaj deve ter matado Búfalo-Baba, porque ele é de Fatima-ben", diz Runu-Didi. "Para intimidar os muçulmanos."

"Nós veneramos vacas", diz mamãe. "Nosso povo nunca faria uma coisa tão horrível."

"Todos sabem que os rapazes do Samaj têm espadas", Didi diz. "Eles as exibem durante as manifestações. Vimos isso no noticiário, não é, papai?"

"Vou lá na Fatima", diz papai. "A coitada está muito chocada."

"Não faça isso", mamãe implora. "Não saia… quem é que sabe o que pode acontecer de mais terrível?"

Mas papai já vestiu o suéter que usa na rua e um gorro.

"Leve ao menos um cachecol. Está muito frio lá fora!", diz mamãe.

"Madhu, meri jaan, será que pode parar de se preocupar um minuto?"

Como sempre, Runu-Didi fica constrangida quando papai chama mamãe de minha vida, ou meu fígado, ou meu coração. Já eu me sinto mais seguro.

Mamãe põe um cachecol ao redor do pescoço de papai como se fosse uma guirlanda e os dois estivessem se casando de novo.

Não posso crer que Búfalo-Baba está morto. Ele nunca feriu ninguém, nem mesmo as moscas que zumbiam ao redor dos olhos dele por horas a fio, até cansarem e caírem mortas entre seus chifres.

Nos deitamos para dormir e, quando vejo, já é hora de acordar, e mamãe e papai estão brigando sobre quem irá trabalhar. Noite passada mamãe estava preocupada com papai, e agora parece querer empurrá-lo para dentro da boca de um djinn. Fazem isso toda vez que alguma coisa terrível acontece, mesmo sabendo que não podem nos vigiar todo dia. Estão se enganando, mas a mim não enganam. Sento-me no colchonete com o frio me agarrando pela garganta. Estou certo de que papai vai ganhar de novo, mas mamãe vence a discussão para surpresa de todo mundo, inclusive dela mesma, pelo visto.

"Não ouse reclamar se eu perder meu emprego", diz papai, enquanto estala os dedos e me manda levantar. "Eu nem sei como vamos comer esse mês. Acho que precisaremos usar seu dinheiro para emergências." Papai vai até a prateleira da cozinha e pega o tubo de Parachute. Meu estômago se contorce numa bola. Mamãe toma o tubo dele e o põe de volta na prateleira.

"Não é hora de fazer piada", mamãe diz.

"Quem disse que é piada?"

"É só por hoje e amanhã. Shanti disse que pode ficar com as crianças no domingo, e na segunda eles voltam pra escola."

Runu-Didi e mamãe saem para buscar água. Papai diz que vai me levar ao complexo sanitário.

"Búfalo-Baba?", pergunto, ao sair.

"Já limparam tudo."

"Fatima-ben o pegou?"

"Um açougueiro do Bhoot Bazaar."

"Afsal-Chacha?"

"Quem é esse? Você anda falando com estranhos no bazar de novo? Já não disse pra não fazer isso? Bhoot Bazaar não é lugar de criança brincar."

"Eu não brinco."

Passamos por um cão que parece Samosa. Espero que Samosa esteja bem. Espero que fique longe de djinns e de pessoas com espadas.

Fomos amaldiçoados, como disse Faiz, o pobre Faiz que agora é ambulante. Mamãe diz que a ammi de Faiz vem desaparecendo dentro de sua abaya. Está preocupada com o que o filho mais velho anda comendo na prisão: arroz cozido com baratas, chá mexido com rabos de lagartixa, água temperada com cocô de rato.

"Vamos passar fome este mês?", pergunto a papai.

"Não se preocupe com isso."

"Mas você vai trabalhar amanhã?"

Ele dá de ombros. Mamãe e papai terão de abrir o tubo de Parachute logo, logo, se continuarem tirando folgas desse jeito.

Estou tão perto de conseguir. Só preciso de mais vinte rupias.

"Papai…"

"Jai, entenda, vai ficar tudo bem. Não vamos passar fome."

Quando estamos comendo nosso pão torrado da manhã, a mãe de Pari aparece com a própria Pari, que ficará com a gente, por segurança. Mamãe deve ter combinado isso pelo celular. E nem pensou em me contar primeiro.

Pari não quer pão torrado, pois já tomou café da manhã, provavelmente macarrão Maggi, que ela comeria cinco vezes por semana, se pudesse.

"Vai estudar ou não?", Pari me pergunta.

"Escute ela, Jai."

Papai caminha com mamãe e a mãe de Pari até o fim da via, volta e conversa com os vizinhos, depois pergunta a Runu--Didi o que ela preparará para o almoço, embora a gente sempre coma a mesma coisa: arroz e dal. Ele liga a TV, se senta na cama e balança as pernas. Não para de mudar de canal. Assobia uma melodia. Penteia o cabelo usando como espelho uma lata de aço numa prateleira. Canta. Geralmente, ao chegar em casa, ele está tão cansado que só se deita na cama e assiste TV. Se decide cantar, nunca canta mais de uma canção. Agora não para de cantar.

"Papai, estamos estudando."

"Ah, claro." Ele diminui o volume da TV, como se o problema fosse esse.

Pari e eu nos sentamos na porta de casa, e eu interrompo seus estudos para dizer a ela que já não podemos ser detetives. "O que podemos rastrear? Sequer sabemos os nomes das crianças muçulmanas."

"Kabir e Khadifa. Elas têm nove e onze anos. Não frequentam nossa escola, mas alguma escola gratuita perto do nosso basti. A mãe delas está prestes a ter outro bebê."

"Você está inventando."

"Ouvi na fila do banheiro feminino."

Uma careta puxa pra baixo os cantos de sua boca e desenha linhas entre suas sobrancelhas. "O que é que ele está fazendo aqui?", pergunta.

É Dose com os membros de sua gangue e alguns homens

do Hindu Samaj. Conversam com pessoas no nosso beco. Quando chegam à nossa casa, Pari e eu nos levantamos.

Dose cheira um pouco a daru, mas parece mais limpo e revigorado. Observo-o com cuidado pra entender o porquê e logo vejo: ele raspou o quase-bigode e a meia-barba.

Papai e Runu-Didi vêm até a porta.

"Este é o filho do pradhan", Pari informa papai. Ainda não sabemos o nome de verdade de Dose.

"Alguém mais desapareceu?", papai pergunta depressa.

"Estamos tentando descobrir quem está criando toda essa confusão no nosso basti", diz Dose, olhando para Runu-Didi. "Há algo que você possa nos contar? Viu algum muçulmano se comportando de forma suspeita?"

Papai puxa Didi para trás e se põe na frente dela.

"Você não devia tentar semear divisões na nossa comunidade", diz papai, o que soa como algo que um bom âncora de TV diria.

Dose desenrola e depois volta a enrolar as mangas de sua camisa preta. Seu cabelo está penteado para trás com óleo ou algum produto caro como Brylcreem, cujo anúncio na TV diz ser um creme *para homens, não para garotos*.

Eu me pergunto se Dose matou o Búfalo-Baba com a espada que esconde em seu apartamento hi-fi. Reparo em seu tênis preto para conferir se há respingos de sangue, mas só vejo lama. Depois lembro que ele contrata outras pessoas para fazer o trabalho sujo.

Dose inclina a cabeça num ângulo pelo qual talvez ainda consiga ver Runu-Didi.

"Você não tem alguma coisa pra vigiar no forno?", papai pergunta à Didi, que se dirige para o canto da cozinha. Papai, então, se esforça para conversar com Dose, as mãos atrás das costas. "As coisas estão piorando a cada dia. Seu pai devia fazer mais por nós. Devia estar pedindo à polícia para encontrar os sequestradores. E devia estar dizendo a hindus e muçulmanos para pararem de brigar."

Observo o rosto de Dose com bastante atenção, embora eu tenha desistido de investigar. Não consigo me conter. Com o chacha das TVs na prisão, Dose voltou a ser o principal suspeito. Agora ele coça o queixo com a ponta do polegar. As palavras de papai se espalham pelo chão, para as galinhas bicarem e as cabras mastigarem, porque os ouvidos de Dose estão fechados e elas não conseguem entrar.

Shanti-Chachi é quem manda neste domingo, mas...

... ela não é muito boa nisso. Ela não para de correr até a própria casa, porque está cozinhando, o que é raro, e tem medo de queimar a comida. Não pode pedir que estudemos na casa dela, que está cheia de tubos de pomada vindos de várias fábricas. O marido trabalha como gari do município, que é um ótimo emprego público, mas tem também um segundo emprego enroscando tampas em casa. Um dia eu entrei correndo e meu pé esmagou um ou talvez dez tubos. Desde então crianças foram banidas de lá.

"Estudem, estudem", diz Shanti-Chachi, aparecendo em nossa porta antes de voltar correndo até sua casa para conferir se o almoço ainda está saboroso.

Runu-Didi calça o tênis.

"Aonde vai?", pergunto.

"Nosso técnico retomou os treinamentos na sexta-feira. Tara contou a ele sobre o assassinato do Búfalo-Baba, então ele concordou em me dar uns dias de folga. Mas se eu faltar hoje, já era, vou ficar fora da equipe."

"Se nenhum de nós estiver aqui o dia inteiro, Shanti-Chachi vai descobrir."

"Você ainda está nessa história de tenda de chá?"

"Você ainda está nessa história de treino?"

"Espere aqui." Ela pega o suéter e sai correndo, deixando a porta entreaberta. Eu fico. Ela deve ter ido ao complexo sanitário. Espero uma, duas, três horas, e nem sinal dela. Posso ver pelo alarme arrastado de mamãe tiquetaqueando na prateleira que estou completamente atrasado pro trabalho. Não acredito que Runu-Didi me enganou desse jeito.

As argolas de tornozelo de Shanti-Chachi estão a caminho da nossa casa. Pulo da cama e paro em frente à nossa porta entreaberta, impedindo qualquer visão de dentro.

"Runu-Didi está com problemas de mulheres. O estômago dela dói." Mamãe me disse isso uma vez quando me pediu para não perturbar Didi.

"Ah, vou falar com ela."

"Ela está dormindo. Tomou um Crocin."

"Se ela precisar de alguma coisa…"

"Ela vai falar com você."

"Você deve estar entediado só sentado aqui desse jeito."

"Estou estudando."

O rosto de Shanti-Chachi se cobre de dúvidas, mas ela se vai. Quando ouço a concha mexendo o conteúdo na panela, deixo a porta quase fechada e me mando para o Bhoot Bazaar.

"Vejam só, senhoras e senhores, ele chegou, o maharaja do Bhoot Bazaar finalmente decidiu nos agraciar com sua presença!", diz Duttaram tão logo põe os olhos em mim.

"Cortaram um búfalo ao meio no meu beco. Tem um montão de gente lá. Passei horas sem conseguir sair."

"Que negócio triste", Duttaram diz, mas sem parecer triste.

Com o bico da chaleira gesticula que devo servir os clientes que estão aguardando. Não derrubo uma gota. Agora já sou um especialista do chá.

A manhã nem acabou e já vejo duas de nossas vizinhas na tenda de chá de Duttaram. "Chokra, você está numa enrascada grande agora", diz a chachi que vive do lado de Shanti-Chachi. "Estávamos procurando você e sua irmã por toda parte."

Duttaram torce minha orelha quando as chachis lhe dizem que temiam que eu tivesse sido sequestrado.

"Onde está sua irmã?"

"Como posso saber?"

Que má sorte terrível. Se eu tivesse sido flagrado depois das cinco da tarde, teria conseguido as vinte rupias que me faltam.

"Vamos lá, a pobre Shanti já deve ter tido mil ataques do coração a essa altura."

Duttaram pega vinte rupias do bolso da camisa e as deposita na palma da minha mão, que está suja e molhada. "Dê para os seus pais."

Enfio a nota no bolso. Fui descoberto, mas minha má sorte é menor do que pensei.

Shanti-Chachi grita ao me ver, depois me aperta tão forte que tenho medo de meus ossos partirem. "Por que mentiu pra mim, Jai? Onde está sua irmã?"

"Runu-Didi foi à escola conversar com o técnico dela. Volta antes de mamãe."

"Sua mãe está vindo pra casa agora mesmo. Liguei pra ela, não tive opção. Espere, vou ligar de novo e dizer para não se preocupar." Chachi quase deixa cair o celular, mas logo firma as mãos. Embora os rotis que o marido dela faz sejam lustrosos graças ao ghee, e embora ele sempre acrescente uma colher de manteiga ao dal, chachi é tão magra quanto mamãe, e agora parece ainda mais. Pelo celular ela conta à mamãe que estou bem e que Runu-Didi está comigo. Torrões de esmalte rosa se grudam à base das unhas de chachi, que na parte superior são amarelo-açafrão, como as pontas de seus dedos. Posso ver os fios brancos em seu cabelo nas partes onde a tinta já se apressa em sumir.

"Sua mãe está voltando pro trabalho. A madame hi-fi vai dar uma festa mais tarde. Eu disse a ela que Runu está com você, porque não queria preocupá-la mais. Ela está segura, não está, sua didi? Você não estava mentindo, estava?"

"Ela está na escola."

"Temos de ir lá buscá-la."

"Ela está com o técnico, chachi. Estão treinando."

"Ela pode estar com o Primeiro-Ministro, não me importa. Vou buscá-la."

"Posso trocar de roupa? Alguém derramou chá em mim na tenda."

"Vá rápido."

Corro pra dentro, abro o tubo de Parachute e enfio lá dentro as vinte rupias que Duttaram me deu. Mamãe pode até me matar hoje, mas não morrerei um criminoso.

Shanti-Chachi me faz uma porção de perguntas a caminho da escola. Por que eu disse a ela que Runu-Didi estava com problemas de mulher? Por acaso sei o que é isso? E o que eu fazia no Bhoot Bazaar? Não tenho medo dos sequestradores? Quando foi que um garotinho como eu se tornou um mentiroso tão sem vergonha?

Com uma voz tímida, digo que trabalho aos domingos, mas que papai e mamãe não sabem. E conto sobre Runu-Didi e o campeonato interdistrital.

"Didi vai ganhar um belo pote de dinheiro se vencer e dará tudo a papai e mamãe. E é pra isso que eu trabalho também. Só estamos tentando ajudar."

"Tudo isso é ótimo, mas se os dois fossem sequestrados, o que aconteceria, haan? Vocês têm a melhor mãe e o melhor pai no basti inteiro. Não têm ideia da sorte de vocês."

"Eu sei disso."

"E se Runu-Didi não estiver lá?", me pergunta chachi quando nos aproximamos da escola. "Sua mãe vai me matar. Eu mesma vou ter de me matar."

O portão da escola está semiaberto hoje, e o fã número um de Didi, o espinhento, espia tudo de lá.

"Com licença", diz chachi rispidamente ao rapaz, que pula para o lado, com ar constrangido, como se o flagrássemos roubando.

Runu-Didi está parada numa pista de linhas marcadas com giz, já um tanto apagadas, a mão esquerda esticada para receber o bastão da colega de equipe. Ela me contou certa vez que a troca de bastão não deve durar mais de dois segundos. Atrapalhar-se ou deixá-lo cair pode lhe custar a vaga no time.

Didi se põe a trotar de leve enquanto a colega de equipe se aproxima e agarra o bastão mesmo antes de a parceira terminar de gritar "Aqui!"; dispara, então, pela pista, o rabo de cavalo esvoaçando atrás de si, os braços subindo e descendo, as pernas saltando no ar como se não pesassem nada. É a última a correr na equipe de revezamento, porque é a mais rápida.

"Runu, venha já aqui", Shanti-Chachi grita.

Didi continua correndo, como se não fosse parar nunca. Chachi a chama pelo nome de novo, *o que você acha que está fazendo, Runu?*, grita. Didi alcança a linha de chegada, entrega o bastão ao técnico e lhe diz algo que o faz parecer mais bravo do que nunca. Só então corre na nossa direção.

Quando, tarde da noite, mamãe chega em casa, não diz uma palavra nem para mim nem para Runu-Didi. Espio seu rosto, mas ela não se porta de maneira ruidosa como geralmente faz quando está com raiva. Prova o dal que Didi fez e acrescenta um pouco de sal e garam masala. Massageia a base das costas, pouco acima da anágua, onde ela diz que sempre dói. Tento lhe entregar um tubo velho de Tiger Balm, mas ela finge não me ver, embora eu siga seus olhos com a mão. Devolvo a pomada à estante. Runu-Didi encara o cinto de papai pendendo de um prego que foi martelado na parede com tanta força que há uma supernova de rachaduras ao redor dele. Papai nunca usou o cinto contra a gente.

Finalmente, papai chega em casa. Mamãe e Shanti-Chachi e o marido de Shanti-Chachi nos enxotam pra fora e informam papai de tudo, como numa conferência oficial. Runu-Didi e eu nos sentamos na entrada, tremendo.

Amanhã é dia de provas — provas que agora parecem irreais, como se pertencessem a outro mundo. No nosso mundo de verdade estamos metidos em batalhas diárias contra djinns e sequestradores e assassinos de búfalos e não sabemos quando vamos desaparecer.

Os adultos sussurram, mas posso ouvir o choque de papai, que vem em seguidas arfadas.

Shanti-Chachi abre a porta e nos convoca, retirando-se em seguida com o marido.

"Jai, você achou que não teríamos dinheiro pra comprar comida se você não trabalhasse?", pergunta papai.

"Não vou fazer isso de novo."

"Por acaso estamos deixando você passar fome aqui?"

"Eu só... Eu pensei que poderia dar um pouco de dinheiro a Faiz, porque o irmão dele está preso e os advogados cobram caro." É uma boa mentira, e faz sentido pra mim, mas não faz sentido nenhum pra papai.

"E esse Faiz, ele aceita seu dinheiro?"

"Eu não… Duttaram não me pagou nada. Talvez se eu tivesse trabalhado até o fim do mês."

"E você, Runu?" É mamãe quem fala agora. "Eu pedi que tomasse conta do seu irmão. Em vez disso, você se mandou pra escola. Correndo pra todo lado nessa fumaça, porque gosta do técnico, haan? Acha que eu não sei o que se passa nessa sua cabeça?"

"O técnico?", questiona Runu-Didi.

Ela olha pra mim, as sobrancelhas erguidas, como se me pedindo para explicar o raciocínio de mamãe. Eu afundo o queixo no peito. Não posso explicar nada.

"Seu técnico é seu herói, não é?", mamãe pergunta. "Você se arrisca a ser sequestrada só para vê-lo."

O técnico de Didi não tem a menor cara de herói.

"Ninguém vai me sequestrar quando vou comprar legumes pro jantar", começa didi, abrindo os braços e me acertando na cara sem querer e mesmo assim não para. "Nada vai me acontecer quando fico na fila da água na torneira ou na fila do arroz no mercado popular. Mas no segundo em que faço algo que quero fazer, aí, sim, vou ser sequestrada. É isso que você está dizendo?"

"Veja bem como fala."

"Você tem um irmãozinho pra cuidar", papai diz.

"Se vocês dois não podem cuidar de Jai, por que o tiveram?"

Papai dá um salto e acerta um tapa na bochecha esquerda de Runu-Didi, cujo pequeno brinco de argola cai no chão. Papai está trêmulo. Seus olhos se arregalam, e ele encara fixamente a própria mão como se não acreditasse no que acabou de fazer. Mamãe começa a chorar. Papai nunca bateu em Runu-Didi, nem em mim. Mamãe nos dá uns safanões o tempo todo, mas papai, nunca.

Mamãe se curva e recolhe o brinco. Tenta colocá-lo de volta, mas Didi a afasta e sobe na cama, sentando-se no cantinho onde às vezes fico de ponta-cabeça. Papai pega um cobertor e sai.

"Não vai jantar?", mamãe lhe pergunta. Papai ergue a mão direita para dizer que não, sem olhar pra trás.

Eu me sento na cama, longe de Runu-Didi, esmagando o colchão já bastante maltratado com meus punhos. Acho que Runu-Didi não vai poder participar das competições interdistritais. E aposto que isso a entristece muito mais do que o tapa de papai.

KABIR E KHADIFA

Parecia que esperava havia muitas horas naquele beco. Atrás dela, as cortinas que marcavam o acesso ao salão de video games estremeceram, liberando faixas de luz que se desenrolaram até seus pés. A noite caíra sem que ela notasse, apagando os telhados do Bhoot Bazaar.

Khadifa se imaginou invadindo a sala e arrastando seu irmão pra fora, mas o senso de propriedade a impediu. Meninas do basti não entram em lugares como aquele, nem mesmo as que têm coragem de vestir saias curtas e de responder aos pais numa discussão. Ela estava fazendo a coisa mais responsável ao interpelar os garotos que chegavam ali, mas eles estavam distraídos demais para dar ouvidos.

"Por favor, meu irmão está lá dentro", repetia a outro rapazinho de bigode eriçado cujo cheiro de fumaça de cigarro, cheiro de adulto, ela agora registrava, com preocupação. "O nome dele é Kabir, ele é pequeno, tem só nove anos. Peça pra ele sair, por favor. Diga que sua irmã está esperando."

A expressão do rapaz não se alterou. Ela abriu espaço para

que ele passasse e tocou o próprio hijab, sentindo-se insegura e deslocada. Mesmo naquele frio, a vergonha queimava suas bochechas.

Cruzando os braços, sentiu uma raiva familiar irradiando-se dentro dela. Ammi enviara Kabir para comprar um pacote de leite no fim da tarde, e depois Khadifa para buscá-lo quando, passadas duas horas, ele não retornou. Não vinha ao caso o fato de que Khadifa tinha amigas com quem conversar e trabalhos de costura por terminar. Se Kabir se comportava mal, cabia a Khadifa resolver a questão. Isso era justo?

Ammi não estava nem aí para a justiça. Ultimamente só pensava no novo bebê que crescia em seu ventre. A doçura com que Ammi falava ao bebê tarde da noite e cedo da manhã, sussurrando-lhe, numa voz carregada de sono, que mal podia esperar para conhecê-lo — e por que não haveria de ser também um menino, tal como os pais queriam? — tirava Khadifa do sério. O novo irmãozinho muito provavelmente seria outro delinquente, igualzinho a Kabir. Khadifa não teria tempo para mais nada, a não ser para perseguir essas pestes; não teria nem um minuto para experimentar um esmalte novo ou uma tiara na casa de uma amiga.

Ammi e Abbu ainda não sabiam, mas Kabir vinha faltando às aulas na escola que não era bem uma escola, mas um centro administrado por uma ONG onde estudantes de dois a dezesseis anos eram jogados na mesma sala. Ele evitava os sermões e as preces das tardes de sexta na mesquita e surrupiava rupias da carteira de Abbu, sempre tomando o cuidado de extrair uma ou duas notas por vez, sem levantar suspeitas. O dinheiro que ganhava cumprindo pequenas tarefas para os comerciantes pelo Bhoot Bazaar não era suficiente para lhe comprar o número de horas de jogo de que ele precisava. Roubaria até de Khadifa — ela poupava mais da metade do dinheiro que ganhava costurando —, mas a irmã sabia que tinha de prestar atenção a ele, e o enxotava antes que ele chegasse perto de suas economias.

Os pais eram lenientes com Kabir, talvez porque fosse homem, mas uma vez que ficassem cientes de seus roubos, e das ausências na escola e na mesquita, eles os enviariam para o vilarejo onde viviam os avós, e com certeza designariam Khadifa para a posição de babá. Consideravam-na confiável o suficiente para cuidar dele sozinha, o que, para Khadifa, não deixava de ser um elogio; no entanto, como Alá bem sabia, não era esse tipo de honraria que ela desejava.

Ammi sentia falta do lar de sua infância, a três horas de ônibus do basti. Falava frequentemente da doçura das frutas e da pureza do ar que trocara por esta cidade onde sequer conseguia respirar. Mas, para Khadifa, o vilarejo era um mundo diferente, outro país. As noites lá eram passadas numa escuridão silenciosa pontuada apenas pelo som dos búfalos estalando os rabos e dos mosquitos zumbindo, pois o mulá banira o rádio e a televisão e talvez até mesmo a conversa. Os avós baixavam a cabeça quando o tal mulá dizia que as meninas deviam se casar antes de ficarem velhas demais, o que, segundo ele, acontecia por volta dos treze, catorze anos.

Kabir não perderia nada se mudasse para o vilarejo; Khadifa perderia tudo.

Ela perdia a cabeça pela forma como ele agia, como se merecesse aquelas regalias. Khadifa tinha amigas cujos irmãos mais velhos jogavam nessas salas de video game, e fora por intermédio deles que ela descobrira as diversões secretas de Kabir; pelas amigas, poderia pedir a algum garoto para dar um susto em Kabir. Quem sabe até uns safanões. Ele merecia, como Alá bem sabe.

Khadifa chutou um pouco de terra, capturando o olhar irritado dos transeuntes, depois se apertou contra a parede, na esperança de que a fumaça que a circundava a escondesse. Foi quando a cortina que encerrava a entrada da sala se abriu. Kabir pôs os pés pra fora, piscando, os olhos se ajustando lentamente à luz pálida do beco. Foi quando viu a irmã e sorriu, envergonhado.

"Onde está o leite? E o dinheiro?"

Seus dedos conferiram os bolsos como se ainda houvesse alguma chance de que seu cérebro confuso não tivesse gastado tudo em jogos. Khadifa o escoltou até uma barraca que vendia leite e coalhada. Por todo o caminho recriminou o irmão por seu egoísmo.

"Os hindus estão atrás de nós, estão nos chamando de porcos terroristas, de sequestradores e assassinos de crianças, mas você, você não consegue pensar em outra coisa que não nesses jogos idiotas!"

O coração de Kabir doeu quando a irmã disse aquilo, sobretudo porque era verdade. A princípio, o jogo era um passatempo, mas agora ele ansiava pelas excitações, bombas e tiros tal como os viciados em cola que via nos becos sujos sofriam desejando Eraz-ex. Ele se esquecera de fazer as orações naquele e em vários outros dias, e a chamada do muezim fracassara em tocar sua consciência, pois nada o alcançava ali onde a única coisa mais alta que o barulho dos tiros era o fluxo de provocações ridículas que jorrava das bocas dos jogadores. *Mil paus no seu rabo, irmão*, ou *Você só está nesse mundo graças a uma camisinha furada.*

Ele sabia que era jovem demais para andar metido naquela sala de TVs de telas riscadas e de controles quebrados, iluminada apenas por uma lâmpada e arejada por um ventilador de teto cujas hélices há muito viviam cobertas de poeira escura. Mas fora da sala de video game ele não era ninguém; lá dentro, ele era bom de luta e parte de algo maior do que o basti e o bazar.

"Não vou fazer isso de novo", prometeu, não muito certo de que falava a verdade.

"Não vai", disse Khadifa. "Vou me encarregar disso, pode ter certeza."

Esperando outra descarga de raiva, retesou-se, mas a irmã se calara. Parecia cansada. Viu-a comprar o pacote de leite com dinheiro que deve ter ganhado trabalhando e se sentiu envergonhado. Não sabia como pedir desculpas.

Uma multidão se reunira no beco. No centro de tudo, dois mendigos, um deles numa cadeira de rodas com um megafone amarrado a ela; o outro, o camarada que o empurrava para lá e para cá. Contavam uma história a um grupo de crianças voltando de um jogo de críquete ou de futebol e discutiam entre si sobre como a história devia ser contada. Fascinada, Khadifa parou para ouvi-los, empurrando do caminho o garotinho na frente dela para enxergar melhor.

Já era tarde, e os dois estavam atrasados, mas Kabir não disse nada. Os mendigos contavam da Rani dos Cruzamentos, uma mulher-fantasma que salvava meninas em apuros.

Mesmo quando assistia TV, Kabir percebia sua mente derivando para *Call of Duty 2*, mas a Rani dos Cruzamentos era uma história tão brutal que por alguns minutos ele esqueceu o coice da MP40 com a qual moía seus adversários, e os respingos de sangue que vazavam subsequentemente no seu campo de visão.

Esta história é um talismã, dizia o mendigo na cadeira de rodas. *Guardem-na no fundo de seus corações.*

Sua irmã lhe deu uma leve cotovelada e disse que era hora de ir. As ruas começavam a se esvaziar.

Apressaram-se pra casa. Os pensamentos de Kabir logo se voltaram para a sala de jogos. Hoje, lutara contra os nazistas na Rússia. Imagens do jogo surgiam diante de seus olhos: um inverno longo e frio, a neve se polindo em gelo, e ele escondido atrás de uma pilastra, atirando uma granada, uma cortina de fumaça salvando-lhe da artilharia inimiga. Pensava nisso tudo quando tropeçou em alguma coisa, tombando sobre uma lombada no chão, seus dois mundos se misturando à dor que o inundou dos pés à cabeça.

Os óculos de sol de plástico, de moldura preta e aros amarelos, cuidadosamente presos ao colarinho do suéter, terminaram esmagados debaixo dele. Ainda no chão, ergueu o peito para conferir se estavam quebrados, mas não: apenas arranhões. Tornaria a usá-los amanhã, fizesse sol ou não, pois dessa forma se sentia cheio de si ao ingressar na sala de jogos. Mas ele não voltaria lá, voltaria?

Khadifa esperou o irmão se levantar, observando a fumaça borrar casas e postes, sentindo uma inesperada onda de ternura. Kabir ainda era uma criança — uma criança vivendo num mundo de adultos. Era exaustivo, mesmo para ela.

"Tudo bem?", perguntou.

Ele fez o sinal positivo com o polegar.

"Você acha que Ammi vai nos obrigar a mudar?", perguntou Kabir, ao se erguer. "Para outro basti? Porque aqui os hindus" — fez uma pausa — "querem nossas vidas?"

"A polícia prendeu os muçulmanos que quis. Os hindus devem estar satisfeitos. Vão nos deixar em paz." Ela torcia para que isso fosse verdade. Não conhecia os homens que a polícia prendera e estava feliz por isso.

Khadifa não queria mudar de basti. Todas as suas amigas viviam ali, garotas que, quando os pais saiam para trabalhar, lhe telefonavam para brincar de festas hi-fi, que lhe emprestavam roupas e joias e que fofocavam sobre os casos de amor escandalosos que os adultos consideravam segredos seus. Foram essas garotas que lhe ensinaram a costurar lantejoulas em blusas enviadas a granel das fábricas e a reservar algumas para ela mesma, de modo que os lenços com que cobria a cabeça também pudessem brilhar.

A ideia de deixar tudo isso para trás e ser forçada a se casar a levou de novo à beira de um ataque; queria gritar, quebrar as pulseiras de vidro vermelho em seus pulsos batendo as mãos contra as paredes. Mas algo nela a impedia. Talvez Ammi e Abbu estivessem certos; ela era uma criança responsável.

Kabir esperou a irmã dizer algo, mas ela não o fez. Queria não ser uma decepção tão grande para ela. Decidiu que de agora em diante só gastaria seu tempo em lugares bons e dignos, como a academia no Bhoot Bazaar cujos cartazes prometiam transformar *cordeiros em leões*. Kabir via seu peito tornando-se largo e musculoso como os de um herói de filme híndi. Imaginava seus passos ecoando pesados pelos becos, os comerciantes para quem trabalhava estremecendo ao vê-lo passar. Mas esses grandes pisões agora lhe pareceram reais, e ele se virou para ver o que parecia uma forma desajeitada envolta num cobertor preto. Mas como poderia saber se aquilo era real? Metade de sua mente ainda estava em 1942.

Khadifa olhou para o irmão e, pela expressão vidrada em seu rosto, pôde ver que ele se perdia em sonhos outra vez.

"Não há segredos neste basti", Khadifa disse. "Abbu logo vai descobrir quanto dinheiro você rouba dele para desperdiçar com video game. E vai te expulsar. Você terá de viver na rua, cheirando cola pra dormir em noites frias como essa."

Dessa vez foi Khadifa quem viu algo se mover. O brilho de uma moeda de ouro na escuridão. Olhou pra Kabir e percebeu que ele vira a mesma coisa. Os dois já deviam estar em casa. Tinham ouvido as histórias das crianças sequestradas.

Pelo canto do olho, viu o flash de uma agulha de prata, o esvoaçar de um pedaço de tecido que exalava um cheiro doce, tão forte que cortou o ar esfumaçado e alcançou seu nariz. Ouviu o tilintar de pulseiras, outras, que não estavam em seus pulsos. O pacote de leite em sua mão pareceu úmido e lamacento.

"Se está com medo, você pode chamar a Rani dos Cruzamentos", disse Kabir, vendo a irmã estremecer. "Ela protege garotas!"

"Fantasmas hindus não farão nada por nós", disse Khadifa, agarrando a mão do irmão e correndo. "E você, quem vai proteger você?"

TRÊS

ESTA HISTÓRIA VAI SALVAR SUA VIDA

Acreditamos que os djinns se mudaram para este palácio na época em que nossos últimos reis morreram, seus corações partidos por conta das vitórias traiçoeiras de homens brancos que se julgaram nossos soberanos. Ninguém sabe de onde vieram os djinns, se o Todo-Poderoso Alá os enviou, ou se foram convocados pelos conjuros febris dos devotos. Estão aqui há tanto tempo que devem ter visto os muros deste palácio desabarem, os pilares amolecidos pelo musgo e pelas trepadeiras, e as serpentes deslizando pelas pedras despedaçadas como sonhos tremeluzindo à luz da alvorada. Todo ano devem sentir o vento soprando as magnólias-amarelas no jardim, despojando-as de flores, tão perfumadas quanto frascos de essências de rosas.

Não podemos ver djinns a não ser que tomem a forma de um cão preto ou de um gato ou de uma cobra. Mas sentimos a presença deles assim que adentramos os recintos deste palácio, no estremecimento que eriça nossa nuca como um galho de arbusto, na brisa percorrendo nossa roupa, e na leveza que sentimos no coração ao rezar. Podemos ver que você está com medo, mas *escute, escute*, há anos cuidamos deste palácio de djinns, e podemos assegurá-lo, eles nunca machucaram ninguém. Sim, existem djinns malignos, e djinns trapaceiros e infiéis que desejam possuir nossas almas, mas os que aqui vivem, os djinns que leem as cartas que os crentes lhes escrevem, estes são djinns bondosos que o Todo-Poderoso Alá moldou a partir do fogo sem fumaça para nos servir. São santos.

Observe a multidão de pessoas que perambula por esses espaços, veja como lançam ao céu cubos de carne para os milhanos arrebatarem, ou como depositam recipientes cheios de leite para os cachorros, na esperança de que um dos milhanos ou um dos cachorros seja na verdade um djinn disfarçado. Esses crentes pertencem a todas as religiões. Não são apenas muçulmanos, Faiz — esse é seu nome, certo? Faiz, veja, aqui temos hindus, e sikhs, e cristãos, e talvez até budistas. Eles chegam portando as cartas que escreveram para os djinns e colam suas petições nos muros empoeirados. À noite, quando os portões se fecham, e as pontas de cinza dos incensos colapsam ao chão, os djinns leem as cartas perfumadas com o aroma de incenso e flores. Leem rápido, diferente de nós. Se consideram seu desejo genuíno, concedem-no.

Como cuidadores do lar dos djinns, já vimos isso acontecer diversas vezes. Mas não acredite apenas no que digo. Ali, próximo à magnólia-amarela, você verá um homem de cabelos grisalhos dando ordens a quatro garotos que estão transportando caldeirões de biryani. Por muitos anos a filha dele sofreu de uma tosse constante que remédio algum curava. Ele a levou a hospitais públicos, a hospitais particulares que pareciam hotéis cinco estrelas, a uma mulher de poderes divinos que vivia numa cabana às margens do mar Arábico, e para o ashram de um baba no alto dos Himalaias. Ela passou pelo raio X, pela tomografia computadorizada e pela ressonância magnética. Usava anéis com pedras azuis, verdes e roxas, boas para a saúde. Nada ajudou. Então alguém contou a eles sobre este lugar, e o pai veio aqui com uma carta para os djinns-santos. Àquela altura ele faria qualquer coisa pela filha, arrancaria todos os dentes e os envolveria com um tecido de cetim, como pérolas, se os djinns assim o desejassem.

A carta que escreveu aos djinns era breve. Há quem escreva páginas e páginas listando infortúnios e cole cópias de certidões de nascimento e casamento, e escrituras de vendas de casas que estão sendo partilhadas de modo desigual e sem acordo, entre irmãos e irmãs e tios e tias. O pai, no entanto, escreveu apenas: *Por favor, tenham piedade de nós e curem minha filha da tosse.* Nós sabemos porque ele nos mostrou a carta. Anexou uma foto da filha *de antes,* antes de a tosse transformá-la num esqueleto ruidoso, também.

E, agora, veja você mesmo. A filha é a menina de salwar--kameez verde ao lado da magnólia-amarela. Seu cabelo está inteiramente coberto por um lenço para que não seja uma tentação aos djinns — mesmo os djinns de boa índole têm uma fraqueza por moças bonitas, não vamos mentir —, mas ela não parece bem? Há cor em suas bochechas, força em seus ossos, nenhuma curva em sua coluna, e a tosse desapareceu. Vai se casar no próximo mês. O pai está agradecendo aos djinns servindo biryani aos visitantes.

Você fez bem em vir aqui. Agora, deve entrar e se juntar à sua ammi e ao seu irmão. Está escuro lá dentro, sem dúvida. As ondas de fumaça das velas e dos incensos mancharam os muros de preto. Não mentiremos, você se deparará com visões amedrontadoras: uma mulher trêmula, a insanidade espirrando de seus lábios, trazida aqui pelo marido na esperança de que nossos bons djinns expulssem o djinn pernicioso que reside dentro dela; um rapaz batendo a cabeça contra a parede até que o sangue irrigue sua pele; e morcegos que pendem de cabeça pra baixo dos tetos caídos, seus berros agudos ecoando como um coro para as orações frenéticas dos desolados.

Mas *escute, escute*, nossos djinns-santos são poderosos. A carta da sua ammi dirá a eles o que sua família deseja: boas notas para você em sua próxima prova, uma esposa apropriada para seu irmão, o regresso seguro de um primo desaparecido ou de um amigo. Talvez — e não estamos dizendo que este é seu caso — você busque justiça para o seu pai ou alguém de sua família que foi perseguido injustamente pela polícia ou pelos tribunais. Não fique tão surpreso. Acontece conosco, muçulmanos, com mais frequência do que você imagina. Mas não importa que maus ventos soprem ao seu redor, confie em nós, os djinns os dispersarão.

E vamos lhe contar um segredo: nas ruas mais harmoniosas deste país, ladeadas por jamelões e acácias imperiais, vivem políticos que se tornaram ministros da União só porque chamam a nós, muçulmanos, de estrangeiros. Vociferam em comícios que o Hindustão pertence apenas aos hindus, e que pessoas como você e eu devíamos ir para o Paquistão. Mas mesmo eles vêm até aqui rezar. Ao amanhecer, quando essas ruínas estão quase vazias, enviam seus sequazes a fim de evacuar estes recintos, de modo que ninguém possa tirar uma foto deles se curvando perante nossos djinns. São também eles que impedem os órgãos arqueológicos de proibirem estas visitas, pois confiam em nossos djinns tanto quanto nós. Esses políticos têm língua podre e coração pérfido, mas os djinns não os expulsam. Aqui, todos são iguais.

Converse com qualquer visitante. Você vai descobrir que estão aqui porque perderam alguma coisa. Por vezes perderam a própria esperança, e é aqui, nestas ruínas que tanto o amedrontam, que encontrarão uma razão para viver.

Mocinho querido, escute-nos para o seu próprio bem. Tire os chinelos, lave os pés — e entre. Os djinns estão esperando.

A escola do Ano-Novo é...

… é a mesma do ano passado, mas pior, por causa das provas. Quando toca o último sino, Pari e eu ficamos no corredor, ela roendo as unhas e refazendo contas, porque acha que errou uma questão da prova de matemática. Eu devo ter errado uma-duas--três-dez-todas, mas não me importo. Conto a Pari que papai deu um tapa em Runu-Didi, e ela flexiona e desflexiona o pulso e diz: "Cinco vezes, você já me contou isso cinco vezes hoje".

"Nem contei", digo. Pari nem me deixou falar qualquer coisa esta manhã, pois queria fazer revisões na cabeça. Queria que Faiz estivesse aqui, ele sabe ouvir. Mas Faiz está em algum cruzamento, vendendo rosas ou capas de celular ou brinquedos que nós mesmos não temos. De qualquer forma, estamos velhos demais para brinquedos. Ele está perdendo as provas, e depois perderá muitos dias de aula, talvez um ano inteiro, caso Tariq--Bhai não seja solto logo.

Runu-Didi aparece no corredor.

"Estamos prontos", digo, quando ela se aproxima. Didi, Pari e eu temos de voltar pra casa juntos.

"Não espere por mim", diz Didi. "Preciso falar com meu treinador."

"Ele vai ficar com raiva por você perder o interdistrital?", pergunta Pari.

O olhar duro de Didi me recrimina por ser tão fofoqueiro. "Ele terá de fazer uma mudança importante no último minuto. O que acha?"

As orelhas de Didi parecem nuas sem brincos. Estico a mão para fazer um carinho em seu antebraço.

"Chi", diz ela, "por que sua mão está tão grudenta?"

"Melhor não perguntar", diz Pari.

"Pari é quem coça o traseiro. Não eu."

"Sai pra lá", diz didi.

"Vai lá tirar carrapato das bolas do seu namoradinho técnico. É o que você faz de melhor!", eu me vejo dizendo.

Pari fica pasma e cobre a boca com ambas as mãos. Marcho rumo ao portão da escola, e Pari corre atrás de mim. No portão, me viro para olhar para Runu-Didi. Ainda está parada no corredor do lado de fora das salas, recostada numa pilastra. Seu fã, o espinhento, está do outro lado da pilastra, abrindo um sorriso largo para o que deve ser a câmera de seu celular. Ele corre a língua lentamente sobre os dentes. Didi está olhando para a parte da área de recreio onde o técnico está prestes a começar o treino com as garotas, então talvez não tenha reparado no fã.

Ninguém falou sobre Kabir e Khadifa hoje; talvez porque não são da nossa escola. Mesmo o diretor não citou os nomes dos dois na assembleia, mas recomendou que ficássemos alerta o tempo todo.

"Runu-Didi me disse pra voltar sozinho", explico quando mamãe chega. "Ela ainda está na escola. O técnico deve tê-la obrigado a treinar mais."

Didi e eu estamos brigados, então não precisamos guardar os segredos um do outro. Essa é a regra. Didi entenderá.

Mamãe suspira e se senta na cama. Olho para o despertador. São seis da tarde, o que significa que são seis e quinze, ou seis e meia. O treino de didi já deve ter terminado. Acho que ela está na rua só pra desafiar papai e mamãe. É uma coisa idiota de se fazer.

"Runu deve estar com raiva", diz mamãe. Ela fecha os olhos e começa a rezar, *Senhor, que minha filha esteja segura.* Diz isso nove vezes e abre os olhos.

"Os pais não devem bater nos filhos", digo. "Não estamos nos tempos antigos, como quando você era criança."

Mamãe vai falar com Shanti-Chachi. Visto outro suéter sobre o suéter que já estou vestindo. Mamãe volta e me diz que ela e que o marido de chachi vão à escola conversar com o técnico.

"Vou com vocês."

"Jai, não tenho tempo pra isso hoje."

Mamãe sai. Peço desculpas para Runu-Didi na minha cabeça. Peço que volte. E prometo que nunca vou perturbá-la. Shanti-Chachi senta comigo e massageia minhas costas e me diz para respirar lentamente.

"Onde está sua mãe, Jai?", escuto papai perguntar. "Shanti, o que se passa?"

Eu rezo fervorosamente. E escuto a voz de Runu-Didi. Ela voltou! Olho ao redor. Nada. Meus ouvidos me enganaram.

"Como assim Madhu está procurando por ela?", grita papai. "Onde está Runu?"

Quando levanta a voz com raiva, papai parece muito maior. Fico querendo me enrolar como uma centopeia ou me meter no meu casco como uma tartaruga e nunca sair.

"O que Runu disse exatamente?"

Papai está falando comigo. Eu conto tudo, mas também não conto tudo — não conto que disse *as bolas do seu namoradinho técnico*, por exemplo.

"Runu queria falar com o técnico?", pergunta papai, me puxando pela gola. "Quanto tempo você acha que demora falar? Não podia esperar por ela?"

"Não grite com Jai", pede Shanti-Chachi. "Ele é só uma criança."

Quando papai me solta, digo: "Didi não foi sequestrada. O treinador deve tê-la convencido a ficar na equipe".

Papai puxa o celular e liga pra alguém.

"Vou pra escola agora mesmo", anuncio. "Vou trazer a Runu."

"Shanti, pode ficar com ele?", papai pede, o celular no ouvido esquerdo.

"Claro."

Eu me espremo no canto onde fico de cabeça para baixo na cama e tento pensar como um detetive, mas não consigo por causa do barulho ao meu redor. Os vizinhos não param de entrar perguntando a mim e a Shanti-Chachi se recebemos alguma notícia. Batem-se contra o saco de coisas preciosas de mamãe e espalham nossos livros e roupas. Discutem se um muçulmano terá levado Runu para vingar a degola do Búfalo-Baba. De início, falam em voz baixa, de modo que eu não escute, mas a ansiedade é tão grande que logo se esquecem e as vozes se elevam até o céu. Shanti-Chachi pede que não criem teorias até sabermos mais. Quando não escutam, ela ameaça cortar suas línguas venenosas.

Belisco meu braço para acordar desse pesadelo, mas já estou acordado. Faço a mim mesmo as perguntas que Pari e eu fizemos ao irmão e à irmã de Bahadur. Decido que Runu-Didi está se escondendo porque papai bateu nela, embora tenha sido só um tapa sem importância.

Shanti-Chachi confere com as amigas de Runu no basti se sabem onde ela está. Não sabem. "Ela estava bem hoje de manhã na torneira", diz uma delas. "Não parecia chateada."

Uma chachi me pergunta se didi poderia ter ido a um shopping, ou ao cinema, mas didi não tem dinheiro para assistir filmes, e nós nunca vamos a shoppings, e de qualquer jeito os seguranças nem deixam a gente entrar. Shanti-Chachi liga para o celular de mamãe. Mamãe diz que didi não está na escola, e que ela e papai estão indo agora à casa das colegas de equipe de didi.

Eu tento imaginar onde didi possa estar. Eu teria me escondido atrás de um carrinho de mão no Bhoot Bazaar, ou na kirana onde Faiz trabalha. Mas Runu-Didi não pode se esconder nesses lugares, pois é menina e, além disso, como ela não conhece os donos das lojas, eles lhe diriam para ir pra casa.

As pessoas procuram Runu-Didi a noite inteira, sem sucesso. Eu acredito e não acredito. Mamãe e papai voltam pra casa, os cabelos de mamãe grudando nas bochechas, os olhos de papai mais vermelhos e esbugalhados. Pergunto se posso sair pra procurar minha irmã. Meu plano secreto é encontrar Samosa e deixar que ele rastreie didi. Mamãe me diz para não mexer um dedo.

Já estive nesta noite antes. É a noite em que Bahadur desapareceu, e também a noite em que Omvir e Aanchal e Chandni e Kabir e Khadifa desapareceram.

Pari e a mãe vêm nos visitar. Pari se senta comigo na cama, e sua mãe chora ainda mais do que a minha. Faiz também nos visita com sua ammi. "O que esses mouros estão fazendo aqui?", pergunta uma chachi, apontando o queixo para a ammi de Faiz.

Estou flutuando sobre todo mundo, vendo-os chorar, trocar fofocas. Algumas pessoas estão aqui apenas para se banquetear com nossas lágrimas e palavras. Vão levar nossas histórias nos lábios, lábios que despontam como bicos, e com elas alimentarão seus maridos e filhos, que não estão aqui. "Bateu em Runu como se ela tivesse dois anos", ouço uma mulher dizer. "Shanti me disse. Você não pode levantar a mão pra filha depois de certa idade."

"Não escute essas pessoas", diz Pari.

"Você não tem que estudar?", pergunto.

"Essas provas não importam. Elas não podem nos reprovar até o nono ano."

"Também não estou nem aí para as provas", diz Faiz. "Não tem importância."

A mãe de Pari volta a chorar.

Papai sai com alguns homens para procurar no lixão, no bazar e nos hospitais.

Isso não está acontecendo. Está, sim. Deus está girando uma chave de fenda na minha pele, sem parar pra descansar.

As pessoas falam de Runu-Didi. *Ela era uma menina tão boa*, dizem. *Fazia tudo na casa sem reclamar. Falava com todo mundo com educação, mesmo quando tinha alguma confusão na torneira. Essa história de corrida, ela teria superado isso em um ano ou dois, e então teria sido uma esposa perfeita, uma mãe perfeita.*

Não sei quem é essa pessoa de quem estão falando.

"Minha filha não morreu para vocês falaram assim sobre ela", diz mamãe, o suor escorrendo pela testa. Todos se calam.

Quarenta e oito horas. Quando crianças desaparecem, se você não consegue encontrá-las em quarenta e oito horas, então é mais provável que estejam mortas. Não tenho certeza se são vinte e quatro ou quarenta e oito horas. De qualquer modo Runu-Didi não está morta agora.

"Você lembra daquele garoto cheio de espinhas?", pergunto à Pari. "Um colega de classe de Runu-Didi que segue didi pra todo lado como se fosse um cachorro ou coisa do tipo?"

"Eu sei quem é", Faiz diz. "Ekdum-lixo."

"Ele estava do lado dela quando a vimos pela última vez. Lembra?"

"Vou contar pra alguém", diz Pari. "Vamos encontrá-lo."

Quando olho pra ela, não sei dizer se Pari está chateada ou triste, porque fala como sempre costuma falar. Sua voz não é nem alta nem baixa. Fico com a sensação de que não devo me preocupar tanto. Continuo observando Pari, na esperança de que a chave de fenda saia de dentro do meu peito, mas ela e sua mãe chorosa precisam se afastar de mim para que Pari possa contar a respeito do garoto espinhento às pessoas certas, e tudo dói ainda mais do que antes.

"Jai, veja o que um homem me deu hoje", diz Faiz. É uma nota verde amarrotada que Faiz desamassa entre as mãos. "Dólar americano."

"Não é hora para isso", diz sua ammi.

Faiz guarda o dinheiro no bolso. Há coriza no seu nariz.

Se didi tivesse um amuleto como o de Faiz, ela já estaria em casa a essa altura?

Alguém conduz mamãe e eu para fora da casa, pois os visitantes estão sugando todo o nosso ar e nenhum de nós consegue respirar. Nos sentamos no charpai do lado de fora da casa de Shanti-Chachi. As lágrimas escorrem pelo rosto de mamãe, e ela não as enxuga.

Quero dizer à mamãe que didi desapareceu por minha culpa. Eu disse uma coisa terrível a ela, mas, pior ainda, outra noite desejei que um djinn malvado a levasse. Convidei o djinn ao nosso lar.

Os olhos de mamãe me circulam como uma caneta de tinta vermelha ao redor de uma resposta errada. Aposto que preferiria que eu tivesse desaparecido em vez de Runu-Didi. Eu não ganho medalhas. Não tiro notas boas. Não ajudo com as tarefas de casa. Nunca na vida trouxe água da torneira pra casa. Mereço ser levado. A fumaça se torce ao redor das minhas orelhas, sussurrando a mesma coisa. *Devia ter sido você-você-você.*

Mamãe espalma as mãos no colo. Vejo marcas de queimadura e de pequenos cortes de faca em sua pele. Ela trabalha demais, rápido demais, aqui em nossa casa e no apartamento da madame hi-fi. Só Runu-Didi a ajudava. Eu nunca ajudei.

Ouço a voz de Pari. Está abrindo caminho agitando os braços entre a multidão que nos rodeia. "Dá licença, dá licença", ela grita aos nossos vizinhos até chegar ao charpai.

"Seu pai foi ao Shaitani Adda", ela diz. "Está falando com os colegas de classe de Runu-Didi. Vai falar até com o espinhento, ok?"

Faiz se junta a nós.

"Jai, você precisa ser forte agora, pela sua mãe", Pari me diz.

Faiz discorda: "Ele pode chorar um pouco se quiser".

Eu não quero chorar, mas também não consigo interromper minhas lágrimas. Tem uma bolha de alguma coisa salgada na minha boca, e eu engulo, porque não consigo cuspir. Vejo mamãe me olhando com uma expressão estranha, as lágrimas banhando seu queixo e seu pescoço. *Por que está chorando?,* seu rosto me pergunta. *Você nunca se importou com sua didi. Você vivia brigando com ela.*

Por volta da meia-noite, a multidão escasseia. Pari precisa ir, pois tem a prova amanhã — *hoje* —, e Faiz precisa trabalhar. Pari aperta minha mão com força, e mesmo suas mãos, que costumam ser geladas, estão quentes por ter estado numa multidão por tanto tempo.

"A culpa é minha", sussurro-lhe. "Eu quis que o djinn levasse Runu-Didi em vez de mim."

"Não fale besteira", diz ela, mas de um modo doce. "Você não é o sequestrador. É alguma pessoa ruim do nosso basti."

"Djinns não escutam você ou qualquer outra pessoa", diz Faiz. "Eles fazem o que bem entendem."

Logo ficamos apenas mamãe, a mãe de Bahadur e eu. A mãe de Bahadur nos conduz para dentro de casa, e se senta num canto, tossindo, e de vez em quando encara mamãe e chora. Conta da manhã em que flagrou Bahadur escondendo uma faca de cozinha na mochila da escola. Quando perguntou o que ele pretendia, ele disse: *Vou levar pra papai não poder esfaquear você.*

"Pra você ver como ele se preocupava comigo", diz a mãe de Bahadur. "E o que fiz por ele?"

Logo ela também se vai. A fumaça se arrasta para dentro de casa pela porta entreaberta, embaçando nossa luz já turva.

Papai chega em casa, sozinho, balançando a cabeça. "Ela não está lá", conta à mamãe, e ela explode num choro ruidoso, e papai chora também, e os dois parecem bebezinhos.

"Você foi ao Shaitani Adda?", pergunto a papai. "Falou com o garoto que vive atrás de Runu-Didi? Viu a mochila dela em algum lugar?" Faço essas perguntas como um detetive, e elas soam estúpidas aos meus ouvidos, e parece que falo de uma pessoa estranha e não da minha irmã.

"Aquele menino disse uma coisa esquisita", diz papai. Mas está contando pra mamãe, não pra mim. "Disse que, depois de falar com o treinador, Runu saiu e parou perto desse lugar que Jai chama de Shaitani Adda. Como se quisesse ser sequestrada. Aquela área é deserta mesmo durante o dia. O garoto disse" — os soluços de papai sacodem seus ombros e chacoalham seu peito — "que Runu o empurrou. Tão forte que ele caiu no chão. E depois disso ele foi pra casa."

"Ele foi pra casa mesmo?", pergunto.

"As pessoas que vivem perto da casa dele o viram. Ele ajuda os filhos deles com a lição de casa, e ajudou esta noite também."

"Por que Runu faria algo assim?", pergunta mamãe.

"A culpa é minha", diz papai, puxando violentamente o próprio cabelo como se quisesse arrancar todos os fios. "A culpa é minha."

Pela manhã vamos à delegacia...

... onde a ammi de Faiz e Wajid-Bhai já se encontram ao pé da mesa do oficial sênior. Wajid-Bhai demanda justiça numa postura desleixada, as palavras escapando-lhe da boca com facilidade. Deve estar dizendo a mesma coisa aos policiais há dez, doze dias. A ammi de Faiz tem nas mãos um arquivo e por vezes o estende ao policial, que finge não vê-lo.

Reparo na bolsa de tecido branco que papai trouxe, onde mamãe guardou o tubo de Parachute. Eu bem queria ter trabalhado mais dias, acrescentando mais rupias ao tubo. Mamãe sequer conferiu quanto dinheiro tem ali.

Na sacola há também uma foto de Runu-Didi. Não precisei dizer aos meus pais que para investigar o caso de uma criança desaparecida é preciso uma foto. Eles já sabiam. Na foto, didi recebe um certificado por ter vencido uma corrida. Ela e a pessoa que lhe concede o certificado estão voltadas apenas em parte para a câmera, e didi sorri como se preferisse não fazê-lo. Uma medalha pende de seu pescoço numa fita laranja.

Não temos uma foto apropriada de Runu-Didi, um registro de estúdio, como as de Bahadur e Chandni, tampouco temos fotos de família em que todos nós aparecemos parados em frente às dobras de uma cortina pintada que imita o Taj.

Uma mulher vestida num sári verde com o pallu enrolado na cabeça, ambas as mãos protegendo o bebê em seu ventre, para na frente de mamãe. "Meus filhos também sumiram", ela diz. "Kabir e Khadifa."

"Você falou com a polícia?", pergunta papai.

O homem com a mulher grávida, que deve ser o abbu de Kabir e Khadifa, sussurra: "Precisamos continuar enchendo o saco deles até que façam alguma coisa".

Eles pedem para irmos com eles ao oficial júnior, que balança a cabeça compreensivelmente, escutando o relato de um homem vestido como se trabalhasse num escritório chique. Um motorista de ônibus tirou uma lasca de seu carro, avaliado em trinta e duas lakh rupias. O policial emite um som sibilante ao escutar o preço, como se tivesse queimado as mãos em água quente.

"Não é a mim que vocês têm de convencer da inocência do filho de vocês", diz o oficial sênior, dirigindo-se à ammi de Faiz e a Wajid-Bhai. "Falem com o advogado. O juiz deu ordens para mantê-lo preso por mais quinze dias, e só o juiz pode liberá-lo."

Pelo menos eles sabem onde Tariq-Bhai está, ainda que seja num lugar terrível como a prisão. Eu preferiria Runu-Didi numa cela do que no carro de um sequestrador, numa fornalha de preparar tijolos, ou na barriga de um djinn.

O oficial sênior nos chama. Pede a Wajid-Bhai e à ammi de Faiz que se retirem. Ao passar, a ammi de Faiz afaga a mão de mamãe.

Mamãe e papai, e o abbu e a ammi de Kabir e Khadifa, todos começam a falar ao mesmo tempo. "Calma, calma", pede o sênior. O celular de mamãe começa a tocar, e, nos dois segundos necessários para que ela corte a chamada, o sênior reclama: "Acha que isso aqui é um bazar por onde você perambula distraída, decidindo o que comprar?".

"É minha patroa. Deve estar se perguntando por que não apareci."

Papai entrega a foto de Runu-Didi ao oficial sênior e diz que ela é a melhor atleta da escola, talvez do estado inteiro. Quando for mais velha, ele diz, ela competirá nos jogos nacionais e nos da Commonwealth. Quando eu contar para Runu-Didi que papai a elogiou, ela vai rir e dizer *quem diria que ele teria alguma coisa boa pra falar de mim*. Então me dou conta de que talvez eu nunca mais a ouça falar; os que desapareceram ainda não voltaram. Meus olhos ardem como se alguém tivesse derramado pasta de pimenta neles.

"Já vi você antes", diz o sênior, apontando um arquivo na minha direção. "Você fugiu da escola um dia porque estava entediado."

Mamãe e papai me engolem com os olhos.

Não estou vendo a corrente de ouro da mãe de Bahadur no pescoço do sênior. Talvez ele tenha vendido, dividindo o dinheiro com o júnior. "Você vai colocar a foto de Runu-Didi na internet para enviá-la a outras delegacias?", pergunto.

"O que temos aqui, Byomkesh Bakshi disfarçado?"

O sênior ri como se tivesse feito a melhor piada do mundo. Eu mordo o interior da minha bochecha para não chorar, tal como Faiz.

Papai saca o tubo de Parachute da sacola e põe na mesa do oficial. "Podemos conseguir mais."

"Você acha que preciso de óleo para o cabelo?", pergunta o sênior, recolhendo, no entanto, o tubo, abrindo a tampa e conferindo o que há lá dentro. A ammi e o abbu de Kabir e Khadifa esboçam uma expressão triste. Talvez não tenham nenhum dinheiro para dar ao policial.

O sênior devolve a foto de didi.

"Internet?", insisto.

"Não está funcionando agora."

Mamãe e papai imploram. *Voltem em dois dias*, ele diz, por fim, sacudindo cabeça e pernas, como se nós é que estivéssemos sendo pouco razoáveis.

Do lado de fora da delegacia, digo a papai: "Não temos outro tubo de Parachute".

"Pelo menos ele escutou vocês", diz o abbu de Kabir e Khadifa. "Pra gente ele disse que vai mandar demolir nosso basti, pois só lhe causamos problemas."

Mamãe olha para o céu, como se esperando que Deus apareça e nos dê uma resposta, mas a fumaça mantém o zíper de seu casaco fechado e não deixa passar nem um fiapinho de luz.

Papai e mamãe decidem checar os hospitais que papai não conseguiu ir ontem à noite. Acho que se referem à seção de acidentes, mas talvez também se refiram aos necrotérios, e só não quiseram dizer necrotério na minha frente.

A madame hi-fi volta a ligar. Dessa vez, mamãe atende e explica por que não foi trabalhar hoje. A madame hi-fi não está no viva-voz; mesmo assim posso ouvi-la. *Quando você vai vir? Amanhã? No dia seguinte? Devo encontrar uma nova bai para o seu lugar? Sua filha deve ter fugido com um menino. Ouvi dizer que isso tem acontecido muito na sua área.*

Mamãe não diz nada, só desfia os fios soltos na ponta do pallu. Por fim, fala: "Dois dias, madame. É tudo que estou pedindo. Por favor, me perdoe por lhe causar tantos problemas".

Depois de desligar, papai diz que ele e o abbu de Kabir e Khadifa irão aos hospitais. Mamãe e a ammi de Kabir e Khadifa voltarão pra casa comigo.

"Não tenho medo de necrotérios", digo. Já vi necrotérios na *Patrulha Policial*; são congeladores de metal cheirando a Lizol. Acho.

Os adultos me olham espantados como se eu tivesse dito uma palavra que ninguém deveria dizer, pois dá azar.

"Por que você não ajuda sua mãe a procurar Runu pelo bazar?", papai me diz.

Papai e o abbu de Kabir e Khadifa combinam com um autorriquixá para levá-los aos hospitais. Mamãe, a mãe de Kabir e Khadifa e eu seguimos na direção do Bhoot Bazaar. Os veículos passam rente a nós, mas o barulho já não me incomoda. Uma parede de vidro se ergueu entre mim e o mundo.

Mamãe e eu caminhamos por todos os becos e vias do Bhoot Bazaar, perguntando por Runu-Didi, descrevendo-a mil vezes.

"Ela tem doze anos", diz mamãe.

"Faz treze em três meses", digo. Meu aniversário é um mês depois.

"Prende o cabelo num rabo de cavalo com um elástico branco."

"Salwar-kameez marrom e cinza", especifico. "O uniforme da escola pública."

"Desta altura", diz mamãe, apontando os próprios ombros.

"Estava usando sapatos pretos e brancos."

"Carregava uma mochila de escola, marrom."

Não damos sorte, mas isso é melhor do que ficar sentado em casa. Mamãe não para de ligar para papai e solta um grande suspiro de alívio sempre que ele diz *nada, nada*. Rezo para

Deus, para Mental, para os fantasmas que pairam sobre o Bhoot Bazaar, cujos nomes não conheço. Não quero que Runu-Didi esteja num necrotério. *Por favor por favor por favor.*

Entramos pela rua da theka. O vendedor de ovos está recebendo uma entrega: uma pilha de bandejas de plástico, amarradas ao assento traseiro de uma moto. O entregador não retirou o capacete. Dose e membros de sua gangue tiram sarro de um bêbado caído no chão, meio adormecido, cutucando as costelas dele com os pés. Dose nunca faz as provas, então hoje para ele é um dia como outro qualquer.

Mamãe interroga Dose sobre Runu-Didi. Acho que ela não sabe quem ele é, mas Dose sabe bem de quem mamãe está falando. Ele escancara a boca, estala os dedos para os lacaios, puxa um celular do bolso de trás da calça jeans escura e desliza a tela pra cima e pra baixo. Se sequestrou Runu-Didi, está escondendo muito bem, pois parece extremamente surpreso.

"Ela é aquela que vive correndo, não é?", ele diz, os olhos no celular.

Mamãe confirma com a cabeça, talvez chocada com o fato de que Runu-Didi seja famosa.

Dose pede que esperemos e caminha de um lado para o outro fazendo ligações no celular. À gangue ordena que *procurem Runu, por toda parte.* E se apresenta à mamãe como o filho do pradhan.

"Meu pai está preocupado com o que anda acontecendo no basti. Está fazendo o que pode para ajudar."

"Ele não pode falar com a polícia?"

"Ele vai falar", diz Dose. "Agora vá pra casa. Vamos dar notícias."

Conto à mamãe sobre Samosa e sobre como ele é capaz de rastrear cheiros. Mamãe mal me escuta, só diz *não chegue perto de cachorros de rua, eles têm raiva*. Passamos pela tenda de Duttaram, e explico a ele que Runu-Didi desapareceu.

"O que está acontecendo neste mundo?", ele pergunta. "Quem está fazendo isso com as nossas crianças?"

Os filhos dele estão na escola, e seguros; não estão sequer no nosso basti.

Ele pergunta à mamãe se ela gostaria de um pouco de chá, *não precisa nem pagar*, mas ela recusa.

Samosa sai da casinha debaixo do carrinho de mão, sacode-se para se livrar dos retalhos de coentro apodrecido que o vendedor de samosa jogou de brincadeira sobre seus pelos irregulares e fareja minhas pernas. Samosa é capaz de encontrar Runu-Didi só conferindo meu cheiro; somos irmão e irmã.

"Onde ela está?", pergunto à Samosa, estimulando-o a correr.

"Jai, venha", diz mamãe.

Samosa volta pra debaixo do carrinho. Não pode encontrar Runu-Didi a partir de mim. Eu fedo demais.

Procuramos Runu-Didi pelo bazar e depois pelo lixão. Lá perguntamos às crianças catadoras e ao Badshah-das-Garrafas sobre didi. Tento adivinhar quem poderia tê-la sequestrado. Não é o chacha das TVs, porque ele está preso, nem o espinhento, e nem Dose, pois ele não sabia que didi havia desaparecido. Sobram-me os djinns e criminosos que não conheço.

As lágrimas de mamãe marcam linhas em suas bochechas e ao redor dos lábios que agora parecem ficar azuis. Ele se encosta em mim quando finalmente chegamos em casa, e seu peso me faz pender para o lado. Nossos vizinhos assistem a tudo.

Em casa, mamãe retira o certificado de Runu-Didi do saco

de coisas preciosas ao pé da porta e desenlaça as dupattas que o envolvem. "Lembra quando Runu ganhou isso?"

Eu não lembro. Mamãe quase nunca vai à nossa escola. Eu achava que ela nunca tinha visto Runu correr.

"Uma das colegas de equipe dela deixou o bastão cair", conta mamãe, "mas Runu era tão rápida que elas venceram mesmo assim."

Alguém bate na porta. É Fatima-ben, que força mamãe a aceitar uma marmita. "Roti e subzi, não é nenhum banquete", diz ela. Depois fala do Búfalo-Baba. "Meu coração está pegando fogo desde que o encontrei... naquele estado. Quem faria algo tão cruel, e por quê, não consigo nem imaginar. Não é como o que você está sofrendo, claro..."

Quando ela sai, mamãe põe a marmita na bancada da cozinha.

Shanti-Chachi também nos traz comida, enrolada em papel-alumínio. "Puris, seu favorito, Jai."

Ponho a comida dela por cima da marmita de Fatima-ben.

Mamãe e Shanti-Chachi saem para discutir algum assunto de gente grande.

Olho para os livros de Runu-Didi empilhados no pé da parede. Suas roupas pendem dos pregos. A calça de yoga descansa sobre um banquinho, esperando sexta-feira, o dia da aula.

Posso sentir o cheiro de Runu-Didi em suas roupas. Sinto-o também no travesseiro, já um tanto afundado no meio por conta da cabeça dela. Se eu olhar para o travesseiro pelo tempo suficiente, o sequestrador ou o djinn malvado que levou minha didi a libertará. Olho fixamente, e meus olhos começam arder, mas não paro de olhar.

RUNU

Quando o sinal tocou, todos correram da sala, mas ela se demorou na carteira, organizando os livros, desfazendo orelhas nos cantos das folhas e arranjando as dobras de sua dupatta de modo que formassem um V exato no peito. Podia sentir a goma folgada no uniforme, cuidadosamente ensopado por uma hora na água do arroz, depois enxaguado e pendurado no varal, onde secou devagar, coletando cada cheiro do beco: temperos, cocô de cabra, querosene, fumaça de fogueiras e beedis. Lavar não serve para nada, sua mãe gostava de dizer. Quando Runu terminava treino ao anoitecer, o uniforme já estava pegajoso e úmido de suor de novo.

A mãe não entendia por que Runu dedicava tanto esforço para aquelas poucas horas em que suas roupas pareciam ter sido engomadas por um profissional. Ela não entendia nada sobre Runu. Ninguém entendia.

Runu estava agora na sala de aula vazia, as paredes enegrecidas por teias de aranha e dedos sujos de tinta, a lousa ruindo nos cantos, empalidecido por anos de giz. Ondas de fumaça deslizavam como uma trepadeira desgovernada, irrompendo por janelas que nunca fechavam por completo. Runu via diante de si uma vida que seria sempre uma série de desentendidos e odiava a si mesma — e ao mundo — por isso.

Ela tocou a bochecha no ponto onde, na noite anterior, o pai a estapeara. Ainda podia ouvir o estalo, a mão do pai recuando e então cortando o ar em direção a ela, paralisada. Aquele momento de humilhação felizmente não deixara qualquer marca em sua pele, mas parte dela queria que seu rosto estivesse desfigurado, pois assim mesmo desconhecidos poderiam constatar que um homem não precisa estar com os olhos vermelhos de álcool, como Bebum Laloo, para ser um mau pai.

Sua decisão se tornou mais firme. Não voltaria para casa (nem hoje, nem nunca). E nunca mais usaria brincos (nem hoje, nem nunca).

Com os livros na mochila, saiu para o corredor, onde encontrou o irmão narrando alegremente os eventos da noite anterior — *e daí ele deu um tapa em Runu-Didi*. Contava tudo à sua coleguinha Pari, que era cem vez mais inteligente do que ele e fazia questão de lembrá-lo disso. Runu disse a ele para não esperar por ela, e o jumentinho relinchou um insulto mais colorido do que o costume.

Desde que ele nascera, Runu olhava para Jai com um misto de desprezo e admiração; parecia-lhe que ele tinha um jeito de suavizar as imperfeições da vida com seus devaneios e a autoconfiança que o mundo consagrava aos meninos (autoconfiança que, em meninas, era considerada uma falha de caráter ou evidência de uma criação ruim). Hoje ao menos ela não precisaria dormir sentindo os cheiros que o irmão exalava — às vezes o açougue no Bhoot Bazaar, às vezes chá e cardamomo, e no inverno sempre a imundície dos dias que se acumulavam nele, por sua recusa em se lavar na água fria.

Runu se recostou a uma pilastra no corredor e observou o irmão indo embora. Do outro lado da pilastra via um menino de sua classe. Pravin a seguia por toda parte, fosse no campo de treino da escola, no mercado de mantimentos racionados, onde buscava açúcar e querosene, ou na torneira do basti, onde ela e a mãe marcavam lugar na fila com os baldes enquanto conversavam com as amigas. Pelo menos Pravin não tentava falar com ela.

Runu se sentia separada do mundo. Não era um sentimento novo: existia nela havia certo tempo. Enquanto as meninas de sua idade sorriam para os reflexos distorcidos no vidro das janelas, seu próprio corpo lhe parecia tão estranho que ela mal conseguia se olhar de relance ao entornar uma caneca de água gelada num dos banheiros escuros do complexo sanitário. As amigas consideravam exóticos o brotar dos seios e o uso do sutiã, mas para ela a chegada das menstruações e as cólicas resultantes só lhe sinalizavam o fim de mais liberdades. Nos meses em que a mãe não tinha dinheiro para comprar absorventes, ela tinha de usar tecidos dobrados dos quais depois era impossível enxaguar o odor de sangue.

Durante esses dias ela precisava se preocupar com as manchas de sangue na roupa e com os meninos (mesmo os que treinavam com o técnico toda manhã) que a olhavam maliciosamente enquanto ela corria. O técnico sempre os enxotava, mas os garotos davam um jeito de escalar um muro ou uma árvore e, de celular na mão, gravavam vídeos dela e das outras meninas, focando sempre os seios, que — verdade seja dita — mal existiam. Os vídeos eram então compartilhados pela escola, e os meninos ranqueavam as meninas de acordo com seus atributos físicos, divulgando as pontuações (*Cinco estrelas! Três estrelas! Uma estrela!*) nas paredes do banheiro, aos olhos de todos.

Runu ergueu a alça da mochila que lhe machucava o ombro. Nunca demonstrava qualquer abalo com as tais listas dos meninos, mas às vezes elas assombravam seus pensamentos. Por que ela seria apenas três estrelas e não quatro, como Jhanvi, ou mesmo cinco, como Mitali? Por que Tara só ganhava duas estrelas quando podia muito bem ser Miss Universo? Nos dias em que rabiscavam as mais recentes pontuações, os meninos abordavam as duas, Tara e ela, como se acreditassem que a chance de aceitarem um encontro fosse mais alta, pois seriam dias de baixa autoestima. Curiosamente, a devoção de Pravin por ela permaneceu inabalável mesmo diante de tais pichações.

Runu não tinha nenhum sonho de se apaixonar, nem por Pravin, nem pelos veteranos que se vestiam como astros de cinema, e certamente não por Dose, o gângster, cujos olhos perseguiam qualquer garota ao redor. Ela não queria romance. A única coisa que lhe interessava era subir no pódio e baixar a cabeça para receber a medalha de ouro. (Nacional? Estadual? Distrital? *Alguma.*) Mas no momento ela não era uma filha boa o suficiente para os pais e, algum dia, não seria uma esposa boa o suficiente para algum homem estranho. Sem uma posição na equipe da escola, era a isso que ela se reduzia agora e a isso se reduziria no futuro, embora o próprio *futuro* lhe parecesse uma mera possibilidade, um rasgo na fumaça sugerindo luz, mas, na realidade, nem mesmo isso.

"Não está na hora do treino?", perguntou Pravin, tendo enfim circundado a pilastra para falar com ela. Apontava o nariz para um canto da área de recreio onde o técnico aplainava o chão com a ponta de tênis gasto. Runu praticava naquele espaço pontuado por lixeiras-pinguins e gangorras e escorregadores, e mesmo assim ela era mais rápida do que a maioria dos estudantes que frequentavam escolas particulares. Sua velocidade a tornava especial. Sem isso, ela não seria ninguém, uma não pessoa. Tal pensamento lhe afligia como uma mão que lhe abrisse as costelas. Seu peito doía terrivelmente, e a cabeça latejava.

"Não está se sentindo bem?", perguntou Pravin, a voz frágil, como se não pudesse acreditar que falava com ela.

Runu pressionou as costas contra a pilastra e observou as outras meninas na equipe, escutando as instruções do técnico. Harini jamais seria tão rápida quanto ela. Respirou fundo. A imagem à sua frente vacilou e implodiu. Pravin pôs a mão em seu ombro, sobre a alça da mochila.

"Runu! Runu!"

A voz dele espantou a sonolência que turvara sua visão. Num golpe de ombro, livrou-se da mão de Pravin, retorcendo a boca. "Não toque em mim."

"Você quase desmaiou", ele explicou, as pústulas em seu rosto ficando mais vermelhas.

"Me deixa em paz", ela disse, correndo para a área de recreio.

O técnico acenou para ela e disse: "Eu sabia que você não aguentaria ficar longe".

"Não estou aqui", ela disse, e só dizer isso lhe deixou com vontade de chorar.

"Não gosto de ninguém assistindo minha equipe treinar", disse o técnico, a voz severa como sempre. "Se não vai se juntar a elas" — estendeu a mão, apontando as outras meninas — "então, por favor, saia."

Suas colegas de equipe, ofegando e arfando, olharam consternadas quando ela ergueu um pouco a mão num gesto que ela esperava parecer tanto um olá quanto um adeus. Eram seu grupo (mesmo Harini), aquelas meninas meticulosas que eram também suas rivais, que corriam porque queriam bolsas de estudos, ou porque esperavam garantir um emprego no governo pela cota para esportistas quando terminassem a faculdade. Runu as observou com inveja. Pensou nas vezes em que viajaram juntas para as competições interescolares e compartilharam segredos bons e segredos ruins, e mesmo segredos vergonhosos, e não sabia o que faria sem elas, sem esperança e sem sonhos.

O céu pendia baixo, raspando o teto da escola. Saiu do pátio de recreio e dirigiu-se ao beco. Embalagens vazias e recipientes de papel-alumínio tremulavam, cintilando no chão. O beco estava deserto. Os ambulantes haviam empurrado os carrinhos para onde quer que estivessem os clientes. Sentiu-se sozinha de um jeito que a amedrontava, e não por conta dos djinns malignos que preocupavam seu irmão, ou dos homens que tomavam goles demais de desi daru e depois tentavam beliscar o traseiro de toda mulher que passava. Quem era ela, se não era atleta?

Não sabia se seus pais permitiriam que treinasse quando os sequestros parassem. "Jai precisa de alguém que lhe ensine matemática", imaginou o pai dizer. "É preciso buscar água toda manhã", diria a mãe. Era como se ela existisse apenas para cuidar do irmão e da casa. Mais tarde, cuidaria igualmente do marido, as mãos cheirando a bolos de estrume de vaca. Os próprios sonhos não tinham consequência. Era como se ninguém visse a ambição que vibrava nela; ninguém a imaginava *tornando-se* alguém.

Chegando ao Bhoot Bazaar, parou um instante para puxar o rabo de cavalo e apertá-lo. Nas paredes salpicadas de paans via anúncios de aulas de computação, bancos e testes de seguradoras, mensalidades e apelos de políticos por votos. Definhava sob os olhares perniciosos dos homens que vendiam cenouras, rabanetes e pimentões. Queria ser menino, pois meninos podiam se sentar na sarjeta e fumar beedis sem que ninguém os importunasse.

Foi a uma loja de tecidos e, enquanto conferia os produtos, a atendente a considerou suspeita. Runu pediu a ela que lhe alcançasse uma blusa azul como o mar (vira o mar muitas vezes pela TV) de uma prateleira atrás do balcão. A atendente hesitou, os olhos perguntando o que alguém vestida naquele uniforme esfarrapado faria com um material tão precioso. Runu inventou uma história sobre um casamento ao qual teria de comparecer, o tempo todo pensando nas colegas de equipe correndo, sentindo falta do gosto de poeira na boca, do fervor no olhar e do coração batendo, e essa imagem de si mesma correndo interrompeu a história do casamento falso de tal forma que a atendente disse: "A esposa fugiu correndo? Mas e o casamento?".

Deve ter dito alguma coisa em voz alta, sem perceber, como se estivesse dormindo. Envergonhada, Runu conferiu a textura do material entre os dedos e disse: "Não é bem esse".

Virou-se sobre os calcanhares e correu da loja e do bazar até alcançar a rodovia, os ombros e a mochila batendo em homens e mulheres desconhecidos. Depois colidiu com uma criança engatinhando, que tombou de lado e berrou, embora não parecesse ter se ferido. A mãe da criança tentou acertar Runu com a sacola de compras, mas errou o alvo por um milímetro. A lufada de violência impulsionou Runu adiante. Mas aonde estava indo? Ninguém sabia ou se importava, muito menos ela.

Caminhou pela rodovia, sentindo o cheiro das espigas de milho que os ambulantes assavam no carvão, vendo os vendedores de bhelpuri equilibrar sobre a cabeça suas cestas quase vazias, dobrando os estandes de vime, mais um dia de trabalho duro chegando ao fim. As lajes de pedra da calçada balançavam a cada passo seu. As pessoas ralhavam com ela, pois atravancava o caminho. Estava sem rumo, e elas liam isso no seu modo de andar. Tinham o jantar para preparar, trens para tomar na Linha Púrpura, crianças cujo dever de casa precisava de supervisão. Quando a multidão diminuiu por um momento, viu um rapaz com ar de proprietário ao lado de uma caixa de aço com rodinhas que dizia:

ÁGUA FILTRADA

A MAIS FRESCA! A MAIS PURA! A MAIS LIMPA!

SÓ DUAS RUPIAS O COPO

Ele a olhou espantado como se ela fosse louca, o que, considerando tudo, bem podia ser o caso. O tráfico corria na rodovia como feixes de luz. Sua mãe devia estar em casa, já fora de si de preocupação. Runu podia ouvir a voz de Jai sugerindo ideias estapafúrdias para encontrá-la, retiradas da *Patrulha Policial*. Seus pais provavelmente lhe dariam ouvidos. Jai não era Runu. Jai não era menina. Ela virou as palmas das mãos e fitou os calos marcando os dedos, marcos temporais de cada balde d'água que ela carregara, cada brinjal que fatiara, cada camisa lavada. Havia manchas pretas em suas mãos onde as chamas a haviam chamuscado enquanto cozinhava. Eram estas as linhas da vida traçadas em suas palmas, as que selavam seu destino.

O vendedor de água aproximou-se hesitante. Na rodovia, um ônibus passou rente a ela, o motorista sustentando a buzina freneticamente, como um grito sem fim.

"Está perdida?", perguntou o ambulante. "O que faz aqui?"

"Que te importa?", ela disse, mas só em pensamento. Virou-se e caminhou para longe dele, lembrando que era por isso que começara a correr, e correr rápido; não queria gente lhe perguntando por que assoava o nariz ou comia gol-gappas ou assistia à chuva caindo do céu. Nada em sua vida lhe pertencia, nem qualquer cantinho do mundo. Era apenas na pista de corrida que ela se sentia só, mesmo quando centenas de olhos a contemplavam; lá, era só ela e o som de seu tênis batendo contra a terra.

"Runu?", disse uma voz que vacilava de hesitação. Pravin se aproximou com as mãos nos bolsos. "Ouvi dizer que crianças têm desaparecido exatamente aqui", ele disse. "Você devia ir pra casa."

Runu olhou ao redor e compreendeu, pelo transformador elétrico protegido pelo arame, que estava no tal Shaitani Adda das histórias de Jai. Algo a levara até ali, raiva ou tristeza, alguma emoção que não conseguia nomear.

"Runu, chalo", Pravin disse.

"Experimente Clearasil", ela disse, baixinho. "Talvez ajude."

"Você é só três estrelas", ele respondeu. Runu levou um minuto para entender do que ele falava.

"Três é um número muito mais alto do que menos cem, que é onde você está", disse ela, surpresa e agradecida por seu cérebro ter bolado uma réplica.

Pravin pareceu prestes a chorar, então foi embora.

O Shaitani Adda se encontrava agora vazio. O pulso em suas têmporas acelerou. Mesmo se djinns não fossem reais, os desaparecimentos tinham de fato acontecido. Ela não queria ser um número, um tótem para o Hindu Samaj. Tinha sonhos (ainda). Em um ou dois anos, encontraria um modo de fugir, mas por ora precisaria lidar com o ar cediço da casa de um cômodo só.

Foi quando a voz de um homem emergiu espiralante da escuridão: "O que está fazendo aqui?".

"Você sabe o que dizem de meninas que ficam na rua até essa hora?", perguntou-lhe uma mulher.

Lugar nenhum no basti permaneceria silencioso por muito tempo (ela devia saber disso).

Papai diz que sairemos em patrulha...

... assim que a fumaça permitir que um pouquinho de luz da manhã penetre o nosso basti.

"Devíamos ter montado guarda nesse seu Shaitani Adda", ele me diz, "quando as crianças começaram a desaparecer. Foi muito descuido nosso sequer fazer isso."

Eu fico calado. Ainda não se passaram quarenta e oito horas desde que o rapaz espinhento viu Runu-Didi; isso será hoje à noite. Temos um dia inteiro para encontrá-la.

Quando nossa patrulha começa, nosso grupo é formado apenas por papai, mamãe, o abbu de Kabir-Khadifa, Shanti-Chachi e eu; logo outros se juntam a nós, homens que não precisam trabalhar de dia, avôs e avós, e algumas poucas mulheres que carregam crianças comodamente enroladas em xales e dupattas. Ninguém chama o abbu de Kabir-Khadifa de terrorista; talvez nós, hindus, já não odiemos os muçulmanos.

Papai bate em todas as portas, puxa todas as cortinas, pergunta *onde está minha filha? Você a viu? Olhe esta foto, olhe com atenção, com cuidado.* Se mamãe conhece a mulher da casa, ela diz *você já viu Runu lá na torneira, lembra?*

Os pais de todas as outras crianças desaparecidas se juntam a nós, exceto a mãe de Omvir, a ammi de Kabir-Khadifa e o pai e a mãe de Chandni. Até Bebum Laloo está conosco. Talvez haja cinquenta pessoas na nossa patrulha, ou setenta.

Batemos em outras portas. Uma mulher que mamãe conhece da torneira diz: "Vocês são tão azarados. Que coisa horrível de acontecer". Ela olha agradecida para seu bebê, que está seguro em suas mãos.

Outra mulher diz que mamãe tinha de ter sido mais rigorosa com didi. "Toda aquela história de correr, eu disse que não terminaria bem. Filhas não devem sair de casa sozinhas."

O rosto de mamãe se contorce de dor, como se alguém a tivesse esfaqueado.

Notícias da nossa patrulha se espalham pelo basti e pelo Bhoot Bazaar. Dose aparece com sua gangue. Seu olhar se estende por todas as direções, suas mãos e pernas tremem, como se ele estivesse nervoso. Talvez esteja preocupado com Runu-Didi. Talvez saiba de algo que não pode nos contar.

Se Dose é o sequestrador de crianças, ele não devia estar aqui. Ou está aqui para que não suspeitemos dele. Qual será o caso? Pari saberia a resposta certa. Mas Pari está fazendo a prova de estudos do meio ambiente agora.

"Meu pai vai falar com um ministro na cidade", Dose diz à papai. "Vai insistir para que uma polícia especial seja enviada para cá."

"Seremos tolos a ponto de acreditar nessas mentiras?", alguém da multidão grita.

"Quem disse isso?", Dose grita, mas ninguém se apresenta.

"Seu pai ainda mora aqui pelo menos?", papai pergunta a Dose.

"Vamos focar em encontrar sua filha primeiro."

Dose se mete nas casas das pessoas como se fosse encontrar

Runu-Didi amarrada lá dentro. Ninguém protesta, nem mesmo uma velha que está trocando de roupa quando Dose escancara sua porta com um chute. Ela rapidamente se cobre com um lençol.

Vejo irmãs mais velhas cuidando de bebezinhos, famílias que ainda estão inteiras, ninguém se perdeu, nem uma cabra de estimação ou um gatinho.

Perambulamos pelo Bhoot Bazaar. Nossa garganta fica seca. Alguém nos oferece água. Outra pessoa oferece chá. A mãe de Bahadur fica perto da minha mãe, mas anda nas pontas dos pés ao redor dela, como se tivesse medo de pisar na tristeza de mamãe, que deve ser do mesmo tamanho e forma da tristeza da mãe de Bahadur, só que mais recente.

"O lixão!", alguém grita.

Eu corro e mamãe e papai também correm com todos os outros. Tropeço e caio. As mãos de mamãe me ajudam a levantar. "Talvez tenham encontrado Runu", ela diz. "Talvez ela tenha se escondido quando fomos lá ontem."

Seus olhos brilham como os olhos de uma pessoa maluca, seu cabelo se desfez, e marcas brancas de cuspe se incrustaram ao redor de seus lábios. Quero acreditar, mas não consigo. Nunca se encontra nada de bom no lixão.

"Mandem as mulheres e as crianças pra casa", berra a voz de um homem para nossa patrulha. Não consigo vê-lo, pois sou muito pequeno.

"Quem é você para nos dizer o que fazer?", berra uma mulher de volta.

Tem um corte na palma da minha mão. Da queda. Arde e lateja. Roupas penduradas em varais ondulam contra a cara dos adultos. Há empurrões, gritaria e insultos. Cotovelos me acertam na cara. Eu grito, mas ninguém me ouve, o grito é silencioso.

"Temos o direito de saber o que está acontecendo com as nossas crianças", grita uma mulher. "Nós as parimos, não vocês." A multidão avança, e nos arrasta junto. É como o vento, e mamãe, papai e eu somos pipas cujos fios se partiram, indo aonde somos empurrados. Talvez haja cem pessoas ao meu redor, talvez duzentas. O ar, fedendo a podridão, merda, borracha queimada e baterias, vibra com nosso medo e nossa raiva.

Entramos pela via que dá de frente para o lixão. Há mais espaço aqui, e a multidão se desafoga, e finalmente posso ver o que está acontecendo. Dose, o pai de Aanchal, o engomador, e o pai de Kabir-Khadifa estão parados ao lado do Badshah-das--Garrafas e as crianças catadoras. Agarro a mão de papai e nos aproximamos.

"Vamos lá, diga a eles, não tenha medo", diz o Badshah-das--Garrafas a um menino catarrento da minha idade, um colar amarelo de contas de vidro ao redor do pescoço, com um saco sujo de lama na mão. Acho que mamãe e eu não falamos com ele ontem.

"Minhas crianças estão sempre à caça", diz o Badshah-das--Garrafas, olhando para Dose, como se consciente de que ele é a pessoa mais importante aqui. "Quem recolhe os melhores itens ganha mais."

Eu me pergunto o que as crianças encontraram. Quero saber. Não quero saber.

Uma menina de cabelo preso numa bandana vermelha empurra o rapaz do colar de contas. "Fale", diz ela. Ele não fala.

Eu a reconheço; é a menina que brincava com o helicóptero quebrado quando vim aqui com Faiz. Ela não parece lembrar de mim.

"Arrey, agora mesmo", diz a menina do helicóptero, "vimos um homem se meter bem fundo no lixão com alguma coisa escondida debaixo de um cobertor. Ninguém vai tão longe assim para fazer o número dois."

Olho ao redor. Por toda parte há pequenas fogueiras e fumaça e cães e porcos.

"Depois que o homem saiu, fomos conferir — primeiro não chegamos perto, caso ele tivesse mesmo feito o número dois. Depois vimos uma planta desta altura" — ela põe a mão na altura da cintura — "e na planta tinha um trapo branco amarrado. O trapo não estava sujo. Tudo aqui é sujo, até a gente, olhem só." Ela exibe as mãos cheias de fuligem.

"Eu que encontrei", diz, finalmente, o menino do colar de contas. "Puxei a planta e conferi embaixo. Achava que o homem tinha escondido alguma coisa que valia muito dinheiro. Algo que tivesse roubado, que ele não queria que a esposa ou a mãe visse. E era isto…" O menino aponta o saco que está segurando.

O Badshah-das-Garrafas toma o saco da mão dele e retira de lá uma caixa azul de plástico salpicada de lama e sujeira. A caixa tem a extensão do seu antebraço e tem menos de trinta centímetros de largura. Ele abre a tampa, mas está acima da minha cabeça. O pai de Aanchal se engasga. O pai de Omvir grita. E o de Kabir-Khadifa chora.

"Isso é…?", pergunta papai.

O Badshah-das-Garrafas olha pra mim e me mostra o interior da caixa. "Esse elástico de cabelo… é da sua didi?", ele pergunta.

Dentro da caixa há uma porção de coisas: um anel de plástico que brilha, colares de conta, um par de óculos de sol preto e amarelo, pulseiras vermelhas, tornozeleiras de material prateado que enegreceram em certos pontos, uma faixa de cabelo com uma rosa amarela, de papel, na lateral, um telefone HTC e, debaixo dele, um elástico branco. Pode ser que seja de Runu, mas também pode ser de outra pessoa.

"Jai?", diz papai, a voz rala, como se implorasse.

"O celular é de Aanchal", digo. "O anel que brilha é de Omvir."

O pai de Aanchal pega o celular e o vira. "É de Aanchal."

"Os óculos de sol são do meu filho", o abbu de Kabir-Khadifa diz. "E as pulseiras vermelhas podem ser de Khadifa, não tenho certeza."

"Todos vocês vieram aqui atrás de suas crianças", o Badshah diz, fazendo uma pausa, como num discurso. Queria que ele se apressasse. "Vocês me disseram o que elas estavam usando." Ele olha para o pai de Aanchal. "Lembro de você me falar do celular HTC da sua filha. Você me pediu para ligar caso visse algo daquele tipo sendo vendido no mercado. E o menininho" — ele olha pra mim agora — "quando você e sua mãe estiveram aqui ontem, ela me falou desse elástico de cabelo da sua irmã. Assim que as crianças me trouxeram esta caixa, e eu vi o que havia dentro, eu soube que havia alguma coisa errada."

"O homem que a enterrou, onde ele está?", pergunta papai.

"As crianças não o seguiram, infelizmente, porque levaram certo tempo para encontrar esta caixa. Quando finalmente me trouxeram, ele já tinha ido embora."

"Ele era grande", o menino do colar de contas me diz. "Como uma árvore."

"Muito alto", a menina do helicóptero concorda. "Parecia um lutador."

O ar fica preso na minha garganta. "Ele estava usando um relógio de ouro?", esforço-me para perguntar.

"Não sei", diz um dos meninos catadores. Está bebendo de uma caixinha amassada de suco de manga. Sinto vontade de chutá-la das mãos dele.

"Era bem musculoso", alguém diz. Então tenho certeza.

Eu me viro para olhar para Dose. Ele conhece o Lutador. Mas não posso lhe perguntar nada, porque ele se afastou e agora fala ao celular, a mão cobrindo a boca. Não quer que a gente escute o que está dizendo.

A mãe de Bahadur, Bebum Laloo e mamãe penetram a multidão para nos alcançar.

"O que é, o que é?", pergunta mamãe.

"É uma caixa com coisas que aparentemente pertencem às crianças desaparecidas", o Badshah-das-Garrafas explica.

Mamãe pega o elástico.

"Coloque de volta", eu digo. "É uma prova."

"Isso aqui não é aquele programa idiota!", mamãe grita. "O que você tem na cabeça? Não aguento mais ouvir você nem um segundo!"

Mamãe sabe que Didi desapareceu por minha culpa. Lágrimas quentes escorrem dos meus olhos. Papai me puxa para perto.

"Bahadur?", pergunta a mãe de Bahadur. O Badshah-das-Garrafas lhe entrega a caixa e ela a vasculha e diz: "Mas não há nada dele aqui".

"Algo pode ter caído quando as crianças estavam brincando com a caixa. Não fizeram por mal — são apenas crianças. Não sabiam o que era isso."

O menino do colar de contas toca o pescoço com certo ar de proprietário.

"Onde você encontrou a caixa?", a mãe de Bahadur pergunta às crianças catadoras. "Me levem lá."

Duas das crianças começam a andar para dentro do lixão. A mãe de Bahadur ergue a barra do seu sári e as segue. Bebum Laloo vai com ela, mas tropeça, e ela precisa levantá-lo. Isso vai levar uma eternidade. Não temos tempo. Precisamos encontrar o Lutador. Ele está com Runu-Didi.

"Papai", eu digo, "eu já vi esse homem na tenda de Duttaram." Olho pra mamãe. Ela está se preparando para gritar comigo de novo, então encurto minhas palavras. "Acho que ele mora perto do Shaitani Adda. A gente devia ir lá."

É só um palpite, mas é lá que os sequestros aconteceram, então ele deve morar por ali.

"Minhas crianças irão com vocês. Vão reconhecê-lo se o virem, não vão?"

As crianças concordam, mas a expressão em seus rostos não inspira muita confiança.

Dose diz que chamou a polícia. Trarão escavadeiras para vasculharem o aterro, conferindo tudo mais a fundo. Mas escavadeiras servem para destruir nossos lares, não para encontrar Runu-Didi. Ela não está no aterro.

"O sequestrador é do seu partido", digo a Dose antes que mamãe me impeça. "Você sabe quem é. Ele parece um lutador."

"Duvido", Dose diz, calmamente; seus punhos, contudo, estão cerrados, os nós esbranquiçados.

"Ele trabalha no Golden Gate, mas mora no nosso basti. Estava na puja do Baba dos Golpes. Eu o vi conversando com seu pai."

"Muita gente fala com o meu pai."

"Vamos conferir as redondezas do adda, ok, Jai?", diz papai, quase como se sentisse pena de mim.

"Vou esperar aqui pela polícia", diz o Badshah-das-Garrafas.

Olho para a caixa em suas mãos. Agora há muitas impressões digitais, e as do sequestrador podem ter sido apagadas.

"Você não devia ficar aqui?", papai pergunta a Dose, que nos segue com os membros de sua gangue. "A polícia não nos ouve, mas ouvirão você."

Dose brande o celular na cara de papai. "Vão me avisar quando chegarem. Vai levar um tempo, precisam pedir as escavadeiras." Fazendo um gancho com um dedo, ele me chama. "Qual o nome desse sequestrador?"

"Não sei."

Acho que vai me dar um soco, mas no fim ele me deixa ir.

As pessoas que vivem perto do adda dizem que só há um homem grande e musculoso na vizinhança, e nos apontam sua casa. Batemos na porta. Uma bicicleta, preta e salpicada de lama, escora-se na parede perto de uma fileira de galões vazios. O lutador abre a porta com ar contrariado.

"É ele", sussurro a papai.

"Foi ele!", o menino do colar de contas confirma, sacudindo a cabeça veementemente.

"Prendam-no!", grita a menina do helicóptero, que me olha em seguida, tristemente.

Dose e sua gangue agarram o Lutador pelo colarinho. Ele é tão forte que, com uma boa sacudida, todos caem uns sobre os outros.

"O que querem com o meu marido?", grita uma mulher que sai correndo da casa, pondo-se ao lado do Lutador. Seu sári está torto, e suas pulseiras colidem umas nas outras enquanto ela se agarra à manga da camisa do marido.

Há gente suficiente na nossa patrulha para formar um cordão ao redor do Lutador. Ele não conseguirá botar todo mundo pra correr. Papai, mamãe e eu nos metemos na casa dele. Runu--Didi tem de estar lá dentro.

A casa tem apenas um cômodo, como a nossa. E Didi não está lá. Mamãe engole um grito e cambaleia pra fora.

Alguém acende a luz. Olho debaixo do charpai e arrasto alguns vasos guardados por ali. Os membros da gangue de Dose abrem latas de polvilho e esvaziam seu conteúdo. Tampas giram e tilintam; prateleiras parafusadas à parede desabam; vozes me circundam como trilhas de fumaça. Escorrego no açúcar e no sal no chão, mas então engatinho, procurando por pistas em cada centímetro. Runu-Didi esteve aqui? Não sei dizer. Papai e mais alguém, o engomador, os dois vasculham as roupas da casa, as lavadas e as por lavar. Outras pessoas querem entrar, mas já está lotado. O pai de Aanchal pede que alguns de nós se retirem para que ele possa procurar pelos pertences da filha. Eu saio, papai segurando minha mão.

O ar está denso como o lodo com o peso dos gritos, insultos e maldições. Os membros da gangue de Dose amarram as mãos do Lutador com uma corda. Seu relógio de ouro está no pulso, quebrado. Há uma confusão de movimentos, mãos se fechando em punhos, músculos se flexionando, pernas e mãos cortando o ar para acertá-lo. O som das bordoadas é igual ao som dos cutelos sangrentos retalhando carne no açougue de Afsal-Chacha no Bhoot Bazaar. Meu coração bombeia sangue para os meus ouvidos muito rápido.

A esposa do Lutador grita e chora. Uma mulher põe a mão ao redor da garganta da esposa e diz a ela que se cale, *ou então*. A bicicleta que eu vira mais cedo agora está caída no chão, o aro amassado, os pneus rasgados. Lembro das marcas de arranhões que eu vira no pulso do Lutador na tenda de Duttaram. Teriam sido feitas por Bahadur e Omvir quando tentavam escapar? Agora ele todo já fora ferido pelas pessoas, e cada linha vermelha em sua pele era igual à outra.

Quatro policiais, incluindo os oficiais sênior e júnior que tantas vezes vi, aparecem. Dose os leva pra dentro e conversa com eles. O sênior nem sequer olha para a mãe de Bahadur, embora tenha ficado com sua corrente.

A chegada da polícia não suaviza o furor da raiva no beco. O Lutador tomba sob os chutes e socos que não diminuem. Tudo acontece em câmera lenta. A fumaça mergulha e ascende; a luz se torna azul e cinza; um homem coça as axilas; vozes ricocheteiam pelo ar perguntando *será que as crianças estão... não, mortas, não!* O zumbido nos meus ouvidos se torna mais alto. O sangue se esvai dos lábios feridos do Lutador, mas ele não diz uma palavra. "Onde estão as crianças?", pergunta cada um dos homens que o espancam. São mil perguntas, e ele se mantém calado o tempo todo.

Eu me aproximo de Dose, que está contando aos oficiais que o nome do Lutador é Varun. Ele foi visto em alguns eventos do Hindu Samaj, mas ele, Dose, não conhece Varun, e seu pai também não. Os policiais fazem algumas perguntas às crianças catadoras: *Quem viu Varun enterrar a caixa; o que havia nela; onde ela está.* Não anotam nada num caderno, como Pari faria.

"Onde está Runu-Didi?", eu grito. As palavras na minha boca têm gosto de ferrugem. Não entendo o que está acontecendo. Não consigo pensar como um detetive, pois não sou detetive. Os oficiais olham pra mim e viram o rosto.

O pradhan chega de ciclorriquixá. Os policiais param ao seu redor, num meio círculo. Juntando as mãos, o pradhan diz *obrigado por terem vindo.*

"Não acredito que alguém que cultua nosso baba possa ser um criminoso. Quando Eshwar ligou me contando, fiquei com o coração partido."

Não sei quem é Eshwar, mas logo me dou conta de que é Dose.

O pradhan se aproxima de minha mãe e da mãe de Bahadur, que ficam de pé. O pai de Aanchal e o engomador deixam a casa de Varun de mãos vazias.

"Ele é seu amigo", digo, e empurro as pernas dos adultos para que o pradhan possa me ver. "O Lutador Varun. Já o vi conversando com você. Pergunte onde ele prendeu minha didi."

"Eshwar disse que Varun fez alguns trabalhos para o Samaj", diz o pradhan, dirigindo-se à multidão, não a mim. "Mas o Samaj tem tantos membros, e eu falo com tantas pessoas, que temo não conhecer esse camarada pessoalmente." Ele sequer olha de relance para Varun. "Tenham certeza de que chegaremos ao fundo disso. Vocês têm minha palavra."

"Mas onde está minha filha?", mamãe pergunta.

"E meu filho?", pergunta a mãe de Bahadur.

"Por que as coisas deles estavam numa caixa?", pergunto eu.

"Tudo a seu tempo", o pradhan responde.

"Está esperando que a gente morra?" As palavras de mamãe saem claras e suaves. "Será então um bom momento pra que você faça alguma coisa?"

A polícia algema Varun e a esposa e diz que vão levar os dois ao lixão.

"Ele vai nos mostrar o que mais escondeu ali", explica-nos um dos policiais. "Como as crianças não estão na casa dele, e como ele parece ter coletado souvenirs de cada criança que sequestrou, só há uma explicação lógica para o que fazia com elas."

"O que eles acham que vão encontrar naquele lugar?", o engomador pergunta a meu pai, enquanto seguimos a procissão policial. "Nossos filhos não estão lá."

Ele sabe o que os oficiais estão buscando; todos sabemos. Podemos ouvir as perguntas que os policiais fazem a Varun e sua esposa.

"Você cortou todos em pedaços e jogou no lixão?"

"Deixou-os para serem comidos pelos porcos e os cães?"

"Fala, seu filho da puta. Vou te obrigar a falar."

As pessoas saem dos comércios para assistir. "O que está acontecendo?", perguntam. Os comerciantes muçulmanos apertam os solidéus nas mãos, formando pequenas bolas, e dão-nos as costas.

"Runu-Didi está viva", digo a papai.

Varun deve ter escondido didi em algum lugar, talvez numa fábrica abandonada ou num depósito. Um traficante venderia os sequestrados, não os mataria. Para quem Varun vendeu didi? Ou seria Varun um djinn que assumiu a forma de um homem? Papai corre adiante e agarra o cotovelo de Varun. "Minha filha, Runu, onde ela está?"

O sangue escorre pelo rosto machucado de Varun, manchando seu suéter. Ele encara papai com os olhos inchados e sorri.

No aterro sanitário os policiais questionam o Badshah-das--Garrafas e as crianças catadoras de novo. A caixa azul de plástico agora está nas mãos deles; ninguém usa luvas.

"Por que seu marido estava com isso?", pergunta uma policial à esposa de Varun.

Não temos nada a ver com isso, ela diz.

"Onde vocês enterraram as crianças?"

Em lugar nenhum, não sabemos de nada.

O pradhan procura se manter distante do lixo, como se temendo sujar seu kurta-pyjama. Faz ligações pelo celular, uma depois da outra. Dose transporta as mensagens dele para os policiais e vice-versa.

Não entendo por que desperdiçam tempo desse jeito. Minha cabeça parece que vai explodir. Pergunto ao menino escavador que passa perto de mim: "As crianças desaparecidas estão enterradas no lixo?".

"Já não teríamos contado pra alguém se estivessem?"

Um jipe da polícia chega aos solavancos no lixão, o motor se engasgando. Atrás dele vem uma escavadeira amarela e uma van policial com malhas de arame que protegem as janelas. Mais policiais, homens e mulheres, que nunca vi antes descem dos veículos e correm pelo aterro. Faltam as letras P e O na lateral do jipe, de modo que se lê apenas LÍCIA.

"Liguem para o pai de Chandni!", grita um homem. "Ele deve estar trabalhando. Pediu para ligarmos caso tivéssemos notícias."

"Ligue você", outro responde. "Não tenho o número dele."

A polícia forma um cordão na parte do lixão onde as crianças encontraram a caixa azul. A escavadeira avança na direção do cordão, as rodas aplainando o lixo, a longa garra pendendo na dianteira.

Homens e mulheres do nosso basti caminham atrás da escavadeira. Os policiais estalam os dedos e resmungam e ordenam que todos se afastem.

Uma velha joga um punhado de cascas podres num oficial cuja camisa não tem nenhum distintivo. Logo outras pessoas atacam os policiais com o que quer que encontrem no chão, pedras, seixos, embalagens de plásticos, bolas de papel de jornal, retalhos de roupas, Tetra Paks.

"Traidores", eles gritam. "Assassinos de crianças."

Uma pedra acerta o joelho do oficial sênior, e ele fica saltitando numa perna só. Torço para que a perna esteja quebrada.

"Parem, parem", Dose pede a todos. "Eles estão aqui para fazer um trabalho. Deixem que façam."

O oficial sênior manca no meio do lixo na direção do jipe.

"Iremos embora se fizerem isso de novo. E levaremos a escavadeira junto."

Isso faz o apedrejamento cessar. Duas meninas catadoras compartilham uma cenoura enlameada, rindo depois de cada mordida. O som da escavadeira assusta os porcos. O Badshah-das-Garrafas caminha pra cima e pra baixo, vistoriando seu reino, dizendo às crianças para não trabalharem na frente dos policiais. "Vão acabar num lar para adolescentes", alerta.

Nós esperamos e esperamos e esperamos, papai, mamãe e eu. E revezamos o choro. Eu choro primeiro, depois mamãe, depois papai.

"Meus meninos e minhas meninas são os verdadeiros heróis", diz o Badshah-das-Garrafas a um homem da nossa patrulha. "Se não fosse por eles, aquele criminoso jamais teria sido preso. Digo isso a todos, pois até amanhã minhas crianças terão sido esquecidas, e o Hindu Samaj levará todos os créditos."

O badshah me vê entre papai e mamãe, e sua mão cheia de cinzas se estende para bagunçar meu cabelo. Afundo no sári de mamãe e no suéter abotoado que ela usa por cima.

"Não se preocupe, minha filha", diz o Badshah-das-Garrafas à mamãe. "A polícia está fazendo as perguntas certas. Finalmente."

Uma policial vestindo calças e camisa cáqui, segurando um bastão numa das mãos e um boné na outra, aproxima-se para falar com mamãe sobre Runu-Didi.

"Vocês nem sequer se deram ao trabalho de abrir um inquérito", diz mamãe. "Por isso as pessoas estão com tanta raiva."

"Eu sou de outro departamento", explica a policial. "Fica debaixo da delegacia grande, mas não podemos dizer às pessoas de lá o que fazer."

A policial afaga o cotovelo da minha mãe. As duas parecem desconfortáveis.

Acho que uma hora se passa assim, não tenho certeza. A escavadeira vasculhando o lixo, aqui e ali. Não encontram nada. Isso é bom ou ruim, não sei dizer. As pessoas à espera cujas famílias estão intactas conversam ao nosso redor, fingindo-se de detetives. *Por que Varun fez isso quando fez e como o fez.* Tudo é um jogo para elas, um jogo de adivinhação.

Já não suporto mais ouvi-las. Mamãe também não. Ela se levanta e corre até Varun. Corro atrás de mamãe e papai também.

Runu-Didi seria quatro vezes mais rápida do que a gente.

O lixo ao redor sibila e se engasga enquanto corremos, morde nossos pés, tenta nos prender. Duas vacas cambaleiam para longe de nós.

Chegamos ao cordão.

"Mandem esse homem dizer onde está minha filha!", grita mamãe.

A policial que disse ser de outro departamento para na nossa frente e põe a palma da mão a um centímetro do rosto de mamãe. "Tenha paciência", ela diz, impedindo que mamãe avance.

Cachorros latem, excitados. Samosa não está aqui, deve estar debaixo do carrinho perto da tenda de chá de Duttaram. Varun balança como se estivesse bêbado, o sangue negro engrossando num corte na sobrancelha. A esposa chora.

A garra da escavadeira revira o lixo de novo. Um saco de plástico preto emerge.

"O que é aquilo?", grita uma voz perto de mamãe. É o pai de Aanchal.

Um policial recolhe o saco sujo com as mãos nuas, desamarra-o e despeja o conteúdo: um monte de fitas vhs de velhos filmes híndi.

"O que você fez com a minha Aanchal, seu animal?"

Os olhos de Varun estão semicerrados. Seu queixo descansa sobre o peito, mas um policial o cutuca com um cassetete, e ele volta a se sentar ereto.

A tarde agora chega ao fim, mas ainda não bateram as quarenta e oito horas. O Badshah-das-Garrafas pede às crianças catadoras que estendam sacos no chão para que nos sentemos. Eu sei que Runu-Didi não está escondida aqui, mas Varun sabe onde ela está, e se ele continuar no meio do lixo por tempo suficiente, as pedras lhe retalhando a carne, talvez a verdade escorra de sua boca.

A mãe e o pai de Chandni chegam. As pessoas os cercam como gaviões.

O pradhan já foi embora. Não o vi partir. Dose está no comando. Os membros de sua gangue lhe trazem comida do Bhoot Bazaar em pacotes de plástico.

Pari surge ao meu lado com a mãe, que deve ter saído mais cedo do trabalho para trazer Pari da escola. Faiz não está com ela.

"Ficamos sabendo", diz Pari. A mãe começa a soluçar.

Eu me afasto para o lado, abrindo espaço no saco sujo para que Pari se sente. Ela fica com o ombro colado ao meu e põe a mão sobre a minha.

"Como foram as provas?", pergunto.

"Tudo bem."

Não pergunto se ela acha que Varun é um djinn. Eu sei o que ela vai dizer.

Bebum Laloo pressiona uma narina com o dedo indicador e assoa o nariz. Mamãe e a mãe de Bahadur conversam de cabeça baixa, as bochechas úmidas. Outro jipe aparece com mais policiais. Varun tomba no chão. Os policiais o despertam com chutes e cuspes que jorram de sua boca e que ele não pode limpar, pois suas mãos estão algemadas. "Não, não, perdoem, perdoem", grita sua esposa.

Mamãe se levanta e perambula pelo lixão como um fantasma. Um osso de peixe se gruda à sola de seu chinelo esquerdo. A mãe de Pari anda com ela, dizendo *Runu vai voltar, eu sei*, mas também chora o tempo todo.

"Queria que mamãe parasse com isso", diz Pari.

O ar esfria. A fumaça nos lambe com sua língua cinza-sarnenta, enquanto coçamos os olhos. O que é que a polícia esconde atrás do cordão? Terão encontrado os corpos? Estará

Runu-Didi num saco plástico? Não consigo nem pensar nisso, não pensarei. A escavadeira ronca e apita enquanto oscila para trás e para frente, engasgando-se e tossindo.

"Está ficando tarde, haan", diz Bebum Laloo. Deve ser quando ele costuma ir à loja de bebidas para a cota de álcool da noite.

"Vá se você quiser", diz a mãe de Bahadur. Ela soa tão enojada quanto eu.

Faiz e Wajid-Bhai chegam. Dizem que ouviram o que aconteceu pelas pessoas do basti e pelos comerciantes do Bhoot Bazaar.

"Você não tem que trabalhar?", pergunto a Faiz. Eu sei que ele repõe prateleiras na kirana depois de passar o dia vendendo rosas.

"Hoje não", ele diz, sentando-se na ponta do nosso saco, a maior parte no chão imundo. Suas mãos estão cheias de cortes dos espinhos, e a voz está rouca, provavelmente de tanto respirar a fumaça na rodovia.

"Não foi à delegacia?", Pari pergunta à Wajid-Bhai. "Eles não podem manter Tariq-Bhai na prisão agora que esse homem" — ela gesticula na direção do cordão — "foi pego. Em flagrante."

"Eles dizem que vai demorar. Mas Tariq-Bhai será solto, tenho certeza." Wajid-Bhai parece animado, embora seu rosto tente parecer normal. Uma pedra aguda rola pela minha garganta.

O pradhan reaparece no lixão. Fala com a polícia, depois bate palmas para entendermos que ele vai discursar.

"Varun e a esposa serão levados para a delegacia agora", ele diz. "Recusam-se a falar, e a polícia não encontrou mais nada no lixão."

"Eles não podem pegar umas lanternas e continuar trabalhando pelo resto da noite?", pergunta o pai de Chandni.

"Eles voltarão amanhã. Vocês já viram o quão incansavelmente Eshwar — meu filho — trabalhou por vocês hoje. E eu também fiz o que pude. Lembram da puja que organizei? Nossas orações estão sendo lentamente respondidas."

"Mas nossas crianças", diz o abbu de Kabir-Khadifa. "Minha esposa, ela está prestes a ter nosso bebê, não pode lidar com esse tipo de tensão."

"E quanto à Runu?", pergunta papai.

"A polícia precisa completar as formalidades de abrir um inquérito contra Varun e a esposa", diz o pradhan. "Há procedimentos a serem seguidos. Deixem que façam o trabalho deles."

"Se tivessem feito o trabalho deles, não estaríamos aqui hoje", um homem diz.

"Não vamos antagonizar a polícia agora. Eu irei pessoalmente à delegacia para ter certeza de que estão fazendo tudo certo."

"Duttaram disse que o lutador trabalhava num prédio hi-fi. Lembra do nome?", Faiz me pergunta.

"Golden Gate."

"Talvez ele tenha prendido Runu-Didi nesse prédio", sugere Faiz.

"A patroa dele não deixaria", respondo, mas logo penso nas várias patroas malvadas que já vi na *Patrulha Policial*. Devo ser muito estúpido para esquecer de algo tão importante. Como posso ter feito isso? Devo estar enlouquecendo. Não consigo desenvolver um só pensamento com clareza.

Conto aos meus pais do apartamento hi-fi. Faiz diz que às vezes os apartamentos ficam séculos vazios, pois as pessoas hi-fi vivem em países estrangeiros ou na cidade e só visitam de vez em quando. Mamãe diz que isso é verdade. Papai repete tudo ao pradhan e a Dose, que estão se preparando para partir. "Devíamos ir até lá", diz papai.

"Não podemos esperar", mamãe diz. "Minha filha pode estar lá neste exato momento."

"Só pessoas muito especiais vivem naquele prédio", diz o pradhan, com ar irritado. "Eles nem sabem da existência deste basti, tenho certeza. Não é culpa delas se um empregado foi preso."

"Mas você com certeza pode pedir para a polícia checar", papai insiste.

"O Golden Gate não é uma tenda no Bhoot Bazaar que você pode ir sempre que quiser beber um copo de chá."

A polícia enfia Varun e a esposa na traseira da van. As pessoas gritam insultos a eles, chamando-os de puta e filho da puta.

Quando os veículos da polícia e a escavadeira se vão, o engomador diz: "Eles não nos disseram nada sobre nossas crianças".

"Vou agora mesmo à delegacia", diz o pradhan. "Falarei com eles sobre essa história do Golden Gate. Depois ligo pra vocês." Dose pede a um lacaio para pegar nossos números. E então vão embora.

Já se passaram quase quarenta e oito horas, e ainda não sabemos onde Runu-Didi está.

O lixão é um mar escuro...

... cheio de ondas, exceto onde fogueiras de carvão ardem alaranjadas. Pari me puxa pela mão.

"Precisamos de respostas", diz o abbu de Kabir-Khadifa. "Precisamos obrigar as pessoas do Golden Gate a abrirem suas portas."

"Vamos mostrar a elas que temos nosso valor", diz o pai de Aanchal, batendo no peito.

"Então vamos", decreta Bebum Laloo, seguindo, contudo, na direção do aterro. A mãe de Bahadur corre atrás dele e o traz de volta.

Nosso longo cortejo sai em disparada, passando pelo Badshah--das-Garrafas, agora reclinado num trono-charpai em frente à sua casa. "Tenham cuidado!", ele nos grita.

Estranhos se unem a nós, atraídos talvez pela indignação do nosso passo. O dia deles deve ter sido banal e tedioso, como os meus costumavam ser, e agora estão ávidos para testemunhar uma confusão. Assim terão uma história digna para ser contada amanhã, na tenda de chá.

Para além do lixão ficam os primeiros prédios hi-fi, e aqui

as ruas ganham largura e suavidade. São pavimentadas com asfalto e ladeadas por nins e acácias-imperiais. Pari e Faiz ficam perto de mim. Não quero que vejam minha tristeza, mas estou contente por estarem aqui.

Um bando de vira-latas late, perseguindo cães inimigos pela rua escura. Samosa jamais rosnaria para alguém daquele jeito.

Em pouco tempo alcançamos uma rua lateral inclinada que leva ao Golden Gate. É margeada de postes de luz e plantas enjauladas. O edifício é uma mistura de creme e amarelo, não é dourado. Imagino Runu-Didi com o rosto esmagado contra a janela de um dos apartamentos, sua respiração imprimindo um círculo de névoa no vidro.

Papai e outros homens do nosso basti conversam com os vigilantes, instalados em duas cabines nas portas de entrada e saída. Câmeras de circuito interno, com seus narizes pontudos, inquietam-se ao nosso redor. Gente hi-fi entra pelo acesso dirigindo jipes e carros compactos e lustrosos. Adesivos especiais do Golden Gate, colados nos para-brisas, informam os vigias que aquelas pessoas são dignas de entrar.

"Como alguém poderia ter transportado Bahadur e Aanchal e Runu-Didi por tudo isso?", pergunta Pari. "Eles teriam feito algum barulho."

"Se Varun tinha um carro, ele pode tê-los escondido lá dentro", pondera Faiz. "Não estão olhando nos bancos traseiros" — ele gesticula para os vigilantes — "Se você mora aqui, eles conhecem seu rosto e permitem a entrada. Mas como Varun teria um carro?"

Ele não tem. Só tem uma bicicleta. Isso quer dizer que Runu-Didi não está aqui?

Papai e os outros seguem conversando com os vigilantes, agora erguendo braços e vozes. Um dos vigilantes diz *essa tamasha já passou dos limites, vamos chamar a polícia.*

"Pois chame", diz o pai de Aanchal. "Acha que nos importamos?"

O som das sirenes nos força a virar. Hoje, pela primeira vez, a polícia está por toda parte.

Há espaço na medida certa entre as pessoas na multidão para que eu veja os calçados de um policial pisoteando a calçada. Os sapatos são marrons, não pretos como os dos oficiais, o que significa que ele é um inspetor. Um homem parado na sacada de um apartamento no primeiro andar nos filma com o celular.

O inspetor de polícia conversa com os vigilantes, depois se vira e diz que convocou a proprietária da penthouse onde Varun trabalhava. "A proprietária não está aqui agora, mas estamos checando tudo, eu garanto", ele diz. "Mas, por favor, lembrem-se, essa gente que mora aqui é muito rica. Vamos tentar fazer o mínimo de barulho."

Esperamos, de novo. Pari descobre com alguém que penthouse quer dizer cobertura.

Proteja minha filha, mamãe reza do meu lado. Repete a oração nove vezes, como vem fazendo o dia todo.

Eu olho pra cima. Imagino Runu-Didi escancarando a janela de uma sacada do apartamento mais alto e pulando, e todos nós correndo para apará-la antes que sua cabeça acerte a calçada.

Chega outra van da polícia. Os oficiais perambulam de um lado para o outro ociosamente, como se passeassem num parque.

"O que aconteceu com o tal de Varun? E a esposa?" É Pari quem barra um policial e pergunta.

"Presos. Aqueles dois nunca mais vão voltar a ver o céu."

"Quem quer ver esse céu?", responde outro policial, e ri. "Está cheio de veneno. Eles estão melhores na cadeia, sem respirar esse ar nojento."

A multidão no Golden Gate cresce. Não sei de onde vem essa gente, se é do nosso basti ou de outro lugar.

Os vigilantes deixam entrar um carro prateado, grande como um jipe, que para logo depois do acesso. Pari, Faiz e eu damos uns empurrões e abrimos caminho na direção das cancelas, para ver o que está acontecendo. Mamãe, a mãe de Pari e Wajid-Bhai nos acompanham.

Uma mulher vestida num salwar-kameez branco e dourado, o cabelo preto sedoso caindo pelos ombros, de sandálias de salto longo como uma caneta, desce do carro. Em sua mão esquerda segura uma sacola preta e, na direita, um celular. O inspetor recebe passagem para falar com ela. Não consigo ver o rosto da mulher muito bem. Ela estica os braços na nossa direção, o povo do basti, e segue fazendo e recebendo ligações pelo celular.

Escurece mais. O inspetor encerra a conversa e sai. Mais adiante, o carro-jipe da mulher desaparece atrás de paredes. Um dos vigilantes oferece uma cadeira de plástico ao inspetor, que sobe nela como se num pódio. Policiais firmam os braços e o encosto.

"A madame está horrorizada e entristecida com a tragédia que se desenrolou na favela de vocês. Ela é uma pessoa muito importante, amiga do nosso comissário de polícia." O inspetor toca as pontas enroladas para cima de seu bigode espesso com o polegar e o indicador abertos. A cadeira balança, e os oficiais a seguram com mais firmeza. "Uma cidadã tão íntegra nada teria que ver com os desaparecimentos. Contudo, como uma cortesia para mim, a madame me levará ao apartamento, o qual, segundo me diz, comprou recentemente, para propósitos de investimento. Ela não fica muito por aqui, porque possui várias propriedades. Seu erro foi contratar um criminoso que se encontra agora mesmo sob nossa custódia. Por favor, entendam, a família dele trabalha para a família da madame há três gerações.

Eles nasceram no mesmo lugar. Quando a madame procurou um caseiro para este apartamento, alguém lhe sugeriu o nome dele. Contratá-lo foi seu único erro. Ela se arrepende profundamente. Agora, a madame está sendo generosa o bastante para permitir que eu entre em seu apartamento sem um mandado. Vamos conferir tudo meticulosamente. E pedimos a cooperação de vocês. Se encontrarmos alguma coisa, nós os informaremos de imediato."

Todos estão inquietos depois de um discurso tão longo. Murmúrios pairam pela multidão, giram e ganham peso, virando gritos.

"Não!", alguém berra, erguendo o punho.

"Precisamos ver com nossos próprios olhos se aquele monstro amarrou minha filha lá dentro", papai diz. Está parado perto da cabine dos vigilantes, ao lado do portão de entrada.

O pai de Aanchal, o engomador, Bebum Laloo e o abbu de Kabir-Khadifa concordam e, num tom tão alto quanto o de papai, pedem para entrar. Os oficiais ajudam o inspetor a descer da cadeira. Ele faz uma ligação pelo celular. Então anuncia que a madame é uma mulher gentil e generosa, mas que não pode aceitar que uma ralé chafurde seu apartamento que custa de cinco a dez crores. "Deixem que a gente faça nosso trabalho", ele diz. "Por favor, só esperem aqui."

"Quantos zeros têm dez crores?", Faiz pergunta à Pari quando o inspetor e os oficiais adentram o edifício.

"Oito", Pari responde. Ela não precisa contar nos dedos.

O corte na palma da minha mão arde. Vou para longe de todos, as lágrimas rolando pelos meus olhos. Estou me sentindo sozinho. Mesmo o irmão e a irmã de Bahadur têm um ao outro.

"Como esperado, a casa da madame estava vazia", diz o inspetor, retornando.

"Onde está minha Runu?", mamãe grita.

"Onde está Chandni?", grita a mãe de Chandni. Outras pessoas recolhem as palavras delas e as nossas palavras e as atiram no inspetor: "Chandni-Runu, Aanchal-Omvir, Bahadur-Kabir-Khadifa, onde estão eles, onde estão?".

"Não estão aqui", diz o inspetor. "Eu sugiro que vocês se dispersem agora, caso contrário seremos forçados a tomar uma atitude drástica."

"Vocês não fizeram nada por nós", o pai engomador de Omvir grita. "Nada. Nunca procuraram nossos filhos."

"Nada disso teria acontecido se vocês tivessem nos escutado", diz o pai de Aanchal.

"Escutado", repete Bebum Laloo.

Ouço algo se partir. Uma pedra espatifou o farol de um jipe da polícia. Quem jogou a pedra? Um galho sai voando em zigue-zague, e meus olhos o seguem até que ele derruba o boné da cabeça do inspetor. As pessoas começam a jogar tudo que encontram na polícia, nos vigilantes e nas sacadas dos apartamentos.

Uma pedra acerta a testa de um dos vigilantes, fazendo o sangue jorrar como água de uma torneira escancarada. Os outros vigilantes enchem as bochechas e assopram os apitos que usam presos ao pescoço. Há muitos empurrões, e cotoveladas, e confusão. Pari, Faiz e eu estamos sendo esmagados como farinha. Mamãe segura meus dedos com força. Não consigo ver papai.

As pessoas chutam as jaulas que circundam as plantas, arrancam galhos e, empunhando-os como espadas, vão em direção aos vigilantes. Os policiais avançam com os cassetetes. Passamos por eles, pois há muitos de nós, e eles não podem nos deter. Pulamos as cancelas elétricas nos portões, entramos nas cabines dos vigilantes e liberamos o acesso. Corremos para dentro, mamãe, a mãe de Pari, Pari, Faiz, Wajid-Bhai e eu. Eu nem sei o que vamos fazer.

"Runu tem que estar lá!", diz mamãe.

"Vamos transformar essa torre em pó!", alguém grita.

Escuto sirenes, gritos, cassetetes acertando corpos, mãos batendo palmas e gente chorando, pressionando os xales, as balaclavas, as máscaras de respirar contra cabeças e pernas e braços sangrando. Bandos de gente hi-fi se agitam nas sacadas, mirando-nos com seus celulares. Pelas portas de vidro que levam à recepção do Golden Gate, vejo um grupo de mulheres do nosso basti. Devem trabalhar no prédio.

Um lustre dourado pende do teto, e dois ventiladores brancos e também dourados giram de cada lado. O piso é branco e lustroso como um espelho. Plantas altas brotam de vasos brancos nos cantos; as folhas são de um tom de verde profundo que nunca vi na vida, nem mesmo nas árvores na vila de Nana-Nani e Dada-Dadi.*

"Gita, Radha!", grita mamãe.

"Meera!", grita a mãe de Chandni.

As mulheres do basti que trabalham no Golden Gate abrem as portas de vidro — portas límpidas, sem uma manchinha sequer — e dizem muitas coisas ao mesmo tempo:

"Andam acontecendo coisas estranhas na cobertura nos últimos meses."

"Desde que aquela madame comprou o apartamento. Seis ou sete meses."

"Um guarda disse que a cobertura recebe entregas tarde da noite. Até depois da meia-noite."

"Varun dizia que eram móveis novos, dizia que a proprietária estava colocando prateleiras e balcões na cozinha. Quem é que vai checar se isso é verdade ou não?"

"Os vigilantes estão sempre fofocando sobre ela. Dizem que

---

* Dada-Didi segue a mesma lógica de Nana-Nani e indica, respectivamente, avô e avó, mas do lado paterno.

toda noite leva um homem diferente lá pra cima. Mas ninguém tem certeza. Não conseguimos ver o rosto deles, nem pelas câmeras. Os homens se sentam no banco traseiro quando ela passa de suv pelo portão."

Um lamento se projeta atrás de mim. É a mãe de Bahadur. "Precisamos descobrir se as crianças estão lá dentro", diz um dos homens.

Corremos para dentro do prédio. Somos mais rápidos do que os adultos, Pari, Faiz e eu. Entramos no elevador. Perdemos nossas mães e pais e Wajid-Bhai, mas não importa, pois algumas pessoas do nosso basti também entraram com a gente. Faiz aperta o botão bem no alto: quarenta e um. Subimos, crescendo e crescendo, rápidos como foguetes. Minha cabeça parece leve. Inclino o corpo na parede de aço brilhante. Farejo os cheiros do metal, como Samosa. Meu nariz tenta rastrear minha didi.

O elevador se abre para uma saleta quadrada com piso de mármore e porta escura lustrosa. Tocamos a campainha, batemos e chutamos a porta até doerem nossos pés, e a patroa, de celular pressionado ao ouvido, abre. Passamos correndo por ela, que, de todo modo, não pode nos deter; há mais gente do basti atrás de nós, e eles a encurralam, empurrando-a contra a parede.

Uma chachi surrupia o celular da patroa e o entrega a um chacha, que o guarda no bolso do jeans com um sorriso. O aparelho não para de tocar.

As janelas do apartamento se estendem do teto ao piso. Daqui, tudo do lado de fora parece pequeno, os shoppings, as estradas, as luzes brancas e vermelhas dos carros e talvez até o nosso basti, mas não consigo dizer onde ele fica. Não consigo ver pessoas. O trem da Linha Púrpura cruzando uma ponte é um trem de brinquedo numa ponte de brinquedo.

Pari agarra minha mão. "Não fique parado aí", ela diz. "Foco."

Olhamos ao redor. Tudo se encontra na mais perfeita ordem. Encostos sentadinhos com as colunas eretas em sofás creme. Luzes afundadas no teto brilham como muitos pequenos sóis, claras demais para olhar diretamente. Em vasos negros, rosas amarelas frescas e perfumadas estão apertadas umas contra as outras. Esculturas em metal de pássaros, animais e deuses descansam nas prateleiras de madeira acopladas às paredes. Os tapetes no chão são macios como nuvens.

"A polícia vai prender todos vocês", ameaça a madame. Então eu me lembro por que estou aqui. Esqueci por um momento. E o estranho é que outras pessoas do basti também esqueceram e se comportam como eu. Estamos todos de boca aberta. Nossos pés e mãos se movem lentamente nesta sala que é maior do que vinte das nossas casas juntas. O apartamento hi-fi nos envolve e encanta, é como um feitiço, impede nosso pensamento; talvez seja assim que eles aprisionam crianças.

"Runu-Didi?", digo. Depois repito mais alto, "Runu-Didi? Runu-Didi?"

As marcas das nossas mãos, dos nossos dedos e pés vão destruir todos os indícios, mas o que podemos fazer? Um homem que diz já ter inspecionado o apartamento inteiro grita: "Não tem criança nenhuma aqui". Ele deve conhecer algum cântico que o protege de feitiços.

A patroa grita *segurança, segurança, tem alguém aí?* Depois diz: "Conheço o pradhan de vocês. Já não vão encontrar suas casas quando voltarem hoje à noite. Vou mandar demolir aquela favela imunda inteira!".

"Vou conferir a cozinha", anuncia Pari. "Faiz, você checa o quarto, e Jai, dê uma olhada em qualquer outro cômodo que houver." Não podemos sequer adivinhar quantos cômodos existem nesse apartamento, e para quais propósitos.

Por um corredor estreito, dou de cara com outro cômodo,

que é um quarto, com uma cama grande onde cabem cinco pessoas, e um armário de madeira com quatro portas que cobre uma parede inteira. Confiro debaixo da cama. O lençol branco que a cobre é límpido e bem passado. Os travesseiros de azul-pavão têm cheiro de novos. Abro as portas do armário. Sáris, salwar-kameezes, lençóis, camisas e calças de homens, tudo dobrado cuidadosamente em cada prateleira.

Saio para a sacada que margeia o quarto. Não há nada ali além de plantas em vasos azuis, e duas cadeiras em cada lado de uma mesinha baixa. O vento é barulhento aqui, e faz um frio congelante. Meus ouvidos doem. Eu me tremo, mas olho a noite pela fumaça e grito *Runu-Didi!*, *Runu-Didi!*, e, quando não obtenho resposta por mais que grite seu nome, volto pra dentro do quarto.

Atrás de uma porta encontro um banheiro escondido, com duas pias, uma banheira e um chuveiro. O piso de azulejo está seco e brilhante; ninguém o usou.

Bem quando me viro para partir, dois homens do basti adentram o quarto. "Olha esse ventilador, esse ar-condicionado split, olha esse lençol — é de seda? Quanto você acha que custa essa cama? Um lakh? Três?" Os dois se deitam na cama e dizem "Arrey-waah, olha só como é macio também!".

Escuto Pari chamando a mim e Faiz. Será que a patroa a agarrou? Corro pra fora, pelo corredor onde as chachis e os chachas do basti agora provocam um engarrafamento, e entro na cozinha, onde tudo é pintado de azul-esverdeado. As pessoas estão abrindo guarda-louças e roubando colheres e masalas e até cubos de açúcar e recipientes de sal. Um homem enfia uma garrafa de daru sob o cinto das calças.

Pari está ajoelhada ao pé da pia, com o rosto sobre um balde. Faiz está com ela.

"O que é?", ele pergunta. "Você está bem?"

Pari nos mostra o que há no balde: escovas, água de sabão borbulhando dentro de garrafas de plástico, esponjas e trapos. Por baixo de tudo há três garrafas de vidro marrom-escuro com rótulos difíceis de ler. Levo um século para decifrar, mas num deles se lê Clorofórmio LR. Nos rótulos das garrafas menores lê--se Injeção Midazolam BP e Mezolam 10 mg. Não sei o que aquilo significa.

"Por que isto está aqui?", pergunta Pari.

"Mas o que é?", pergunta Faiz.

"O diretor falou sobre seringas e remédios soníferos, lembra?", diz Pari. "Talvez você não estivesse na escola nesse dia."

"Ele estava. Foi antes de Tariq-Bhai ser preso."

"Clorofórmio faz você dormir. Inclusive pra sempre."

"Não toque nas garrafas. Digitais. Evidências."

"Isso quer dizer", pergunta Faiz, "que a tal patroa sequestra crianças? Ela e Varun comandavam um esquema de sequestros? E aqui era a sede da operação?"

"Mas", Pari diz, "essa mulher é amiga do pradhan e do comissário de polícia. Isso significa que… O que significa? Eles sabiam que ela era uma criminosa e não fizeram nada?"

"Onde ela escondeu Runu-Didi?"

"Nós vamos encontrá-la", Pari me garante. "A madame vai ter de contar a verdade pra polícia agora."

"Faça um vídeo disto aqui", diz Faiz a um chacha que puxa facas de uma gaveta e as examina contra a luz, talvez para decidir qual delas surrupiará. "Veja, essa garrafa, é um remédio de fazer dormir. Foi isso que aquele Varun deve ter usado para sequestrar as crianças e trazê-las para cá."

O chacha guarda a faca e faz o que Faiz pede. Policiais adentram a cozinha, ofegantes, de cassetetes erguidos, gritando *fora, agora, seus macacos.*

"Temos provas de que a madame deste apartamento, a melhor amiga do seu comissário, é culpada. Ela é uma sequestradora de crianças", Pari lhes diz.

"Nós já fizemos vídeos de tudo isso", acrescenta Faiz, "e enviamos para milhares de pessoas. Vocês não poderão fingir que não existe."

Os policiais abaixam os cassetetes e pedem para que as demais pessoas na cozinha se retirem. O chacha que fez o vídeo fica.

"Confiram esses rótulos", pede Pari. "Essas drogas, elas põem as pessoas para dormir. Por que essa mulher teria isso aqui? É ilegal. Vocês têm de prendê-la."

A cozinha cai num silêncio absoluto, exceto por algum zumbido, talvez da geladeira ou da luz. Um policial tenta tocar o balde, mas Pari o impede: "Onde estão suas luvas?".

"Varun deve ter escondido as garrafas aqui. Você acha que a madame se importa com as porcarias debaixo da pia?", pergunta um dos oficiais.

Um grito cresce dentro de mim, e sinto que vou explodir até o teto. Levanto e movo minha mão para a bancada da cozinha onde descansa uma tigela preta cheia de laranjas. Aproximo a tigela da borda enquanto Pari conversa com os policiais, depois a empurro. A tigela se despedaça. As laranjas rolam pelo chão, parando aos pés das pessoas.

Papai, mamãe, a mãe de Pari e Wajid-Bhai entram na cozinha.

"Pari! Pensei que você tivesse desaparecido!"

"Runu-Didi não está aqui", informo aos meus pais.

Na sala, o inspetor explica à madame que é de seu interesse acompanhá-lo até a delegacia. "Não posso garantir sua segurança aqui." Em seguida, ordena que nos retiremos, caso contrário seremos presos. "Vocês estão vendo que não há criança nenhuma aqui. A madame não pode ser responsabilizada pelo que aquele homem terrível fez. Mas vamos interrogá-la mesmo assim."

Papai e Wajid-Bhai nos pastoreiam por entre a multidão, abrindo os braços. Descemos pelo elevador, cruzamos a recepção repleta de vidro e saímos pelo acesso, as barras de proteção quebradas. Furgões de TV estacionaram num lado da rua, atrás dos carros de polícia. Uma repórter está parada com um microfone na mão sob um poste de luz que antes estivera apagado. O operador de câmera a orienta a se mover um pouquinho para a esquerda.

"Isso vai aparecer na televisão", diz a mãe de Pari, parecendo surpresa. "Agora a polícia terá de fazer alguma coisa."

"É tarde demais", digo sem querer, mas, assim que as palavras saem da minha boca, sei que é verdade.

Por todo o inverno a fumaça tem roubado...

... as cores do nosso basti, e agora tudo parece cinzento, mesmo o rosto dos meus pais diante do microfone que a repórter enfia na cara deles. Espero ao pé da porta de Shanti-Chachi, meio escondido atrás dela.

Passaram-se três dias desde que encontramos as garrafas de fazer dormir no apartamento da madame do Golden Gate. Nosso basti ficou famoso e também o contrário de famoso. Toda hora um novo furgão de TV estaciona no Bhoot Bazaar. Repórteres que parecem um pouco mais velhos do que Runu-Didi correm pelos arredores com seus operadores de câmeras, conversando com qualquer um disposto a falar.

A jornalista que entrevista mamãe e papai está preparando uma reportagem sobre os pais das crianças desaparecidas. Foi o que ela nos disse. Papai exibe a foto de Runu-Didi, a mesma que mostramos à polícia. Mamãe cobre a boca com o pallu do sári.

"Queremos nossa filha de volta, por favor", diz papai, aproximando a foto de didi da câmera. Sua voz, geralmente alta demais, agora soa muito fraca e suave; o microfone mal consegue captá-la.

A repórter joga o cabelo para trás. "Fale mais alto", murmura. "Nossa filha, por favor, devolvam nossa filha", repete papai. Ele e mamãe olham fixamente para a câmera, em silêncio. A repórter faz um gesto de *corta, corta* para a operadora de câmera. Nesse momento Shanti-Chachi chama a repórter. "A polícia por acaso disse por que ignoraram nossos protestos por tanto tempo? Disseram por que não procuraram por uma única criança por mais de dois meses?"

A operadora de câmera dá um zoom em Shanti-Chachi.

"E vão deixar a proprietária do apartamento escapar, só porque ela é rica? Onde ela escondeu nossas crianças?"

"Você gravou isso?", pergunta a repórter à operadora, que confirma. Nisso ela dá as costas à Shanti-Chachi e diz à câmera: "Os residentes desta sofrida favela estão acusando a polícia de negligência. Perguntam acerca do papel da sra. Yamini Mehra, a proprietária da cobertura avaliada em sete crores no edifício Golden Gate. A sra. Mehra afirmou que não tinha conhecimento das atividades nefastas de seu empregado Varun Kumar. Enquanto isso, rumores se espalham como pólvora sobre suas motivações. Ele era parte de um esquema de tráfico de crianças ou de órgãos? O que terá feito com as crianças sequestradas? Por que colecionava souvenirs das vítimas, o que, como apontou a polícia, é um comportamento típico dos assassinos em série?".

Mamãe colapsa, caindo no chão. A operadora de câmera se curva para captar melhor a tristeza dela para o jornal das nove. Shanti-Chachi corre e apoia as costas de mamãe, antes que papai possa fazê-lo.

"Como você consegue viver consigo mesma?", grita Shanti-Chachi à operadora de câmera. "Você quer que a gente chore, arranque os cabelos, bata no peito. O que ganhará com isso, uma promoção, um belo bônus no próximo Diwali?"

A operadora de câmera fica ereta.

"Vamos para outra casa", sugere a repórter.

"Ótimo, vão embora, isso vocês podem fazer com muita facilidade", chachi diz. "Somos nós quem temos de estar aqui hoje, amanhã e depois. É sobre a nossa vida que você está falando como se fosse uma notícia qualquer. Será que entende isso?"

As amigas de Runu-Didi vêm nos visitar. Estão aqui, mas didi, não. Parece errado. Mamãe pede que se sentem na cama, e nós nos recolhemos aos cantos da casa. As meninas não sabem o que dizer, e nós não sabemos o que contar a elas. O relógio-alarme de mamãe nos constrange com o tique-taque constante, deformando o tempo entre suas mãos vagarosas. Parece manhã e noite e ontem e amanhã e semana passada e semana que vem, tudo ao mesmo tempo.

Papai pergunta às amigas de didi se viram Varun Kumar rodeando a escola. Elas dizem que não. Eu o vi tantas vezes, e até conversei com ele, e nunca pensei que fosse o sequestrador.

O técnico de didi aparece com Mitali, Tara, Harini e Jhanvi.

"Runu, ela era a melhor de todas", diz o técnico, como se didi já não estivesse viva. "Mais rápida do que qualquer outra pessoa que treinei na vida."

"É verdade", diz Tara. "Vai ser difícil ganhar sem ela."

Nana e Nani ligam para o celular da mamãe. "Eu disse que esse lugar não era seguro", diz Nani. "Falei para viverem aqui conosco."

Mamãe desliga.

Pari e Faiz aparecem com Wajid-Bhai, e ele comenta que o advogado que a família contratou garantiu que Tariq-Bhai não tardará a ser solto. "As coisas sempre terminam bem."

"Quando você volta pra escola?", Pari me pergunta. "Seria

melhor depois dos exames. Foi o que eu disse ao professor Kirpal, que depois dos exames ele pode contar com você."

"A mãe de Pari está falando em mudar de basti", comenta Faiz.

"Cala a boca. Sua ammi é que está planejando se mudar."

"Mudar pra onde?", pergunto.

"Ammi acha que devemos morar em algum lugar onde haja mais de nós." Faiz coça a cicatriz. "Mais muçulmanos. Assim o Hindu Samaj não poderá nos ameaçar, como faz aqui."

Quando nossa casa fica vazia, e lá fora está escuro, mamãe nos serve o roti e o aloo que o marido de Shanti-Chachi preparou. Fingimos comer, remexendo a comida no prato. Já não tenho fome, mas mastigo um pedaço de roti para que meu estômago não doa como tem doído nas últimas noites.

Shanti-Chachi chega às pressas à nossa porta e pede a papai que ligue a TV no jornal. Depois põe o braço ao redor dos ombros de mamãe, como se tentasse prepará-la para algo terrível. A âncora do jornal, de jaqueta preta, o cabelo bem repuxado para trás desde a testa, diz que detalhes sinistros acabaram de vir à tona no caso dos *Sequestros na Favela*.

"Varun Kumar confessou que atraía as vítimas com doces adulterados ou as sedava com injeções, cujas substâncias foram encontradas no apartamento onde trabalhava. Sua esposa, que limpava e ocasionalmente cozinhava no mesmo apartamento, está sendo tratada como cúmplice. Ainda mais chocante é a informação de que, segundo as fontes policiais, Varun Kumar confessou matar e desmembrar as crianças que sequestrou. Carregava as partes de seus corpos em sacos plásticos amarrados à bicicleta, despejando-os em aterros sanitários, esgotos nas redondezas de shoppings e nas estações de metrô da Linha

Púrpura. Tais sequestros não se limitavam à favela onde ele morava. Acredita-se que Varun Kumar também visava crianças de rua. O número exato de desaparecidos ainda é incerto. Sete ou setenta, não se sabe. A polícia espera que os souvenirs que ele colecionava ajudem a identificar as vítimas."

O rosto de um policial cobre a tela, talvez um assistente do comissário. Mãos invisíveis apontam microfones para sua boca.

"Deflagramos uma grande busca para recuperar os restos mortais das crianças."

Eu não entendo. Estão falando de Runu-Didi e Bahadur?

A âncora retorna. "Fomos informados de que, tendo em vista as acusações de negligência dirigidas à polícia local, o caso provavelmente será transferido para o Comitê Central de Investigações, que aferirá a possibilidade de que Varun Kumar fazia parte de um círculo maior de tráfico de crianças, dedicado à pornografia infantil e ao comércio de órgãos."

Mamãe puxa o controle remoto da mão de papai.

"Acredita-se que a cobertura de luxo, avaliada em oito crores, era o local escolhido para os brutais assassinatos. O papel da proprietária do apartamento, Yamini Mehra, socialite frequentemente flagrada em festas ao lado de políticos e oficiais do alto escalão da polícia" — a tela exibe fotos em que se vê a madame ao lado de políticos e policiais trajados de uniformes de delegado, comissário ou comissário-assistente — "ainda não está claro."

"Minha filha não está morta", diz mamãe.

"Claro que não", reforça Shanti-Chachi.

Mamãe desliga a TV e atira o controle na parede.

No dia seguinte as escavadeiras estão de volta ao lixão. Agora procuram *restos mortais*. Não consigo entender por que a polícia acha que Varun matou as crianças que sequestrou. Mesmo tendo dito isso, deve ser mentira. Ele não é um djinn para fatiar e comer crianças; se fosse, teria desaparecido. Não ficaria preso.

Papai e eu ficamos de olho nas máquinas. Papai convenceu mamãe a ir trabalhar, argumentando que, se tivesse de testemunhar cada saco plástico do lixão sendo aberto, ela sofreria um ataque do coração. "Nossa filha não está aqui", promete. De meia em meia hora ele liga para ela, ou o contrário. "Nada", ele diz, toda vez. "Já disse que Runu não está aqui."

A polícia formou cordões ao redor das seções do aterro onde as escavadeiras estão trabalhando. Não deixam ninguém passar, nem mesmo as crianças catadoras que querem fazer o número um ou o número dois.

"Se houvesse algum corpo aqui, uma das minhas crianças já teria descoberto", diz o Badshah-das-Garrafas para quem quiser ouvir.

O pai de Aanchal aparece para desafogar a raiva contra os policiais. "Vocês disseram que minha filha tinha fugido com um rapaz, e agora vejam o que aconteceu. Estão contentes?"

"O Baba dos Golpes não trouxe sua filha de volta", digo a ele. "Você achou que ele traria." Pouco me importa se isso o irrita ainda mais.

"Nunca mais deixo aquele baba de araque pisar no nosso basti. Nunca devia ter dado ouvidos a ele. Nem ao pradhan."

Papai pergunta a um dos policiais que nunca vimos antes se o que escutamos na TV é verdade. "Disseram que ele escondia as crianças nos esgotos, mas, o mau cheiro, as pessoas teriam notado, não?"

O policial diz que já localizaram um saco atrás de um shopping que tem cinema 4D no último andar, mas é cedo demais para dizer de quem são os *restos mortais*. O saco foi encontrado precisamente no lugar indicado por Varun Kumar, o que significa que ele está falando a verdade.

"Além disso, já viu a situação dos nossos esgotos?", pergunta o policial. "Todos têm cheiro de morte. Já viu alguém limpando algum? Não vê como as nossas ruas ficam inundadas com uma só chuva?"

"Por que um homem como Varun confessaria os sequestros?", pergunta papai.

"Os investigadores devem ter injetado o soro da verdade nele. Uma injeção, e você passa horas sem conseguir mentir. Duas injeções, e ele não vai conseguir fechar a boca até nos dizer onde cada criança está enterrada."

Eu vi alguma coisa sobre essa injeção no jornal ou talvez tenha sido no *Live Crime*, mas não achei que fosse de verdade.

"É verdade" — agora é o pai de Aanchal quem pergunta — "que a tal da Mehra levava estranhos para o apartamento dela tarde da noite? Ouvi dizer que há oitenta apartamentos naquele prédio. Ninguém naqueles oitenta apartamentos viu ou ouviu nada?"

"A polícia precisa de tempo para interrogar todos os residentes e descobrir o que viram e o que não viram", explica o oficial. "Não apenas os residentes, mas também as empregadas, os jardineiros, os zeladores, os vigilantes. Acreditem em mim, estamos fazendo tudo o que está ao nosso alcance. Estamos conferindo os registros telefônicos para descobrir com quem a madame e o empregado conversavam."

"Mas o que a TV anda dizendo sobre os amigos de Mehra, que eram cirurgiões trazidos para extrair os rins das crianças, isso não pode ser verdade, pode?", insiste o pai de Aanchal.

"Quem é que sabe? Os ricos acham que podem comprar qualquer coisa, até a gente."

"O problema", diz o pai de Aanchal, "é que policiais como você desconfiam das empregadas, dos carpinteiros, dos encanadores, mas, quando veem uma madame ou um senhor grã-fino, baixam a cabeça e dão logo passagem."

O policial ri, mas é uma risada amarga.

"Se trouxerem cães farejadores", eu digo a ele, "vocês conseguem encontrar as crianças mais depressa."

Ele balança a cabeça como se já estivesse farto de todos nós e começa a se afastar. Mas logo empaca. "Meus superiores acreditam que esse é um caso inequívoco. Temos evidências suficientes para processar quem foi preso. Além disso, um cachorro não vai conseguir detectar cheiro nenhum no meio de todo esse lixo."

Nada digno de nota é encontrado no lixão, exceto pedaços de uniforme escolar e sapatos infantis furados. A polícia sela tudo para testes, caso pertença às crianças desaparecidas; eu me pergunto se Samosa me trouxe aqui porque sabia o que estava enterrado no lixo. Talvez ele consiga fazer coisas que um cão farejador da polícia não consegue.

Ao anoitecer, quando as escavadeiras silenciam, papai me leva pra casa e pede para que Shanti-Chachi fique comigo. Diz que volta logo.

Chachi se senta bem ao meu lado, como se para garantir que não irei a lugar nenhum.

Mas aonde eu iria? Não sou detetive. Se fosse, não teria deixado ninguém sequestrar Runu-Didi.

"Sua didi está bem. Tenho certeza. Posso sentir", a chachi me diz.

Eu não sei de nada, nem sinto nada. Às vezes, como agora, tudo dentro de mim fica entorpecido, até meu cérebro.

Mamãe chega cedo em casa. Shanti-Chachi diz que não sabe onde papai está, mas ela logo explica: "Ele me ligou". Mamãe trouxe ovos e vegetais frescos do Bhoot Bazaar. Runu-Didi costumava pedir ovos quando começou a treinar, mas mamãe disse a ela que não éramos crorepatis como os Ambanis para comer o que bem quiséssemos. Agora didi não está aqui, mas temos ovos. Isso me deixa com muita raiva. Mas não digo nada.

Sem a TV que mamãe não me deixa assistir, o silêncio dentro de casa é ensurdecedor. Eu folheio um livro da escola e me pergunto por que Pari e Faiz não vieram me ver. A mãe de Pari disse que ela só pode andar pelo basti se estiver acompanhada por um adulto. Talvez hoje Pari não tenha encontrado um adulto. E Faiz ainda deve estar trabalhando. Escuto a faca de mamãe fazendo chop-chop-chop. O óleo chia, as sementes de cominho crepitam, cebolas ficam marrons, e nossa casa fica com o cheiro que tinha quando Runu-Didi cozinhava.

Deito de barriga na cama, sem ler meu livro. Sinto o cheiro de Bebum Laloo e me viro. É papai. Ele cambaleia até a cama e se senta, quase na minha mão, que retiro a tempo. Pede que eu me afaste, pois quer se deitar.

"Vejam, fiz tudo que Runu mais gostava", diz mamãe. Ela sequer percebeu que papai está bêbado. "Anda-bhurji, baingan--bharta e roti."

Mamãe se levanta e para ao pé da porta, como se esperando Runu-Didi aparecer correndo pela viela a qualquer momento. Eu espero com ela.

Papai adormece. A comida esfria.

Hoje faz exatamente um mês desde que Runu-Didi...

... desapareceu. Dentro de casa as roupas de didi ainda esperam por ela no escabelo; à noite eu separo seu travesseiro quando durmo, e nunca rolo para o lado dela no colchão. Mas, fora de casa, o mundo está mudando. Fatima-ben e outros muçulmanos se mudaram para outro basti do outro lado do rio, onde só há muçulmanos. Alguns hindus chamam esse lugar de Chhota-Pakistan.

Faiz e a família dele também vão se mudar pra lá. Hoje é o último dia dele no nosso basti. Agora mesmo Pari e eu estamos ajudando Wajid-Bhai e Faiz a empacotarem tudo. Viemos direto da escola. A ammi de Faiz e a irmã já estão em Chhota--Pakinstan com a maior parte das coisas. Tariq-Bhai não pode ajudar com a mudança, porque ainda está preso. Parece que será solto em breve, talvez até esta semana, mas não podemos ter certeza. A polícia demora um século pra fazer qualquer coisa.

Quando terminamos, a casa de Faiz parece grande, pois todas as coisas e pessoas se foram. Cheira à teia de aranha abandonada e ao pó que se adensa atrás dos armários. Pari e eu carregamos os últimos pertences para fora em sacos plásticos. Esperamos um ciclorriquixá que Wajid-Bhai contratou.

Alguns dos chachas e chachis e as crianças da vizinhança saem para o beco para assistir à partida de Faiz e Wajid-Bhai. Eu tiro meu suéter e amarro na cintura. Se Runu-Didi retornasse hoje, ficaria chocada ao descobrir que a fumaça desapareceu quase que por completo. E está bem mais quente, quente demais para fevereiro.

Às vezes esqueço que didi desapareceu. A polícia supõe que todos os desaparecidos estão mortos, mas mamãe diz que didi voltará *amanhã*. Diz isso há dias. Eu não acredito.

"Nunca cheguei a devolver seu dinheiro", Pari diz a Faiz. É como se dissesse que nunca mais voltará a vê-lo.

"Quando você virar médica, me atenda de graça." O rosto, as mãos e até a cicatriz branca de Faiz escureceram de tanto vender rosas na rodovia. "Se você me vir num cruzamento quando estiver passando num carrão, desacelere e compre todas as minhas flores pra que eu possa voltar para casa cedo."

"Você não está realmente pensando em vender rosas a vida inteira, está? Você tem de se matricular numa escola perto do seu novo basti."

Sinto como se cem borboletas se agitassem dentro do meu peito. O que é uma vida inteira? Se você morre quando ainda é criança, essa foi sua vida inteira, ou só metade, ou nada?

"Chi, o que está fazendo?", pergunta Pari, empurrando Faiz quando ele a suja de meleca ao tentar abraçá-la.

Eu dou um abraço em Faiz. E ele cruza o beco pra dizer okay-tata-tchau para os vizinhos.

"Faiz está muito triste por ter de deixar vocês dois", Wajid--Bhai nos diz. "Mas não estamos seguros aqui. Ontem mesmo alguém estava dizendo de novo nas filas do banheiro que nós, muçulmanos, sequestramos Kabir e Khadifa e matamos Búfalo-

-Baba para pôr a culpa no Hindu Samaj. É difícil ouvir esse tipo de coisa todo dia. Só Alá sabe por que ainda nos culpam."

"São loucos", diz Pari.

"Quanto a Tariq-Bhai, uma vez que você foi preso, é uma mancha que não desaparece. Ele terá mais chance de encontrar emprego entre nosso povo."

Pari concorda com a cabeça.

"Você também partirá em breve, certo?", Wajid-Bhai pergunta a ela. "Será uma estrela na nova escola. Ouvi dizer que lá todo estudante pode usar um computador."

Pari olha pra mim, porque sabe que não gosto de ouvir sobre este assunto. "Não vou pra lugar nenhum antes de o ano escolar terminar. E pode ser que eu nem vá."

O ciclorriquixá chega. Wajid-Bhai embarca a última sacola. Os pés do condutor são sulcados por rachaduras profundas e tufos cinzentos de pele morta. A nuca brilha prateada de suor.

Faiz corre de volta. "Apareço na escola qualquer dia desses", ele diz. "Na hora do almoço. Assim eu como também."

"Eles vão tirar seu nome da lista", diz Pari.

"Ainda não tiraram o de Bahadur, e ele sumiu faz três meses. Vai levar um ano ou dois até chegarem a mim."

"Avise quando Tariq-Bhai for solto", Pari pede a Wajid-Bhai. "Pode ligar pra minha mãe. Faiz tem o número dela."

"Tomara que aconteça logo", clama Wajid-Bhai.

"Tariq-Bhai não vai querer tocar no celular depois que for solto", Faiz nos explica. "Nunca mais vai querer saber de celular, então o celular dele será meu, e eu mesmo vou ligar pra sua ammi e" — seus olhos passam do meu rosto ao de Pari — "pra sua."

"Pobre Tariq-Bhai", diz Pari. "Se a polícia tivesse rastreado o celular de Aanchal, como Tariq-Bhai lhe disse, aquele monstro Varun teria sido capturado antes de…"

Ela tosse, pois sabe bem que é melhor não concluir a frase.

"Os djinns bondosos do palácio dos djinns estão velando por Tariq-Bhai", Wajid-Bhai nos diz. "Jai, diga à sua mãe pra rezar lá."

"Aquele lugar não é tão assustador quanto parece por fora", garante Faiz, agarrando seu amuleto.

Ele e Wajid-Bhai sobem no ciclorriquixá. "Você vai ao palácio, certo?", Faiz me pergunta, inclinando-se no assento do passageiro.

Eu aceno adeus.

O condutor do riquixá pressiona os pedais, mas o riquixá está pesado, e é preciso um tempinho para pegar embalo. Pari e eu e outras pessoas do beco acompanhamos o riquixá, que mal se move.

Alguém diz que uma família hindu comprará a casa de Faiz. Uma família com quatro crianças, e uma mãe, e um pai, e um dadi também. Acho que não farei amizade com nenhum deles. Provavelmente nem sabem o que é um sabonete Purple Lotus ou um Cream.

Digo à Pari que vou ao aterro sanitário. "Mamãe só chega em duas horas", explico.

"Vou com você." A mãe dela também não está em casa.

Já não ficamos na rua depois do anoitecer. Não queremos preocupar nossos pais. Mas eles pararam de nos seguir por toda parte. Talvez porque nenhuma outra criança foi sequestrada desde que Varun, sua esposa e a madame foram presos.

"Você acha que a madame é inocente?", pergunto, embora a gente já tenha falado sobre isso muitas vezes antes. "O advogado dela entrou com um pedido de fiança."

"Ela não vai conseguir. É um caso muito grande, vai aparecer no *Patrulha Policial*", ela responde.

Nunca mais assistirei à *Patrulha Policial*. Quando encenarem histórias reais de pessoas sendo sequestradas ou mortas, será como se alguém me estrangulasse, sei disso. Um assassinato já não é apenas uma história para mim, nem um mistério.

"As mulheres do basti que trabalham no Golden Gate estão dizendo que políticos e comissários frequentavam o apartamento da madame à noite", comento. "Esses VIPs vão tirá-la de lá."

Muitas coisas nesse caso não fazem sentido pra mim, por isso tenho de continuar fazendo perguntas à Pari. Mesmo os apresentadores dos jornais na TV, jornais que não posso assistir, mas que assisto clandestinamente antes de mamãe chegar em casa, estão confusos. Os repórteres dizem coisas diferentes a cada dia, e as suposições mudam como o preço do apartamento da madame, que custava quatro crores num dia, doze crores no outro e que agora *custa quase nada, depois que as revelações chocantes provocaram a queda dos preços das propriedades no Golden Gate.*

De acordo com os mesmos repórteres, a madame e o empregado eram parte de um esquema de tráfico infantil, de uma organização de venda de órgãos e de um grupo associado à pornografia infantil, que é um tipo de negócio que envolve filmes com crianças. Dizem que o empregado era um psicopata que abusava e matava crianças, e que o empregado e a esposa teriam rompido os acordos, matando as crianças que deveriam ter sido traficadas; ora a patroa é inocente, ora é uma mente criminosa superior *que gozava do apadrinhamento dos principais políticos indianos.*

As manchetes nos noticiários da TV são terríveis. Às vezes eu as vejo quando estou tentando dormir, piscando debaixo das minhas pálpebras como luzes de néon:

EXCLUSIVO! Visitando a Cobertura dos Horrores!
Assassino da Favela Revela Detalhes Horripilantes dos Assassinatos
A Proprietária do Apartamento de Luxo se Declara Inocente

Por trás de uma Fachada de Ouro, uma História Chocante de Tráfico de Órgãos

O Que Realmente Aconteceu no Golden Gate. Veja Primeiro Aqui!

Confissões do Canibal do Golden Gate!

"Talvez nunca se descubra o que realmente aconteceu naquele apartamento, pois temos uma polícia inútil", Pari me diz. "A única razão pela qual Varun Kumar foi preso é porque ele é estúpido. Se não tivesse sequestrado Kabir e Khadifa, as pessoas do basti continuariam culpando os muçulmanos. Talvez até acontecessem brigas e confusões."

"Ele não deve ter percebido que os dois eram muçulmanos. Faiz não parece hindu?"

"Por que aquele idiota precisa se mudar?"

Chegamos ao lixão. As escavadeiras já se foram há muito tempo. Uma mulher despeja um balde de cascas de vegetais e espinhas de peixe no meio do lixo. Escutamos um grito. É o pai de Aanchal, que tem vigiado o aterro desde que a polícia encontrou aqui pedacinhos da mochila de Aanchal e as roupas que ela vestia no dia em que desapareceu — a kurta amarela que Pari menciona no relatório.

"Você está jogando lixo na sepultura da minha filha?", o pai de Aanchal pergunta à mulher.

"O que você quer que a gente faça? Por acaso vamos guardar isso" — ela aponta o balde vazio — "dentro de casa?"

"A polícia vai prender você quando chegar. Você está destruindo evidências."

"Você perdeu sua filha, eu entendo, mas toda essa gritaria não vai trazê-la de volta."

Pari e eu vemos o Badshah-das-Garrafas conversando com as crianças catadoras. Nós nos aproximamos e perguntamos como vão. A menina do helicóptero que nos contou sobre Varun escondendo a caixa azul no lixo, no dia em que foi preso, está com o Badshah, e hoje segura uma boneca rosa de cabelo dourado, magra como um palito e sem roupa.

O Badshah-das-Garrafas aperta meu ombro. O papagaio tatuado em seu antebraço me lança um olhar de soslaio. "Às vezes", ele diz, "quando vejo as notícias, nem consigo assistir, todas aquelas coisas imundas, chocantes, que os monstros fizeram com nossas crianças."

"Precisamos voltar pra casa", Pari o interrompe.

"Sim, claro." A menina do helicóptero estende a boneca pra mim, talvez porque sente pena.

"Ele não brinca com bonecas", explica Pari.

"Deve ser difícil pra você entender o que está acontecendo", o Badshah me diz. "Mas sempre que pensar na sua irmã, o que desejo é que não pense nos horrores que ela pode ter vivenciado naquele apartamento. Rezo para que você lembre dela no auge, fazendo o que ela gostava de fazer, mesmo se fosse simplesmente assistir programas engraçados na TV."

"Runu-Didi não assistia muita TV."

"Acredite, hoje ou amanhã, todos nós perderemos alguém próximo, alguém que amamos. Os sortudos são aqueles que podem envelhecer fingindo ter algum controle sobre a vida, mas mesmo esses vão entender em algum momento que tudo é incerto e que tudo se destina a desaparecer para sempre. Somos meras manchas de poeira nesse mundo, cintilando por um momento na luz do sol, e logo desaparecendo no nada. Você precisa aprender a aceitar isso."

"Vou tentar", digo, embora não tenha a menor ideia do que ele está falando.

Acompanho Pari até sua casa. As chachis vizinhas lhe perguntam sobre a nova escola. É uma escola particular do outro lado do rio, perto da casa dos avós, onde ela foi admitida com uma bolsa de estudos completa, o que significa que não é necessário pagar mensalidades. O pessoal da escola ficou mal quando viu nosso basti no noticiário. Pari diz às chachis que seu pai e sua mãe precisam encontrar emprego perto da escola antes de se mudarem.

Colado no barril de água da casa da vizinha de Pari vejo um panfleto com as palavras *Libertem Nossas Crianças Agora*, que o Hindu Samaj distribuiu quando Chandni desapareceu. Alguém desenhou um bigode na foto de Bahadur. A polícia desencavou os sapatos dele de uma fossa perto de um shopping. Disseram à mãe de Bahadur que também *recuperaram* seus ossos, mas precisam fazer mais exames de DNA para ter certeza. De Runu-Didi não encontraram nada além do elástico de cabelo.

"Por que você não fica?", Pari me pergunta quando digo que vou embora. "Mamãe vai fazer Maggi na janta."

"Mamãe não vai gostar."

Ando depressa e de cabeça baixa para algum lugar, mas não para casa, pois ainda não quero voltar. Mas não importa quão depressa ande, chachas e chachis me agarram e fazem as perguntas que não podem dirigir aos meus pais. Eu devia começar a correr sempre, como Runu-Didi. Assim essas pessoas não conseguiriam me importunar.

"Teve notícias sobre a sua irmã?", pergunta um homem, bloqueando minha passagem.

"Sua irmã que foi sequestrada", explica-me uma mulher ao lado dele, como se eu não soubesse.

"A polícia ligou para os seus pais com alguma notícia?", questiona uma menina com linhas pretas de sujeira nos vincos do pescoço.

"Eles dizem que não sabem quantas crianças desapareceram", a mesma mulher diz ao homem, "se sete, vinte, trinta, talvez cem ou mesmo mil."

O homem duvida: "Não tem tanta criança assim no nosso basti".

"Arrey, estão sequestrando crianças de ruas e as que catam lixo também."

"A polícia ainda está fazendo testes de DNA", explico.

"Quanto tempo esses testes vão demorar?", pergunta a menina.

"Meses", respondo, mas não tenho a menor ideia. Talvez, quando o Comitê Central de Investigações chegar, tudo ande mais rápido. Ou talvez não. Acho que Pari está certa: nunca descobriremos o que os monstros do Golden Gate fizeram com Runu-Didi.

Mais chachis e chachas tagarelas aparecem do nada, me prendendo com perguntas. Escapulo da multidão e corro para a casa de Bahadur. Gosto de espionar as famílias que são tão tristes quanto a nossa, porque quero saber se andam fazendo alguma coisa de diferente para impedir os fantasmas de agarrarem seus ossos.

Shanti-Chachi não para de me dizer que agora preciso me comportar como um homem e cuidar de papai e mamãe. Estou preocupado com mamãe. Toda noite no jantar ela me olha fixamente, talvez na esperança de ver Runu-Didi em mim, depois se vira desapontada, lágrimas escorrendo pelas bochechas. Está tão magra e tão fraca que tenho medo de que caia e morra qualquer dia desses, e então seremos apenas papai e eu, e papai já mal conversa. Chega em casa cheirando a bebida e desaba na cama. Virou Bebum Laloo dois.

A casa de Bahadur está fechada, mas tem gente da TV na porta, entrevistando Dose, que trocou as roupas pretas para uma camisa açafrão e calças cáqui.

"Fomos o único partido que se posicionou quando a polícia local se recusou a ajudar", ele diz. "Somos uma parte integral desta comunidade."

Eu me pergunto se o pradhan e Dose sabiam da verdade sobre Varun; se a madame pagava certa quantia ao pradhan por cada criança do basti que desaparecia. Foi o que ouvi o marido de Shanti-Chachi dizer na fila do banheiro.

Penso em jogar pedras em Dose, mas decido que não quero deixá-lo nervoso. E se ele me sequestrar? O que aconteceria com papai e mamãe? Em vez disso, caminho na direção do Bhoot Bazaar. Vou dar um alô para o Samosa, depois vou direto pra casa.

Nossa casa está cheia de sonhos ruins. Mamãe os tem, e eu também. Nos meus sonhos Runu-Didi voa de uma sacada no Golden Gate com asas gigantes. Ela é Jatayu dos tempos antigos, mas também está ferida e sangra. Mamãe não me conta como são seus sonhos. Mas, pelo jeito como acorda gritando, devem ser terríveis.

Sinto uma sombra, fria e solitária, passando sobre mim. Olho pra cima, temendo que seja o pássaro, que seja Didi. Mas o céu está vazio. Algo roça minhas pernas. É Samosa. Eu me agacho para afagar suas orelhas. Sua língua pende, rosada, como se sorrisse.

Confiro meus bolsos buscando comida, mas estão vazios. Samosa se aninha nas minhas pernas. Ele não se importa se não tenho nada para oferecer. É um amigo de verdade. Faiz me abandonou e Pari me abandonará, mas Samosa jamais faria isso.

Vou à tenda de Duttaram. Ele não fala comigo, pois está ocupado.

Digo para Samosa me seguir, e caminhamos até minha casa. Vou perguntar aos meus pais se Samosa pode viver conosco, porque, em primeiro lugar, Samosa é inteligente; em segundo, Samosa é como um policial, só que dos bons; e, em terceiro, Samosa nunca permitirá que me sequestrem. São excelentes razões.

"Corrida até em casa", digo a Samosa.

Ele me observa, balançando o rabo.

"Vamos ver quem é mais rápido. Theek-thaak? Em suas marcas, preparar, VAI!" Então corro o mais rápido que posso. Meu coração parece que vai explodir, minha língua pende como a de Samosa, mas só paro quando alcanço a porta de casa. Então respiro fundo com as mãos nos joelhos.

Eu me viro para ver onde está Samosa. Vem trotando na minha direção, ofegante, com ar confuso. "Eu venci, eu venci, eu venci!", grito, assustando as galinhas e as cabras ao redor. Samosa lambe minhas mãos. Não é um mau perdedor.

"Sou o corredor mais rápido do mundo!", grito.

"Que piada", ouço Runu-Didi dizer.

"Cala a boca", retruco, mas logo lembro que, embora sua voz ainda esteja na minha cabeça, ela não está mais aqui. Sento-me na entrada de casa. Samosa põe a cabeça no meu colo. Seu pelo é quente e macio. A TV ressoa na casa de Shanti-Chachi. "As favelas devem ser demolidas? Dê sua opinião. Envie seus pensamentos para…"

Eu olho para o céu. Hoje a fumaça é uma cortina tênue o bastante para que eu vislumbre o brilho de uma estrela. Mal lembro da última vez em que vi uma.

"Olha lá", digo para Samosa. Mas o brilho já desapareceu. Talvez não fosse estrela nenhuma. Talvez apenas um satélite ou um avião. Ou talvez fosse Runu-Didi dizendo que eu não preciso me preocupar, pois os deuses são reais e estão cuidando muito bem dela. Didi está cuidando de mim do mesmo jeito que Mental cuida dos meninos dele, tenho certeza disso.

Então vejo a estrela de novo e mostro a Samosa. Digo que

a estrela é um sinal secreto de Runu-Didi para mim. Um sinal tão poderoso que consegue furar o matagal de nuvens e fumaça e mesmo os muros que os deuses que mamãe venera ergueram para separar um mundo do outro.

Posfácio

Trabalhei como repórter na Índia de 1997 a 2008 e, por muitos desses anos, escrevi artigos e reportagens sobre educação. Todo dia eu conversava com diretores de escolas e faculdades, professores, oficiais do governo e, acima de tudo, estudantes. Tendo crescido numa família de parcos recursos financeiros, eu acreditava que tivera oportunidades bastante limitadas para correr atrás do que eu desejava fazer, mas, como jornalista, vi que mesmo aquelas vias limitadas estavam fechadas para jovens oriundos das famílias mais pobres. Entrevistei crianças que trabalhavam catando lixo ou que pediam esmola em cruzamentos, que sofriam para estudar em casa por conta de circunstâncias domésticas difíceis, e que precisavam abandonar os estudos depois de serem desalojadas pela violência religiosa. Mas a maior parte delas não se apresentava para mim como vítimas; eram sorridentes e engraçadas e se mostravam muitas vezes impacientes diante das minhas perguntas. Nós, enquanto sociedade, e os governos que elegemos, havíamos abandonado essas crianças, como minhas matérias inevitavelmente apontavam, mas, escrevendo sob o jugo dos prazos e do número restrito de palavras, eu era incapaz de comunicar seu humor, seu sarcasmo e sua energia.

Pela mesma época, comecei a tomar conhecimento dos desaparecimentos cada vez mais recorrentes de crianças oriundas de famílias humildes. Estima-se que algo em torno de cento e oitenta crianças desapareçam na Índia todos os dias. Em geral, esses desaparecimentos só ganham destaque nos noticiários quando um sequestrador é preso em flagrante, ou se o caso envolve detalhes lúgubres. Talvez por conta do tempo que passei entrevistando crianças sobre suas aspirações, meu interesse residia naturalmente em suas histórias. Mas era impossível encontrá-las. A mídia se dedicava sobretudo aos criminosos. Antes que eu pudesse investigar o tema a fundo, uma mudança nas minhas condições levou à minha partida da Índia, o país onde eu nascera e crescera.

A matéria que não fui capaz de escrever, sobre as crianças desaparecidas e suas famílias, permaneceu comigo. Em Londres, matriculei-me num curso de escrita criativa e, como primeira proposta, tentei escrever sobre elas — e fracassei. Preocupavam-me as questões éticas relacionadas à representação ficcional de um grupo marginalizado e vulnerável. Eu não queria minimizar as desigualdades que presenciara ao meu redor, mas uma história sobre uma tragédia horrenda se arriscava a se tornar parte de certa narrativa estereotipada sobre a Índia e a pobreza que reduzia as pessoas às suas dificuldades.

No inverno de 2016, finalmente retornei à história que eu havia deixado de lado muitos anos antes. Em parte isso se deu porque, com o Brexit, a eleição de Donald Trump e a ascensão da direita na Índia e em outros países, criou-se a sensação de que o mundo estava pondo contra a parede aqueles que eram percebidos como "intrusos", "minoritários", grupos aos quais eu agora pertencia enquanto imigrante na Inglaterra. Pensei nas crianças que eu costumava entrevistar, na determinação que demonstravam a fim de sobreviver numa sociedade que muitas vezes as negligenciava deliberadamente, e compreendi que a história tinha de ser contada do ponto de vista delas. O pequeno Jai de nove anos se tornou minha via de acesso a essa história. Em Jai e seus amigos, tentei capturar as características que meus artigos costumavam ignorar: a resiliência, a alegria e a fanfarronice típicas dessas crianças.

Quando comecei a trabalhar neste romance, minha própria vida tomou um rumo inesperado. Um tio que me inspirara por toda a minha vida, a pessoa mais doce, um médico que tratava pacientes sem dinheiro gratuitamente, morreu. Meu único irmão, seis anos mais novo do que eu, foi diagnosticado com câncer no estágio IV. De repente, as questões que Jai e seus amigos confrontavam, mesmo que de forma oblíqua, tornaram-se também minhas e da minha família. Como viver com a incerteza a cada dia? Onde encontrar esperança quando nos dizem que já não há esperança? Como explicar a morte para uma criança? Descobri que eu não conseguia discutir essas questões com outras pessoas, nem mesmo com meus amigos mais próximos; em vez disso, voltei-me para os personagens deste livro, buscando respostas em suas ações.

Embora experiências pessoais informem este livro tanto quanto experiências profissionais, devo frisar que este romance *não* trata da minha história, e jamais se propôs a fazê-lo. Mas, ao escrevê-lo, eu tinha consciência das narrativas que talhamos para dar sentido ao caos e à tristeza, como fazem Jai e outros personagens do livro, e das formas pelas quais tais histórias podem nos confortar ou mesmo desapontar. Essa consciência apagou da página os muitos anos entre mim e meus personagens, mas, ao fim e ao cabo, *Os detetives da Linha Púrpura* é sobre as crianças, e apenas sobre elas. Escrevi este romance para combater a ideia de que elas poderiam ser reduzidas a estatísticas. Escrevi-o para recordarmos os rostos por trás dos números.

Um comentário final. Enquanto escrevo esta nota, em setembro de 2019, a Índia testemunha um fenômeno perturbador no qual boatos e compartilhamentos de WhatsApp sobre sequestradores de crianças têm impelido grandes turbas a lincharem acusados, muitos deles gente inocente de comunidades pobres e marginalizadas, os que são percebidos como "intrusos" na região, ou pessoas com deficiências. Isso se passa na esteira de ataques similares contra minorias, sobretudo minorias muçulmanas, e de uma crescente atmosfera de desconfiança no país. A contradição inerente nessa situação não pode ser ignorada: crianças continuam desaparecendo diariamente na Índia, o tráfico infantil permanece um problema real que não recebe a devida atenção; no entanto, há pessoas dispostas a agir como vigilantes, tomando por base boatos e notícias falsas, levadas talvez pelo medo do "outro", alimentado pelos detentores do poder.

A esperança vem na forma de instituições de caridade que trabalham com crianças de comunidades empobrecidas. Os interessados podem pesquisar as seguintes organizações: Pratham (pratham.org.uk), Childline (childlineindia.org.in), Salaam Baalak Trust (salaambaalaktrust.com), HAQ: Centre For Child Rights (haqcrc.org), International Justice Mission (ijm.org/india), Goranbose Gram Bikash Kendra MV Foundation (mvfindia.in).

Agradecimentos

Trabalhando como jornalista na Índia, visitei muitas vezes bastis como o de Jai, e devo muito aos residentes que me convidaram a entrar em seus lares e que compartilharam suas histórias comigo. Se não fosse pela bondade e a generosidade deles, jamais teria sido capaz de escrever este romance. Também agradeço os insights que encontrei nos seguintes trabalhos: *The Illegal City: Space, Law and Gender in a Delhi Squatter Settlement* (Ashgat: Surrey, 2012), de Ayona Datta; *In the Public's Interest: Evictions, Citizenship and Inequality in Contemporary Delhi* (Orient Blackswan: Nova Delhi, 2016), de Gautan Bhan; e *Swept Off the Map: Surviving Eviction and Resettlement in Delhi* (Yoda Press: Nova Delhi, 2008), de Kalyani Menon-Sen e Gautam Bhan. Uma lista dos livros e artigos que informam este romance está disponível no site deepa-anappara.com.

Eu me considero uma pessoa sortuda por trabalhar com dois agentes generosos e brilhantes, Peter Straus e Matthew Turner, que me conduziram durante o processo de publicação com sagacidade e afeição. Agradeço especialmente a Matt pelas sugestões editoriais, o bom humor e a recusa inabalável em se intimidar diante dos meus questionamentos mais neuróticos. Agradeço também à equipe da RCW responsável pelos direitos de publicação no exterior, particularmente Stephen Edwards, Laurence Laluyaux, Tristan Kendrick e Katharina Volckmer e a Gill Coleridge e a todos da RCW.

Eu não poderia ter solicitado editoras mais entusiasmadas e meticulosas do que Clara Farmer, da Chatto & Windus e Caitlin McKenna, da Random House. Meus agradecimentos por acolherem Jai e seus amigos dentro de seus corações, pela sensibilidade e pelas edições incisivas. Minha gratidão a todos da Vintage, particularmente Charlotte Humphery pela paciência e apoio, Suzanne Dean, Lucie Cuthbertson-Twiggs e Anna Redman Aylward. Agradeço a David Milner pela preparação e a John Garrett pela revisão. Agradeço também a Emma Caruso, Greg Mollica, Evan Camfield, Maria Braeckel, Melissa Sanford, Katia Tull e a todos da Random House em Nova York. Sou particularmente grata por ter contado com o apoio e o encorajamento da falecida Susan Kamil.

Meus agradecimentos à equipe da Penguin Random House da Índia, sobretudo a Manasi Subramaniam pelas sugestões e a Gunjan Ahlawat.

Meu amor e minha gratidão aos amigos que me mantiveram sã durante uma época incrivelmente difícil: Roli Srivastava pelas sugestões ao romance e a gentileza que me dedica há duas décadas; Rineeta Naik pelos insights e por sempre me oferecer um teto em Delhi; Taymour Soomro pela sabedoria, pelas críticas agudas e por todos os bate-papos ao pé de bebedouros virtuais. Um obrigado imenso a Harriet Tyce pelo apoio. Obrigada também a Avani Shah e Rory Power.

Na UEA, sou grata a Joe Dunthorne, a Andrew Cowan e aos grupos de oficina pelas análises dos primeiros capítulos deste romance. Agradeço também a Giles Foden.

Enquanto escrevia *Os detetives da Linha Púrpura*, recebi encorajamentos de concursos para romances de estreia ainda em processo de escrita. Meu obrigado aos organizadores, leitores e juízes do Bridport/ Peggy Chapman-Andrews Award, do Lucy Cavendish Fiction Prize e do Deborah Rogers Foundation Writers Award.

Agradeço a Euan Thorneycroft pelo apoio. E um agradecimento especial aos que estiveram comigo desde o início: Alison Burns, Emma Claire Sweeney e Emily Pedder. Agradeço também às livrarias Essex e à British Library.

Agradeço a minha família. Meu agradecimento e meu amor a Shailesh Nair, por suas histórias, seu apoio e entusiasmo.

Finalmente, não obstante tudo que vai escrito acima, devo acrescentar que permaneço como a única responsável por quaisquer imperfeições presentes neste romance.

ESTA OBRA FOI COMPOSTA POR ACOMTE EM ELECTRA E IMPRESSA PELA GRÁFICA SANTA MARTA EM OFSETE SOBRE PAPEL PÓLEN SOFT DA SUZANO S.A. PARA A EDITORA SCHWARCZ EM MARÇO DE 2023

A marca FSC® é a garantia de que a madeira utilizada na fabricação do papel deste livro provém de florestas que foram gerenciadas de maneira ambientalmente correta, socialmente justa e economicamente viável, além de outras fontes de origem controlada.